엄숙조조

**3**

3

천하를 얻은 영웅, 영웅을 흔든 초선

영웅 조조

한종량 지음 · 김태성 옮김

좋은 책 좋은 독자를 만드는 —
㈜신원문화사

차례

# 제21장
# 조앙을 잃고
# 슬픔에 빠진 정씨

# 1

"앙아! 이 어미의 보배인 앙아! 어서 집으로 돌아오너라!"

가슴을 후벼 파고 폐를 찢는 듯한 통곡소리가 장장 6일 동안 밤낮으로 지속되고 있었다.

대낮이었다면 미약한 울음소리쯤은 다른 소음에 쉽게 묻혀버릴 수 있었을 것이다. 그러나 깊은 밤, 모든 것이 고요히 잠든 자정 무렵이라 울음소리는 유난히 쟁쟁하게 울려 퍼졌다. 울음소리는 창살을 지나 마당을 한 바퀴 돈 다음 나뭇가지 사이를 맴돌다가 다시 지붕 위에 내려앉아 춤을 추기 시작했다. 그 소리에 쥐를 물어뜯던 고양이도 주춤했고 컹컹 짖어대던 개도 입을 다물었다. 풀을 씹던 노새와 말도 그대로 몸이 굳어졌고, 코를 골던 사람들도 벌떡 일어나 두려운 마음으로 어둠에 휩싸인 창밖을 내다보았다. 이 울음소리는 세상의 모든 만물이 휴식과 안정을 취하시 못하게 방해했다.

이 울음소리는 어느 부인의 입에서 흘러나오고 있었다. 다름 아닌 조조의 정실인 정씨였다.

정씨는 조앙이 전사했다는 소식을 듣던 날부터 한시도 울음을 그친 적이 없었다. 너무 울어 눈물샘이 말라버린 지 오래였고 눈이 개구리처럼 퉁퉁 부었으며 목소리가 갈라진 데다 새까맣던 머리도 점점 하얗게 세었다. 심지어 약간의 정신착란 증상까지 보이고 있었다. 조조의 첩실인 변씨와 환씨, 아들 조비, 조창, 조식 그리고 조인과 조홍, 하후연, 하후돈의 부인들이 그녀를 위로하면서 다독거려주었으나 아무런 효험이 없었다. 사실 이런 위로와 보살핌은 신발 위로 발을 긁는 것이나 다름없었다. 아무도 친아들을 잃은 어머니의 슬픔을 뼛속 깊이 헤아리진 못했다.

물론 정씨가 조앙의 친어머니가 아니고 그를 낳아준 생모는 유씨라고 지적하는 사람도 있었다. 그러나 임종을 앞둔 유씨가 정씨의 손을 꼭 잡고 "언니! 앙이를 언니에게 맡깁니다"라고 부탁했고 자신의 소생이 없는 정씨가 진자리 마른자리 갈아주며 어렵사리 조앙을 키운 사실을 알게 되면 그녀의 마음이 어떨지 충분히 짐작할 수 있을 것이다.

사람들은 정씨의 끝없는 울음에 대해 이해와 동정을 보내면서 결국에는 그녀의 고통도 시간의 흐름에 따라 점차 가라앉을 것이라고 여겼다. 그녀의 고통이 잦아들고 나면 조씨 집안은 다시 안정을 되찾을 것이고, 모두 예전처럼 살 수 있을 것이라는 것이 사람들의 생각이었다. 그러나 조앙의 죽음이 이 집안에 상상하기 어려울 정도로 커다란 상처를 가져다주고 조조에게 돌이킬 수 없는 피해와 죽을 때까지 잊을 수 없는 한을 남기게 될 줄은 누구도 예상하지 못했다.

정씨는 아들을 그리는 애절한 통곡을 멈추지 않았다. 집안 식구들 앞에서 우는 것은 인지상정이라 얼마든지 이해할 수 있었다. 그러나 그녀는 그렇게만 우는 것이 아니라 조조의 멱살을 잡고 대성통곡하며 난동을 부렸다.

"내 아들 내놔! 이놈아, 내 아들을 내놓으란 말이야!"

게다가 그녀는 정사를 의논하기 위해 조조의 집을 찾아온 대신들 앞에서조차 엉클어진 머리를 귀신처럼 흩뜨리고 나타나 조조의 멱살을 잡으며 고래고래 소리를 질러댔다.

"내 아들 내놔! 내 아들을 내놓으란 말이야!"

천하를 호령하는 영웅 조조라도 난감하기 그지없었다. 곤혹스럽기는 그 자리에 있는 손님들도 마찬가지였다.

그러나 이것보다 더 한심하게 행동할 때도 있었다. 정씨는 울면서 조조가 그 여우 같은 요부와 미친 짓을 벌였기 때문에 조앙이 비참한 죽음을 당하고 만 것이라는 사실을 떠벌린 것이다. 비록 사실이라 해도 그녀가 함부로 공개해서는 안 될 일이었다. 겉으로는 점잖은 척하는 조조의 호색한 기질을 감히 사람들 앞에 폭로하고, 모든 사람들이 경외해 마지않는 조조를 알몸으로 세상 사람들 앞에 서게 하는 사람은 이 세상에 그녀한 사람뿐이었다. 이것이 바로 한을 품은 여인의 담력이었다.

이쯤 되자 조조도 더 이상 참아주기가 힘들었다. 어느 날 그가 탁 하고 발을 구르며 버럭 소리를 질렀다.

"감히 어디서 이렇게 난동을 부리는 거요? 한 번만 더 이렇게 안하무인으로 나오면 당장 친정으로 쫓아버릴 테니 그런 줄 알구려!"

그가 거칠게 소리를 지르자 뜻밖에도 정씨는 울음을 그치고 악다구니 치던 것도 멈추었다. 멱살을 잡았던 손도 풀었다. 미친 것 같았던 눈빛도 정상으로 돌아왔다. 그를 한참 쳐다보던 그녀는 다시 고개를 끄덕이면서 자기 방으로 돌아갔다.

조조는 길게 한숨을 내쉬며 속으로 중얼거렸다.

"휴, 다행이군!"

그러나 다음날 오전 조조가 조정에서 헌제와 국사를 의논하고 있는데 갑자기 집에서 전갈이 왔다. 정씨가 초현으로 가버렸다는 것이었다.

그녀는 결국 친정으로 돌아가 버렸다. 평소에 입던 옷만 3개의 상자에 담아 시집올 때 데리고 온 늙은 하인 1명과 함께 군량 수송용 수레를 타고 아무런 미련 없이 조씨네 대문을 나선 것이었다.

이날 밤 조조의 집은 오래간만에 평온을 되찾았다. 하지만 이런 안정은 오히려 사람들을 더욱 불안하게 만들었다.

# 2

건안 2년 가을, 조조는 장수張繡를 토벌하기로 마음먹었다. 그런데 뜻하지 않게도 스스로 중가仲家 황제라 칭하는 원술의 세력이 갈수록 불어나고 있었다. 그의 수하에 있는 교유橋蕤가 진나라를 강점한 데 이어, 조조의 기반인 서주와 연주 땅까지 호시탐탐 노리고 있었다. 하는 수 없이 조조는 잠시 장수를 내버려두어야 했다. 대신 그는 대군을 이끌고 원술을 치기 위해 동쪽으로 갔다. 원술의 군대는 여러 차례에 걸친 전투에서 패배를 거듭했고 조조는 승기를 늦추지 않고 그를 바싹 추격했다. 원술의 군대가 회하淮河를 건너간 후에야 그는 추격을 멈추었다.

9월 하순이 되자 조조는 회남에서 허도로 돌아왔다.

관례에 따라 황제는 승전고를 울리고 개선한 통병대장 조조를 위해 '태평성연太平盛宴'을 베풀었다. 이 축하연회의 규모는 무척 성대하고 분위기도 아주 화려했다. 동탁의 난 이후로 조정에 있던 악공들이 흩어지는 바람에, 새로 주조해낸 동종銅鐘은 소리가 둔탁하고 음도 정확하지 않았다. 게다가 조조가 좋아하는 '아악랑雅樂郎(궁중 음악을 전문으로 하는 음악전문가-옮긴이)' 등정鄧靜과 가수 풍숙馮肅도 오지 않았다. 하지만 악공들의 연주는 그런대로 훌륭했다. 조조가 민간음악을 좋아한다는 사실을 잘 알고 있는 헌제는 아악이 끝나자 특별히 공후와 쟁을 연주하면서 시를 노래하게 했다. 〈금일양연회今日良宴會〉라는 악곡에 맞춰 조조가 목청을 돋우어 노래했고 백관들도 갈채를 보냈다. 연회의 분위기는 최고조에 달했다.

연회가 끝나고 황궁을 나와 집으로 돌아온 조조는 수레에서 내리자마자 아이들이 문에 엎드려 자신을 맞이하는 것을 보고는 의아한 생각이 들었다. 순간, 그의 머릿속에서 쿵 하는 소리가 나는 것 같았고 몸이 얼음구덩이 속으로 빠져드는 것처럼 싸늘해졌다. 그는 얼른 나란히 무릎을 꿇고 있는 아이들을 헤아려보았다. 조휴와 조비, 조창, 조식……. 아! 장남 조앙과 조카 조안민이 보이지 않았다. 얼마 전만 해도 조앙과 조안민도 이들과 함께 그에게 예를 올렸다. 그러나 이제 이 두 아이의 모습은 보이지 않았다. 완성에서 목숨을 잃었던 것이다.

조조의 마음이 칼로 에이는 듯 아파왔다. 그는 눈가에 고인 눈물이 흘러내리지 않도록 애써 감정을 억제했다.

문 안으로 들어서니 안채 앞에 여인들이 나란히 서 있었다. 역시 그를 맞이하기 위한 것이었다. 그러나 여인들 가운데 정씨는 보이지 않았다. 상례에 따라 정실인 정씨가 첩들을 전부 불러 모아 조조를 맞이하곤 했다. 그러나 이제는 조창과 조비, 조식의 생모인 변씨가 그 일을 대신하고 있었다.

조조는 변씨의 방으로 갔다. 변씨는 그가 출정하기 전에 분부한대로 조비와 조창을 초현으로 보내 정씨를 만나게 했고 되도록이면 그녀를 모시고 오라고 시켰다고 했다. 그러나 정씨는 거절했고, 출가하기 전에 하던 것처럼 누에를 기르고 베를 짜면서 부모님 시중을 드는 일에 익숙해져 있었고, 그 생활에 무척 만족하고 있었다.

변씨는 정씨가 조조의 건강을 걱정하고 있으며 곧 겨울이 될 테니 건강에 특별히 신경을 써서 두통이 재발하지 않도록 조심하라고 일렀다고 전했다.

변씨는 이 말을 전하면서 조조의 얼굴을 똑바로 쳐다보지 못했다. 그는 변씨가 정씨를 위해 없는 말을 꾸며내고 있다는 것을 눈치 챘다. 사실 조 앙의 죽음 때문에 정씨는 아직도 그를 증오하고 있었던 것이다.

이날 밤 조조는 또다시 조앙과 조안민의 죽음을 떠올렸다. 아들의 죽음 때문에 정실부인이 자신을 미워하게 되었다. 결국 아들의 죽음은 장수의 배후에 있는 유표 때문이었다. 마침내 조조는 피의 대가를 받아내기 위해 다시 한 번 출정하기로 마음먹었다.

며칠 동안의 준비를 거쳐 조조는 다시 정벌 길에 나섰다. 이번에는 조 휴와 조비, 조창 등을 대동했다. 조휴는 18살이었고, 조창은 14살, 조비 는 갓 생일이 지난 11살이었다. 10살이든 11살이든 어린아이를 전쟁터에 대동하는 것은 너무 잔혹한 일인지도 모른다. 어쨌든 조조는 그런 사람 이었다. 조조는 자신의 아들들을 5살에 활쏘기를 배우게 했고, 6살이 되 면 말 타는 기술을 익히게 했다. 덕분에 아이들은 8살에 말 등에 올라타 칼과 창을 휘두를 수 있었고, 10살 또는 11살이 되면 전쟁터에 나가 쇠와 피의 냄새를 맡을 수 있었다. 17, 8살이 되면 병사를 이끄는 장수가 되기 에도 충분했다.

이날 남벌에 나선 대군은 백하 기슭에 이르렀다. 영채를 세우자마자 조 조는 물가에 제단을 설치하고, 지난번 남벌 때 사망한 장군과 병사들을 위한 제사를 지냈다. 전위의 장남 전만典滿이 상복을 입고 부친의 영전에 서 술을 따르는 것을 지켜보고 있던 조조는 가까이 다가가 그를 부둥켜안 고 전위의 이름을 소리쳐 부르면서 대성통곡했다. 이런 광경을 목격한 전군의 장수들 가운데 눈물을 흘리지 않은 자가 없었다. 이에 따라 병사 들의 사기가 크게 진작되었고, 이는 곧 이번 전쟁의 승리를 예고했다.

척후병이 보내온 정보에 따르면 장수의 주력군은 남양군의 완성에 주둔하고 있다고 했다. 그러나 조조는 완성을 먼저 공격하지 않고 완성의 동쪽에 위치한 호양湖陽과 무양舞陽을 공격하여 2개의 뿔을 잘라버리기로 마음먹었다.

호양을 공격하던 날, 이 해 겨울 들어 첫눈이 내리기 시작했다. 흩날리는 눈꽃은 마치 옥룡이 요동치며 포효하는 것 같았다. 병사들은 투지가 더욱 넘쳤다. 전만과 조휴, 조비 등이 갑옷을 걸치고 조조의 주위를 에워쌌다. 그들은 조조가 직접 북을 두드리며 장수들의 사기를 북돋아 주는 모습을 지켜보고 있었다. 북채를 따라 눈꽃이 솟아올랐다 가라앉기를 반복하면서 그의 수염 사이에서 춤을 추었다. 병사들은 그의 북소리를 들으며 질풍처럼 성을 향해 달려갔다. 흰 눈은 더욱 선명하게 흩날렸고, 선혈도 더욱 붉게 물들었다. 전만과 조휴 등은 자신도 모르게 말을 달려 싸움에 나서고 싶은 욕구가 강렬하게 끓어올랐다. 그러나 조조는 그들을 움직이지 못하게 했다. 이번에 그들을 대동한 목적은 전쟁이 어떤 것이고, 사람들이 서로 죽고 죽이는 분위기가 어떠한 것인지를 경험하게 하기 위한 것이었다.

화살이 가끔 눈송이를 따라 조조의 주변에 떨어지기도 했다. 전위가 죽은 뒤로 도위 겸 시위대장을 맡고 있는 허저가 안전을 생각하여 조조에게 북채를 내려놓고 10걸음 정도 뒤로 물러설 것을 권했다. 그러자 조조가 눈을 부릅뜨고 소리쳤다.

"주장이 어찌 죽음이 두려워 물러설 수 있겠는가?"

그의 말에 허저는 온몸에 뜨거운 힘이 용솟음치는 것을 느꼈다. 그가 조조에게 간청했다.

"주공! 저도 성에 들어가 싸우게 해주십시오."

조조가 북을 치며 말을 받았다.

"좋아. 가게! 가서 모조리 쓸어버리게."

허저가 씩씩거리며 입고 있던 옷을 찢어버리고는 웃통을 드러낸 채 검을 손에 쥐고 큰 소리로 외쳤다.

"죽음이 두렵지 않은 자들은 모두 나를 따르라!"

그러고는 눈보라 속을 달려 나갔다.

잠시 후 조휴와 조비, 조창 등은 허저가 이미 성 위에 올라가 있는 것을 보았다. 그가 좌우로 칼을 휘두르자 새빨간 눈꽃이 마구 흩날렸다. 그들은 자신도 모르게 허저를 위해 소리를 지르며 응원했다. 새빨간 눈꽃이 그칠 때쯤 호양성은 함락되었다. 소년들은 땅을 온통 뒤덮은 새빨간 눈을 밟으며 대군을 따라 입성했다. 그들은 크게 흥분하며 병사들과 함께 전쟁터를 수습했고, 포로들을 감시했다. 밤이 되자 그들은 병사들과 함께 큰 사발로 술을 마시며 승리를 자축했다.

호양성을 함락시킨 이튿날, 조조의 군대는 무양성을 포위했다. 규모가 작은 무양성은 병력도 빈약했고, 게다가 호양성의 함락은 이미 무양성을 수비하는 병사들의 의지를 크게 흔들어 놓았다. 따라서 조휴와 조비, 조창 등이 보기에 무양에서의 전투는 그다지 흥분할 만한 것이 못 되었다. 공격이 시작되자마자 동문에서 누군가가 백기를 치켜들었다. 동문이 열리자 다른 성문들도 오래 가지 못했다. 장수의 부장 방순方順이 생포되었고, 병사 5천여 명이 투항했다.

완성을 수비하고 있던 장수는 호양성과 무양성이라는 두 뿔이 잘려나가자 조조의 대군에 맞설 수 없다는 것을 직감하고는 성을 버리고 남쪽에 위치한 양성穰城을 향해 도망쳤다.

이날 승전고를 울리며 완성으로 들어선 조조는 잠시 자신의 관아였던 곳을 둘러보았다. 머릿속에 추씨와 즐기던 장면과 조앙이 죽던 모습이 떠올랐다. 마음이 복잡했다. 그는 조용히 한숨을 내쉬었다. 그러나 조조는 과거의 감정에 오래 매여 있는 사람이 아니었다. 바람이 불어오자 기쁨과 슬픔은 모두 허공 속으로 사라졌다.

조조와 그의 장수들은 완성에서 건안 3년의 설을 보냈다. 설이 지난 후 그는 계속 남진하여 양성으로 도망친 장수를 공격하려 했다. 그러나 군량이 부족했고, 병사들에게도 휴식이 필요했다. 결국 그는 철수하기로 마음먹었고, 정월 중으로 대군은 허도로 돌아갔다.

# 3

허도에서 한 달 동안 군사를 정비한 조조는 또다시 장수를 토벌할 준비를 시작했다.

지난 달 조조의 집에는 한 모자母子가 들어왔다. 모친은 윤씨로 원래 대장군 하진의 며느리였다. 하진이 죽자 하씨 일족은 몰락했고, 윤씨의 남편은 술에 취해 다니다가 밖에서 얼어 죽었다. 윤씨는 아직 30살로 한창 꽃다운 나이였다. 조조는 오래전부터 윤씨가 장안성의 이름난 미인이라는 소문을 들어온 터였다. 조조는 하진의 집에서 환관들을 주살하려는 밀모를 꾸밀 때 그녀를 한 번 본 적도 있었다. 그때 그는 경국지색傾國之色인 그녀의 미모에 감탄을 금치 못했다. 윤씨는 아들 하안何晏을 데리고 허도에 있는 친척집을 찾아왔고, 뒷골목 소문에 정통한 사람 하나가 이 소식을 조조에게 알려주었다. 조조는 몹시 기뻤다. 그에게는 부인이 몇 명 없어, '제후라면 9명의 처첩을 거느려야 마땅하다諸侯九女'는 기준에 크게 미치지 못했기 때문이다. 게다가 정씨가 고향으로 돌아간 뒤로는 아무도 그의 '호색' 행각에 불만을 토로하지 않았고, 감히 간섭할 엄두조차 못 냈다. 그리하여 그는 조금도 주저하지 않고 윤씨를 첩으로 삼았고, 그녀의 7살 난 아들 하안은 자연스럽게 조조의 양자가 되었다. 하안은 성을 조씨로 바꾸지는 않았지만 조비와 조창, 조식 등과 똑같은 대우를 받았다.

여인에 대한 조조의 기호는 남다른 데가 있었다. 보통 남자들은 젊은 여자, 그것도 막 꽃을 피우려는 숫처녀들을 선호하는 것이 일반적인 경향이었지만 조조는 그렇지 않았다. 그는 성숙한 여인을 좋아했다. 일단 마음에 들기만 하면 애를 낳았는지 따위는 그다지 중요하지 않았다. 그는 이런 여인들이 성애에 대해 더 잘 알고 있고, 잠자리에서도 자신을 더 크게 만족시켜줄 수 있을 것이라고 믿었다. 이런 여인들은 때때로 부드러운 모성을 나타내기도 했다. 그에게는 이런 모성의 부드러움이 매우 소중한 것이었다. 조조는 남자들의 세계에서는 누구보다 강했지만 일단 여인들의 세계에 들어서면 아이가 되어버리곤 했다. 그것도 학대에 시달려 서러움에 목이 메어 어머니의 따스한 위로를 간절히 바라는 그런 아이였다. 한때 사랑하기도 했고 미워하기도 했던 장수의 숙모, 나중에 만나게 되는 초선과 용모가 아주 흡사한 두씨 등은 중년의 여인들로서 아이를 낳은 적이 있는 데다 남편을 잃은 아픈 경험도 갖고 있었다. 때문에 그녀들이 조조에게 줄 수 있는 사랑은 어린 숫처녀에게서는 절대 기대할 수 없는 그런 사랑이었다. 그러니 조조가 윤씨를 좋아하는 것은 너무도 당연한 일이었다.

윤씨와 함께 한 첫날밤, 그는 항구와도 같은 여인의 따스한 품에 안겨 목마른 아이처럼 게걸스럽게 그녀의 풍만한 가슴을 빨아댔다. 그녀는 아픔에 미간을 찌푸리고 입술을 깨물기도 했지만 여전히 부드러운 눈길로 그를 주시했다. 그리고 손가락으로 쉬지 않고 그의 머리를 쓰다듬어주었다. 그러고는 조조의 엉덩이를 가볍게 두드리며 중얼거렸다.

"아이, 가여운 내 아기!"

이렇게 조조는 윤씨의 항구에서 짜릿한 밤을 보냈다.

어느 날 조조는 불현듯 자신의 조강지처인 정씨를 떠올렸다. 정씨가 고향으로 돌아간 지 꽤 오랜 시간이 지난 터였다. 그녀는 어떻게 지내고 있을까? 몸과 마음이 어느 정도 회복되었을까?

윤씨의 침상에서 잠이 깬 조조는 자신의 '새 부인'이 흡족한 표정으로 화장대 앞에 앉아 분단장을 하고 있는 모습을 보고는 갑자기 정씨를 떠올리며 죄책감에 사로잡혔다. 정씨는 오랜 세월 그와 함께 역경을 헤쳐 오면서 온갖 고생은 다 했다. 다른 것은 제쳐두고라도 승씨성에서 여포가 기습공격을 해왔을 때, 조조의 '여장군'이 되어 전선의 맨 앞에 서기도 했다. 아무리 생각해 보아도 자신이 직접 초현에 가서 그녀를 만나는 것이 도리에 맞는 일이었다. 게다가 새로 첩을 들인 일도 그녀에게 알려야 할 것 같았다. 물론 사전에 미리 의논을 했어야 했지만 일이 이렇게 된 바에는 '소 잃고 외양간을 고치는 식'으로라도 알리고, 그녀를 데려오는 것이 바람직했다. 그는 앞으로도 그녀와 예전처럼 잘 지내고 싶었다. 하지만 너무 바빠 몸을 뺄 여유가 없었다. 그는 변씨에게 자신을 대신해 새로 온 두씨와 윤씨를 데리고 초현으로 가서 정씨를 만나게 한 다음 함께 모셔오라고 당부했다.

그러나 유감스럽게도 정씨는 변씨에게 조조의 곁으로 돌아오고 싶은 마음이 없다고 말했다.

조조는 실망과 동시에 은근히 화가 치밀었다. 하지만 정씨보다는 장수에게 더 화가 났다. 장수가 항복하고 나서 다시 배신을 했기 때문에 조조 일가가 지금 이 모양 이 꼴이 되었던 것이다. 이에 그는 세 번째로 장수를 토벌함으로써 원수를 갚기로 결심했다.

세 차례에 걸친 장수에 대한 토벌은 사실 여러 영웅들이 할거해야 하는 필요에서 비롯된 것이었다. 그러나 조조는 이런 결정을 내릴 때마다 사적인 감정을 내세웠다. 때문에 다른 사람들의 마음이 불안할 수밖에 없었다. 일례로 조조가 또 남벌의 결정을 내리자 순유가 말리고 나섰다.

"주공께서는 장수를 토벌하는 일에 조급하실 필요가 없습니다. 장수는 형주 지역에 들어간 외부 군대에 불과하다는 것을 잘 아시지 않습니까? 장수는 떠도는 군대로 양성에서 유표에게 걸식하고 있으니, 시간이 좀 지나면 서로 다툼이 생겨 급기야 칼을 휘두르게 될 것입니다. 그때가 되면 주공께서는 가만히 앉아서 어부지리를 얻으실 수 있을 것입니다. 그러나 우리가 지금 토벌에 나선다면 저들은 서로 힘을 합쳐 우리에게 대항할 것입니다. 이익과 손실을 잘 따져보시고 다시 결정하시는 것이 좋을 듯합니다."

순리대로 하자면 조조가 순유의 말을 이해하지 못할 리 없었다. 그러나 조조는 순유의 건의를 받아들이지 않았다. 4월 초가 되자 그는 순욱와 정욱에게 허도를 지키게 하고 직접 대군을 이끌고 장수 토벌에 나섰다.

조조의 군대가 무양 일대에 이르렀을 때는 계절이 이미 망종에 가까워져 있었다. 큰길가에 있는 보리밭을 바라보니 보리 이삭이 푸른색에서 노란색으로 옷을 갈아입고 있었다. 바람결에 보리 익는 향기가 풍겨왔다. 금빛 번쩍이는 창과 강인한 말들이 밭 사이로 난 길을 걷고 있자니, 고즈넉하고 평화로운 분위기와 전혀 어울리지 않았다. 이런 부조화가 많은 사람들에게 잘 알려진 '머리카락을 베어 머리를 대신한다'는 유명한 일화를 만들어냈다.

조조가 말을 타고 밭을 둘러보니 보리가 거의 익어가고 있었으나 근처의 마을들은 적막하기 그지없었고, 바쁘게 움직여야 할 농민들의 모습이 전혀 보이지 않았다. 이때 마침 늙은 농부 하나가 그의 곁을 지나갔다. 조조가 농부에게 어찌된 영문인지 물었다. 농부가 푸념을 늘어놓았다.

"군사들이 대거 몰려온다는 소문을 들은 백성들은 감히 보리를 베러 오지 못하고 모두 재난을 피해 도망갔습니다. 그러니 마을에 사람들이 남아있을 리 없지요."

농부의 말에 조조는 고개를 들고 탄식했다. 그는 곧 근처의 마을로 부하들을 보내 절대 사람들을 해치지 않을 것이라고 약조했다. 아울러 전군에게 명령을 내렸다.

"나는 천자의 조서를 받들어 군사를 일으켰으나 이는 역적을 쳐서 백성들을 해롭게 하는 무리를 없애려 함이다. 바야흐로 보리가 익어가는 때에 부득이하게 군사를 일으키긴 했지만 나의 장졸들이 보리밭을 지나다가 보리를 밟는 날에는 높고 낮음을 가리지 않고 모두 목을 벨 것이다. 군법이 엄하니 백성들은 놀라거나 두려워할 필요가 없을 것이다."

군사들은 군령을 엄격히 지켰고, 감히 어길 엄두를 내지 못했다. 보리밭을 지날 때면 기병들도 말에서 내렸고, 보병들은 조심조심 걸음을 옮겼다. 밭두렁을 걸을 때는 손으로 보리 이삭을 조심조심 헤치며 걸었고, 서로에게 조심할 것을 당부했다. 이런 광경을 본 마을 백성들이 병사들과 말이 다 지나간 뒤에 우르르 몰려나와 흙먼지 속에 엎드려 높은 소리로 "대군은 인의의 군사입니다"라고 외쳤다. 바로 이때 전혀 생각지 못한 사고가 발생했다. 사고는 바로 조조가 탄 말이 일으킨 것이었다.

이날 조조가 탄 말은 전투를 겪어본 적이 없는 말이었다. 한참 길을 가고 있는데, 갑자기 눈앞으로 꿩 한 마리가 날아들자 말은 본능적으로 위험을 피해 보리밭으로 뛰어 들어갔다. 결국 보리밭 한나석이 망가지고 말았다. 조조는 난처하기 그지없었다.

그는 급히 말에서 내려 행군 주부를 부른 다음 자신이 '보리를 짓밟은 죄'를 공표하라고 엄숙하게 분부했다. 난처해진 주부가 말했다.

"제가 어떻게 장군께 죄를 물을 수 있겠습니까?"

그러자 조조가 정색을 하고 말했다.

　"명령을 내려놓고 나 스스로 솔선하여 지키지 않는다면 부하들이나 백성들이 어찌 승복할 수 있겠는가?"

　주부가 겁에 질려 군령을 읽었다.

　"보리밭을 지나다가 보리를 밟으면 높고 낮음을 가리지 않고 모두 그 목을 벨 것이다."

　"음……."

　조조가 고개를 끄덕였다. 그러고는 곧 보검을 꺼내들고 소리를 질렀다.

　"나는 법을 지킬 것이다."

　그는 칼을 들어 자신의 목을 베려 했다. 순간 미리 방비하고 있던 사람들이 보검이 목에 채 이르기 전에 재빨리 달려들어 검을 빼앗았다. 조조가 크게 노하여 두 눈을 부릅뜨고 말했다.

　"왜 나를 말리는 것이냐?"

　이때 사공 곽가가 말했다.

　"《춘추》에 이르기를 법도 존귀한 데는 미치지 못한다고 했습니다. 주공께서는 대군을 이끄시는 귀한 몸이고 천자의 명령을 받으셨는데 어찌 벌을 받으실 수 있겠습니까?"

　"음……."

　조조는 침묵에 잠겼다. 한참 지나서야 그는 다시 입을 열었다.

　"정녕 《춘추》에 법이 존귀한 데에 미치지 못한다는 말이 있다면 나는 간신히 죽음을 면할 수 있을 것이오."

　말을 마친 그는 다시 검을 들어 자신의 머리카락을 베어 땅바닥에 던졌다. 그리고는 좌우를 둘러보며 말했다.

"오늘은 머리카락으로 내 머리를 대신하겠소!"

그는 곧 법을 집행하는 군교에게 쟁반에 자신의 머리카락을 담아 각 군영에 돌리라고 했다. 그리고 주공께서 보리밭을 밟으셨기에 이렇게 머리카락을 잘라 머리를 대신한다고 전하게 했다.

이에 모든 장수와 병졸들이 머리카락이 쭈뼛해서 감히 군령을 어기는 자가 없었다.

'머리카락으로 목을 대신한' 이 일화는 거의 2000년 동안 전해져 내려왔다. 조조는 자신의 머리카락을 베어 땅바닥에 던짐으로써 스스로에게 곤형髡刑을 내렸다. 곤형이란 머리를 박박 깎는 형벌로 몸을 상하게 하거나 죽이지 않는데도 중형에 속했다. 후세의 사람들이 그를 간교하다고 평하는 것도 이런 행동 때문일 것이다. 하지만 그때 그가 정말 자신의 목을 벴다면 이야기는 거기서 끝났을 것이다.

며칠 후 조조의 군대는 양성에 도착했고 성에서 5리쯤 떨어진 곳에 영채를 세웠다. 다음날 조조는 성 밑에 포진하여 싸움을 돋웠으나 장수는 가후의 의견에 따라 면전패를 높이 내걸고 성문을 굳게 닫은 채 응전하지 않았다. 이는 전혀 예상 밖의 일이었다. 통상적으로 한쪽에서 싸움을 걸어오면 다른 한쪽은 즉각 응전하여 한바탕 힘을 겨루곤 했기 때문이다. 조조는 병사들을 시켜 성 아래에서 적을 향해 실컷 욕설을 퍼부었다. 심지어 알몸을 보여주면서 성을 향해 지저분하고 치욕적인 동작을 취하기도 했다. 하지만 장수의 병사들은 전부 눈을 감고 귀를 막아버린 듯했다. 성 아래 있는 사람들이 목이 터지도록 욕설을 퍼부어도 성 위에 있는 사람들은 전혀 반응하지 않았다. 조조로서도 더 이상 좋은 방도가 없었다.

그는 장수를 유인하여 싸움에 응하게 할 수 없다는 것을 깨닫고 병력을 조직하여 억지로 성을 공격하기로 마음먹었다.

그러나 병법에 정통한 사람들은 성을 공격하는 것이 하책下策 중에서도 하책임을 잘 알고 있었다.

자고로 최고의 전술은 적의 계략을 깨뜨리는 것이고 다음은 적을 외교적으로 고립시키는 것이며, 그 다음은 적의 군대를 직접 공격하여 봉쇄하는 것이다. 최하의 책략은 적의 성을 공격하여 아군의 피해를 자초하는 것이다.

이는 《손자》〈모공謀攻〉에 나오는 병법이다. 조조는 2년 전부터 《손자》에 관한 주해를 쓰기 시작한 터라 스스로 이 책에 대해 철저히 파악하고 있다고 여겼다. 그러나 유감스럽게도 최하의 책략을 써야 하는 상황에 이르고 말았다.

조조는 병사들에게 참호를 메우고 구름사다리와 천거天車를 준비하여 억지로 성에 오르게 했다. 그러나 성 위에서도 철저한 방비를 갖추고 있었다. 조조의 병사들이 참호에 이르기도 전에 성 위에서 화살과 나무토막, 돌 등이 비 오듯이 아래로 쏟아져 내렸다. 구름사다리와 천거가 성루에 닿는 대로 위에 있던 장수의 병사들이 갈고리로 밀어버리거나 긴 창으로 기어오르는 조조의 병사들을 마구 찔러댔다. 석회가루를 뿌려 눈을 뜨지 못하게 하기도 했다. 당시에는 대포가 없었기 때문에 그들이 갖추고 있는 무기의 살상력은 제한적이었다. 때문에 손자는 성을 공격하는 것을 최하책으로 규정했던 것이다.

조조는 성을 공격할 때 시간이 오래 지속되는 것이 가장 무서운 일임을 잘 알고 있었다. 오랫동안 공격했는데도 성이 함락되지 않으면 식량난이 발생하고, 병사들의 체력과 투지도 바닥이 나기 때문이다. 게다가 형주의 유표가 이런 소식을 듣게 되면 병사들을 거느리고 장수를 도우러 올 것이 뻔했다. 이것이 바로 순유가 걱정하던 바였다. 그렇게 되면 조조는 앞뒤로 협공을 받게 되기 때문에 모든 수단을 다 동원하여 속전속결로 싸움을 끝내야 했다.

이날 조조는 직접 말을 타고 성을 3바퀴나 돌았다. 마지막으로 성의 서북쪽에서 말을 멈춘 그는 이곳저곳을 가리키면서 병사들에게 자신이 가리킨 곳에 장작을 갖다 쌓으라고 명령했다. 곧 작은 언덕만한 장작더미가 군데군데 쌓여갔다. 성루에서 이를 지켜보던 장수와 가후는 바짝 경계의 태세를 취했다.

장수가 먼저 입을 열었다.

"조조가 서북쪽으로 화공을 시도할 모양인데, 그쪽의 병력을 강화하는 게 어떻겠소?"

가후는 고개를 좌우로 흔들며 웃었다.

"아닙니다. 이는 동쪽에서 소리를 내고 서쪽을 치려는 조조의 계략입니다."

"무슨 증기로 그런 말씀을 하는 거요?"

"제가 성 위에서 내려다보니 조조는 3일 동안이나 성을 돌면서 유심히 살피더군요. 성 동남쪽의 벽돌색이 고르지 못한데다 가시나무 울타리 또한 태반이나 부서진 것을 보고 그리로 쳐들어오려고 작정한 것이 분명합니다. 그러면서도 짐짓 서북쪽에 장작을 쌓아놓고 허장성세하는 것은 곧 우리로 하여금 군사를 서북쪽으로 배치하게 한 다음 저들은 야음을 틈타 동남쪽으로 공격하려는 것이지요. 아마 내일 해가 진 뒤에 동남쪽으로 공격을 개시할 것입니다."

"음! 그렇다면 어떻게 대처하는 것이 좋겠소?"

"그야 어렵지 않지요. 내일 정예 병사들을 배불리 먹여 모조리 성 동남쪽에 있는 백성들의 집에 매복시키고, 백성들은 병사로 위장시켜 성 서북쪽을 지키게 하는 겁니다. 밤이 되면 적들이 동남쪽으로 성을 넘어오겠지만 그냥 내버려두십시오. 저들이 성을 다 넘어 들어와 미처 동서남북을 제대로 분간하지 못할 때 아군이 포성(신호용으로 사용되는 폭죽과 같은 소리-옮긴이)을 신호로 복병들을 내보내면 가히 조조를 사로잡을 수 있을 것입니다."

"좋소! 이것이 바로 적의 계략에 또 다른 계략으로 맞서는 묘책이구려."

과연 가후의 예상은 조금도 어긋나지 않았다. 다음날 밤이 지나 삼경쯤 되자 조조는 소규모 병력을 보내 성 서북쪽에 불을 붙이고 북소리를 울리게 했다. 동시에 여우呂虔에게 1백여 명의 정예 병력을 이끌고 쇠로 된 갈고리와 가래 등을 갖추고 동남쪽 해자를 넘어 들어가 가시 울타리를 전부 걷어치우게 했다. 그런 다음 조조의 군대는 서로 크기가 다른 벽돌을 밟으며 성벽을 기어오르기 시작했다.

이때 성 위에는 아무런 동정도 나타나지 않았다. 깃발만이 피곤에 지친 듯 희미한 등불 아래서 가볍게 나부끼고 있었다. 여우는 장수의 병력이 전부 서북쪽으로 몰려간 것으로 판단하고는 속으로 쾌재를 불렀다. 그는 대나무 호각을 불어 적이 계략에 넘어갔다는 신호를 보냈다. 그리고는 1백여 명의 정예병들을 이끌고 계단을 내려와 성문을 열었다. 성문이 열리자 조조의 대군이 밀물처럼 밀려들어왔다.

바로 이때, 포성이 울리면서 도처에서 적의 복병이 뛰어나왔다. 그 순간 앞에서 달려가던 조조의 병사들은 성문 뒤에 설치되어 있던 함정에 빠져버렸고, 뒤에 있던 병사들은 복병에 둘러싸이고 말았다. 적병들은 무자비하게 활을 쏘아대며 창과 칼을 휘둘렀다. 조조의 군사들은 아무런 반격도 하지 못하고 죽음을 기다리는 수밖에 없었다. 동작이 빠른 여우는 사태가 기운 것을 알고는 성문에 드리워져 있던 쇠사슬을 잡고 그네를 타듯이 성 밖으로 도망쳤다. 하지만 그가 이끌던 1백여 명의 정예병과 그 뒤를 따라온 1천 명의 병사들은 전부 떼죽음을 당하고 말았다.

이때 장수가 병사들을 이끌고 성 밖으로 뛰어나와 조조의 진영을 덮치기 시작했다. 조조는 "속았군!" 하고 한마디 외치고는 재빨리 퇴각 명령을 내렸다. 장수는 날이 밝을 때까지 공격을 계속하다가 군사를 거두었다.

이번 싸움에서 조조는 5천 명의 병사와 다량의 군수품을 빼앗겼다. 장수들 가운데는 여우와 우금이 큰 부상을 당했다.

조조는 이번 기습에 실패했음에도 불구하고 여전히 장수보다는 병력이 우세했다. 전투가 끝난 후 조조는 수하의 장수들을 위로하고 또다시 공격할 채비를 했다. 이때 첩자가 유표의 부내가 남쪽의 양양, 동남쪽의 신야新野에서 이곳을 향해 몰려오고 있다는 소식을 전해왔다. 그제야 조조는 순유의 간언을 따르지 않은 것을 후회하면서, 이번 전쟁에서 승리하기가 쉽지 않음을 깨달았다. 결국 급히 전략을 수정해야 했던 그는 병력을 나누어 그 가운데 일부로 유표의 부대를 막으려 했다. 그러나 바로 이때 공교롭게도 허도를 지키고 있던 상서령 순욱이 그에게 밀서를 보내왔다. 밀서를 읽고 난 조조의 눈이 휘둥그레졌다.

　　최근에 기주에서 도망쳐 나온 한 병사의 말에 따르면, 전풍田豊이 원소
　　가 허도를 습격하려 한다고 말했다고 합니다. 천자를 끼고 제후를 호령
　　하시려면 나라 밖은 나중에 도모해도 될 것입니다.

　조조는 장수와 유표도 자신의 적이긴 하지만 누구보다도 큰 적은 자신을 가장 위협하고 있는 원소임을 잘 알고 있었다. 병력이 원소보다 약했던 조조는 여러 해 동안 의도적으로 그와의 친분을 다지면서 가급적 갈등을 피해왔다. 원소가 안하무인격으로 기세등등하게 나올 때는 억지로 참아주었고, 때로는 울분을 씹으며 자신의 생각을 굽히기도 했다. 일례로 조조가 대장군에 임명되었을 때 울화통이 터진 원소는 기주에서 조정대신들을 앞에 두고 버럭 소리를 질렀다.

　"조조는 여러 해 동안 나보다 훨씬 낮은 지위에 있었는데, 어찌 그를 대장군에 봉하고 나는 고작 태위에 임명한단 말인가?"

　이런 소식을 들은 조조는 즉시 대장군의 자리를 원소에게 양보하고, 자신은 사공 겸 행거기장군사行車騎將軍事의 직을 맡았다. 이리하여 원소의 울분이 간신히 잦아들 수 있었다. 하지만 조조도 자신이 참고 양보함으로써 당분간은 무사하게 지낼 수 있겠지만 언젠가는 원소가 자신에게 칼을 겨눌 것이라는 사실을 충분히 예감하고 있었다. 지금 이 순간도 원소는 그의 허를 찌르려 하고 있는 것이었다.

　조조는 얼른 순욱의 편지를 종군 모사인 순유와 곽가에게 보여주고 그

들의 견해를 물었다. 순유가 먼저 입을 열었다.

"2년 전에 전풍이 원소에게 낙양에 가서 천자를 모셔올 것을 간언한 바 있습니다. 그러나 원소는 그의 말을 따르지 않았다가 나중에야 땅을 치며 후회했었지요. 지금 원소는 주공께서 군사를 이끌고 멀리 나와 있는 틈을 타서 허도를 기습하고 황상을 납치하려는 것이 아니겠습니까?"

곽가가 그의 말을 받았다.

"주공께서는 절대 경계심을 늦춰서는 안 될 것입니다. 예전에도 이각과 곽사, 양봉, 한섬 등이 나서서 서로 황상을 쟁탈하기 위해 크게 싸우지 않았습니까? 이쯤에서 철수하는 것이 어떨지요?"

두 모사가 걱정하는 것이 바로 조조가 우려하는 바였다. 군사를 일으킨 여러 영웅들 가운데 조조가 가장 경계하는 인물이 바로 북쪽에 진을 치고 있는 원소였다. 천자가 원소에게 잡혀가는 날에는 지금까지의 모든 수고가 완전히 물거품이 될 수밖에 없었다. 그의 패업도 그림의 떡이 되어버릴 것이 자명했다. 한참이나 머리를 싸매고 고민하던 조조는 결국 철수 명령을 내려야 했다.

하지만 철수하는 것도 쉬운 일이 아니었다. 장수가 바싹 추격해오면서 끊임없이 그를 못살게 굴었다. 철수하는 도중에 피해를 입지 않기 위해서는 적절한 전략도 세워야 했다. 다행히 병법에 능한 조조는 '연영진連營陳'을 펼쳐 철수하면서도 반격을 멈추지 않았다. 패배하여 무질서하게 쫓겨 가는 것이 아니라 질서정연하게 퇴각하는 것이었다. 그러나 행군의 속도가 너무 느려 하루에 수 리밖에 전진하지 못했다. 이때 유표의 부대는 지름길로 달려와 먼저 양성에서 동북쪽으로 1백 리 쯤 떨어진 곳에 위치한 안중安衆에 도착해 있었다. 험한 지세를 이용하여 조조의 군대가 퇴각하는 길목을 차단하려는 것이었다. 결국 조조는 앞뒤로 협공을 받게 되었다.

그제야 조조는 순유를 앞에 두고 수염을 쓰다듬으며 자신을 나무랐다.

"에휴! 순유, 자네의 말을 안 듣고 고집을 부리다가 결국 요 모양 요 꼴이 되고 말았네."

하지만 조조는 모략이 뛰어나고 병술에도 능했다. 미간을 찌푸리고 있던 그에게 좋은 묘책이 떠올랐다. 그는 급히 순욱과 정욱에게 편지를 보냈다.

> 적이 쫓아오고 있는데 우리는 하루에 수 리밖에 움직이지 못하고 있소.
> 하지만 말을 채찍질하여 이미 안중에 이르렀으니 꼭 장수를 격퇴시킬
> 것이오.

편지의 봉투에 깃털을 붙인 그는 황급히 허도로 띄워 보냈다. 이런 편지를 쓴 목적은 순욱과 정욱에게 자신을 걱정하지 말고 침착하게 원소의 기습에 대비하게 하려는 것이었다. 편지를 보내고 나서야 그는 곽가와 순유에게 계략을 털어놓았다.

조조의 대군이 안중에 도착했을 때, 유표와 장수의 부대는 이미 합류하여 영채를 세워놓고 그를 기다리고 있었다. 그곳에는 말안장 모양으로 생긴 마안령馬鞍嶺이라는 고개가 하나 있었다. 조조의 군대가 북쪽으로 퇴각하기 위해서는 반드시 통과해야 하는 길목이었다. 유표의 대장 채모蔡瑁와 유수劉繡 그리고 가후 등은 지형을 살펴보고 나서 마안령의 움푹한

곳에 가시로 보루를 세우고 참호를 팠다. 그리고 양옆에 병사들을 매복시켰다. 마안령을 조조 군대의 집단 묘지로 만들려는 속셈이었다.

퇴로는 이미 차단된 상태였다. 이제는 조조에게 날개가 달렸다 해도 도망갈 수 없는 상황이었다. 채모를 상대로 결전을 벌일 태세를 취한 조조는 밤이 되자 조인을 불러들인 다음 허리를 굽혀 예를 올렸다.

"자효子孝! 형세가 위급하네. 자네가 아니면 혈로를 열 사람이 없네."

조인은 조조가 자신에게 결사대를 조직하여 선봉에서 마안령을 뚫고 나감으로써 혈로를 열어달라는 것으로 알았다. 그는 재빨리 무릎을 꿇었다. 눈빛이 의연했다. 그러고는 결연한 목소리로 말했다.

"주공께서는 염려하지 마십시오. 저 조인이 대군을 위해 길을 열겠습니다."

그의 말과 행동에 크게 감동한 조조는 눈물을 머금고 말했다.

"자네는 어찌 이런 말을 하는가? 자네가 피바다에 뛰어들 용기를 지닌 줄은 알지만 내가 언제 자네에게 그렇게 죽으라고 했는가?"

조인은 어안이 벙벙했다.

"그럼 제게 혈로를 열라는 말씀은 무슨 뜻인지요?"

"자네가 정예 병력을 조직하여, 땅 밑으로 비밀통로를 파서 마안령의 오른쪽으로 통과하라는 뜻이었네."

그제야 조인은 소소의 뜻을 알아차리고 웃으며 말했다.

"묘책이십니다. 하지만 이는 혈로라고 할 수 없을 것입니다. 이런 일은 아무나 할 수 있지요."

조조가 정색을 하고 말했다.

"아닐세! 마안령을 통과하려면 통로의 길이가 적어도 5리는 족히 될 걸세. 게다가 길이 너무 좁아서도 안 되네. 너무 좁으면 군수품을 실은 수레가 통과할 수 없지 않겠나? 게다가 시간도 넉넉하지 않네. 하루 밤낮에 공사를 완성해야 하네. 이 일이 그렇게 쉽다고 생각되나?"

조인은 냉정하게 생각해보았다. 5리나 되는 땅굴을 파는데 얼마나 많은 흙을 파내고 운반해야 하는가! 혹시 단단한 바위를 만나기라도 하면 시간은 훨씬 더 지체될 것이다. 그의 등에 어느새 식은땀이 흘러내렸다.

하지만 조인은 명령을 그대로 받아들이면서 정해진 시간에 공사를 끝내지 못하면 목을 내놓겠다는 '군령장'을 썼다. 그는 조용히 2천 명의 젊고 건장한 병사들을 골랐다. 그런 다음 흙을 파기 위한 삽과 흙을 운반하기 위한 자루와 밀차, 천정을 받칠 각목과 장대 등을 준비했다. 만반의 준비가 끝나자 그날 밤으로 행동을 시작했다. 조인은 먼저 경험이 있는 병사들에게 땅굴을 팔 위치를 선택하게 했다. 위치가 확정되자 2천 명의 병사들이 나란히 줄을 지어 두더지처럼 굴을 파기 시작했다. 시간이 촉박하다 보니 잠 잘 시간도 없었고 잠 잘 곳도 없었다. 심지어 밥을 먹거나 물을 마시는 것도 돌아가며 해야 했다. 그들은 미친 듯이 땅굴을 파고 흙을 운반했다. 이 일은 전쟁터에서 죽기 살기로 싸우는 것보다 더 힘들고 무서운 일이었다. 병사들은 너무 힘든 나머지 눈앞에 별이 보이기도 했고 신음소리 한 번 내뱉고 흙더미에 쓰러져 그대로 죽는 사람도 있었다. 탈진해 죽거나 공기가 희박하여 질식해 죽은 병사들의 시신이 흙과 자갈과 함께 운반되어 깊은 골짜기에 그대로 버려졌다.

조조가 조인에게 하루 만에 비밀통로를 완성하라고 한 데는 그만의 이유가 있었다. 기밀이 새어나갈까 두려웠던 것이다. 장수와 채모가 이런 사실을 알게 되면 조조의 군사들은 그야말로 독 안에 든 쥐가 될 수밖에 없었다. 적의 동태를 마비시키고 조인 등을 엄호하기 위해 그는 전투 태세를 취하고 장수에게 싸움을 돋웠다. 양군은 낮은 지대에서 3시간을 싸워 각자 적지 않은 부상자를 냈다. 황혼 무렵이 되자 조조는 장수와 '내일 다시 싸우기로 약속'하고 나팔을 울려 군사를 거두었다.

조인의 병사들이 밤새 땅을 판 덕분에 날이 밝기 전에 드디어 비밀통로가 완성되었다. 2천 명의 병사들 가운데 지쳐서 죽거나 질식해서 죽은 자가 도합 3백 50명이나 되었다. 살아남은 자들은 거의 귀신의 형색이었다. 이것이 하루 밤낮에 일어난 변화라는 사실이 도무지 믿어지지 않을 정도였다.

다음날은 날씨가 흐렸고, 가끔씩 굵은 비도 쏟아졌다. 결국 약속했던 전투는 벌어지지 않았다. 장수와 채모는 군막에 앉아 술을 마셨다. 그들은 빗줄기를 바라보며 조조의 속이 타서 재가 됐을 것이라 생각했다. 그들로서는 전혀 급할 것이 없었다. 그곳은 그들의 지역이라 식량과 병력을 조달하기에 편리했지만 조조는 정반대였다. 조조는 자신의 지역을 너무 멀리 벗어나 있었던 것이다. 때문에 식량을 조달하는 것이 하늘의 별 따기였다. 장수와 채모는 조조를 기다려줄 여유가 충분했다. 그들은 안중에서 조조가 오도 가도 못한 채 죽어가게 만들 생각이었다.

그러나 이때 척후병이 빗줄기를 뚫고 흠뻑 젖은 몸으로 들어와 보고를 올렸다.

"조조의 대장군 조인이 군수품 수레를 끌고 이미 마안령을 지나갔습니다. 그리고 조홍이 인솔한 정예 병력 5천 명도 마안령을 통과했으며, 오른쪽의 산꼭대기를 점령할 준비를 하고 있습니다."

쨍그랑 하는 소리와 함께 술잔이 땅에 떨어졌다. 장수가 대경실색하며

자리에서 벌떡 일어났다. '그럴 리 없어! 조조의 병력이 어떻게 마안령을 통과했단 말인가?'

그들이 의혹에 잠겨있을 때 마안령의 뒤쪽에서 북소리와 나팔소리가 들려왔다. 장수와 채모가 고개를 들어 보니 개미 떼처럼 바글대는 사람들이 마안령 왼쪽 안장에 나타났다. 그들은 위에서 아래를 내려다보면서 허도로 통하는 '생사의 길목'을 통제하고 있었다.

오래 꾸물거릴 여유가 없었다. 장수는 급히 자신의 병사들을 집합시켜 조조의 군대를 추격하려 했다. 출발을 알리는 북소리가 울리려는 순간 가후가 장수의 앞을 막아서며 그를 저지했다.

"장군! 추격하시면 안 됩니다. 지금 추격하시면 패배를 자초할 것이 뻔합니다."

장수는 속에서 불이 났다. 도주하는 적을 추격하는 것은 극히 정상적인 일이었다. 예전에 그는 숙부 장제를 따라 도망치는 적을 추격하여 전멸시킨 일이 한두 번이 아니었다. 적을 추격하는 것은 시각을 다투는 일이라 가후와 입씨름할 여유가 없었다. 그는 두 발로 말의 허리를 걷어차 휘익 하는 소리와 함께 앞장서서 빗속으로 달려 나갔다.

그러나 장수는 참패하여 돌아왔다.

나중에야 장수는 조조가 철수하는 것이지 쫓겨 가는 것이 아님을 알게 되었다. 조조는 철수하는 도중에 기병을 매복시켜 놓고 후퇴하는 척하면서 전진하는 계략을 사용했다. 그가 조조의 군대를 거의 따라잡으려 하는 차에 어디선가 포성이 울리더니 갑자기 숲속에서 복병들이 몰려나왔다. 자세히 보니 군기 아래 서 있는 자가 바로 조조였다. 조조의 곁에는 키가 훤칠하고 얼굴색이 시커먼 장수 하나가 갈고리 창을 들고 서 있었다. 전혀 모르는 인물이었다. 조조가 말안장을 들어 그를 가리키며 웃었다.

"장수 네 이놈! 네놈이 쫓아올 줄 알았지. 여기서 기다린 지 오래다. 얼른 말에서 내려 투항하지 못할까?"

조조가 말을 마치기 무섭게 얼굴이 시커먼 장수가 버럭 소리를 지르며 말의 허리를 걷어차 그를 향해 달려왔다. 장수는 급히 그를 맞아 응수했다. 얼굴 검은 장수의 창술은 능수능란했다. 두 사람은 수십 합을 싸웠으나 승부를 가리지 못했다. 이때 조조 진영에서 또 다른 장수 허저가 나섰다. 허저는 장수도 본 적이 있는 인물이었다. 허저가 검을 들고 덤비자 이를 당해내지 못한 장수는 재빨리 퇴각했고, 그의 병사들도 산지사방으로 흩어졌다. 정말 꼴이 말이 아니었다. 다행히 조조가 쫓아오지는 않았다. 조조는 승리를 거두자 곧 나팔을 울려 군사를 거두고 계속 북진했다.

장수는 의기소침하여 안중에 있는 영지로 돌아왔다. 가후가 앞에 나가 그를 맞이했다. 가후를 본 장수의 얼굴에 부끄러운 기색이 역력했다. 그가 말에서 내려 갑옷과 투구를 벗으려 하는 순간 가후가 입을 열었다.

"장군께서는 잠시 후에 갑옷을 벗으셔도 됩니다. 지금 적들이 멀리 가지 못했을 때 시간을 지체하지 말고 정병을 모아 추격하시는 것이 좋을 것 같습니다."

장수가 깜짝 놀라 물었다.

"방금 그대의 말을 따르지 않아 패배하고 돌아왔는데, 어찌 내게 또다시 군대를 이끌고 나가 싸우라고 하는 것이오?"

가후가 웃으면서 대답했다.

"지금 조조를 추격하면 반드시 이기실 것입니다. 만일 그렇지 않으면 저의 목을 베십시오."

가후가 자신 있게 목까지 내어놓겠다고 하자 장수는 반신반의하면서 다시 대오를 정비하고 병사들의 용기를 북돋아 원래 왔던 길을 따라 조조의 군대를 추격하기 시작했다.

1시간 후 장수는 입이 크게 벌어져 다시 군영으로 돌아왔다. 가후의 말대로 승리를 거둔 것이었다.

가후는 이미 영채 앞에서 술을 데워놓고 기다리고 있었다. 장수가 들어오자 그는 술잔에 술을 가득 따라 말 머리 가까이 가져갔다.

"승리하고 돌아오신 것을 축하드립니다. 이 잔을 받으시지요."

장수는 술잔을 받지 않고 얼른 말에서 내려 가후의 손을 부여잡고 말했다.

"그대의 말대로 조조를 추격하여 큰 승리를 거두었소. 수백 명을 죽였고 군수품을 실은 수레도 적잖게 포획했소. 하지만 미련해서 그런지 아직 그대의 생각을 잘 이해하지 못하겠소. 처음에 정예 병력을 이끌고 추격했을 때는 패하고 돌아왔는데, 이번에는 패잔병들을 이끌고 추격해서 오히려 승리를 거두었소. 그 원인이 무엇인지 말해주시구려."

가후가 천천히 설명했다.

"이치는 어렵지 않습니다. 저의 직언을 용서해 주십시오. 장군께서는 용병에 뛰어나시지만 아직 조조를 당할 수는 없습니다. 처음에 조조는 싸움에 패하긴 했지만 아군의 추격을 예상하고 후방에 정예부대를 배치해 아군을 따돌렸던 것입니다. 그러니 아군이 패할 수밖에 없지 않겠습니까?"

장수가 탄복하며 고개를 끄덕였다. 하지만 그의 눈에는 여전히 의혹이 남아 있었다. 그가 다시 물었다.

"내가 조조를 당할 수 없는데 어째서 조조가 패한 것이오?"

가후가 대답했다.

"이번에 조조는 양성을 공격했지만 성공하지 못했습니다. 그렇다고 해서 그의 병력에 큰 손실이 생긴 것도 아니고 군량이 바닥난 것도 아닙니다. 그런데도 조조가 그토록 다급하게 회군을 서두른 것은 분명 허도에 위급한 일이 생겼기 때문일 것입니다. 그러니 끝까지 추격에 대비해 신경을 쓸 여력이 없었고, 하루속히 돌아가 변고에 대비할 방책을 구상해야 했을 것입니다. 후미에 남았던 부장도 유능한 장수였지만, 그래도 필경 장군의 적수는 못됐을 겁니다. 그래서 장군께서 패잔병들을 이끌고 갔는데도 쉽게 그들의 후군을 대파할 수 있었던 것입니다."

그의 말에 장수는 모든 것을 깨닫고 머리를 끄덕이며 감탄했다.

"선생의 식견이 높고 깊으니 나의 위대한 모사임에 틀림이 없소이다."

# 4

조조와 함께 뒷길을 끊어버리고 장수와 교전하여 승부를 가리지 못한 시커먼 얼굴의 장수는 이름이 이통李通이요 자가 문달文達로 강하江夏군 평춘平春 사람이었다. 그는 의협심이 강한 인물로 강하와 여남 일대에 이름을 날렸다. 한때 2천 명의 백성들을 거느리고 황건적과 싸워 대장군 오패吳覇를 사로잡고 그 부하들의 항복을 받은 적도 있었다. 지난봄 그는 조조에게 몸을 의탁했고, 진위振威 중랑장中郎將을 제수받아 여남의 서쪽에 주둔하고 있었다.

조조가 양성을 공격할 때 이통이 사람을 보내 혹시 자신의 지원이 필요한지 물어왔다. 여남에서 양성까지는 6백 리라 너무 멀었기 때문에 조조는 필요 없다고 대답했다. 그의 지원이 필요하진 않았지만 이통의 행동에 조조는 큰 감동을 받았다. 하지만 조조를 더욱 감동시킨 것은 그가 간신히 마안령을 통과하여 추격병이 쫓아오지 않을까 전전긍긍하고 있을 때 이통이 3천 명의 군사를 이끌고 작은 숲에서 그를 맞이한 일이었다.

이통은 조조의 지휘에 따라 장수를 대파한 다음 조조를 따라 허도로 돌아갔다. 그는 곧 비裨 장군으로 승진되었고, 건공후建功侯에 봉해졌다. 그때부터 이통은 조조의 가장 충성스럽고 용맹한 장수가 되어 이전과 이름을 나란히 하게 되었다.

조조는 허도로 돌아가 원소를 상대로 한 차례 혈전을 벌이려 했다. 그러나 교외까지 그를 마중 나온 순욱이 빙긋이 웃으며 보고를 올렸다.

"주공께서는 염려를 거두십시오. 원소는 천자를 모시러 오지 않을 것입니다."

사태가 어떻게 전개된 것인가? 흑산적의 대장군 장연張燕이 공손찬과 결탁하여 기주를 공격하려 한다는 소식이 원소에게 전해지자, 견제를 받고 있는 마당에 원소가 감히 조조에게 쉽게 대응할 수 없게 된 것이었다.

조조는 지난해 봄부터 이때(건안 3년 7월)까지 3번이나 장수를 토벌했다. 처음에는 실패했고, 두 번째는 승리했으며, 세 번째는 비긴 것이나 다름없었다. 조조가 장수를 멸하지는 못했지만 장수에게도 허도를 위협할 힘이 남아 있지 않았다. 그는 남쪽으로 퇴각했고, 남쪽은 점차 안정되어 갔다. 건안 4년이 되어 조조와 원소가 관도官渡 전선에서 대치할 때 장수는 가후의 설득으로 조조에게 투항하게 되었다. 두 사람은 서로 웃어 보이며 과거의 일을 전부 잊기로 했다. 그 후 두 사람은 자녀들을 통해 사돈까지 맺었다. 물론 이는 나중의 일이다.

　조조가 출정을 마치고 집으로 돌아오자 그의 자녀들과 처첩들이 대문 앞에 나와 무릎을 꿇고 그를 맞이했다. 떠들썩하고 분주하게 오고가는 사람들, 따뜻하고 달콤한 웃음, 호수처럼 찰랑이는 추파도 변함이 없었다. 당 안팎으로 촛불이 가득 켜져 있어 도처에 환한 빛이 넘쳤고 살랑살랑 불어오는 미풍 속에 따뜻한 기운이 감돌았다. 그는 이것이 이른바 '가정의 분위기'라는 것을 잘 알고 있었다.

　그랬다. 전쟁터에서 돌아온 사람들은 이런 분위기에 특별히 민감했고, 이를 잘 파악했다.

　그러나 오늘은 이런 분위기가 깨진 것 같았다. 아직 7월이라 한창 무더위가 기승을 부릴 때였다. 하지만 그는 마음속으로 시원한 정도가 아니라 얼음장같이 차가운 기운이 흐르는 것을 느꼈다.

　그의 조강지처 정씨는 보이지 않았다. 처첩들을 거느리고 그를 맞이한 것은 변씨였다.

　예전에는 집으로 돌아오면 가장 먼저 정씨가 있는 안채로 가곤 했다. 오랜 세월을 함께 한 부부는 조용히 얼굴을 마주했고 그녀는 남편에게 집 안에서 생긴 모든 일들을 얘기해주었다. 그러나 오늘은 그렇지 못했다.

　그리고 집으로 돌아온 첫날밤은 정씨 곁에서 보내면서 서로 위로하는 것이 상례였다. 그러나 이날은 그럴 수 없었다. 그는 맞아들인 지 얼마 안 되는 윤씨의 침상에서 잠을 청했지만, 이상하게도 피곤이 풀리지 않았다. 정씨 곁에서 편안하게 자던 것과는 너무나 달랐다.

　예전에 집으로 돌아오면 정씨는 온통 땀자국으로 얼룩지고 이가 기어

다니는 그의 속옷을 벗겨주곤 했었다. 그런 다음 깨끗하게 빨아 풀까지
먹이고 해진 곳을 알뜰하게 기워 다시 갈아입혀 주곤 했다. 그러나 이날
은 그렇지 않았다. 새로 들인 윤씨는 아직 아무 일도 할 줄 모르는 것 같
았다. 윤씨는 아직도 그를 부끄러워하고 낯설어했다.

　다음날 조조는 이른바 치의緇衣라 불리는 검정색 평상복을 입고 서재에
앉아 있다가 문득 《시경》〈정풍鄭風〉에 나오는 〈치의〉라는 시를 떠올렸다.


　　당신의 검은 옷이 몸에 잘 맞는군요.
　　낡아지면 내 다시 고쳐 드리지요.
　　당신의 관사로 가고 싶어요.
　　가서 새사람을 소개해드리지요.


　순간 그의 마음이 두근거렸다. 그는 치의의 소매부분을 살펴보았다. 원
래 많이 닳은 부분이지만 정씨가 검정 실로 잘 꿰맨 덕분에 전혀 흔적이
남아 있지 않았다. 정씨는 매우 소박한 사람이었고 조조도 그랬다. 그래
서 그는 낡은 치의를 지금까지 버리지 않고 있었던 것이다.

　조조는 '낡아지면 내 다시 고쳐 드리지요'라는 구절을 되뇌며 멍하니
생각에 잠겼다. 그러나 그는 곧 자신의 원래 모습으로 돌아왔다. '물 같
은 부드러움'은 애당초 소소의 본색이 아니었던 것이다.

　자신의 원래 모습으로 돌아오자 그는 친정에서 거의 1년 넘게 머물고
있는 정씨를 만나러 초현으로 가기로 마음먹었다.

　조조는 아이들을 보내 그녀를 데려오려 한 적도 있었다. 그러나 그녀는
오지 않았다. 그는 또 변씨와 윤씨를 보내 그녀를 데려오려 했다. 그러나

그녀는 여전히 오지 않았다. 이번에는 자신이 직접 나서기로 했다. 그녀를 데려와야 진정한 가정이 될 것 같았다.

조조는 정씨가 돌아올 때 타고 올 수레에 휘장을 얹고 아름답게 장식하게 했다. 그리고 장인께 드릴 선물을 챙긴 후 병사와 노복들을 거느리고서 초현으로 향했다.

사흘 뒤 그는 와하의 출렁이는 물결을 볼 수 있었고, 뱃사공의 호각소리를 들었다. 이어서 강기슭에서 조가비를 줍는 아이를 보며 어린 시절을 떠올렸다. 하지만 그곳에 오래 머물지는 않았다. 이번에 그는 친척을 방문하러 온 것이 아니었던 것이다. 그의 친척들은 이미 지하에 잠들어 있거나 혹은 그를 따라 허도에 와 있었다. 이곳에는 먼 친척들만이 아직 무너지지 않은 초가집과 조상들의 무덤을 지키고 있었다. 그는 곧 정씨가 있는 마을로 향했다.

평범하기 그지없던 마을이 높디높은 관원의 등장으로 크게 술렁거렸다. 이 소식은 마을 어귀에서부터 정씨네 집까지 두루 퍼졌다. 북적대는 소리에 닭이 울타리를 날아 넘었고, 개가 작은 담을 뛰어 넘었으며, 돼지가 우리 문을 뛰쳐나오고, 소가 고삐를 끊어버렸다. 조조보다 나이가 훨씬 많은 장인은 대문을 나서다가 문턱에 걸려 넘어졌고, 인사를 나눌 때는 누가 더 어른인지 구분하기 힘들었다.

장인은 그를 초당으로 안내했다. 식탁에는 벌써 술과 두장, 햇복숭아, 밭에서 갓 따온 과일 등이 놓여 있었다. 그는 정씨의 근황을 물었다. 장인은 그녀가 매우 잘 지내고 있으며, 방금 전까지만 해도 닭장에서 모이를 주고 있었다고 말했다. 그는 곧 하인을 시켜 그녀를 찾아오게 했다. 하인은 부리나케 나갔다가 다시 돌아와서는 그녀가 닭장에 없다고 전했다.

장인은 그녀가 후원에 있는 벌집에서 꿀을 따고 있을 것이라고 했다. 하인이 다시 헐떡이며 돌아오더니 그곳에도 없다고 전했다. 장인이 하인에게 욕을 퍼부었다.

"이런 아무 짝에도 쓸모없는 놈 같으니라고! 어디를 갔기에 삼태기만 한 집에서 사람 하나를 못 찾는단 말이냐!"

조조가 말했다.

"제가 직접 찾아보겠습니다."

그는 수루繡樓(여인의 규방─옮긴이)로 올라갔다. 수루에는 옻칠한 긴 나무탁자와 대나무로 엮은 상자, 구름무늬 찻상이 놓여 있었다. 전부 그녀가 쓰던 물건이었다. 침대에는 부들을 엮어 만든 돗자리와 얇은 솜이불도 있었다. 돗자리 한가운데는 연꽃과 잠자리, 청개구리의 모양이 수놓여 있었다. 그는 이것이 그녀의 솜씨임을 잘 알고 있었다. 이곳에도 해진 구멍이 있었을 것이다. 그녀는 늘 독특한 구상으로 낡은 물건을 새롭게 꾸미곤 했다. 그녀의 눈에는 낡아서 버릴 물건이 하나도 없는 것 같았다.

몸을 돌려 보니 그녀의 경대가 눈에 들어왔다. 그 위에도 이렇다 할 물건은 없었다. 마노 목걸이와 금귀고리, 금반지, 옥팔찌 등은 전부 혼인할 때의 지참품이었다. 그녀는 복 황후가 베푸는 연회 등 특수한 행사가 있을 때만 이런 장신구를 몸에 달곤 했다. 평소에는 항상 외롭게 상자 안에 담겨 있어야 하는 물건들이었다.

그러나 구리거울은 그녀가 항상 애용하는 물건이었다. 둥근 손잡이와 둥근 받침대가 있고, 받침대 주위에는 작은 새 8마리가 새겨져 있었다. 중간에는 공작새가 새겨져 있었다. 그 위에는 "늘 님을 그리워하니 자주 놀러오세요. 자손이 훌륭하니 근심이 없고 즐겁기만 하네요長思君, 時來游.

宜子孫, 樂無憂"라는 문구가 새겨져 있었다. 이것도 그녀의 지참품이었다. 세월이 유수라 어느덧 20년이 흘렀다. 그러나 구리거울은 전혀 낡지 않은 상태였다. 아마 10년, 20년이 더 지나도 여전히 똑같은 모양일 것이라고 그는 생각했다. 그러나 구리거울 속에 비친 사람의 모습은 어떨까? 그는 거울 속에서 얼굴에 주름이 가득하고 귀밑머리가 새하얘진 자신을 발견했다.

그는 거울을 조심조심 제자리에 내려놓았다.

그러고는 다시 한 번 구리거울에 새겨져 있던 글귀를 읽어보았다.

"늘 님을 그리워하니 자주 놀러오세요. 자손이 훌륭하니 근심이 없고……."

갑자기 가슴속이 뜨거워졌다. 그의 마음속에 창밖에서 들려오는 와하의 파도소리와 함께 공명이 일었다.

그는 그녀와 혼례를 올리던 날을 떠올렸다. 그녀는 알록달록하게 장식된 배를 타고 강 건너편에 내려 천으로 된 전대를 하나씩 밟으며 그의 집으로 걸어 들어왔다. 그때부터 그녀에게는 '가문의 대를 잇는傳宗接代' 책임이 주어졌다. 그녀는 희망에 부풀어 한 해 또 한 해를 기다렸다. 그러나 끝내 한 번도 수태를 하지 못했다. 조조는 아무렇지도 않았지만 그녀에게는 지극히 중요한 일이었다. 그렇지 않았더라면 그녀가 조앙을 직접 키우지도 않았을 것이고, 조앙의 죽음으로 인해 미치지도 않았을 것이다. 지금쯤 몸과 정신이 완전히 회복되었을까?

이때 저 아래서 누군가 외쳤다.

"찾았습니다! 찾았다고요."

그는 얼른 정신을 가다듬고 수루를 내려왔다.

그녀는 동각에서 베를 짜고 있었다. 그녀가 처음부터 동각에 있었는지 아니면 다른 곳에 있다가 동각으로 간 것인지 조조로서는 알 도리가 없었다.

조조는 찰칵 찰칵 하는 베틀소리를 들었다. 그는 베틀소리를 따라 걸음을 옮겼다. 낯익은 뒷모습이 눈에 들어왔다. 그는 익숙한 체취를 맡았다. 그가 걸음을 늦춰 문턱을 넘어서며 말했다.

"나 왔소!"

찰칵 찰칵.

그에게 돌아온 대답은 베틀소리뿐이었다.

"그간 잘 지냈소?"

찰칵 찰칵.

여전히 베틀소리만 들려왔다.

"부인! 고개를 들어 날 좀 보구려."

찰칵 찰칵.

그녀는 여전히 입을 열지 않았고 고개도 들지 않았다.

조조는 맞은편에 놓인 의자에 앉았다. 때는 오후라 햇볕은 있었으나 그다지 강하지 않았다. 무궁화 그림자가 그녀의 턱을 어루만지고 있었다. 그녀는 몸이 예전보다 통통해졌고, 머리숱도 더 많고 짙어졌다. 조앙이 죽은 직후에는 머리카락이 낳이 빠졌었다. 이상하게도 얼굴의 주름은 줄어들고 피부도 부드럽고 붉그스레해져 있었다. 이는 1년 동안 심신이 편안했다는 증거였다.

조조는 지난 1년 동안 집안에 있었던 일들을 늘어놓기 시작했다. 그녀는 말없이 베만 짜고 있었다. 때문에 그로서도 얘기를 계속 이어나가기가 쉽지 않았다. 자신이 듣기에도 무미건조한 얘기들이었다. 이에 그는 화제를 바꿔 그녀에 대한 그리움을 토로했다. 매번 전쟁이 끝나고 돌아올 때마다 이런 그리움이 더욱 강렬해진다는 둥, 그녀가 집에 없으니 전혀 집이라는 느낌이 들지 않는다는 둥, 계속 떠들어댔지만 귀에 들리는 건 여전히 베틀소리뿐이었다. 소박한 기계소리에 비하면 그의 하소연은 다소 경박하면서도 어색했다. 그러나 그는 얘기를 계속해야 했다. 말을 하지 않을 수가 없었다. 그가 이번에 온 목적이 그녀를 집으로 데려가기 위한 것인 만큼 이런 얘기들은 꼭 필요했다.

"나랑 같이 집으로 돌아갑시다."

찰칵 찰칵.

그가 다시 말했다.

"조앙의 죽음 때문에 언제까지 나를 용서하지 않을 것은 아니겠지?"

찰칵 찰칵.

"오랜 부부의 정을 봐서라도 내게 무슨 잘못이 있다면 너그럽게 용서해주구려."

베틀 위에 눈물방울이 떨어졌다.

찰칵 찰칵.

그는 살며시 일어나 그녀의 등 뒤로 걸어갔다. 그러고는 그녀의 머리카락과 얼굴, 어깨 등을 어루만졌다. 하지만 그녀는 여전히 얼어붙은 바위처럼 차갑기만 했다.

조조는 하는 수 없이 일어나 방을 나서기로 했다. 문어귀와 창밖에 모여 있던 수많은 얼굴들이 그가 문을 나서려 하자 순식간에 사라졌다.

조조가 문턱에 서서 고개를 돌려 다시 말했다.

"부인! 나와 함께 돌아갑시다."

그러나 그녀는 미동도 하지 않은 채 여전히 베를 짜고 있었다.

문턱을 넘어선 그는 마당에 서서 다시 말했다.

"부인! 나와 함께 돌아갑시다."

그녀는 여전히 고개를 들지 않았다.

그는 대문에 이르러 마지막으로 그녀에게 함께 돌아가자고 외쳤다. 갑자기 방 안에서 이상한 소리가 들렸다. 깜짝 놀라 다시 가까이 가보니 그녀가 가위를 들고 방금 짜낸 베를 사정없이 찢고 있는 것이었다.

조조가 탕 하고 발을 구르며 탄식했다.

"아뿔싸! 우리의 인연이 이렇게 끊어지고 마는구나."

두 사람 모두 눈물이 비 오듯이 흘러내렸다.

말에 올라 탄 조조는 자신이 끌고 온 수레가 비어 있는 것을 보니 칼로 가슴을 에는 것 같았다. 장인이 그를 위로하여 말했다.

"현명한 사위께서는 저 애의 잘못을 탓하지 말게나. 저 애의 정신이 회복되면 내가 직접 데리고 가겠네."

조조가 고개를 가로저으며 말했다.

"절대 그러시면 안 됩니다."

장인이 곤혹스러워하며 되물었다.

"그렇다면 사위의 뜻은……."

조조가 조용히 말했다.

"좋은 남자가 있으면 재가시키도록 하십시오."

놀란 장인은 안색이 하얗게 질려 땅바닥에 털썩 주저앉았다. 그러고는 입술을 실룩거렸다. 마치 "자네 지금 뭐라고 했나? 내가 잘못 들은 것 같네"라고 말하는 것 같았다.

조조가 다시 한 번 또박또박 분명하게 말했다.

"재가시키도록 하십시오!"


허도로 돌아오는 길에 조조는 스스로에게 물었다. '그녀를 재가시키라고 한 것이 과연 나의 진심일까?

"진심이야."

조조가 스스로에게 대답했다.

조조의 말을 이해하는 사람도 있고 그렇지 못한 사람도 있었다. 그러나 조조의 말은 진심이었다.

조조는 조강지처에게서 버림받았다. 절대 그가 부인을 버린 것이 아니었다. 희한한 일이었다. 조조는 줄곧 정씨가 왜 자신을 버렸는지 알 수 없었다. 절대 조앙의 죽음 때문만은 아니었다. 누구도 이 일에 담긴 비밀을 알지 못할 것이었다.

이후 변씨가 정실이 되어 정씨의 자리를 대신 차지하게 되었다.

# 제22장
# 진등의 속임수

건안 2년의 중추절, 여포는 서주 관아의 뒷마당에서 가족들과 함께 단란한 시간을 보내고 있었다.

달빛이 그다지 밝지 않아서인지 안채와 누각, 꽃과 나무들이 전부 희미하게 보였다. 선들선들 불어오는 시원한 바람을 타고 계화桂花 향기가 풍겨왔다. 여기저기서 귀뚜라미가 시끄럽게 울어대는 가운데 아주 가끔씩 매미 울음소리도 들려왔다.

여포는 정자에 앉아 천천히 술을 마시고 있었다. 초선과 딸 완군이 그의 곁에 앉아 있었다. 약간 취기가 오른 가운데 갑자기 근처에서 나지막한 기침소리가 두 번 들리는 듯했다. 누가 기침을 한 것일까? 초선도 아니고 완군도 아니었다. 하녀 장씨도 아니었다. 이들 외에 다른 사람이 더 없으니 이상한 일이었다. 그는 도겸이 내는 소리일 거라고 짐작했다. 하지만 도겸은 이미 죽은 지 오래였다. 그렇다면 유비劉備가 내는 소리인가? 그러나 유비도 서주를 떠난 지 오래였다. 한참 생각을 하던 그는 자신을 나무랐다. 그것은 환청이었다.

여포는 재작년 여름에 유비에게 잠시 몸을 의탁하기 위해 서주에 왔다. 그때 유비는 하비下邳에 주둔해 있으면서 여포에게 소패小沛에 잠시 주둔해 있으라고 했다. 그러나 얼마 지나지 않아 그는 유비가 대군을 이끌고 회음淮陰 일대에서 원술과 대치하는 틈을 타 하비를 차지하는 대신 소패성을 유비에게 양보했다. 그리고 그때부터 유비를 대신하여 스스로 서주목이 되었다.

서주목이 된 지 얼마 지나지 않아 그가 평생 자부심을 느낄 수 있는 사건이 발생했다. 다름 아닌 그 유명한 '원문에서 방천화극을 쏘아 맞힌' 사건이었다.

춘사春祀(음력 2월에 토지신에게 농사가 잘되기를 기원하며 지내는 제사로 입춘 다음 다섯 번째 무일戊日에 지낸다-옮긴이)가 지난 어느 날 밤이었다. 그 날도 이날 밤처럼 달빛이 그다지 밝지 않았다. 그가 정원에서 산책을 하고 있는데 진궁이 갑자기 찾아와 원술의 대장 기령紀靈이 3만의 보병과 기병을 거느리고 소패성을 포위했고, 유비가 종사 미축糜竺을 보내 지원을 요청했다고 전했다. 몹시 놀란 여포는 진궁에게 어떻게 하는 것이 좋을지 방도를 물었다. 진궁은 오래 고민하지 않고 곧장 대답했다.

"절대 도와주시면 안 됩니다."

"왜 도와주지 말라는 거요?"

"유비는 조조처럼 큰 인물이 될 사람입니다. 지금 주공께서 그를 도와주셨다가는 나중에 반드시 후회하실 날이 있을 것입니다."

하지만 유비를 도와주지 않으면 그는 원술에게 질 것이고 유비가 망하고 나면 원술의 세력이 곧바로 서주로 뻗칠 것이 자명한 일이었다. 그렇게 되면 순망치한脣亡齒寒이 될 터이니 어찌하면 좋단 말인가?

진궁의 말에도 일리가 있다고 판단한 여포는 잠시 고민에 빠졌다. 한참 뒤에야 미간을 찌푸린 그에게 좋은 묘책이 떠올랐다. 그는 우선 진궁의 계책에 따르기로 했다. 다음날 그는 직접 병사 1만 명을 이끌고 하비를 떠나 소패로 갔다. 소패에 이르자 그는 원문에서 주연을 베풀고 기령과 유비를 불렀다. 여포가 두 사람에게 말했다.

"두 분께서 싸우시면 제가 어느 한쪽의 편을 들 수도 없고 어느 한쪽을 칠 수도 없습니다. 저는 평생 싸움을 좋아하지 않고 오직 화해를 좋아하는 터라 이번에도 두 분을 위해서 화해의 자리를 마련하고자 합니다. 제게 한 가지 방법이 있습니다. 다름 아니라 승패를 하늘의 뜻에 맡기는 겁니다."

말을 마친 그는 좌우에 있던 방천화극을 멀리 원문 밖에 꽂아 놓게 했다. 그러고는 한 손에 유비를, 다른 한 손으로는 기령을 잡아끌며 연회석을 떠나 군막으로 나왔다. 세 사람은 방천화극에서 1백 50보 떨어진 지점에 멈춰 섰다. 여포가 다시 입을 열었다.

"여기서 원문이 1백 50보 정도 떨어져 있습니다. 제가 여기서 활을 쏘아 화살로 방천화극의 가지를 맞히면 두 분께서는 군사를 거두셔야 합니다. 만일 맞히지 못한다면 두 분께서는 각자 영채로 돌아가 싸울 준비들을 하십시오. 저는 제 말을 듣는 쪽을 도와 듣지 않는 쪽을 치겠습니다."

곧 그는 시위들에게 분부하여 화살을 가져오게 했다. '활을 잡은 손은 태산을 미는 것 같고 활시위를 당기는 손은 마치 범의 꼬리를 잡은 것 같았다.' 휘익 하는 소리와 함께 화살이 시위를 떠나기 무섭게 저 멀리서 탕 하고 방천화극을 맞히는 소리가 들려왔다. 방천화극을 검사한 병사들이 일제히 환호성을 외쳤다.

"맞혔습니다! 작은 가지를 정확히 맞혔습니다!"

좌우에 있던 장수들이 일제히 갈채를 보냈다. 기령은 놀라움을 감추지 못해 입이 헤 벌어지더니 눈까지 휘둥그레졌다. 유비는 얼굴 가득 희색이 돌면서 '유기由基가 다시 살아났다'며 혀를 내둘렀다. 기령은 하는 수 없이 다음날 곧장 수춘壽春으로 철수했다.

이리하여 여포는 '원문에서 방천화극을 쏘아 맞히는' 계략으로 유비를 구원한 만큼 재작년에 유비가 그를 소패에 주둔할 수 있도록 해준 일에 대한 은혜를 갚은 셈이었다. 그러나 동시에 원술과는 등을 지게 되었고, 이로 인해 여포는 마음이 크게 불안했다. 원술이 자신을 치지는 않을까 두려웠던 것이다. 그러나 뜻밖에도 원술은 그를 원망하지 않았을 뿐만 아니라 오히려 우호적인 태도를 보였다. 정말 이상한 일이 아닐 수 없었다.

여포는 술 한 잔을 목구멍에 털어 넣었다. 그가 술잔을 내려놓기 무섭게 완군이 국자로 술을 떠서 다시 가득 채워주었다. 순간 그의 눈길은 완군의 얼굴에 머물러 오래도록 떠날 줄 몰랐다.

이날 오후 수춘에서 사자가 왔다. 이번에도 한윤韓胤이었다. 그는 양곡 1만 5천 석을 가지고 왔다. 원래 여포에게 주기로 했던 곡식 2만 석이 드디어 채워진 것이다. 아울러 패물을 잔뜩 보내왔다. 하나같이 희귀한 보물들이었다. 한윤은 원술의 아들 원요袁耀를 위해 중매를 서러 왔다고 말했다. 원술이 여포의 딸 완군을 며느리로 삼고 싶어 한다는 것이었다.

올해 17살인 원요는 완군보다 2살이 많았다. 두 아이의 생년월일을 놓고 궁합을 맞춰보니 제법 잘 맞았다. 그러나 완군은 아직 결혼하기에는 너무 어린 나이였다. 여포는 딸을 시집보내야겠다는 생각을 한 번도 해본 적이 없었다. 여포가 어떻게 대답해야 할지 몰라 주저하고 있는 차에 옆에 앉아 있던 진궁이 껄껄 웃으며 축하의 인사를 건넸다.

"아이고, 잘됐네요. 온후! 따님께서 원술 장군의 아드님에게 시집을 가게 되면 용과 봉황이 어울리는 상서로운 일이 될 것입니다. 축하드립니다!"

여포는 놀라지 않을 수 없었다. 진궁의 말뜻은 원술이 황제가 되려 한다는 것을 의미했기 때문이다. 원술은 손견 부인의 손에서 전국옥새를 빼앗은 뒤로 줄곧 황제가 되려는 채비를 차근차근 해오고 있던 터였다. 원술이 황제가 되면 여포의 딸은 곧 '용과 봉황이 상서로움을 나타내는' 존재가 되는 것이었다.

여포는 짐짓 아무것도 모르는 척하며 진궁에게 그 뜻을 물었다.

"용과 봉황이 상서로움을 나타낸다는 것이 대체 무슨 뜻이오?"

진궁이 입을 열기도 전에 한윤이 먼저 대답했다.

"솔직히 말씀드리자면 저희 주공께서는 이미 주옥을 꿰어 늘어뜨린 줄이 12개 달린 면류관과 검은색으로 '기근' 또는 '궁ㄹ' 자를 2개씩 반대 방향으로 합친 모양의 자수, 해와 달이 어깨에 그려진 용포를 준비해놓고 계십니다. 주공께서는 내년을 '중씨仲氏(원술이 황제가 되었을 때 사용할 연호−옮긴이)' 원년으로 정하셨습니다. 그러니 몇 달만 지나면 곧 황제가 되시는 것이지요. 원 공께서 황제가 되시면 온후 공의 따님은 황태자비가 될 것이고, 황태자비가 되면 나중에 황후가 되시는 것이지요. 그래서 진 공께서 '용과 봉황이 상서로움을 나타낸다'고 하신 겁니다."

한윤의 말에 여포는 슬슬 구미가 당기기 시작했다. 사실 여포는 원술이 오매물망 꿈꾸는 황제의 자리에 대해 별로 흥미가 없었다. 게다가 군웅할거라는 대국적인 계략에 따른다면 원술과 사돈을 맺는 것이 쌍방에게 모두 유리했다. 적어도 공공의 적인 조조 등의 무리에 대응하는 데도 서로 큰 도움을 줄 수 있을 것이었다. 그는 이내 못이기는 척하면서 고개를 끄덕였다.

그러나 혼사 날을 정하면서 그는 또다시 망설이기 시작했다.

"하나밖에 없는 딸의 혼사이니 오늘 밤 부인과 의논해보고 내일 답변을 드리리다."

한윤은 그리하라고 말했다. 진궁이 한윤을 데리고 나갔다. 두 사람은 여포와 초선이 상의한 결과를 기다렸다.

완군의 혼사를 생각하자 그는 난감하기 그지없었다. 이날은 보름이라 가족들이 함께 모이는 날이었다. 이런 날 혼사 얘기를 꺼내는 것은 아무래도 적절하지 못한 것 같았다. 하지만 얘기를 꺼내지 않을 수도 없었다. 다음날 한윤에게 분명한 대답을 주기로 약조했기 때문이었다.

그는 또다시 술 한 잔을 목구멍에 털어 넣었다. 그의 눈빛이 달빛보다 더 몽롱했다. 나무와 꽃, 정자가 모두 너무나 고요하기만 했다. 온갖 벌레들이 이슬을 먹으며 즐겁게 꿈 이야기를 하고 있었다. 안정된 생활을 해온 사람이라면 주위의 이런 사물에 신경 쓰지 않았을 것이다. 하지만 오랫동안 칼과 피바람 속에서 살아온 여포는 이렇게 사소한 것들에도 쉽게 감동했다. 그는 이런 조용함을 유난히 소중하게 여겼다.

시간이 꽤 흘렀다. 드디어 여포는 술잔을 한쪽으로 밀어놓았다. 그는 비틀비틀 몸을 일으키면서 초선과 완군에게 말했다.

"두 사람 다 날 좀 따라 들어오시오. 함께 의논할 중요한 일이 있소."

8월 15일 밤, 고요한 분위기는 결국 완군의 앙칼진 울음소리에 의해 깨지고 말았다.

"저 시집 안 갈래요. 전 시집가고 싶지 않단 말이에요."

완군의 울부짖는 소리는 여씨 집안에 있는 모든 사람들의 마음에 고통을 주었다.

여포는 사내가 장성하면 혼인을 하고 여자아이가 크면 시집을 가는 것이 당연지사라는 말로 딸을 달래는 수밖에 없었다. 하지만 그의 딸은 이제 겨우 15살이라 너무 어렸다. 여포도 이 점을 잘 알고 있었다. 완군은 심리적으로 아직 여인이 되기에는 일렀지만, 조정에서는 여자 나이 15살이면 혼인이 가능하다고 규정하고 있었다. 국력을 강화하기 위해서는 끊임없이 자식을 낳아 자손을 번성시켜야 했기 때문이다. 완군은 스스로 용감해져야 했고, 이를 위해선 하루속히 집을 떠나 성숙한 부인이 되어야 했다.

더구나 여포가 완군을 위해 결정한 이 혼사는 꽤나 괜찮은 것이었다. 아니, 아주 훌륭한 혼사라 할 수도 있었다. 원씨는 '사대에 걸쳐 삼공의 벼슬을 누린' 집안이었다. 원술의 아들이 아직 황태자는 아니었지만 어엿한 귀족인 만큼 완군으로서는 기뻐해야 마땅할 일이었다.

한 가지 흠이 있다면 수춘이 서주에서 너무 멀리 떨어져 있어 부녀가 어쩌다 한 번 만나기도 쉽지 않을 것이라는 점이었다. 그러나 달리 방도가 없었다. 이런 경우는 너무도 흔했다.

하지만 완군은 이런 이치를 이해하지 못했다. 그녀는 울고불고 난리법

석을 떨었다. 그녀는 이 모든 책임을 일찍 세상을 떠난 모친 즉, 몇 년 전에 자살한 정씨에게 돌렸다. 그녀는 모친의 불행했던 운명이 자신에게 그대로 이어진 것이라 생각했다. 게다가 엄마의 자살은 딸에 대한 무책임을 그대로 보여주는 일이었다. 아무리 울고불고 난리를 쳐도 부친의 결정을 돌이킬 수 없다는 것을 잘 알고 있는 그녀는 결국 타협하는 것으로 자신을 운명에 맡기기로 마음먹었다.

이튿날 아침 여포는 딸이 더 이상 눈물을 흘리지 않는 것을 보고는 초선에게 당부했다.

"어서 완군을 도와 짐을 싸주도록 하구려. 내일 당장 떠나야 하오."

"네?"

초선은 놀라움을 금치 못하며 완군을 품에 끌어안았다.

"어찌 이리 서두르시는 겁니까? 그쪽에서는 1년 뒤에 혼례를 치르기로 약조하지 않았습니까?"

"아니오! 날짜가 변경되었소."

여포가 막무가내로 손을 내저었다. 그러고는 자세한 설명을 늘어놓았다.

"어제 진궁이 완군의 혼례를 언제 올리게 되는지 묻더군. 그래서 한윤과 의논해보기로 했으나 아직 날을 정하지 못했다고 하면서 그의 생각은 어떤지 물어보았소. 그랬더니 진궁은 이렇게 얘기하더군. '옛날에는 납폐를 받은 뒤로 성혼하기까지 정해진 관례가 있었습니다. 천자는 1년이고 제후는 반년, 대부는 3달, 서민은 1달이지요. 도리대로 하면 원 공께서는 이미 천자가 되신 거나 다름없으니 1년이 기한일 겁니다.' 그래서 나는 그럼 내년 이맘때 혼례를 올리자고 했소. 그랬더니 진궁이 또 고개를 가로저으면서 이렇게 말하더군. '천하의 제후들이 서로 자웅을 다투는 판입니다. 주공께서 원 공과 사돈을 맺으면 제후들 가운데 시기하는 사람이 없으리라고 장담하실 수 있겠습니까? 만일 일찌감치 날짜를 잡았다가 혹시 대례를 치르는 날 누군가 도중에 군사를 매복시켜놓고 있다가 신부를 납치하기라도 한다면 어떻게 하시겠습니까? 지금 취할 수 있는 방도는 오직 하나뿐입니다. 허락을 안 하셨다면 모르겠으나 어차피 허락을 하신 바에는 아직 제후들이 모르고 있는 사이에 서둘러 따님을 수춘으로 보내 따로 별관에 거처하게 하셨다가 길일을 택해 성례를 치르면 절대 실수가 없을 것입니다.' 아무리 곰곰이 생각해보아도 진궁의 말이 맞는 것 같소. 그래서 한윤에게 내일 당장 완군을 수춘으로 떠나보내겠다고 말했소."

여포의 설명을 들은 초선은 이미 돌이킬 여지가 없음을 깨닫고는 순순히 그의 뜻에 따르기로 마음먹었다. 자신이 가장 먼저 할 일은 혼수를 마련하고 신부를 단장시키는 것뿐이었다. 그녀는 재빨리 자고 있는 완군을 흔들어 깨웠다.

완군이 침상에서 일어나 앉았다. 그녀는 무표정하게 사람들이 시키는 대로 따랐다. 목욕을 하고 이마의 솜털을 밀어버린 그녀는 두 갈래로 묶었던 머리를 풀어 한 덩이로 쪽을 진 다음 꽃 비녀를 꽂았다. 한편 여러 사람들이 분주하게 장렴粧奩과 가마, 말 등을 준비했다.

그러나 바로 다음날 완군의 혼사에 변고가 생기고 말았다. 그녀를 태운 가마가 얼마 가지도 못했는데, 여포가 사람을 보내 도로 가마를 집으로 끌고 온 것이었다.

여포의 마음을 바꿔 이 혼사를 취소하게 만든 사람은 백발이 성성한 한 노인이었다. 노인은 성이 진陳이요 이름은 규珪로, 패국의 재상을 지낸 적이 있으나 지금은 은퇴한 인물이었다.

완군을 떠나보낸 여포가 멍하니 의자에 앉아 뭔가 골똘히 생각에 잠겨 있을 때였다. 갑자기 진규가 비틀비틀 온전치 못한 걸음으로 그를 찾아왔다. 여포는 항상 그를 매우 존경하여 '대부'라 불러 왔다. 진규가 찾아온 것을 본 여포는 얼른 계단을 내려가 그를 맞이하여 객청으로 모셨다. 자리에 앉자마자 여포는 먼저 예를 갖춰 물었다.

"대부께서는 제게 어떤 가르침을 주시려고, 이 누추한 집에 왕림하셨습니까?"

진규는 인사를 받지도 건네지도 않았다. 그가 입을 열자마자 여포는 간담이 서늘해지고 말았다.

"이 늙은이는 장군이 곧 죽는다는 말을 듣고 미리 달려와 상례를 지내려는 것이오."

여포는 크게 놀랐고 은근히 화가 치밀기도 했다.

"이, 이, 늙은 필부 놈이! 갑자기 아무런 연유도 없이 어찌 나를 모욕하는 것이냐?"

진규가 냉소하며 말을 받았다.

"장군께선 그 연유를 알고 싶소? 그럼 내 말을 잘 들어보시구려. 지난번에 원술이 장군에게 양곡을 준 것은 사실 장군의 손을 빌려 유비를 제거하려 했던 것이고, 이번에 갑자기 장군과 사돈을 맺자고 하는 것도 그 속내를 캐어보면 아마도 장군의 따님을 볼모로 잡아놓고 유비를 친 다음 소패를 취하려는 것일 거요. 소패가 망하면 서주가 위급해지는 건 당연한 일일 것이오. 뿐만 아니라 그가 혹시 양곡을 보내달라고 요구하거나 군사를 지원해 달라고 요청하게 되는 날에는 일일이 감당하기 어려울 것이고, 설사 감당한다 하더라도 다른 사람들에게서 불필요한 원한을 사게될 것이오. 더구나 요구를 들어주지 않을 경우에는 사돈의 의를 끊고 군사를 이쪽으로 돌리게 될 것이오. 내 듣건대 원술이 은근히 황제가 될 역심을 품고 있다고 하오. 이는 곧 모반이고, 그가 모반하면 장군은 곧 역적의 사돈이 되는데 어찌 천하에 용납되기를 바랄 수 있겠소? 조정에서 천하에 격문을 내리고 제후들을 끌어 모아 역적 부자를 토벌한다면 중씨仲氏(원술을 말함)의 작은 조정은 곧 무너지고 말 것이오. 또한 원술 부자가잡히면 무조건 삼족을 멸할 것이고, 장군의 일가도 연좌를 면키 어려울것이오. 그래서 장군께서 곧 돌아가실 거라고 말하는 것이오. 아이고!"

정수리를 몽둥이로 내려치는 듯한 진규의 경고에 여포는 온몸에 식은땀이 흘렀다. 그는 줏대가 없는 인물이었다. 후회하기를 밥 먹듯이 했고후회했던 일로 다시 속을 끙끙 앓곤 했다. 그는 안타까운 마음으로 발을탕탕 구르며 탄식했다.

"에이, 진궁 때문에 일을 그르쳤구나!"

그는 즉시 장료에게 분부하여 군사를 이끌고 가서 딸을 찾아오게 했다.아울러 한윤도 함께 잡아오게 하여 감금해놓았다. 그런 다음 '풍향'을 잘살펴 다음 행보를 결정할 생각이었다.

원술은 결국 여포와 사돈을 맺으려던 꿈을 실현하지 못했다. 진규의 분석은 정확했다. 수도인 허도에서부터 전국 방방곡곡에 이르기까지 스스로 황제가 된 원술을 성토하는 목소리가 점점 커져만 갔다. 게다가 원래 원술의 견제를 받고 있던 손책도 그와 결별하고 그를 향해 칼을 겨누었다. 결국 원술은 고립되었고, 모든 사람들이 손가락질하는 대역 죄인이 되고 말았다. 여포는 진규의 충고에 따라 한윤을 허도로 압송하여 조정에 처분을 맡겼다.

이른바 '조정'이란 결국 조조였다. 여포는 한윤을 허도로 압송하는 기회를 이용해, 자신에 대한 조조의 태도를 알아보고 싶었다. 과거를 잊고 그와 새롭게 친구가 될 가능성이 있는지 궁금했던 것이다.

보름이 지나 조정에서는 봉거奉車도위 왕칙王則에게 조서를 갖고 서주로 가게 했다. 여포는 '평동平東장군'에 임명됨과 동시에 '평도후平陶侯'에 봉해졌다. 한윤은 참수형을 당했다.

왕칙은 조조의 친필서한을 여포에게 건넸다. 여포가 서한을 읽어보니 귓가에 무척 따스하면서도 겸손한 목소리가 들려오는 것 같았다.

나라 사정이 어려워 순금이 부족하오. 이에 집에 있던 좋은 금으로 장군을 위해 인수를 만들었소. 또한 나라에 잠시 좋은 자수紫綬가 부족한 실정이라 내가 쓰던 자수를 장군께 드림으로써 성의를 표하고자 하오. 조정에서는 장군을 믿소. 장군께서는 또다시 사자를 보내 충심을 보여주시길 바라오.

편지를 다 읽은 여포는 갑자기 받게 된 총애에 감격해 마지않았다. '조공이 집에 있던 금으로 나를 위해 인수를 만들어주고, 또 자신이 쓰던 자수를 내게 주다니! 정말 보기 드문 예우로군!' 여포는 얼굴 가득 흐뭇한 웃음을 지었다.

그가 금인을 손에 들어보았다. 무척 무겁고 따뜻했다. '이는 조정에서 보내온 금인이다. 내가 스스로 새긴 것이 아니다. 지금부터 이 여포가 다시 정정당당하게 한나라의 대신이 된 것이다!'

여포는 속으로 중얼거렸다.

감개무량했다. 가벼운 탄식이 흘러나왔다.

그러나 '금인과 자수'의 기쁨은 오래가지 못했다. 그는 곧 조조의 엄살을 눈치 채고는 실망을 금치 못했다. 그가 바라는 것은 '평동장군'의 인수가 아니었다. 그가 가장 눈독을 들이고 있는 것은 서주목이라는 자리였다. 조조는 편지에서 이에 대해서는 일언반구도 언급하지 않았다.

이에 여포는 다시 한 번 허도로 사람을 보내 헌제에게 눈물로 감사의 뜻을 전하는 동시에 조조에게도 후한 예물을 보냈다. 예물 가운데는 좋은 자수가 들어 있었다. 그의 진정한 목적은 감사의 뜻을 표하면서 이번 기회를 통해 실질적인 서주목의 인수를 받는 것이었다.

조정에 보낼 적당한 사자를 고르면서 여포는 한참이나 골머리를 앓았다. 하지민 나중에 벌어지는 일들은, 고심 끝에 그가 내린 선택이 결국 치명적인 실수였음을 증명해주었다.

서주의 관리들은 분명하게 두 파로 나뉘어져 있었다. 그중 하나는 연주에서 반란을 일으킨 조조의 옛 부하들이었다. 진궁을 필두로 한 무리는 여포에게 원술과 손을 잡을 것을 종용하면서 조조와 가까워지는 것을 극력 견제했다. 다른 한 파는 도겸의 옛 부하들로서 진규와 진등 부자를 위시한 이들로 원술을 싫어하고 조조와 가까워지기를 원했다. 1달 전, 즉 조조가 헌제를 허성으로 모셔오기 전까지 여포는 진궁의 무리들과 가깝게 지냈다. 그러나 조조가 '천자를 끼고 제후들을 호령하게' 되자 여포는 진규 부자의 무리와 가깝게 지내기 시작했다.

여포는 조조의 편지에서 '이번에 보낸 사자가 마뜩치 않다'라고 한 것을 보고, 이번에는 조조의 마음에 들 만한 '좋은 사자'를 보내기로 마음먹었다. 두말할 것도 없이 '좋은 사자'는 진씨의 무리에서 골라야 했다. 그는 곧 전농교위를 맡고 있는 진규의 아들 진등을 골랐다.

진등은 허도로 가서 조조를 알현했다. 그는 여포가 직접 쓴 감사의 표문을 조조에게 건넸다. 아울러 그는 여포와 관련하여 "여 장군께서 서주목의 인수를 받고 싶어 하십니다"라고 간단하게 전했다. 그러고는 그와 자신의 부친이 여포와 원술의 사돈관계를 파탄시킨 경위와 공로를 장황하게 늘어놓았다.

조조는 흥미진진한 표정으로 듣고 있다가 웃으면서 진등을 유심히 훑어보았다. 그가 진등에게 물었다.

"그대가 보기에 여봉선이라는 사람이 어떤 것 같소?"

진등은 조조의 말 속에 특별한 의미가 담겨 있음을 알아챘다. 그도 진즉에 준비를 하고 있던 터였다. 그는 조조의 좌우를 둘러보더니 그의 앞으로 다가가 나지막한 소리로 소곤댔다.

"여포는 이리 같은 놈입니다. 용맹하기는 하나 꾀가 없고 거취가 경솔하니 일찍 도모하시는 것이 좋을 듯합니다."

조조가 머리를 끄덕였다.

"음! 잘 보셨소. 나도 여포가 사람됨이 탐욕스럽고 흉포해서 오래 두고 기르기 어려운 줄 전부터 알고 있었소. 동쪽의 일은 전부 공에게 맡기도록 하겠소."

그가 의미심장하게 말하자 진등은 그 깊은 뜻을 헤아렸다. 그가 급히 대답했다.

"승상께서 군사를 일으키시기만 하면 저와 부친이 반드시 내응할 것입니다."

조조가 크게 기뻐하며 말했다.

"그럼 이만 가서 쉬시오. 내일 공을 광릉 태수로 임명하고 봉록 중中(봉록의 등급-옮긴이) 2천 석(이는 매우 높은 봉록으로 월봉이 식량 1백 80석이다-옮긴이)을 내릴 것이오."

진등이 무릎을 꿇고 감사의 예를 올렸다.

"승상의 큰 은혜에 소신과 부친은 백골난망일 따름입니다."

며칠 후 진등은 서주로 돌아와 여포를 만났다. 여포는 진등의 도복에 청색으로 된 삼채三綵 수대가 걸려있는 것을 보고 놀라움을 금치 못했다. 그가 씁쓸한 웃음을 지으며 물었다.

"이번에 허도에 갔을 때 조정에서 어떤 직책을 맡으셨소?"

진등은 솔직하게 대답했다.

"조정에서는 소신을 광릉 태수에 임명했고, 부친에게는 봉록 중 2천 석을 내리셨습니다."

여포가 또다시 억지웃음을 지으며 물었다.

"그럼, 내 일은 어떻게 되었소?"

진등이 난처한 표정으로 솔직하게 대답했다.

"소신은 군후의 기대에 부응하지 못했습니다. 그 일은 성사시키지 못했습니다."

"뭐라고, 안 됐다고?"

여포가 노발대발했다.

"세상에 이럴 수가? 지난번에 그대의 부친은 내게 조조와 손을 잡는 동시에 원술과는 파혼할 것을 권했소. 그런데 그대는 허도에 가서 내가 구하는 것은 끝내 하나도 얻지 못하고, 그대 부자만 모두 높은 지위에 올랐으니 그대 부자가 나를 판 것이 아니고 무엇인가?"

여포는 검을 뽑아들고 진등의 목을 치려 했다.

그러나 진등은 이미 부친 진규와 함께 대책을 강구해놓은 터라 칼이 목에 들어와도 낯빛조차 변하지 않았다. 그가 껄껄 웃으며 말했다.

"장군은 본시 영웅호걸이시면서 어찌 그리 사리에 밝지 못하십니까?"

"내가 어찌 사리에 밝지 못하단 말인가?"

여포가 씩씩거리며 물었다. 진등이 태연하게 대답했다.

"제가 조 공에게 '장군을 기르는 것은 마치 범을 기르는 것 같아 늘 배불리 먹여 놓아야지, 배를 채워주지 않으면 사람을 뭅니다'라고 말했더니 조 공은 웃으며 이렇게 말을 받으시더군요. '공의 말은 당치 않소. 나는 온후를 대하기를 매 기르듯 하고 있소. 여우와 토끼가 아직 없어지지 않았는데, 어떻게 매를 배불리 먹인단 말이오. 매란 주리면 쓸모가 있지만 배가 부르고 나면 날아가 버리는 법이오.' 그래서 제가 '대체 누가 여우와 토끼입니까?'라고 물었지요. 그랬더니 조 공이 이렇게 답하셨습니다. '회남의 원술과 강동의 손책, 기주의 원소, 형양의 유표, 익주의 유장, 한중의 장로 등이 전부 여우고 토끼일 것이오.'"

"아니, 뭐라고? 조조가 정말로 그렇게 얘기했단 말이오?"

"제가 어찌 감히 군후를 기망하겠습니까?"

"음……."

여포는 검을 바닥에 내던졌다.

여포는 진등이 전한 조조의 말(사실 모두 진등이 꾸며낸 말)을 곰곰이 되새겨보았다. 조금 실망스럽긴 했지만 전혀 도리가 없는 것은 아니었다. 한참 지나서야 그는 씁쓰레한 웃음을 지으며 혼잣말로 중얼거렸다.

"조 공이 과연 나를 잘 알고 있군."

# 4

진등이 허도에서 서주로 돌아온 지 얼마 지나지 않아 크게 노한 원술이 보병과 기병 도합 5만 명을 이끌고 7갈래로 나뉘어 여포를 향해 진격해 왔다. 그의 병사들이 성 밑에 이르자 민심이 흉흉해졌다. 여포는 진규 부자의 계략에 따라 원래 양주군 장령인 한섬과 양봉을 꼬드겨 원술에 대적하게 했다. 이리하여 적은 숫자로 많은 병사들을 물리칠 수 있었다. 원술은 대패했고 병사의 태반이 죽거나 부상을 당했다. 원술은 하는 수 없이 남은 병사 5천여 명을 수습하여 수춘으로 돌아갔다.

그러나 이때 소패에 주둔하고 있던 유비가 이런 틈을 이용하여 크게 세력을 확장했다. 그는 이미 여포에게 귀순한 한섬과 양봉을 소패로 청해 주연을 베풀었다. 연회가 시작되자 그는 술잔을 바닥에 던지는 것으로 신호를 보냈다. 그러자 갑자기 무사들이 달려들어 순식간에 한섬과 양봉을 죽인 다음, 두 사람이 거느렸던 병사들을 전부 자신의 대오에 편입시켰다.

이런 소행에 화가 치민 여포는 강력하게 항의했지만 이미 세력이 꽤 커진 유비는 들은 척도 하지 않았다. 얼마 지나지 않아 더욱 괘씸한 '말 도둑' 사건이 발생했다. 여포는 더 이상 참을 수 없었다.

지난 달 여포는 부장 후성에게 황하 이북에 위치한 하내군으로 가서 말 1백 50필을 사오게 했다. 공교롭게도 말을 사가지고 오는 길에 이들은 비적을 만났다. 비적의 괴수는 8척이나 되는 긴 창을 능수능란하게 쓰는 자였다. 그의 적수가 되지 못했던 후성은 목숨을 부지하기 위해 말을 버리고 도망쳤다. 나중에 알고 보니 그 비적의 괴수가 바로 유비의 의형제인 장비였다.

"유비 네 이놈! 내가 너를 가만 두지 않을 것이다."

여포의 고함소리에 적토마가 히이힝 하고 울부짖었다. 천군만마가 사수를 따라 팽성을 떠나 소패를 향해 달려갔다.

소패성은 며칠 동안 포위되어 있었다. 유비의 수하에는 병사들이 적었다. 성이 오래 버티지 못할 것이라고 예상한 유비는 관우와 장비에게 각자 2백 명의 기병을 거느리고 동쪽과 서쪽 두 성문을 열고 동시에 포위망을 뚫으라고 지시했다. 그리하면 여포의 주력군이 그쪽으로 몰려갈 것이고, 그 사이에 유비가 남은 병력을 직접 이끌고 북문에서 포위망을 뚫을 생각이었다. 그러나 여포는 이 모든 상황에 대비하고 있었다. 북문을 뛰쳐나온 유비는 매복에 걸리고 말았고, 적지 않은 병사들이 죽거나 부상을 입었다. 유비는 목숨을 걸고 미친 듯이 분전했으나 결국 3, 4명의 기병들만 거느리고 황급히 도망쳐야 했다. 이로 인해 유비는 잠시 관우, 장비 등과 흩어져 있었다. 성안에 남아 있던 그의 가족들은 전부 여포에게 잡혀가고 말았다.

그해 초겨울, 유비는 서주를 향해 동정東征에 나서는 조조의 대오에 모습을 나타냈다.

흥평 2년에 여포를 연주에서 쫓아낸 조조는 항시 그를 마음속의 우환으로 여겨왔으나 헌제를 허도로 모셔오고 남벌에 나서 장수를 토벌하는 일 때문에 줄곧 그와 대적할 기회를 찾지 못했다. 그동안 그는 주로 여포와 유비, 원술 세 사람의 갈등을 이용하여 어부지리를 얻었던 것이다. 지난해 가을 그는 여포를 교묘하게 이용해 원술을 대패시켰다. 그리고 1년이 지나자 유비는 허겁지겁 허도에 도망쳐와 그에게 몸을 의탁했다. 그는 여포를 제거할 기회가 왔음을 깨달았다.

조조는 직접 5만의 대군을 이끌고 원정에 나섰고, 유비도 그와 함께했다. 조조는 양梁나라를 지나 서주로 진군했다. 가는 길에 그는 여포 때문에 흩어진 유비의 잔병들을 흡수했다. 망탕산芒碭山에 들어선 유비는 마침내 흩어졌던 의형제 관우와 장비를 만나게 되었다.

조조의 선봉군이 망탕산과 구리산九里山 사이의 좁은 길을 통해 소패에 이르렀을 때 소패성을 지키고 있던 고순의 매복공격을 받게 되었다. 고순은 이미 중랑장으로 승진해 있었다. 조조군의 선봉장은 용맹한 사마하후돈이었지만 먼 길을 오다 보니 체력이 딸렸다. 고순과 한참을 겨루다가 결국 그를 당해내지 못하고 퇴각하고 말았다. 이때 마침 조조가 직접 인솔하는 중군中軍이 도착했고, 유비 휘하의 대장 관우가 직접 출전하여 고순을 대파했다. 이에 사기가 오른 조조는 군사들에게 행군에 박차를 가할 것을 명령했고, 이틀이 지나 대오는 팽성에 도착했다.

여포가 병사를 주둔시킨 성은 모두 3개로 팽성과 소패, 하비였다. 소패는 팽성에서 서북쪽으로 1백 2~30리 떨어진 곳이었고, 하비는 팽성에서 동남쪽으로 약 1백 리쯤 떨어진 곳에 있었다. 이 성들은 모두 사수에 인접해 있어 마치 실 한 가닥에 꿰어진 3알의 진주 같았다. 조조는 원래의 계획대로 먼저 소패를 공격하고 그 다음엔 팽성을, 그리고 맨 마지막에 하비를 취하려 했다. 그러나 망탕산을 지나면서 그는 계획을 수정했다. 소패를 잠시 내버려두고 먼저 팽성을 취하기로 한 것이다. 다시 말해, 가운데 진주를 먼저 취하려는 것이었다. 그가 계획을 수정하게 된 원인은 서주에 심어두었던 첩자 진등이 그에게 연락을 취하면서 절묘한 계략을 내놓았기 때문이었다.

그날 조조가 직접 대군을 이끌고 동쪽 정벌에 나선다는 소식이 서주에 전해졌다. 거동은 불편하지만 아직 귀는 밝은 진규가 아들 진등을 가까이 불러 물었다.

"아들아! 작년에 네가 허도에 갔을 때 조 공이 네게 동쪽의 일을 부탁한다고 했다는데 그것이 사실이더냐?"

"네! 사실입니다."

"그럼 너는 어떤 식으로 동쪽의 일을 처리하고자 하느냐?"

"소자도 바로 이 일 때문에 고민하고 있었습니다. 그러다가 오늘 관아에서 회의를 하는 중에 갑자기 좋은 수가 떠올랐습니다. 실현 가능성 여부를 아버님께 의논드리려 했지요."

진등이 그의 계략을 말하자 진규가 크게 흡족해하며 말했다.

"절묘하구나! 이런 걸 두고 청출어람靑出於藍이라 하지."

부친의 칭찬에 진등은 마음이 든든해졌다. 다음날 그는 여포를 만나 계책을 올렸다.

"조조 군대의 기세가 매우 사납습니다. 아무래도 팽성이 사방으로 공격을 당할 것 같습니다. 장군께서는 먼저 물러날 길을 생각해 두셔야 할 것입니다."

여포가 물었다.

"그게 무슨 뜻이오?"

진등이 다시 말했다.

"먼저 돈과 식량, 식구들을 하비로 옮기십시오. 팽성이 포위된다고 해도 하비에 식량이 있으니 희망이 있지 않겠습니까? 팽성을 지켜내기 힘들어질 경우 하비로 물러날 수 있는 여지를 만드는 것입니다."

잠시 생각에 잠기던 여포는 이내 고개를 끄덕였다.

"사전에 방비하는 것도 나쁠 것 없겠지."

두 사람이 세밀하게 계략을 의논하고 있는 차에 진궁이 들어왔다. 그의 손에 뭔가가 들려 있었다. 그의 표정이 이상한 것을 보고는 여포가 의아한 얼굴로 물었다.

"뭔가 하실 말씀이 있으신가 보군요."

뭔가 말을 하려던 진궁이 진등을 흘끔 쳐다보더니 다시 입을 닫아버렸다. 여포가 눈치를 채고 진등에게 잠시 자리를 피해 달라고 부탁했다. 그러자 진궁이 웃으며 말했다.

"그러실 필요 없습니다. 진등 군이 들으셔도 상관없습니다."

그러고는 손에 들고 있던 물건을 여포에게 건넸다.

여포가 펼쳐보니 조조의 친필서한이었다. 대충 훑어보고 난 그는 표정이 돌변하더니 편지를 다시 진등에게 건네주었다. 편지는 여포가 아니라 장료에게 보낸 것이었다. 편지에서 조조는 예전에 하진의 집에서 장료를 처음 만났을 때부터 그를 흠모하게 되었다고 말하면서, 장료가 대담하고 모략이 뛰어나 나라의 큰 일꾼이 될 것이라고 칭찬했다. 그는 또한 장료가 여포에게 간 것이 너무 아쉬운 일이라면서 여포와 함께 하면 앞길이 암담할 것이라고 지적했다. 편지 말미에 그는 '좋은 새는 나무를 골라 깃든다'는 속담을 들면서, 어둠을 버리고 광명을 찾아 칼을 버릴 것을 권했다. 만약 진정으로 그럴 뜻이 있다면 '고인故人'이 그에게 연락을 취할 것이라고 했다.

편지를 탁자에 내던진 여포는 씩씩거리며 진궁에게 물었다.

"대체 이 편지를 어떻게 손에 넣은 것이오?"

진궁이 대답했다.

"어제 기병 십수 명을 데리고 교외로 사냥을 나갔습니다. 저도 모르게 패현 동쪽에 위치한 소양호昭陽湖까지 가게 되었지요. 멧돼지 한 마리를 쫓고 있는데, 갑자기 역관 하나가 뛰쳐나와 저와 부딪칠 뻔했습니다. 그는 황급히 말 머리를 돌려 숲속 길로 나는 듯이 달려가더군요. 의심스럽다는 생각이 들어 제가 사람들을 이끌고 쫓아가 참호 옆에서 그를 붙잡았습니다. '무슨 임무'로 왔느냐고 묻자 그는 좀처럼 입을 열려고 하지 않더군요. 그래서 몸을 수색해보니 이 편지가 나온 것입니다."

그의 말에 여포는 크게 놀라 숨을 들이쉬면서 속으로 중얼거렸다. '조조와 장료가 오래전부터 알고 있었군. 만일 조조가 높은 관직과 봉록으로 그를 유혹한다면 그가 나를 배신할지도 모르는 일이지.' 그가 진궁에게 물었다.

"이제 어떻게 하는 것이 좋겠소? 장료가 소패를 지키고 있는데 그를 믿어도 될지……. 아니면 그를 불러들이는 것이 어떻겠소?"

진궁이 황급히 머리를 가로저으며 말했다.

"절대로 안 될 일입니다. 이 편지에서 조조가 장료를 꼬드기고 있기는 하지만 장료가 그의 말을 따를지 아직 그 여부는 알 길이 없습니다."

진궁의 말에 여포는 뭔가 깨달은 것 같았다.

"그렇소. 장료는 나와 함께 수년간 비바람을 맞으며 생사화복을 같이하면서 충성을 다했소. 이는 필시 조조 이 도적놈이 이간계를 부리는 것이 분명하오."

진궁이 말을 받았다.

"그렇습니다. 이 편지만으로 쉽게 장료 장군을 의심해서는 안 될 것입니다. 하지만……."

여기까지 말한 진궁은 의식적으로 진등을 흘끔 쳐다보았다.

"한데 조조의 편지에서 언급한 '고인'이란 그가 미리 심어놓은 첩자가 틀림없습니다. 그자가 누구일까요?"

진등은 진궁의 의심에 찬 눈길이 자신을 향하는 것을 발견하고는 가슴이 쿵쿵 뛰었다. 그러나 그는 스스로에게 절대 당황하지 말 것을 주문했다. 진궁이 자신과 조 공이 허도에서 약조를 맺은 사실을 알 리가 만무했기 때문이다. 그는 이것이 조조가 적을 교란시키기 위해 꾸며낸 작전이라고 짐작했다. 그 역시 야릇한 눈길로 진궁을 흘깃 쳐다보다가 천천히 입을 열었다.

"이 편지에서 말하는 '고인'은 필시 그의 옛 부하일 것입니다. 어쩌면 한 명이 아닐 수도 있지요. 2명인지 혹은 3명인지 누가 알겠습니까?"

그의 말에 여포는 놀라움을 금치 못했다. 예전에 장막을 따라 조조를 배반한 자들로는 허사와 왕해, 서흡徐翕, 모휘毛暉 등이 있었다. 그중에는 진궁도 포함되어 있었다. 조조의 '고인'은 너무나 많았다. 생각이 여기까지 미치자 그는 문득 뭔가를 깨달았는지 냉소하며 말했다.

"흥! 이 편지는 아무래도 조조의 이간계인 것 같으니 그냥 잊어버리기로 합시다."

그의 한 마디에 진궁과 진등 두 사람은 동시에 무거운 짐을 내려놓은 듯 안도의 숨을 내쉬었다.

그러나 일은 이상하게 흘러갔다. 조조의 편지가 이간계라는 것을 알면서도, 여포의 마음에는 그늘이 드리워졌다. 나중에 정세가 점점 불리해지면서 이 그림자는 그의 마음을 온통 뒤덮어버렸다.

# 5

조조의 군사들은 질풍노도와 같이 번개의 속도로 달려왔다.

며칠 전에 수집된 정보에 따르면, 조조의 선봉대는 아무리 빨라도 이틀 뒤에야 소패에 도착할 예정이었다. 그리고 팽성까지 오려면 또 이틀이 걸려야 했다. 그러나 이날 아침 그가 초선의 침대에서 미처 정신을 차리기도 전에 문밖에서 진궁의 다급한 목소리가 들려왔다.

"온후! 어서 기침하십시오. 조조의 군대가 이미 사수에 이르렀다고 합니다."

여포는 급히 일어나 옷을 입었다. 그러고는 방천화극을 들고 적토마에 올라타 진궁 등을 데리고 팽성의 동문을 향해 달려갔다. 성루에 올라 보니 이미 날이 거의 다 밝은 상태였다. 눈을 들어 먼 곳을 바라보니 사수는 붉은 안개에 덮여있었다. 마치 봄날의 들판을 태우는 들불 같았다. 이 들불 너머로 보이는 강 저편에는 무수한 '개미'들이 우글거리고 있었다. 조조의 선봉대임에 틀림이 없었다. 풍향이 좋지 않아 사람들의 외치는 소리나 말이 포효하는 소리, 또는 나팔소리 따위는 전혀 들리지 않았다. 사방은 그저 고요하기만 했다. 강물조차도 소리를 내지 않았다. 그러나 경험이 풍부한 장수라면 이런 고요함이 더 두렵다는 것을 알고 있었다.

땡! 땡! 땡! 성루에서 종소리가 울렸다.

둥! 둥! 둥! 북소리도 들려왔다.

곧이어 나팔소리와 구령소리, 병장기 부딪치는 소리, 발걸음소리, 말발굽소리가 들려왔다.

이때 진궁이 여포에게 조조의 군대가 아직 전열을 가다듬지 못한 틈을 타 강기슭의 유리한 지점을 차지하고 정예 병력으로 적군을 무너뜨릴 것을 간언했다. 조조의 군사들은 오랫동안 먼 길을 걸어왔기 때문에 몹시 지쳐 있을 것이고, 아군의 급작스럽고 거센 공격을 견뎌내지 못할 것이라는 생각이었다.

여포는 그의 간언을 받아들이기로 마음먹었다.

"그러자!"

그가 곧 송헌宋憲과 위월魏越, 서흡, 진궁 등의 장수와 2만 명의 병사를 거느리고 동문을 뛰쳐나갔다. 진등과 모휘 등 1천여 명만 남아서 성을 지키게 했다.

그러나 조조군의 동작은 너무도 빨랐다. 여포의 군사들이 사수 기슭에 도착했을 때는 이미 조조의 군사들이 대열을 정연하게 갖춘 상태였다. 견고한 방패와 긴 창이 앞에 서고 양옆으로 기병이 포진하고 있었다. 그리고 맨 뒤에는 보병과 군수품을 실은 수레가 따르고 있었다. 탕! 탕! 탕! 포성이 3번 울렸다. 신호를 받은 전군이 질서정연하게 물속으로 들어섰다. 가뭄이 오래 지속된 터라 강물은 별로 깊지 않았다. 강 중심에 이르렀는데도 강물은 겨우 허리쯤을 적실 정도였다.

이때 진궁이 여포에게 또 다른 제안을 했다.

"적들이 강을 건너는 틈을 타서 얼른 공격해야 합니다. 지금이 적을 섬멸할 수 있는 최적의 기회입니다."

여포가 대답했다.

"그럼, 그렇게 할까?"

그는 결단을 내리지 못한 채 주저하다 결국엔 모든 병력을 집중하여 강을 건너고 있는 조조의 군대를 향해 공격을 개시하는 대신 송헌에게 3천 명의 궁수들을 강기슭에 배치하게 했다. 그런 다음 맨 앞에서 돌진하는 적군을 향해 활을 쏘게 했다. 화살이 비처럼 날아갔다. 화살의 비는 계속되었다. 그러나 여포의 예상은 완전히 빗나갔다. 예상대로라면 앞에선 적병들이 화살에 맞아 넘어지면 뒤따라오던 병사들은 허겁지겁 뒤로 퇴각해야 했다. 선봉에 섰던 병사들이 혼란에 빠져 중군을 뒤로 밀어내고 중군이 다시 후군을 밀어내면서 강기슭이 혼란에 휩싸여야 했다. 그렇게 되면 여포는 적군이 혼란한 틈을 타 기세등등하게 덮칠 생각이었다.

그러나 상황은 오히려 정반대였다. 강을 건너는 조조의 군사들은 놀라운 질서를 보여주었다. 누가 화살을 맞든 상관없이 한 사람이 쓰러지면 뒷줄에 섰던 자가 재빨리 뛰어나와 그 자리를 메웠다. 여포는 강을 건너려는 조조군의 결심이 재갈처럼 단단하다는 것을 깨달았다. 아무래도 진궁의 말처럼 적군을 전부 수장시킬 수 없을 것 같았다. 사실 5, 6만 명에 달하는 조조군이 한꺼번에 강을 건넌다면 여포로서는 아무리 막고 싶어도 막을 방법이 없는 일이었다.

이때 진궁이 나서서 거세게 그를 재촉했다.

"주공! 빨리 공격하십시오. 더 늦추시면 안 됩니다."

여포는 긴 탄식을 내뱉었다.

"에휴! 그런 것 같소. 더 늦추어선 안 될 것 같소."

여포는 즉시 명령을 내렸다.

"전군은 성안으로 퇴각하라!"

그는 이것이 가장 현명한 선택이라고 생각했다. 일단 조조의 군대가 강을 건너 전투 태세를 갖춘 다음 공격을 시작하면 여포는 성으로 퇴각하고 싶어도 그럴 시간이 없기 때문이었다.

# 6

전쟁은 마치 아이들의 놀이와도 흡사했다. 적어도 팽성과 소패의 전투는 그랬다. 놀이는 깊은 밤에 시작되었다. 바람이 거세게 불어 팽성 위에는 초롱불을 켤 수도 없었다. 초병들은 얼어서 퉁퉁 부은 귀를 손으로 막고 쭈그리고 앉아 바람에 날려 오는 모래를 피했다.

이때 서북쪽에 위치한 소패 쪽에서 불빛이 나타났다. 불빛은 점점 가까이 다가오더니 곧 성 밑에 이르렀다. 누군가 큰 소리로 외쳤다.

"우리는 고순 장군의 부장들입니다. 조조의 군대가 오늘 밤 소패성을 기습했습니다. 고순 장군께서는 군후께 속히 지원병을 보내달라고 요청하셨습니다."

이때 진등이 갑옷을 걸치고 투구를 쓴 채 주위를 순시하다가 이곳을 지나게 되었다. 그는 성 밑을 향해 아무도 눈치 채지 못하게 야릇한 미소를 지었다. 그러고는 조교弔橋를 내리게 하고 성문을 열어 그들을 들여보냈다. 그들의 몸은 하나같이 피범벅이 되어 있었다. 보아하니 갓 포위망을 뚫고 나온 모양이었다. 그는 이 사람들을 데리고 여포의 군막으로 갔다. 여포는 옷을 입은 채 작은 침상에 엎드려 있었다. 놀라운 소식을 접한 그는 혼자 중얼거렸다.

'이 도적놈이 이틀 동안 조용하다 싶더니 결국 소패성으로 들이치고 말았구나.'

그는 곧 송헌에게 지원병을 이끌고 소패성으로 떠나라는 명령을 내리려 했다. 이때 진등이 나서서 그를 말렸다.

"아무래도 송 장군이 가서는 안 될 것 같습니다. 주공께서 친히 가셔야……."

그가 여포의 귀에 입을 갖다 대고 낮은 목소리로 소곤댔다.

"방금 소패성에서 나온 병사들이 그러는데 조조가 소패의 서쪽 문에 대고 화살편지를 쏜 적이 있다고 합니다. 서문과 북문은 마침 장료가 수비하고 있었고요. 고순 장군은 동문과 남문을 지키고 있습니다. 고순 장군이 서문에 왔다가 화살편지가 날아온 것을 보았으나 장료가 그것을 빼앗아가더니 다 읽고 난 다음 구겨서 소매에 넣었다고 합니다. 고순 장군이 그에게 무슨 내용이냐고 물었지만 장료는 아무 말도 안 했다고 합니다. 단지 얼굴색만 이상하게 굳어지더랍니다. 결국 고순 장군은 장료가 별로 믿음직스럽지 못하다는 사실을 주공께 암시하고 있는 것입니다. 장료가 믿음직스럽지 못하다면 어떻게 소패성이 버틸 수 있겠습니까? 그러니 주공께서 친히 지원 병력을 이끌고 가셔야 하지 않겠습니까?"

여포가 생각해보니 진등의 말이 맞는 것 같았다. 그가 직접 가면 소패성을 제대로 지켜낼 수 있겠지만 송헌을 대신 보냈다가는 일이 어떻게 될지 예측하기 힘들었다. 그는 깊이 생각해보지도 않고 곧장 병사들을 모았다. 이때 진등이 또 다시 입을 열었다.

"정세가 긴박하니 제가 먼저 가서 알아보는 것이 어떻겠습니까?"

여포가 말했다.

"그것도 괜찮겠구려. 먼저 가서 장료의 마음을 안정시키도록 하시오. 내가 곧 대군을 이끌고 가도록 하겠소."

진등은 곧장 출발했다. 마침 순풍이 불어 한 식경도 채 안 되어 그는 소패에 도착할 수 있었다. 사실 소패는 조조군의 기습을 받지 않았다. 조조군은 그저 사수를 따라 영채 몇 개를 설치하고 소패성을 반 정도 포위한 것뿐이었다. 진등은 먼저 조조군의 한 영채 앞에 이르러 문을 향해 화살 편지를 몇 개 쏘아 보냈다. 그런 다음 바람같이 말을 달려 장료가 수비하고 있는 서문으로 갔다.

장료는 충성을 다하는 장수였다. 그는 거센 바람이 부는 야밤에 적군이 기습을 해올까 염려해 직접 성벽 위를 따라 서문과 북문 사이를 오가며 순시를 계속하고 있었다. 진등이 산 아래에 이르러 문을 두드리자 그는 보초병보다 더 빨리 반응했다. 진등이 음모를 꾸미리라고는 전혀 예상하지 못했던 그는 아무런 의심 없이 성문을 열어주게 했다.

진등은 장료를 보자마자 소리쳤다.

"팽성이 위급합니다. 장군께서는 어찌 가만히 앉아 구경만 하고 계십니까?"

장료가 깜짝 놀라 물었다.

"아니, 대체 어떻게 된 일입니까?"

진등이 대답했다.

"진궁의 꼬드김에 넘어간 온후께서는 오래전부터 장군이 자신을 배신하고 조조와 내통하면서 다른 마음을 품고 있다고 의심하고 계십니다. 그래서 장군을 죽이려 했지요. 다행히 제가 침이 마르도록 설득한 덕분에 아직까지 손을 쓰지 않았던 것입니다. 오늘 밤에 조조군이 갑자기 팽성을 맹렬히 공격하자 온후께서는 저를 장군께 보내어 이 사실을 알리게 했습니다. 장군께서 속히 지원병을 이끌고 가지 않으신다면 온후께서는 군법으로 다스리겠다고 하셨습니다. 그렇게 되면 장군의 머리를 보전하기 어려울 것입니다."

순간 장료는 등에 식은땀을 쫙 흘렸다. 그는 조조가 자신에게 보낸 밀서를 진궁이 가로챘다는 사실을 알고 있었다. 그는 예전에 여포의 앞에서 가슴을 두드리며 절대 조조에게 항복하지 않을 것이며, 이는 필시 조조의 이간계라고 말했었다. 그때 여포는 그의 어깨를 툭툭 치며 "문원, 자네를 믿네"라고 말했지만 그의 눈빛에는 예전에 볼 수 없었던 의심의 눈초리가 역력했다. 게다가 여포는 측근들이 "조조가 왜 다른 사람이 아닌 장료에게 밀서를 보냈을까?" 하고 수군대는 것을 이미 들은 터였다.

장료는 하는 수 없이 병사들을 수습하여 성문을 나섰다. 하늘은 칠흑같이 어두웠고 바람은 얼마나 거센지 윙윙 하는 소리가 마치 북소리와 병사들이 싸우는 소리처럼 들려왔다. 그는 팽성으로 날아가지 못하는 것이 안타까웠다. 길을 반쯤 갔을 때 앞에서 하늘을 울리는 듯한 말발굽소리가 들려왔다. 그는 혹시 잘못 들은 것이 아닌가 하고 다시 귀를 기울였다. 전방에서 대규모 군사가 다가오고 있는 것이 분명했다. 당연히 조조의 군대일 것이라 생각한 장료는 선두에 서서 그들을 향해 공격을 개시했다.

그러나 맞은편에서 오고 있는 군사는 여포의 군대였다.

여포는 누군가 맞은편에서 광폭하게 달려드는 것을 보고는 자신이 조조 군대의 매복에 걸려든 것으로 착각했다. 그는 황급히 송헌과 후성, 창희昌豨에게 앞에 나가 정면으로 반격하라는 명령을 내렸다. 이리하여 손을 내밀어도 손가락마저 분간하기 어려운 어둠 속에서 아군들끼리 목숨을 건 전투가 시작되었다.

병장기가 부딪치며 생기는 불꽃 때문에 상대방의 얼굴이 어렴풋이 보이기 시작했다. 미친 듯이 싸우던 장료가 갑자기 뭔가 이상한 낌새를 채고는 상대방의 칼을 피하며 따져 물었다.

"너희들은 누구냐?"

상대방이 대답했다.

"태산泰山의 창희다. 그러는 너는 누구냐?"

"아이고! 잘못 봤군. 여 장군! 나는 장료요."

"장료라고? 네가 감히 배신을 하다니! 어서 이 창희의 칼을 받아라!"

장료가 창희가 내려치는 칼을 막아내며 버럭 소리를 질렀다.

"그만 하시오. 나 장료는 절대로 배신하지 않았소."

이때 여포가 장료의 목소리를 듣고 달려왔다. 그가 방천화극을 내밀며 물었다.

"네놈이 배신하지 않았다고? 그러면 무슨 연고로 여기에 온 것이냐?"

장료가 대답했다.

"주공께서는 그걸 어찌 제게 물으십니까? 장군께서 진등을 제게 보내 팽성이 위급하니 지원해달라고 하지 않으셨습니까?"

여포는 놀라움을 금치 못했다.

"내가 언제 그대에게 팽성을 지원해달라고 했소?"

말을 내뱉기 무섭게 그는 가슴이 덜컥 내려앉았다. '혹시 진등이 가짜 군령을 전한 것인가?'

여포가 의심에 싸여 어쩔 줄 모르고 있는 차에 갑자기 근처에서 천지를 진동하는 포성이 3번 울렸다. 소리가 난 곳을 향해 고개를 돌려보니 주위는 불빛으로 가득했다. 불길이 마치 용처럼 꿈틀거리며 그를 향해 다가오고 있었다. 이때 장료가 그에게 버럭 소리를 질렀다.

"주공! 아직도 모르시겠습니까? 진등이 바로 첩자였습니다. 우리는 조조의 계략에 넘어간 것이라고요."

이때 여포도 그 '불 용'이 자신을 비웃는 소리를 들었다.

"여포! 네놈은 이미 조 공의 계략에 넘어갔다."

바람소리 속에 수많은 사람들의 비웃음소리가 섞여 들려왔다. 부끄럽기도 하고 울화통이 터지기도 한 여포가 방천화극을 잡고 '불 용'을 향해 돌격하려 하자 장료가 나서서 말렸다.

"주공! 제가 저들을 막을 테니 어서 퇴각하십시오."

여포가 냉정하게 생각해보니 조조가 성에 대한 포위를 좁혀오면 도망치려 해도 도망칠 방법이 없을 것 같았다. 결국 그는 오던 길을 따라 다시 팽성으로 퇴각하라는 명령을 내렸다.

팽성에 도착할 즈음 날은 이미 밝아 있었다. 바람도 잦아들었다. 성루 위의 깃발은 미동도 하지 않았다. 그는 문득 깃발의 모양과 색깔이 이상한 것을 발견했다. 서문은 굳게 닫혀 있었고 조교도 드리워져 있지 않았다. 그가 사람을 시켜 성문을 두드리려고 하는 순간 갑자기 요란한 북소리가 귓청을 때리더니 성 위에서 화살이 비처럼 쏟아져 내렸다. 그는 황급히 화살을 피하면서 눈을 부릅뜨고 성 위를 쳐다보았다. 성첩城堞(성 위에 낮게 쌓은 담으로 몸을 숨기거나 적을 감시하고 공격할 때 사용했다-옮긴이) 사이에 붉은 도포를 입은 자가 보였다. 키는 크지 않았지만 매우 건장한 모습이었다. 긴 수염이 아침노을을 받아 황금빛을 띠고 있었다. 그의 곁에는 갑옷과 투구를 걸친 장군들이 가득 서 있었다. 붉은 도포를 입은 자가 그를 향해 소리쳤다.

"혹시 여포가 온 것인가? 밤새 수고 많으셨네."

여포는 그가 바로 조조임을 알아보았다. 화가 머리끝까지 치민 그는 방천화극을 들어 성 위를 가리켰다.

"조조, 이 도적놈아! 네놈이 간계로 나를 속이고 팽성을 빼앗다니!"

조조는 여포를 향해 호탕하게 웃었다. 조조의 곁에 있던 나이가 그와 비슷해 보이는 인물이 앞으로 나섰다. 조조보다 키가 크고 약간 마른 편이었다. 갈색 전포를 입은 그가 바로 유비였다. 그가 여포를 가리키며 욕설을 퍼부었다.

"여포, 이 못된 소인배 놈아! 팽성이 어찌 네 것이더냐? 참새가 비둘기 둥지에 잠시 들어앉은 주제에 어찌 감히 입을 함부로 놀리는 게냐!"

여포는 더더욱 화가 치밀었으나 할 말이 없었다. 당장 팽성을 다시 빼앗는다는 것은 헛된 망상에 지나지 않았다. 아쉬운 대로 그만 물러서는 수밖에 없었다.

여포는 팽성을 잃게 된 자세한 경위를 알 수 없었다. 성을 지키던 진궁과 위월 등은 전사했을까? 혹시 패주한 것인가? 도무지 알 길이 없었다. 그는 소패로 가야 할지 아니면 하비로 가야 할지도 알 수 없었다.

한참을 고민하고 있는데 고순이 수백 명의 군사를 거느리고 소패에서 도망쳐왔다. 고순의 정신없는 모양새를 보니 뭔가 잘못된 것이 분명했다. 그의 예상은 빗나가지 않았다. 여포를 만난 고순은 분노하면서도 실망스러운 어투로 보고를 올렸다.

"주공! 에잇! 진등 그 간사한 놈이 장료 장군을 꼬드겨 성문을 나가게 한 후 곧장 서문을 열어 조조의 대장 하후연과 조홍 등을 성안으로 들였습니다."

여포는 눈앞에 별이 번쩍이는 것을 느꼈다. 그는 하마터면 말에서 굴러 떨어질 뻔했다.

# 제23장

# 칼을 들어 사랑을 빼앗다

# 1

인간의 욕망은 통제할 수 없는 법, 조조는 자신을 이해할 수 없었다. 어찌하여 팽성을 차지하자마자 정신없이 여포의 집으로 뛰어갔던 것일까?

그날 새벽이 되자 날이 어슴푸레 밝았다. 넓은 길에는 연한 푸른빛이 감돌았다. 여기저기에 아직 작은 불씨가 남아있는 것이 보였다. 빨간 불빛이 길에 아름다움과 생기를 더해주는 것 같았다. 말은 이런 불씨를 무시하며 그냥 밟고 지나갔다. 불에 타고 있던 물건들이 가끔 말발굽에 걸려 함께 구르기도 하고 튀어나가기도 했다. 말발굽에 꽃이 핀 것 같았다. 여포의 저택까지 가는 동안 이런 광경은 계속되었다.

그러나 조조보다 먼저 온 자가 있었다. 그는 어둠 속에서 대문 앞에 나타났다. 9척이 넘는 듯한 건장한 키에 길고 아름다운 수염을 기르고 있는 그는 녹색 도포에 푸른 두건을 매고 있었으며 손에는 자루가 긴 '언월도偃月刀'를 들고 있었다. 조조를 본 그가 깜짝 놀라며 두 손을 앞으로 모아 예를 올린 다음 계단 옆에 예를 갖추고 섰다. 조조가 물었다.

"그대는 누구시오?"

"유현덕의 사마입니다. 성은 관關이고 이름은 우羽, 자는 운장雲長이라 하지요."

조조는 그의 이름을 들어본 적이 있었다. 관우는 유비의 의형제로서 용맹하기 그지없으며, 서주의 첫 번째 전투에서 유비와 장비 등과 함께 여포에 대항하여 싸운 적이 있었다. 그러나 이때까지 조조는 그에 대해 별로 아는 것이 없었다. 이 순간 조조는 관우가 자신과 같은 목적을 품고 이곳에 온 것임을 전혀 알지 못했다.

조조는 자신이 초선을 위해 이곳에 왔음을 스스로 밝혔다.

왕윤이 언젠가 초선을 조조에게 주겠다고 약조한 적이 있었다. 물론 그는 동탁을 주살하는 것을 조건으로 내세웠다. 그러나 조조는 실패했고, 초선은 여포의 수중에 들어가고 말았다. 이제 여포가 하비로 도망쳐 갔는데 초선은 잘 지내고 있을까? '난은 아름답고 국화는 향기로우니, 미인을 그리는 마음 어찌 덜할쏘냐.' 그녀의 미모는 여전할까?

조조는 관우의 이상야릇한 표정을 미처 눈치 채지 못했다. 그의 머릿속에는 온통 초선 생각뿐이었다. 황급히 마당으로 들어선 그는 곧장 안채로 들어갔다. 잠시 후 동쪽 곁채와 서쪽 곁채, 왼쪽 누각, 오른쪽 행랑채를 들락거렸다. 그러나 아무리 헤매도 초선의 그림자는 보이지 않았다. 초선은 성이 함락되기 전에 이미 하비성으로 옮겨간 것이었다. 조조는 서쪽 곁채에서 흐트러진 솜이불과 여인의 옷, 창밑에 널린 옥패, 옥팔찌, 금으로 장식한 비녀, 머리칼을 윤기 나게 하는 '향택香澤', 이마에 빨간 점을 찍을 때 사용하는 '적的' 등을 발견했다. 보아하니 매우 다급하게 몸을 피한 것이 분명했다.

조조는 방 안에서 여인 특유의 향기를 맡았다. 그는 코끝에 잔뜩 힘을 주고 마음껏 방 안의 냄새를 빨아들였다. 그러고는 이내 그 냄새에 취해 버렸다.

방 안에서 나오면서 그는 관우가 말라버린 파초나무 아래 서 있는 것을 발견했다. 날은 거의 다 밝아 있었다. 조조는 관우의 얼굴이 새빨간 것을 보았다. 그는 관우가 왜 얼굴에 홍조를 띠고 있는지 궁금했다.

저녁이 되어 공로를 축하하는 연회에서 조조는 관우가 얼굴에 홍조를 띤 이유를 알게 되었다. 관우도 초선을 취하고 싶었던 것이었다. 관우가 어찌 여포의 애첩을 가로채려고 했던 것일까? 관우도 혹시 미색에 혹하는 부류인 것일까?

하지만 조조는 관우에 대해 별로 아는 바가 없었다. 그도 처음에는 관우가 그다지 호색한은 아닐 것이라고 생각했다. 더구나 여포가 두 눈을 시퍼렇게 뜨고 살아있는데 뻔뻔하게 그의 부인을 빼앗으려 한다고는 믿어지지 않았다. 그러나 이는 엄연한 사실이었다.

그날 밤, 승리를 자축하는 잔치가 벌어졌다. 조조는 유비를 자신의 오른쪽 자리에 앉게 했다. 진등은 조조의 왼쪽 자리에 앉았다. 왼쪽은 오른쪽보다 지위가 조금 낮았다. 조조가 좌석배치를 이렇게 한 것은 유비와 진등이 이번 전투에서 가장 큰 공로를 세웠기 때문이었다. 그러나 유비의 부장이자 의형제이기도 한 관우와 장비에게는 자리를 배치할 수 없었다. 두 사람은 줄곧 유비의 뒤에 서 있었다. 그들은 돌기둥처럼 잔치가 다 끝날 때까지 그렇게 미동도 하지 않고 서 있어야 했다.

조조가 그들에게 자리를 내주지 않은 게 아니었다. 그들에게도 자리를 내주었으나 그들이 앉지 않았던 것이다. 아무리 간청해도, 심지어 그들의 손을 잡아당겨도 그들은 자리에 앉지 않았다. 의아해하는 조조에게 유비가 그 이유를 설명했다.

"저의 두 아우님은 이런 경우에 제가 있는 한, 절대로 자리에 앉지 않습니다. 그들은 이렇게 호위병처럼 잔치가 끝날 때까지 뒤에 서 있지요."

그의 설명에 조조의 의구심은 곧 감동으로 바뀌었다. '유현덕에게는 이토록 충성스러운 의형제가 있으니 얼마나 좋을까!' 그는 속으로 무척이나 유비가 부러웠다. 그는 더 이상 자리를 강권하지 않았다. 관우는 연회가 지속되는 동안 한 번도 자리에 앉지 않았고 말도 한마디 하지 않았다. 단지 조조가 하사하는 술 한 잔을 마셨을 뿐이었다.

잔치가 끝나자 조조가 유비와 함께 연회장을 나오며 인사치레로 "부인께 대신 안부 좀 전해주시오"라고 말했다. 그제야 유비는 부인의 일을 떠올리며 조조에게 다시 한 번 고맙다는 인사를 전했다.

"승상 덕분에 저의 두 부인은 편안하게 소패에 거하고 있습니다. 모두 승상께서 구해주신 덕분이지요."

조조는 호탕하게 웃으며 손을 내저었다. 그러고는 속으로 중얼거렸다. '고맙다는 인사를 하려면 여봉선에게 해야지. 그가 선심을 베풀어 부인의 손가락 하나 건들지 않았잖은가.'

사실이 그랬다. 반년 전 소패가 유비의 손에서 여포의 손으로 넘어갔을 때, 유비의 부인들을 넘보는 부장들이 한두 명이 아니었다. 일례로 유비의 저택에 뛰어든 창희는 두 부인을 붙잡아 손관孫觀과 둘이서 나눠가지려 했다. 먼저 눈앞의 욕구부터 채우고 나서 소실로 삼으려 했던 것이다. 그러나 이때 마침 여포가 다가와 창희를 저지하면서 헛된 짓을 못하도록 막았다.

"나와 유현덕은 원래 친구였소. 지금은 서로 칼을 겨누고 있지만 아무도 그의 부인을 욕보여서는 안 되오."

여포는 이렇게 말하고는 병사들 몇몇을 시켜 유비의 저택을 지키게 했다. 조조가 소패를 빼앗은 후에야 유비는 다시 가족들과 상봉하게 되었다. 두 부인은 유비에게 사실을 그대로 고했고, 그도 속으로 여포에게 고마워했다. 그러나 겉으로는 조조를 은인이라 부르며 그에게 고맙다는 인사를 하니 이는 곧 유비의 간사함을 보여주는 일례가 아닐 수 없었다.

조조가 유비에게 작별인사를 건네는 순간 그가 관우에 대한 이야기를 꺼냈다.

"저의 부인들은 덕분에 잘 지내지만 동생 관우 때문에 골머리를 좀 앓고 있습니다."

조조가 의아한 표정으로 물었다.

"관운장이 혹시 부인과 사별이라도 했습니까?"

"아닙니다. 그에게는 부인이 하나밖에 없는데 고향에 있지요. 지금은 곁에서 머리를 빗어줄 사람도 없습니다. 그에게 괜찮은 여인을 하나 얻어주고 싶은데 마음에 들어하는 사람이 없습니다. 그런데 그가 방금 좋은 생각이 있다고 하더군요."

조조가 흥미로워 하는 표정으로 다시 물었다.

"관운장이 혹시 마음에 두고 있는 여인이라도 있습니까?"

유비가 말했다.

"있지요. 다름 아닌 여포의 부인 초선입니다."

조조의 마음이 철렁하고 내려앉았다. 순간 발에 뭔가가 걸려 넘어지려고 하자 유비가 손을 내밀어 그를 부축해주었다. 그러고는 뒤를 향해 소리쳤다.

"아우! 이리 와보게! 조 공께서 자네에게 물을 말이 있으시다네."

조조가 웃으며 물었다.

"운장! 어제 여포의 집에서 자네를 봤는데, 혹시 '보물'을 찾으러 갔던 것인가?"

관우가 얼굴을 붉히며 두 손을 앞으로 모았다.

"네. 사실은 말이 가는 대로 간 것뿐입니다."

조조가 껄껄 호탕하게 웃었다.

"하하! 방금 형님께서 내게 다 말씀하셨소. 그대가 여포의 첩 초선을 소실로 들이고 싶어 한다던데 그게 사실이오?"

관우가 바닥에 무릎을 꿇었다.

"은인께서 저의 소원을 들어주십시오."

조조가 놀란 표정으로 말했다.

"무슨 뜻이오? 내가 어떻게 그대의 소원을 들어줄 수 있겠소? 나는 그러고 싶어도 그럴 능력이 안 된다오."

유비가 나서서 말했다.

"물론 지금은 안 되겠지요. 하지만 일단 하비성을 공격하여 여포를 제거하고 나면 그때는 제 아우의 소원을 들어주실 수 있지 않겠습니까?"

조조가 생각해보니 일리 있는 말이었다. 하비성이 일단 함락되고 여포가 죽고 나면 초선은 여포의 가족으로 포획물에 속하는 것이었다. 다른 포획물은 아무렇게나 처리해도 되지만 초선이라는 포획물은 반드시 그의 동의를 거쳐야 했다. 그러나 그렇게 된다면 자신이 초선을 관우에게 넘겨줄 수 있을 것인가?

물론 조조는 초선을 관우에게 넘겨주고 싶지 않았다. 그러나 가끔씩 입과 마음이 따로 놀 때가 있었다. 조조가 하하 하고 큰소리로 웃으며 고개를 끄덕였다. 관우는 흥분을 감추지 못하며 고개를 숙여 감사의 인사를 올렸다. 조조가 말했다.

"아직 고맙다는 인사를 할 때가 아닌 것 같소."

그는 관우에게 어서 일어서라고 말했다. 그러고는 얼굴에 미소를 머금고 부드러운 어투로 관우에게 물었다.

"관운장! 그대는 어찌하여 초선을 소실로 들이려고 하는 거요?"

관우가 입을 열기도 전에 유비가 대신 대답했다.

"보시다시피 운장은 의표가 늠름한 호걸이 아닙니까? 세인들은 '사람들 중에는 여포'라고 하지만 이는 운장을 본 적이 없기 때문입니다. 아마 운장을 먼저 봤더라면 '사람들 중에는 운장'이라고 말했을 것입니다."

조조는 관우의 모습을 유심히 훑어보았다. 과연 풍채가 늠름하고 영준하며 비범한 기질이 엿보였다. 특히 그들 셋이 함께 서 있으면 관우의 관상이 호걸로서 가장 손색이 없었다. 유비는 원숭이를 방불케 하는 긴 팔에 바람을 부르는 큰 귀를 가지고 있었다. 세인들은 유비의 두 팔이 무릎을 넘고 두 귀가 어깨에 이른다고 말하곤 했다. 그의 외모가 그다지 호감을 주지 못하는 것을 반증하는 말이었다. 그렇다면 조조는 어떨까? 조조는 키가 겨우 5, 6척이고 정수리가 관우의 아래턱에 겨우 닿을 듯 말 듯했다. 게다가 몸집이 뚱뚱하고 나이가 많아 얼굴에 주름도 가득했다. 스스로 부끄러울 정도였다.

조조가 머리를 끄덕였다.

"알겠소. 좋은 말에는 좋은 안장을 얹어야 하는 법이지. 관운장 같은 호걸에게 미인이 없어서야 되겠소."

유비가 관우를 대신해 변명했다.

"운장이 유독 초선을 취하고 싶어 하는 것은 미색에 혹해서 그런 것이 아닙니다. 다른 뜻이 있지요."

조조는 다른 뜻이 어떤 것인지 궁금했다.

"초선의 미색을 탐하는 것이 아니라면 무엇을 원한다는 것이오?"

"명성입니다."

유비가 말했다. 그는 '명성'이라는 두 글자에 힘을 주었다.

조조가 웃었다.

"그건 또 무슨 뜻이오? 난 도무지 모르겠소이다."

유비가 말했다.

"제가 감히 은인께 거짓말을 하겠습니까? 운장은 한 번도 초선을 본 적이 없으니 어찌 그녀의 미색을 알겠습니까? 다만 소문을 들었을 따름이지요. 운장이 미색을 탐하는 자가 아니라는 것은 제가 증명할 수 있습니다. 우리 형제 셋 가운데 가장 여색에 둔한 자가 바로 운장입니다. 저와 막내 장비는 가끔 여색을 탐하기도 하지만 운장은 한 번도……."

조조가 유비의 말을 가로챘다.

"그렇다면 더더욱 이해할 수 없군요. 미색에 요지부동인 관운장이 천하제일의 미녀를 소실로 들이려고 한다는 것은 곧, '초선'의 '명성'과 동침하겠다는 말씀이시오?"

자기가 말하고도 우스운 듯 조조가 껄껄 웃었다. 조조의 말은 관우가 초선을 취한다 하더라도 그녀와 잠자리를 함께 하지 않을 것이냐는 뜻이었다(심지어 초선이 다른 사람과 잠자리를 함께 하는 것도 허락하지 않겠냐는 뜻이었다). 이는 매우 이상하면서도 우스운 일이었다. 그렇다면 관우는 필시 '문제가 있는' 남자임에 틀림이 없었다.

조조의 웃음에 유비가 난감한 표정을 지었다. 조조가 웃음을 그치자 그는 정색을 하고서 관우를 위한 변명을 계속했다.

"은인께서는 오해하셨습니다. 관운장은 은인이 짐작하신 그런 남자가 아닙니다. 사실 운장이 이런 '명성'을 중시하는 것은 초선 때문이 아니라 여포 때문이지요."

"아니, 그럼 운장이 여포와 명성을 다툰다는 말씀이오?"

조조는 그제야 눈치를 챘다.

"그렇습니다. 운장은 세인들이 말하는 '사람들 중에는 여포'라는 말에 불복하고 있습니다. 그는 자신이 여포보다 훨씬 더 강하고 잘생겼다고 여기고 있지요. 그러니 '여인 중에서는 초선'만이 그의 배필이 될 수 있 겠지요."

"아! 그런 뜻이었구려."

조조는 모든 사정을 이해할 수 있었다. 그가 속으로 중얼거렸다. '관우 의 자존심과 고집이 만만치 않겠구나!'

유비의 청탁에 그는 조금 망설여졌다. '내가 초선을 그토록 갈망하고 있는데, 관우에게 그녀를 하사하고 나면 나 자신은 억울해서 어떻게 살 란 말인가?'

그러나 조조는 역시 조조였다. 그는 때가 되면 이 일 역시 적당히 잘 처 리될 것이라고 믿었다. 아마도 그는 두 사람 모두 자신이 원하는 것을 얻 게 할 수 있을 것이었다. 아직 하비성이 함락되지 않았고 여포도 잡지 못 했으니 초선의 귀속 문제는 종잇장 위에서 병법을 논하는 것이나 다름없 었다. 조조는 순순히 약속하는 것으로 이야기를 마무리 지었다.

"좋소이다. 하비가 함락되고 여포를 잡게 되면 필시 초선을 관운장에 게 하사하겠소."

"저 유비와 관우가 은인께 미리 감사의 인사를 올리겠습니다."

유비는 관우를 끌어당겨 함께 조조의 면전에 무릎을 꿇고 절을 올렸다.

"한데……."

조조가 교활한 눈을 깜빡이며 다시 입을 열었다.

"내 말이 아직 다 끝나지 않았소."

유비와 관우는 깜짝 놀랐다. 두 사람은 내심 간교하기 그지없는 이 영웅이 말을 바꿀까 봐 걱정하고 있었다.

"정말로 초선을 원한다면 두 분이 내게 한 가지 약조를 해주셔야겠소."

유비와 관우는 서로 얼굴을 쳐다보았다. 유비가 입을 열기도 전에 관우가 먼저 입을 열었다.

"은인께서 하실 말씀이 있으시면 어서 하십시오. 칼산에 오르거나 불바다에 뛰어들거나 머리를 찧고 뜨거운 피를 흘리는 일이라도 관우는 절대 주저하지 않을 것입니다."

"좋소! 역시 대단한 영웅이오!"

조조가 박수를 치며 감탄했다. 한참 생각에 빠졌던 그가 마침내 다시 입을 열었다.

"내일 군사를 하비성 쪽으로 옮길 것이오. 유현덕께서 군사를 거느리고 성의 남쪽에 영채를 세웠으면 하오. 그렇게 되면 하비와 회남이 서로 통하는 것을 막을 수 있을 것이오. 여포의 군사가 단 한 명이라도 남쪽으로 도망가지 못하게 막아야 하고, 또한 원술의 군사가 단 한 명이라도 북쪽으로 들어오는 것을 막아야 하오. 유현덕께서 이 일을 감당할 수 있겠소?"

조조의 작전구상을 제대로 이해하지 못한 유비는 선뜻 대답하지 못했다. 공교롭게도 관우가 이번에도 먼저 대답했다.

"명공께서는 염려 마십시오. 여포의 군사가 한 명이라도 남쪽으로 도망가거나 혹은 원술의 군사가 한 명이라도 북쪽으로 들어오게 되면 명공의 처분을 달게 받겠습니다."

"음, 군문에서는 농담이 없는 법이오."

조조가 관우를 뚫어지게 쳐다보며 강조하여 말했다.

"정 그러시다면 군령장을 쓰겠습니다."

관우가 유비를 흘끔 쳐다보며 대답했다. 유비는 더 할 말이 없었다. 관우가 이미 군령장을 운운했으니 그와 장비도 관우를 따르는 수밖에 없었다. 세 형제는 두원桃園에서 결의할 때 하늘에 대고 이렇게 맹세한 적이 있었다.

"같은 해, 같은 달, 같은 날에 태어날 수는 없었지만 같은 해, 같은 달, 같은 날에 죽기를 원하노라."

만일 이번에 관우가 조조에 의해 수급이 잘린다면 유비와 장비도 그의 영혼을 따라 서천으로 가야 할 것이었다.

조조는 유비의 세 형제를 데리고 군막으로 들어가 '군령장'을 쓰게 했다. 그때부터 원하던 원하지 않던 간에 관우와 유비, 장비 세 사람의 목숨은 여포와 초선의 목숨과 하나로 연결되게 되었다.

# 2

여포는 '백문루白門樓'에 올라섰다.

백문루는 하비성의 남문에 있는 성루로써 백문루라는 이름은 정식 명칭이 아니었다. 정식 명칭은 비바람에 부식되어 이미 알아보기 힘들 정도였다. 백문루라는 이름은 성루에 흰 칠을 해서가 아니라 그 높이 때문이었다. 푸른 하늘을 떠받치고 선 성루에는 늘 흰 비단 같은 구름이 감돌았고, 그 풍광이 너무도 아름다웠다. 어쩌면 '백운루白雲樓'라 부르는 것이 더 정확한 이름이었다.

그러나 '백운루'라는 이름은 너무 우아하고 가벼웠다. 더구나 그곳에서 일어난 이야기와 전혀 어울리지 않았다. 여포의 이야기가 이곳에서 끝날 때쯤 사람들은 '백문루'가 '백운루'보다 더 잘 어울리는 이름임을 깨닫게 될 것이다.

백문루는 하비성의 4개 성문 가운데 가장 높은 곳에 있어 아름다운 풍경을 독점하고 있었다. 그 위에 서면 산과 강을 한눈에 볼 수 있었다. 어부가 노래를 부르며 노를 젓는 모습도 볼 수 있고, 바람을 쐬며 바둑을 둘 수도 있으며, 술잔을 들고 달을 감상할 수도 있었다. 한마디로 휴식을 취하기에 안성맞춤인 곳이었다.

그러나 여포에게는 이 모든 것을 즐길만한 여유가 없었다.

사수의 강기슭이 여포의 시야에 들어왔다. 그곳에 갑자기 장막들이 가득 생겨났다. 마치 비온 뒤에 버섯이 쑥쑥 자라난 것 같았다. 그러나 지금은 추운 겨울이었다. 쉴 새 없이 사람들이 오가고 수레가 분주히 움직이는 가운데 강기슭에 있던 나무들은 전부 영채를 세우는 기둥과 깃대가 되었다. 북소리와 나팔소리가 노루의 울부짖음을 대신했다. 이곳은 어느새 군영과 전쟁터가 되어 있었다. 백문루는 '백운'이 아니라 '전쟁의 연기'를 피해갈 수 없었다.

조조의 10만 대군은 3갈래로 나뉘어 동, 서, 북쪽을 지키고 있었다. 그는 남쪽을 비워놓았다. 독 안에 든 쥐가 고양이를 문다는 말에 따라 여포에게 남쪽을 열어줌으로써 퇴로를 남겨준 것이었다. 동시에 회남에 있는 원술과 연락을 취할 수 있도록 길을 내준 셈이었다. 너무 궁지에 몰리면 오히려 성을 수비하는 여포의 군사들이 목숨을 걸고 싸움에 임할 것이기 때문이었다. 이처럼 조조는 병법을 환히 꿰고 있었다.

그러나 오늘 다시 백문루에 올라와 보니 모든 것이 바뀌어 있었다. 조조군의 배치가 바뀌어 남쪽에도 군대가 배치된 것이었다. 남쪽의 영지에 휘날리는 깃발을 보니 분명 유비의 군대였다. 여포가 회남으로 퇴각할 수 있는 길목을 유비가 막아선 것이었다. 결국 이제부터 조조는 하비성을 물샐틈없이 포위한 셈이었다. 이는 무엇을 의미하는 것일까? 결전을 벌일 때가 온 것인가?

오후 신시가 되었다. 석양을 마주하여 선 여포의 그림자가 나무기둥에 비쳤다. 그는 성 위에서 불안하게 배회했다. 그의 그림자도 이리저리 따라 움직였다. 그러나 그의 걸음은 매우 침착하고 안정적이었다.

이때 진궁이 다가와서는 그의 시야를 따라 사방을 둘러보았다.

"주공, 보셨습니까? 저것이 바로 식량을 운반하는 군대입니다."

식량을 운반하는 수레가 틀림없었다. 남북을 잇는 길 위에 병사들과 수레가 벌레처럼 기어 다니고 있었다. 오후가 되자 얼었던 길이 녹기 시작했다. 진흙투성이라 사람과 노새들도 매우 힘들어 하고 있었다.

"조조의 군대는 멀리서 온 데다 식량을 운반하는 일도 매우 힘듭니다. 따라서 포위 상태가 오래 지속되지는 않을 것 같습니다."

진궁이 말했다.

"군후께서 병사들을 거느리고 성 밖에 주둔하고 제가 성안에서 수비하는 것이 어떻겠습니까? 적이 군후를 공격하면 제가 배후에서 출격할 수 있을 것이고, 적이 성을 공격하면 군후께서 성 밖에서 지원하실 수 있을 것입니다. 그러면 열흘도 못가서 조조의 군대는 군량이 바닥나고 말 것입니다. 그때 우리가 반격을 가하면 조조를 무너뜨릴 수 있을 것입니다."

걸음을 멈춘 여포의 눈빛이 멀리 보이는 조조군의 수레를 향했다.

"그래, 그대의 말에 일리가 있소."

이때 장료가 성 위로 올라와 여포에게 말했다.

"주공께서는 이대로는 이 성을 사수하실 수 없을 것입니다. 장군께서 밖에 나가 진을 치고 적군에 대응하신다면 저들은 그 기세에 눌려 퇴각할 것입니다. 그렇게 되면 포위망에 틈이 생기게 될 것이고 게다가 장군께서 성 밖에 계시는 만큼 몰래 적을 교란시키거나 식량 수송의 길목을 차단하실 수도 있을 것입니다. 그러면 모든 일이 순조로워질 것입니다."

"좋소!"

여포는 손바닥으로 담장을 툭 치며 긴 한숨을 내쉬었다. 석양이 조금 전보다 더욱 진한 빛으로 찬란하게 빛났다.

여포는 진궁과 장료, 고순 등에게 군사를 반으로 나눠 성을 수비하게 했다. 그리고 장패臧霸와 송헌, 후성 등에게 나머지 반을 거느리고 성 밖에 나가 진을 치게 했다. 아울러 구체적인 배치는 다음날 진시辰時에 다시 모여 상의하기로 했다.

여포는 갑자기 자신이 이제껏 지금처럼 우유부단하고 어찌할 바를 모르며 남자답지 못한 모습을 보인 적이 없다는 사실을 깨달았다.

그는 오후에 진궁 등과 함께 백문루에서 군사전략을 세웠다가 저녁이 되자 곧 손바닥 뒤집듯 뒤집어버렸다. 그렇게 하도록 사주한 자는 다름 아닌 그의 애첩 초선이었다.

여포가 집에 돌아간 때는 일경을 알리는 징소리가 울린 직후였다. 그가 묵고 있는 곳은 서주 종사 진의록秦宜祿의 저택이었다. 여포는 진의록을 수춘으로 보내 원술에게 지원병을 요청하게 했다. 진의록은 식솔이 많지 않았기 때문에 저택의 절반을 여포에게 내주었다. 여포는 뒷문으로 다녀야 했지만 아직까지 남의 집에 사는 것에 습관이 되지 않은 듯 자신도 모르게 가끔 앞문을 두드리곤 했다. 어느 날 앞문을 두드리니 두杜씨가 나와 문을 열어주었다. 그녀는 매우 젊고 아리따운 여인이었다. 두 사람은 모두 어색함을 감추지 못했다.

호위병이 적토마의 고삐를 잡아 마구간으로 끌고 갔다. 방 안에 있던 사람들은 그의 발걸음 소리를 듣고 끼익 하는 소리를 내며 문을 열었다. 주홍색의 촛불 빛이 새어나왔다. 초선이 나와서 그의 방천화극을 두 손으로 잡더니 힘겨운 모습으로 담장 구석에 세워놓았다. 그러고는 외투를 벗겨주고 그 위에 쌓인 먼지를 털어냈다. 이어서 그의 도포와 갓을 벗겨주고는 따뜻한 세숫물을 떠왔다. 방천화극을 받아주거나 세숫물을 떠오는 일 따위는 하인에게 시켜도 되는 것이었지만 최근 몇 달 동안 그녀는 이 모든 일들을 자신이 직접 했다. 덕분에 여포는 따스한 사랑이 가득한 가정의 가치를 더욱 가슴깊이 느끼게 되었다.

평소에 그는 극히 사소한 일들에 대해서는 전혀 신경을 쓰지 않았다. 이는 마치 숨을 쉬는 것처럼 자연스러웠다. 숨을 들이쉬고 다시 내쉬는 순서를 따지면서 호흡을 하지 않는 것과 마찬가지 이치였다. 그러나 이날 밤 그는 모든 세부적인 절차를 꼼꼼히 살펴보았다. 가장 인상이 깊었던 것은 그녀가 세숫물이 뜨거운지 차가운지 직접 손을 넣어 확인한다는 것이었다. 그녀는 또 그의 손에서 수건을 빼앗아 직접 그의 얼굴을 닦아주었다. 그녀가 얼굴을 닦아줄 때면 그는 그녀의 향기로운 체취를 맡는 동시에 그녀의 젖가슴이 자신의 단단한 가슴에 살짝 부딪치는 것을 느낄 수 있었다. 그의 키가 너무 크다 보니 그녀는 까치발을 하고서 그의 몸에 바싹 기대는 수밖에 없었다.

하녀 장張씨는 부엌에서 밥을 짓고 있고, 그의 딸 완군은 서각西閣에서 바느질을 하고 있었다. 어지러운 환경 속에서, 특히 남의집살이를 하는 터에 바느질이 잘 될 리 없었다. 적토마의 발걸음소리를 들은 완군이 창밖으로 고개를 내밀고 그에게 뭐라고 말을 건넸다. 아마도 저녁밥을 먹었는지 물은 것 같았다.

그는 몹시 피곤했지만 졸리지는 않았다. 초선의 방에 들어선 그는 곧장 침상에 누웠다. 그러고는 짐짓 쾌활한 어투로 그녀에게 내일부터 집을 떠나 군영에서 묵을 것이라고 말했다.

구석에서 구리대야에 물을 떠놓고 찰싹찰싹 소리를 내며 요란하게 몸을 씻고 있던 그녀가 두 눈을 동그랗게 뜨며 물었다.

"군영으로 옮기신다고요? 어디에 있는 군영인데요?"

"성 밖에 있는 군영이오."

그는 그녀에게 오후에 백문루에서 있었던 일들을 말해주면서 장패와 후성, 송헌 등을 이끌고 성 밖에 진을 칠 것이며, 진궁과 장료, 고순 등은 성내에서 수비를 강화하게 될 것이라고 말했다.

"네?"

초선이 날카로운 비명을 질렀다. 구리대야가 쨍그랑 하고 요란한 소리를 냈다. 그녀가 수건으로 엉덩이의 물기를 닦으며 침상을 향해 걸어왔다. 얼굴이 무척이나 창백했다.

"왜, 왜 그러는 게요?"

여포가 의아한 표정으로 물었다.

초선이 멍하니 침상머리에 앉았다. 손에 든 수건으로는 연신 왼쪽 엉덩이를 문질러대고 있었다. 그러면서 미간을 찌푸리고 입술을 깨물며 깊은 생각에 빠져들었다.

여포가 무슨 일인지 몰라 다시 물었다.

"도대체 왜 그러는 거요?"

초선이 갑자기 몸을 부르르 떨었다. 그러고는 수건을 던져놓고 침상으로 올라왔다. 그녀가 여포에게 몸을 기대며 물었다.

"누구의 뜻인가요? 혹시 또 진궁의 계략이 아니던가요?"

여포의 눈빛이 멍해졌다.

"아니! 어떻게 진궁이라는 걸 알았소?"

초선은 직접적인 대답을 피했다.

"그냥 느낌으로 알았어요."

그녀는 여포에게 성안에 남게 된 장수들이 과연 믿을만한 인물들인지 물었다.

"만약 변고가 생기면 장군께서는 다시 우리 곁으로 돌아오실 수 있나요?"

초선이 손가락으로 앞마당으로 가리켰다. 그러더니 진의록의 부인을 예로 들었다.

"진 종사가 수춘에 갔다가 원술에게 감금되어 다시 돌아오지 못했습니다. 만약 장군께서도 다시 돌아오지 못하신다면 소첩은 누구를 의지해야 한단 말입니까?"

"에그! 어찌 그런 생각을 하는 거요?"

여포가 어이없는 듯이 웃었다. 그는 여인은 결국 여인이라 남편을 너무 사랑하는 나머지 때로는 필요 이상의 걱정과 우스운 생각을 하는 것이라 여겼다. 그러나 초선의 눈에는 어느새 눈물이 글썽글썽했다. 여포는 애써 그녀를 달래야 했다.

"나는 성 밖에 있고 진궁과 장료 등은 성안에 있을 것이오. 그러면 서로 지원할 수 있소. 게다가 이는 조조의 포위망을 뚫고 그를 제압할 수 있는 최상의 전략이자 가장 안전한 선택이기도 하오. 모든 병력이 성안에 남아 있는 것은 너무 수동적이라 오히려 패배할 가능성이 크기 때문에 가장 위험한 선택이 될 것이오. 물론 여인네들은 병법을 모르니 내가 이런 말을 해도 이해하기가 쉽지 않을 테지만 말이오."

그러나 그의 예상은 빗나갔다. 그는 여자에 대해 너무 몰랐다. 여자들은 마음이 섬세하여 남자들과는 전혀 다른 관점을 가지고 있었다. 마음이 섬세하면 세밀한 것을 보게 되고, 문제를 보는 입장이 달라지면 독특한 견해가 나오는 법이었다. 초선이 말했다.

"소첩은 진궁과 장료 두 장군의 사이가 좋지 못하다는 것을 잘 알고 있습니다. 만약 장군께서 가시면 두 사람은 마음을 합쳐 성을 수비할 수 없을 것입니다. 그러다가 그 가운데 한 사람이 변절하기라도 한다면 장군께서 발을 붙일 곳이 있겠습니까?'

여포가 흠칫했다. '초선이 어떻게 진궁과 장료의 사이가 좋지 않은 것을 알았지? 역시 여인의 섬세함이란 무시할 수 없는 것이군.' 평소에 진궁이 그의 집에 와서 몇 번 장료에 대한 얘기를 한 적이 있다. 아마도 초선은 그때 병풍 뒤에 숨어 가만히 엿듣고 있다가 이를 마음에 담아둔 모양이었다.

여포는 그녀의 섬세함에 탄복하면서도 그녀의 염려는 일체 무시했다.

"무슨 말도 안 되는 소리! 장료는 더 없는 충의지사忠義之士요. 진궁이 그를 의심하는 것은 단지 오해에 불과하오. 그가 만일 배신하려 했다면 소패성에서 진즉에 배신했을 거요. 굳이 오늘까지 기다릴 필요가 없지."

그러나 그는 이번에도 잘못 생각하고 있었다. 초선이 말하는 배신자는 장료가 아니라 진궁이었다. 그녀는 대체 왜 진궁을 의심하게 된 것일까? 그녀의 분석은 이러했다.

"조조는 예전에 친 혈육을 대하듯이 진궁을 대했습니다. 그런데도 그는 조조의 곁을 떠나 장막을 꼬드겨 반란을 일으켰지요. 지금 장군께서는 진궁에게 그다지 잘해주고 계시지 못합니다. 그러니 중요한 순간에 그가 다시 조조를 찾아가지 않으리라고 누가 장담할 수 있겠습니까?"

여포는 놀라움을 금할 수 없었다. 그녀의 분석에도 나름대로 일리가 있었다. 초선의 말은 사실이었다. 조조는 진궁을 아주 잘 대우했고, 그와 원한을 맺은 적도 없었다. 역설적으로 원수를 진 일이 없기 때문에, 진궁이 '고개를 돌릴' 여지가 있는 셈이었다. 결국 여포는 초선의 권고에 모든 전략을 재고하게 되었다.

초선의 말은 이것으로 끝이었다. 그녀는 곧 여포의 속옷을 벗기고는 솜이불을 덮어주었다. 그녀 자신도 이불 속으로 들어왔다. 그녀는 여전히 습관적으로 몸을 웅크리고 여포의 품을 파고들었다. 그녀의 두 다리가 여포의 다리 속으로 들어갔다. 그녀는 아무 말도 하지 않았다. 그러나 몸으로 하는 말이 때로는 입으로 하는 말보다 더 설득력이 강했다. 이런 따스함은 흔하지 않았다. 두 사람은 늘 도망을 다녀야 했고, 비바람을 맞으며 풍찬노숙해야 했다. 때로는 전투 때문에 헤어져 있으면서 서로에 대한 그리움을 달래야 했다. 두 사람이 함께 한 날부터 온갖 위험과 두려움, 고난이 초선의 곁을 떠난 적이 없었다. 그녀가 행복과 즐거움을 누린 시간은 불쌍할 정도로 적었다. 때문에 이런 순간의 따스함은 더없이 소중하게 느껴졌다. 이런 그녀의 남편으로서 여포는 내심 부끄러움을 느끼고 있었다.

여포는 이런 생각을 하게 되었다. 초선은 천하제일의 미녀로서 그녀의 미색은 세상 모든 남자를 무릎 꿇게 만들기에 충분했다. 원술과 원소, 조조 같은 제후와 호걸들이 침을 석 자나 흘리면서 그녀를 품에 안지 못해 안달이었다. 만일 그가 그녀와 헤어져 있고 그녀가 그의 보호를 받지 못하게 된다면 정말 누군가(진궁도 배제할 수 없다) 이런 기회를 틈타 초선을 조조에게 바치고 포상을 받으려 할지도 모르는 일이었다. 어쩌면 진궁이 그에게 성 밖에 나가 진을 치라고 한 것도 뭔가 꿍꿍이속이 있는 것일 수도 있었다. 그렇지 않다 하더라도 썩 좋은 계략은 못되는 것 같았다.

생각이 여기까지 미치자 그는 조조가 탐욕스러운 눈을 번뜩이며 초선을 빼앗기 위해 손을 내미는 모습이 눈에 선했다. 그는 초선을 더욱 힘주어 껴안았다. 이처럼 두려운 생각 때문인지 그는 악몽을 꾸게 되었다. 꿈 속에서 그는 초선을 나쁜 놈들에게 빼앗기지 않기 위해 목숨을 내놓고 죽 기로 싸워야 했다. 이날 밤 그는 밤새 악몽에 시달렸다.

그는 미색이 보물인 동시에 부담인 것을 깨닫게 되었다. 명성이 자자한 절세미인일수록 그를 소유한 자의 부담은 커지는 법이었다.


다음날 진시 이각二刻이 되었다. 정식 회의를 알리는 의식이 끝나자 여 포는 줄줄이 늘어선 장수들을 바라보며 별로 중요하지도 않은 말 몇 마디 를 하고는 모두 내보냈다. 진궁과 장료가 그에게 이날 성 밖에 진을 치는 일에 관해 상의하기로 하지 않았느냐고 일깨웠다. 그가 우물쭈물하며 말 했다.

"몇 번이고 생각해보았는데 병력을 분산시키면 아무래도 적에게 공격 당하기가 쉬울 것 같소. 성에서 수비를 강화하는 것이 더 안전한 방법일 것 같소."

진궁과 장료는 입이 떡 벌어졌다.

# 제24장
# 진퇴양난에 빠진 여포

여포는 말없이 백문루 위에 서 있었다.

해가 뉘엿뉘엿 지고 있었다. 그의 한쪽 뺨은 마지막 노을을 받아 붉게 물들었고 다른 한쪽 뺨은 어둠에 묻혀 있었다.

그의 마음은 몹시 혼란스럽고 초조했다. 그는 묵묵히 '후회'의 쓴맛을 되새기고 있었다.

후회는 이번이 처음이 아니었다. 과거의 일은 제쳐두고 최근에 있었던 일만 돌이켜봐도 후회거리가 한둘이 아니었다. 조조의 군대가 서주에 갓 당도하여 강을 건널 때 진궁의 진언대로 주력군을 이끌고 과감히 공격했더라면 아마 그들의 대부분을 수장시킬 수 있었을 것이다. 그 일을 두고 그는 무척이나 후회했다. 그러나 가장 후회스러운 것은 지난달 조조가 하비성에 도착해 미처 안정을 취하기 전에 진궁이 그에게 성 밖에 나가 진을 치라고 했던 일이었다. 진궁의 계책대로 했다면 성 안밖에서의 호응이 가능했고, 주도적으로 적의 명줄인 식량 수송로를 끊어놓을 수 있었다. 하지만 그는 초선의 말만 듣고 진궁의 배신이 두려워 그의 계책을 거부했다. 결과는 어떠했는가? 전쟁판에서의 기회란 아침이슬 같은 것이었다. 잠시 반짝이다가 금세 사라져버리는 것이 기회였다. 이제 그는 적의 조롱과 비웃음을 견디는 수밖에 없었다.

조조의 영채에서 보내온 소식에 따르면 진궁이 여포에게 성 밖에 진을 치라고 간언했다는 얘기에 조조가 크게 놀라 이렇게 부르짖었다고 한다.

"어휴! 여포가 진궁의 계략에 따르면 우리는 망하고 말거요!"

그러나 조조는 어느덧 하비성 밖에서 자리를 틀고 앉아 침착하게 진지를 공고히 하고 있었다. 게다가 그는 포위망을 점점 조여 왔다. 여포가 백문루에서 동, 남, 서쪽을 차례로 바라보니 도처에 적군의 영채가 가득했다. 가장 가까운 영채는 성 밖 참호에서 얼마 떨어져 있지도 않았다. 날씨가 좋은 날에는 조조군의 깃발까지 똑똑히 볼 수 있었다. 병사들이 훈련하는 구령소리가 바람을 따라 성 위까지 전해졌다. 정세는 너무나 분명했다. 이제는 성 밖에 나가 진을 치는 것은 고사하고, 소규모 병력을 내보내 포위망을 뚫고 수춘으로 가서 원술에게 구원을 요청하게 하는 것도 지극히 힘든 형편이 되어버렸다.

원술에게 지원을 요청하는 일도 부끄럽기 그지없는 일이었다.

원래 여포는 원술과 사이가 괜찮은 편이었다. 1년 전에 진규와 진등 부자의 의도적인 속임수에 넘어가지만 않았어도 두 사람은 사돈이 되어 있었을 것이다. 교활한 조조는 그와 원술의 관계를 파괴시켰고, 두 사람을 서로 반목하게 했으며 그 자신은 가만히 앉아 어부지리를 얻었다.

여포가 유비를 소패에서 쫓아내자 유비는 조조에게 몸을 의탁했다. 여포는 진궁의 계책대로 다시 원술과 화해하기로 마음먹었다. 그는 종사 진의록을 수춘에 사자로 보냈다. 그러나 여러 달이 지나도록 함흥차사였다. 그는 진의록이 다른 곳으로 가서 은둔하고 있는 줄로만 여겼다. 그러나 얼마 전에 얻은 정보에 따르면 그는 원술에게 매수당해 원씨의 먼 친척과 혼인한 상태였다. 아울러 '중씨' 조정의 시중이 되어 있었다. 결국 그가 서주를 위해 일을 할 리가 만무했다.

여포는 하는 수 없이 다시 사자를 보냈다.

이번에는 허사와 왕해 두 사람을 동시에 보냈다. 두 사람 중에 한 사람이 다시 '진의록'이 된다 하더라도 다른 한 명은 그래도 사명을 완수하지 않을까 하는 생각에서였다.

칠흑같이 어두운 밤, 그는 용맹한 장수 성렴에게 기병 3천 명을 거느리고 두 사자가 남문으로 빠져나가는 것을 호위하게 했다. 그런데 공교롭게도 유비 휘하의 대장 관우가 완강하게 길을 가로막고 나섰다. 성렴은 사력을 다해 싸웠으나 관우의 적수가 되지는 못했다. 결국 그는 청룡언월도에 목이 잘리고 말았다. 성렴이 거느렸던 3천 명의 기병들 가운데 겨우 1백여 명만이 살아남아 두 사자를 호위하여 다시 성안으로 돌아왔다.

여포는 남쪽의 방비가 너무 심해 도저히 뚫을 수 없다는 것을 깨닫고 다시 북쪽을 선택했다. 그는 고순에게 야음을 틈타 3천 명의 기병을 거느리고 두 사자를 보호하여 몰래 성을 빠져나가게 했다. 머리가 총명했던 고순은 하후연과 이전의 두 영지 사이의 공간을 이용해 두 사자를 보내는 데 성공했을 뿐만 아니라 1천여 명의 적군까지 섬멸하고 돌아왔다. 아군의 손실은 거의 없었다.

그때부터 여포는 늘 백문루에 올라가 회남 쪽을 바라보았다. 그는 하늘과 땅이 인접한 곳에 갑자기 무수한 깃발이 휘날리고 병장기와 말들이 물밀듯이 몰려오기를 바랐다. 유비와 관우의 배후에서 공격이 시작되면 여포는 성문을 열고 서주의 군사들을 거느리고 홍수같이 적의 영채를 향해 달려들 것이었다.

그러나 하늘에는 흰 구름만 둥둥 떠다닐 뿐, 지원병은 그림자도 보이지 않았다. 기다림에 지쳐 눈이 빠질 지경이었다.

이날 오후 여포는 진궁과 고순, 장패, 후성 등 장수들을 거느리고 성을 순시했다. 마지막으로 그들은 다시 백문루로 올라왔다. 그들은 수춘에 사자를 보내 구원을 요청한 사실을 떠올렸다. 모두 속이 새카맣게 타 재가 되고 있었다. 그러면서도 겉으로는 모두 지원병이 틀림없이 도착할 것이라고 말했다. 바로 이때 문루 아래에서 말이 울부짖는 소리가 들려왔다. 그들은 우르르 몰려가 아래를 내려다보았다. 짙어가는 어두움 속에서 먼 길을 달려온 듯한 사람의 모습이 보였다. 허사가 돌아온 것이었다. 그는 상인의 옷차림을 하고 있었다.

허사가 혼자 돌아온 것을 본 여포는 불길한 예감을 감출 수 없었다. 그는 허사에게 먼 길에 위험을 무릅쓰고 오느라 수고했다는 말을 건네기 무섭게 본론에 들어갔다.

"원술의 병마는 어떻게 됐는가?"

허사는 얼굴의 먼지를 닦으며 마르다 못해 갈라터진 입술을 혀로 핥았다. 그러고는 여포의 눈길을 피하며 맥없이 머리를 가로저었다. 허사가 말했다.

"원술을 만나 주공의 편지를 전해드렸습니다. 그런데 원술은 편지를 뜯어보지도 않고 그냥 바닥에 휙 던져버리더군요. 그는 주공께서 일방적으로 '혼인을 파기'했고, 한윤을 허도로 보내 조조에게 죽임을 당하게 한 것을 크게 원망하고 있었습니다. 그는 주공께서 약속을 번복한 것에 분노하면서 주공이 신의가 없는 사람이라고……."

그의 말을 듣던 여포는 힘없이 고개를 떨어뜨리면서 두 손으로 얼굴을 감싸 쥐었다.

수레 10개가 넘는 금은보화와 비단을 허비하면서 20일이 넘도록 애타게 기다린 대가가 하나도 없었다. 오로지 모욕과 수치만이 돌아온 것이었다. 모욕감이 분노로 변하자 그는 방천화극을 들어 낮은 담장을 내리치려고 했다. 이때 허사가 말을 이었다.

"원술이 나중에 이런 조건을 내걸더군요. '여포가 딸을 보내오면 짐이 곧 출병하여 도와줄 것이다'라고 말했습니다."

"뭐! 뭐라고?"

방천화극이 공중에 멈췄다. 허사가 방금 했던 말을 그대로 반복했다.

'오라! 원술이 단호하게 거절한 것이 아니라 지원병을 보내는 조건을 제시한 거로군.'

여포는 조금이나마 희망이 보이는 것 같았다.

"그래 뭐라고 대답했나?"

여포가 허사에게 물었다.

"저는 그저 '폐하께서는 너무 심려치 마십시오'라고 말했습니다. 이제 '황제'가 되었으니 그렇게 부르는 수밖에 없었지요. 저는 '폐하께서 지원병을 보내주시기만 하면 저희 주공께서는 반드시 태자비를 보내올 것입니다'라고 했습니다. 주공! 제가 이렇게 대답한 것이 마땅한가요?"

"음! 그렇지! 그렇게 대답했더니 원술이 지원병을 보내겠다고 하던가?"

"그랬더니 이번에는 이렇게 얘기하더군요. '자네 주공은 약속을 잘 지키지 않아 신용이 없소. 이번에도 속임을 당할 수는 없소. 먼저 사람을 보내오면 그때 가서 군사를 지원하도록 하겠소.' 그러고는 왕해를 인질로 잡는 바람에 저만 돌아와 소식을 전하게 된 것입니다."

"아하! 일이 그렇게 된 거로구나!"

그는 더 이상 할 말이 없었다.

이때 옆에서 사람들이 의논하는 소리가 들리더니 진궁이 그에게 다가와 읍을 하며 간절하면서도 정중한 어투로 말하는 것이었다.

"주공! 지금으로써는 달리 방법이 없습니다. 따님을 보내셔야만 하비성이 살아남을 수 있습니다."

곧 문루 위에 있던 모든 사람들이 진궁을 거들어 여포를 재촉했다.

"주공께서는 대업을 먼저 도모하십시오. 원술의 요구대로 하시는 것이 바람직합니다."

일이 이렇게 된 이상 여포로서는 달리 할 말이 없었다. 원술의 요구를 들어주는 수밖에 없었다. 여러 장수들의 간절한 눈빛을 보니 더 망설일 여유도 없었다.

그리하여 그날 여포와 장수들은 백문루에서 완군을 떠나보낼 날짜를 결정했다. 누군가 성제成帝 때부터 시행된 《삼통력三統歷》을 찾아보더니 말했다.

"오늘은 흉살凶殺이 든 날이라 안 됩니다. 내일이 길일이고 또한 길신吉神이 남쪽이 있으니 술해戌亥시에 가시는 것이 좋을 듯합니다."

장수들이 뿔뿔이 흩어졌다. 여포와 무거운 땅거미만이 아직 그곳에 남아 있었다. 백문루에서 사람들이 대책을 의논하던 웡웡거리는 소리가 사라진 지 오래였다. 마음속에서 분명한 목소리가 들려왔다.

"내일 오후 완군은 반드시 집을 떠나야 한다."

## 2

이날 밤, 여포의 집에서는 천지가 진동하는 듯한 소동이 벌어졌다. 하늘도 무너지고 땅도 무너지는 것 같았다.

완군은 오늘 밤에 시집을 가야 한다는 소식을 듣고 크게 절망하고 분노했다. 그녀는 미친 듯이 집이 떠나가라고 소리를 지르고, 깔깔대며 웃다가 나중에는 결국 대성통곡하고 말았다. 그러고는 가위를 휘두르고 흰천을 목에 감으면서 차라리 목을 매어 죽을지언정 죽어도 원씨네 집에는 들어가지 않겠다고 바락바락 악을 써댔다.

어려서부터 완군을 보살폈던 유모 장씨가 사력을 다해 그녀를 끌어안고 함께 울었다.

"아가씨! 이러시면 안 됩니다. 아가씨께서 죽으시면 제가 어찌 구천에 계신 마님을 뵐 면목이 있겠습니까?"

이런 경우에 맞닥뜨리고 보니 초선도 그녀를 위로하는 수밖에 없었다.

"무슨 일이든 좋은 쪽으로 생각해. 회남으로 시집가면 멀긴 하지만 그래도 태자비가 되는 게 아니겠니. 어쩌면 이것이 너의 복일지도 모르지."

이 한마디가 오히려 붙는 불에 키질하는 격이 되고 말았다. 완군이 고래고래 소리를 질러댔다.

"잘됐네요! 그게 복이라고 생각하는 사람이나 가면 되잖아요."

초선은 그녀의 기세에 눌려 뒷걸음질을 쳤다. 그러나 화를 내지는 않았다. 단지 속으로 자신을 나무랄 뿐이었다.

'그래! 욕을 먹어도 싸지!'

태자비의 지위가 높은 것은 사실이지만 여인의 복이라고 말할 수는 없었다. 게다가 들리는 소문에 의하면, 원요는 이상적인 남편감이 아니었다. 아니 정상적인 남자가 아니라고 하는 편이 맞았다. 그에게는 선천적인 질병이 있었고, 게다가 성격까지 포악했다. 여포는 이 사실을 알고서 크게 후회했다.

'어찌 이런 것들을 알아보지도 않고 경솔하게 원술과 정략혼인을 맺겠다고 약속했던가!'

완군의 통곡소리에 가슴이 송곳으로 찌르는 것처럼 아팠고, 그 상처에서 피가 줄줄 흐르는 것 같았다. 여포는 괴롭기도 하고 부끄럽기도 했다. 그의 눈에서 눈물이 주르르 흘러내렸다. 그가 딸에게 말했다.

"완군아! 모든 게 이 아비의 불찰이다! 조조에게 핍박을 받아 자신의 딸도 보호할 수 없어 결국 불구덩이 속으로 밀어 넣는구나. 정말 미안하다!"

그가 흐느끼는 소리에 완군은 이성을 되찾았다. 그녀는 더 이상 난동을 부리지 않았고, 자살소동도 부리지 않았다. 그녀가 여포의 품에 안기며 말했다.

"아버님! 그런 말씀 마세요! 이 딸이 어찌 아버님을 원망하겠습니까? 모든 것이 제 운명이고 팔자겠지요."

그녀의 말에 모든 사람들의 속이 아려오면서, 집안 전체가 울음바다가 되어버렸다.

울음을 멈춘 그녀가 눈물을 훔치며 고개를 들었다.

"아버님! 알겠어요. 아버님과 서주 백성들, 그리고 여러 장수들을 위해서라면 소녀는 이 한 몸 바쳐도 여한이 없습니다."

"내 딸, 내 착한 딸 완군아!"

여포가 감격하며 다시 한 번 울음을 터뜨렸다.

"네가 그렇게 말하니 원제元帝 때 흉노로 간 왕소군王昭君(흉노와의 화친을 위해 흉노로 보내진 중국 4대 미인 가운데 하나로 늦게 그녀의 미모를 본 원제가 그녀를 보내고 결국 상사병에 걸려 죽었다는 이야기가 있다—옮긴이)이 생각나는구나. 사실 너의 뜻과 기세는 그녀에 비해 전혀 손색이 없다."

여포의 말에 완군의 눈에는 의연하고 비장한 표정이 역력했다. 그녀가 침착한 어투로 여포에게 물었다.

"아버님! 그럼 언제 떠나야 합니까? 어떻게 가야 하나요?"

여포가 대답했다.

"술시와 해시가 길한 시각이라 하니 자정이 되기 전에 떠나야 할 게다."

여포는 첫 번째 물음에만 대답했다. 두 번째 물음에는 아직 대답할 준비가 되어 있지 않았다. 조조군이 사방을 포위하고 있는 상황이었다. 게다가 남쪽을 지키고 있는 유비와 관우의 수비가 갈수록 강화되고 있었다. 서쪽과 북쪽은 조조의 군대가 참호를 파고 물을 채워 넣어 완전히 끊겨버렸다. 때문에 고순의 호위 아래 허사와 왕해가 포위망을 뚫을 때와 같은 요행을 기대하기는 어려웠다. 향거와 보마에 태워 음악을 울리며 떠났다가는 통과하지 못할 것이 당연했다. 허사와 왕해가 처음 수춘으로 떠날 때도 대장 성렴과 병사 2천여 명이 목숨을 잃은 적이 있었다. 이제 관우의 영지를 지나 완군을 안전하게 보내려면 성렴보다 더 용맹한 장수를 골라야 했다. 관우를 대적할 수 있는 장수를 골라야 하고 지난번보다 더 많은 군사들이 호위에 나서야 하는 것이었다.

하지만 누가 관우를 당해낼 수 있을 것인가?

그는 머리에 부장들을 하나씩 떠올렸다. 그러나 마음에 와 닿는 인물이 하나도 없었다.

소장 고순은 무예도 뛰어나고 지혜도 탁월했다. 게다가 그는 스스로 자원하고 나섰다. 하지만 관우와 비하면 한참 부족했다.

이리저리 생각을 굴리던 여포는 갑자기 자신의 이마를 탁 쳤다. '아니야! 굳이 다른 사람을 고를 필요가 있을까? 내가 직접 나서면 될 것을!'

'사람 가운데는 여포'가 천하무적인데 관우가 어찌 당해낼 수 있으랴!

그는 곧 완군의 행차에 대해 고민했다. 완군을 수레에 태울 것인가 아니면 말에 태울 것인가? 완군은 말을 탈 줄을 몰랐고, 그렇다고 수레를 탔다가는 적에게 발각될 가능성이 컸다. 게다가 말을 타고 가는 것보다 속도도 느렸다. 어떻게 해야 좋을 것인가? 그냥 날아갈 수는 없는 것일까?

그가 이 문제를 놓고 여러 사람들의 의견을 물었다. 하지만 누구도 뾰족한 대책을 내놓지 못했다.

갑자기 하늘에서 계시를 얻었는지 초선의 눈이 반짝이더니 그녀가 여포에게 말했다.

"맞아요! 장군께서 완군을 몸에 붙잡아 매면 되잖아요?"

"그것 괜찮은 생각이구려!"

여포가 크게 기뻐하며 명령을 내렸다.

"어서 서둘러라! 완군을 내 등에 묶어라!"

초선과 장씨가 급히 채색 비단을 가져왔다. 그녀들은 비단을 길게 찢어 완군을 여포의 등에 동여맸다. 여포가 손으로 비단 끈을 당겨보고 나서 말했다.

"안 돼! 더 졸라매! 느슨하면 싸우기 힘들어져."

비단 끈을 한 번 더 동여맸지만 여포가 만져보니 여전히 느슨했다. 다급한 나머지 그는 버럭 호통을 쳤다.

"좀 더 세게 매봐. 세게 맨다고 죽진 않는단 말이다!"

그의 말에 완군의 가슴이 찢어지는 듯했다. 그녀가 울면서 부르짖었다.

"죽을힘을 다해 동여매요! 차라리 아버님 몸속으로 들어가게!"

여인들은 마음을 단단히 먹고 있는 힘을 다해 완군을 여포의 등에 꽁꽁 동여맸다.

이때 초선이 술을 한 잔 가득 따라 두 손으로 여포에게 올렸다. 여포가 단숨에 잔을 비우고 나서 말했다.

"한 잔 더 주구려!"

여포는 술잔을 받아 자기가 마시지 않고 어깨너머로 완군에게 건넸다.

"이 술을 마셔라!"

초선이 물었다.

"완군이 술을 마셔서 뭐하게요?"

"완군이 술을 마시고 취해 잠이 들면 화살이나 칼이 무섭지 않을 거야."

이 말에 옆에서 지켜보던 사람들의 마음이 아려왔다. 무쇠처럼 강인한 여포 자신도 주르르 눈물을 쏟고 말았다.

어느덧 술시가 되었다. 문밖을 지키고 있던 시위가 들어와 보고했다.

"고 장군께서 오셨습니다."

갑옷과 투구를 쓰고 창과 활을 잡은 고순이 위풍당당한 모습으로 여포의 면전에 나타났다. 이때 여포는 완군이 그의 등에서 가볍게 떠는 것을 느꼈다. 완군이 그의 귓가에 대고 낮은 목소리로 물었다.

"아버님! 고 장군께서도 소녀와 같이 가나요?"

"그래!"

여포가 대답했다.

"고 장군이 기병 5백을 이끌고 너를 수춘까지 데려다 주고 다시 돌아올 게다."

"어머나!"

완군의 몸이 다시 한 번 부르르 떨렸다. 심장이 콩콩 뛰는 것 같았다. 여포는 그녀의 얼굴을 볼 수 없었다. 만약 보았다면 그녀의 눈에서 폭죽이 터질 때 생기는 불꽃같은 광채가 도는 것을 발견했을 것이다. 여포는 사랑에 눈뜨기 시작한 완군이 업성에 있을 때부터 토끼처럼 앞니가 살짝 튀어나온 이 젊은 장군을 이미 짝사랑하고 있었다는 사실을 전혀 모르고 있었다. 그녀는 짝사랑하는 이 장수를 위해 손수 장갑을 뜬 적도 있었다. 마침 초선이 수놓은 무늬와 같은 것이었다. 그때 그녀는 공연히 화가 나 초선이 수놓은 장갑 한 짝을 창밖으로 던져버렸다. 고순이 자신과 수춘까지 동행한다는 사실을 알게 된 완군은 절망감에 젖어 혼인을 위해 떠나는 길에 폭죽처럼 빛나는, 알 수 없는 미묘한 희망을 보는 것 같았다.

딸을 등에 업은 여포는 적토마에 올라 초선의 손에서 방천화극을 건네받았다. 고순이 정예기병 3천 명을 이끌고 호위하는 가운데 일행은 술시 이각에 조용히 남문을 나섰다.

성의 남쪽에서 10리쯤 떨어진 곳에서 유비 휘하의 대장 관우와 장비가 그들의 길을 가로막고 나섰다. 여포는 관우와, 고순은 장비와 죽기로 싸웠다.

여포의 무예는 관우에 결코 뒤지지 않았다. 그는 호로관虎牢關에서 혼자 유비와 관우, 장비 세 사람을 한꺼번에 상대한 적도 있었다. 그 뒤로 그는 천하에 이름을 떨치게 된 것이었다. 그러나 지금은 예전과 달랐다.

완군을 등에 메고 있어 몸을 놀리기가 여간 힘든 것이 아니었다. 게다가 딸이 다칠까 두려워 마음껏 싸울 수도 없었다. 그저 돌파구를 찾기에 급급할 따름이었다. 결국 그의 무예는 평소에 비해 7할 정도에도 미치지 못했다.

관우는 정반대였다. 관우는 과거에 호로관에서 여포와 대적할 때보다 수십 배는 용맹했다. 솔직히 그때 일을 떠올리기만 해도 관우는 얼굴이 화끈거렸다. 유비와 장비까지 굳이 나설 필요가 없었다. 두 사람이 끼어드는 바람에 오히려 그들이 다칠까 봐 관우는 평소의 7할 정도밖에 기량을 발휘하지 못했고, 덕분에 여포만 위세를 떨치게 되었다. 관우는 이번에는 절대 유비가 나서지 못하게 했다. 관우는 스스로 자신의 능력이 여포에 비해 떨어지지 않다고 믿었다. 그는 세인의 평판을 바꾸고 싶었다. 게다가 그는 조조와 '팽성의 약속'을 맺어 놓은 터였다. 그가 여포를 죽이면 초선과 적토마를 소유한다는 내용이었다. 그렇게 되면 '사람 가운데 여포, 말 가운데 적토, 여인 가운데 초선'이 아니라 '사람 가운데 관우, 말 가운데 적토, 여인 가운데 초선'으로 바뀔 것이다. 관우는 미친 듯이 칼을 휘둘렀다. 그의 무예는 평소의 수준을 훨씬 능가했다.

여포는 갈수록 힘에 부쳤다. 그는 스스로 관우를 당해낼 수 없다는 것을 느끼면서 관우를 향해 버럭 소리를 질렀다.

"운장! 자네가 영웅호걸이라는 것은 인정하네. 오늘 밤 한 번만 날 좀 봐주게나."

관우는 누에 같은 눈썹을 위로 치켜뜨고 여포를 노려보면서 고함을 질렀다.

"웃기지 마라! 내 오늘 밤 반드시 네놈의 수급을 취할 것이니라."

여포가 다시 한 번 애원했다.

"내가 자네와 원수진 일이 없는데, 어찌 이리 내 숨통을 조이는 게냐?"

관우가 대답했다.

"너와 나 사이에 원수진 일은 없지만 이 세상에 네가 있으면 내가 있을 수 없고, 내가 있으면 네가 있을 수 없을 것이다."

이에 여포도 대노하여 정신을 가다듬고 다시 싸우기 시작했다. 그러나 딸을 등에 업고 있는 터라 제대로 무예를 발휘할 수 없었다. 갈수록 힘이 빠지고 사기가 떨어졌다. 그는 오늘 밤 관우라는 고비를 넘을 수 없다는 것을 깨달았다. 그는 하는 수 없이 고순을 데리고 다시 성으로 들어갔다.

여포가 조교를 넘어 남문에 들어설 때, 갑자기 말이 걸음을 멈췄다. 그의 몸이 갑자기 앞으로 확 쏠리며, 하마터면 적토마에서 떨어질 뻔했다.

칠흑같이 어두운 밤에 적토마의 두 눈이 불처럼 빛났다. 마치 여포에게 이렇게 말하는 것 같았다.

"주인님! 저의 주인이 될 자격이 있다고 생각하십니까?"

# 3

하루하루 숨 막히는 날들이 지나갔다. 하비성은 여전히 그대로였다. 조조군의 포위망은 조금도 느슨해지지 않았다.

어느새 건안 4년의 설이 지났다. 또 어느새 정월 초이레 즉, 이른바 '인일人日'이 되었다. 이날 해가 반쯤 졌을 때, 백문루에서 내려온 여포는 사랑하는 적토마에 올라 방천화극을 들고 몇몇 시위의 호위를 받으며 집으로 향했다.

유령 같은 땅거미가 그를 둘러쌌다. 집으로 돌아가는 길이 너무도 멀게만 느껴졌다. 길이 먼 것은 괜찮았다. 길이 먼 만큼 방금 전까지 생각했던 문제들을 계속 생각할 수 있었기 때문이다. 방금 백문루에서 그는 진궁, 고순, 서흡, 모휘 등과 더불어 중요한 문제를 의논하다가 서로 칼을 빼들 정도로 다투게 되었다.

다름 아닌 조조와 화해하느냐 마느냐의 문제였다.

화해란 곧 항복을 의미했다. 항복은 대단히 굴욕적인 일이었다. 아무도 이 두 글자와 연결되는 것을 좋아하지 않았다. 하지만 고대부터 지금까지 무수한 전쟁에서 누군가는 이런 '치욕스러운 선물'을 받아야 했다.

딸을 수춘으로 보내지 못한 여포는 몹시 풀이 죽어 있었다. 그러다가 나중에 진궁이 한 말 한마디에 큰 위로를 얻었다. 진궁이 말했다.

"원술에게는 원래 군사가 많지 않습니다. 그는 지원할 힘이 없기 때문에 자녀들의 혼사를 핑계로 내세웠던 것입니다. 주공께서 따님을 보내지 않은 것이 더 잘 된 일인지도 모릅니다. 따님을 시집보냈더라도 병사 한 명 안 보냈을 수 있지요."

그는 진궁의 새로운 견해에 놀라움을 금치 못했다. 곰곰이 따져보니 원술에게 정말 지원병을 보내고 싶은 마음이 있었다면 치사하게 혼인과 파병을 연계시키지는 않았을 것이라는 생각이 들었다.

그는 속으로 차라리 다행이라고 생각했다. 딸이 아무런 부상도 입지 않은 것이 천만다행이었다. 단지 온 집안 식구들이 애꿎은 눈물만 펑펑 흘린 것이 아까울 따름이었다. 여포는 이 일로 인해 진궁을 나무랐다.

"그대는 원술이 파병하지 않을 것을 알면서, 어찌 내게 원술에게 연락을 취하라고 했던 것이오?"

진궁이 긴 탄식을 내뱉고는 무릎을 꿇고 사죄했다.

"저도 크게 후회하고 있습니다. 저는 머리가 빨리 도는 사람이 못 됩니다. 많은 일들은 시간이 지나야 시비를 깨닫게 되지요."

여포는 아무 말도 하지 않았다. 그는 진궁이 원술에게 연락하는 일을 제안하기는 했지만 정작 결단을 내린 사람은 자신이라는 것을 잘 알고 있었다. 이런 지경에 이르러 다른 누구를 원망할 필요도 없었다.

회남에는 전혀 희망이 없었다. 다른 방도를 찾아야 했다. 결국 진궁은 북쪽에 지원을 요청하기로 마음먹었다. 즉, 대사마 장양張楊(그는 건안 원년에 이각과 곽사가 반란을 일으켰을 때 황제를 지킨 공로로 대사마에 제수되었다)과의 친분을 통해 그에게 남하하여 도와달라고 요청하는 것이었다. 여포는 그의 제안을 순순히 받아들였다. 북으로 가는 사자는 교묘하게 변장을 하고서 순조롭게 하내군에 도착했다. 장양도 꽤 의리를 지키는 인물이었다. 그는 흔쾌히 출병하여 지원할 것을 약속했다. 그러나 유감스럽게도 장양의 역량은 그곳까지 미치지 못했다. 동시東市까지밖에 출병할 수 없었던 그는 먼 거리를 사이에 두고 여포에게 내응하기로 했다. 이것만으로도 꽤나 괜찮은 책략이었다. 필경 조조의 병력 일부분을 견제할 수 있고 그의 뒷다리를 잡아당길 수 있기 때문이었다. 그러나 공교롭게도 장양은 영채를 세우자마자 그의 부장 양축楊丑에게 죽임을 당하고 말았다. 이런 소식이 전해지자 여포는 몽둥이로 머리를 얻어맞은 기분이었다.

그 후로도 조조가 여러 차례 공격을 해왔다. 여포도 매번 반격을 가해 성공적으로 성을 방어했다. 하비성이 견고하고 식량이 넉넉하여 아직까지는 별 위험이 없었다. 설이 되자 병사들과 백성들은 그나마 평안하게 명절을 보냈다. 그러나 사람들의 표정에는 즐거움이나 평화로움이 없었다. 서로 명절 덕담을 주고받긴 했지만 초조하고 우울한 표정을 감추진 못했다. 성이 포위되어 있다 보니 백성들은 성 밖에 나가 조상들에게 성묘할 수도 없었고, 타지에 있는 친척들을 방문할 수도 없었다. 애산艾山에 있는 불사에 가서 향을 피울 수도 없었다. 하지만 이런 것들은 사소한 일에 지나지 않았다. 정작 중요한 것은 조조의 군대가 하비성을 공략할 수 있느냐 없느냐, 만일 공략하게 된다면 지난번 팽성에서와 마찬가지로 닭과 개조차 남기지 않고 미친 듯이 살육을 감행할 것인가 하는 우려였다.

이는 살을 떨리게 하는 피비린내 나는 도살이었다.

그해 조조는 부친의 원수를 갚기 위해 도겸을 토벌했다. 성을 함락시킨 후 그는 수만 명의 백성들을 전부 죽여 버렸다. 사수의 강물이 시신으로 막혔고, 팽성에서 날아오는 시체 썩는 냄새가 하비성까지 풍길 정도였다.

이처럼 열악한 분위기 속에서도 사람들은 평안하게 설을 보냈다. 설을 보내고 칠일이 되는 날 즉, '인일'에 조조가 사자를 통해 투항을 권하는 편지를 보내왔다.

편지를 전하러 온 사람은 여포가 잘 아는 인물이었다. 다름 아닌 여포의 옛 부하로 팽성상彭城相을 지낸 바 있는 후해侯諧였다. 얼마 전 팽성이 함락되면서 그는 조조에게 붙잡혔고, 눈 깜짝할 사이에 조조의 사자로 둔갑한 것이었다.

백문루에서 여포가 후해를 경멸하며 말했다.

"이제 보니 네놈이로구나. 나를 찾아올 면목이 남아 있더냐?"

후해는 난처했지만 비굴해하지도, 교만하지도 않고 침착한 어투로 말했다.

"위에서 명령을 내리는데, 어찌 오지 않을 수 있겠습니까?"

여포가 흥 하고 콧방귀를 뀌면서 말을 받았다.

"조조가 너에게 어떤 관직을 주더냐?"

후해가 대답했다.

"저 후해는 원래 조정의 관리였고, 지금도 조정의 관리입니다. 지금도 팽성상으로 하비령을 겸직하고 있습니다. 바로 지금 밟고 있는 이 성의 영슈이지요."

이때 주위에서 웃음소리가 터져 나왔다. 진궁이 야유를 보낸 것이었다.

"그렇다면 우리는 후 대인의 발밑에 있는 백성들이겠구려."

고순은 한술 더 떠 욕을 퍼부었다.

"세상에 '수치'라는 단어가 있는 줄도 모르는 놈 같으니라고!"

후해는 그들의 조롱에 전혀 개의치 않았다. 그는 침착하게 조조의 서신을 여포에게 건넬 뿐이었다. 여포는 즉석에서 편지를 뜯어 읽었다. 편지의 내용은 이러했다.

'하비성은 높이 쌓은 계란과 같아 조석을 보장할 수 없소. 여 장군은 천하의 호걸이시고 이 조조도 그런 장군을 존경하오. 여 장군께서 시국을 헤아려 성의 백성들을 연못 속의 물고기 신세로 만들지 않을 것임을 믿는 바이오. 만일 항복하시면 그 공이 더없이 크고 덕이 더없이 높을 줄로 믿소.'

편지 말미에 조조는 한마디를 덧붙였다.

'조조에게는 직접 담근 구온춘이라는 술이 있소. 여 장군과 함께 이 술을 마시며 인일을 축하하고 대업을 함께 도모하고 싶소이다.'

편지는 전체적으로 기세등등하면서도 상대에 대한 기본적인 예의를 철저히 지키고 있었다. 조조는 후해에게 자신이 직접 담근 구온춘을 가져가게 했다. 단지 뒤쪽에는 '술 담그는 법'이 적혀 있었다.

밀가루 30근, 흐르는 물 5석, 12월 2일에 청곡淸曲(일종의 발효식품으로 술을 빚기 위한 중간 단계의 물질─옮긴이)을 만들고 정월에 해동한다. 불순물을 제거한 좋은 쌀을 넣는다. ……3일에 한 번씩 조금씩 넣어주는데, 모두 9석이 될 때까지 넣는다. 이런 방법으로 담근 후 수시로 잘 저어준다. 술의 색깔이 맑아지면 마실 수 있다.

'술 담그는 법'을 읽은 그는 일순간 아무 생각이 없었다. 마치 간웅 조조가 술잔을 들고 빙긋이 웃으며 자신을 향해 교활한 두 눈을 깜빡이고 있는 것 같은 환각이 일었다. 나중에야 안 일이지만 조조도 겉으로만 태연한 척했다. 사실은 성이 오랫동안 함락되지 않자 군량이 바닥날까 두려워 속이 바싹 타들어가고 있었던 터였다.

여포가 조조의 편지를 진궁과 고순 등에게 보여주었다. 진궁이 당장 검을 뽑아 들고 후해에게 다가가 '후안무치한 놈'이라고 욕을 퍼부으며 그의 목을 베어 군심을 안정시키려 했다. 하지만 여포는 조조와 서로 사자를 죽이지 않기로 맹세한 바가 있었다. 이에 그는 진궁을 물러가게 하고, 후해를 데려다 쉬게 하라고 지시했다. 후해는 여포와 헤어지면서 특별히 한마디 던졌다.

"군후께서 혹시 답장을 하실 의향이 있으시면, 제가 조 공께 전해드리도록 하겠습니다."

여포가 잠시 생각에 잠겼다가 대답했다.

"내일 사시巳時에 답장을 줄 터이니 그것을 가지고 돌아가도록 하시오."

후해가 가고 나서 여포와 여러 장수들은 백문루에서 조조의 편지를 놓고 한바탕 논의를 벌였다. 이때 누군가 화해를 주장했다. 말이 좋아 화해이지 사실은 항복이었다.

"조조가 우리를 존중해주고 그대로 군대에 편입시켜 주며 주공과 여러 동료들에게 적당한 직위를 보장해준다면 모두 흡족할만한 결과가 될 것입니다. 그렇게만 된다면 조조와 손을 잡는 것도 그다지 나쁜 일은 아닐 겁니다."

그러나 전쟁을 고집하는 자들의 주장은 그렇지 않았다.

"하비성에는 식량이 충족합니다. 게다가 우리는 비록 소패와 팽성에서 패하기는 했지만 병력에 큰 손실을 입은 것도 아니지요. 우리가 온 힘을 합쳐 조조에게 굳세게 대항한다면 조조의 대군은 기진맥진하여 스스로 포위를 풀 것입니다."

항복을 주장하는 자들이 다시 반박했다.

"조조는 세력이 강대하여 '천자를 끼고 제후들을 호령하고' 있습니다. 그와 손을 잡는 것이 원술과 손을 잡는 것보다 더 든든하지 않겠습니까?"

전쟁을 고집하는 자들이 다시 반박했다.

"조조의 세력이 강하기는 하지만 원술에게 비하면 보잘것없습니다. 지금 여러 영웅들이 들고 일어나 중원을 노리고 있어 누가 누구의 손에 죽을지 알 수 없습니다. 여 장군께서는 쉽게 이 전쟁에서 물러나서는 안 될 것입니다."

쌍방이 목에 핏대를 세우고 제각기 자신의 주장을 내세우자 언사도 갈수록 거칠어졌다. 진궁이 비분강개하며 '몸을 바쳐 인을 이룬다'는 공자의 가르침과 '몸을 버려 의를 취한다'는 맹자의 말을 인용하자 투항을 주장하던 송헌은 크게 모욕감을 느끼고 대뜸 반박에 나섰다.

"진 공이 이토록 강하게 나오는 것은 결국 조조에 대한 두려움 때문입니다."

진궁이 따져 물었다.

"내가 어찌 조조를 두려워한단 말이요?"

송헌이 설명했다.

"그대는 조조의 보복이 두려운 것이오. 조조가 예전에 그대에게 잘 대해주었으나 그대는 결국 그를 배신하고 떠나버리지 않았소? 그대가 지금까지 줄곧 조조에게 대항하고 있는 것은 그대가 조조의 눈엣가시이기 때문일 것이오. 조조가 다른 사람은 용서해도 그대는 용서하지 않을까 두려워 계속 항전을 고집하고 있는 게 아니오?"

그의 가시 돋친 말이 진궁의 마음속 깊은 곳을 찔러댔다. 화가 상투밑까지 치민 진궁이 송헌에게 달려들었다. 모두 황급히 두 사람을 떼어놓았다. 한참이 지나서야 두 사람의 기분이 가라앉았다.

어느새 날이 저물어 더는 논쟁을 벌일 수 없었다. 이때 누군가 불쑥 한

마디 내뱉었다.

"오늘이 '인일'이 아니던가? 인일도 명절일 텐데……."

이 한마디에 여포는 번쩍 정신이 들었다. 인일은 명절일 뿐만 아니라 자신의 생일이기도 했던 것이다. 오늘은 마침 그가 40살이 되는 생일이었는데, 깜빡하고 있었던 것이다. 그는 어서 집으로 돌아가 생일을 지내야 했다.

이리하여 그는 여러 장수들을 해산시켰다. 장수들이 그를 에워싸고 함께 계단을 걸어 내려가 성벽에 이르렀다. 이들은 걸어가면서 인일에 대해 열심히 떠들어댔다.

그들의 말은 정월에는 명절이 많이 들어 있다는 것이었다. 초하루는 닭의 날이고, 초이틀은 개의 날이며, 초사흘은 돼지의 날, 초나흘은 양의 날, 초닷새는 소의 날, 초엿새는 말의 날, 초이레는 사람의 날이었다. 인일 즉, 사람의 날은 아마 한평생을 너무 힘들게 사는 사람들에게 하루만이라도 즐겁게 지내라는 뜻에서 생겨난 명절인지도 모른다. 그랬다. 사람도 존엄을 지키면서 살아야 했다. 한평생 무능하게 사는 것이 아니라 떳떳하고 기백 있게 살아야 하는 것이다.

'인일'의 뜻에는 여러 가지가 있었지만 '인일'이 짐승이나 가축의 날이 아니라 '사람을 위한 명절'이라는 뜻은 모두 같았다. 이런 것들을 생각하여 모두 오래간만에 활짝 웃으며 방금 전에 있었던 불화를 하늘 높이 날려 보냈다.

여포가 집 대문 앞에 도착했다. 초선이 익숙한 말발굽소리에 얼른 나와 문을 열었다. 그녀는 방천화극을 받아들고 다정하게 말 머리를 쓰다듬어주며 한마디 칭찬을 던졌다.

"멋있네, 이놈!"

여포는 초선이 자신을 칭찬하는 줄 알았다가 이내 그것이 오해였음을 깨달았다. 알고 보니 어제는 '말의 날馬日'이었다. 말들이 특혜를 받아야 하는 날인 것이다. 그러나 말은 풀을 먹는 짐승이라 산해진미를 차려준들 별로 달가워하지 않을 것이고, 평생 서 있는 동물이라 잠도 서서 자야 하는 만큼 이불도 필요 없을 것이었다. 그렇다면 어떻게 잘해줄 것인가? 고민 끝에 초선은 그에게 아름다운 술을 만들어서 이마에 달아주었다. 적토마가 훨씬 늠름한 모습을 갖추게 되었다.

작은 오해에 여포의 기분이 좋아졌다. 그는 말에서 내려 적토마가 재채기와 함께 꼬리를 흔드는 것을 보았다. 마치 초선에게 고맙다는 인사를 하는 것 같았다. 적토마가 호위병의 손에 이끌려 마구간으로 사라지자 여포는 초선과 함께 안채로 향했다.

안채에는 이미 술상이 차려져 있었다. 장씨가 숟가락을 놓고 있었고 완군은 술을 데우고 있었다. 술 향기가 나뭇가지처럼 촛대 주위를 맴돌자 줄곧 얼어 있던 그의 마음이 한순간에 따스해졌다.

초선은 그가 요즘 들어 크게 의기소침해 있다는 것을 잘 알고 있었다. 식사량도 크게 줄어 초선은 계속 식단을 바꾸고 있었다. 하지만 그것만으로 그의 식욕이 좋아질 리 없었다. 지난 설에도 그는 밥술을 뜨는 둥 마는 둥 했다.

처첩과 딸들이 먼저 그에게 머리를 조아리며 40살 생일을 축하했다. 그러고는 여러 사람들이 자리에 앉아 식사를 시작했다. 식구들은 술을 권하고 음식을 집어주며 열심히 젓가락을 움직이면서 좋은 말만 했다. 모두 올해가 여포에게 행운이 가득한 한 해가 될 것이라고 말했다. 그러나 식구들의 말 따위로 좋아질 기분이 아니었다. 솔직히 말해 식구들의 말을 들으면서 여포는 심적 부담만 더해 갔다.

흔히 40살을 '불혹不惑'의 나이라고 했다. 즉 40살이 지나면 더 이상 미혹되지 말아야 한다는 것이었다. 그러나 여포는 오히려 정반대였다. 설을 쉰 후 모든 것이 더욱 혼미해졌다. 항복할 것인가 아니면 성을 사수할 것인가? 항복하고 나면 어떻게 되고, 성을 사수한다면 또 어떤 결과가 나올 것인가? 항복하면 굴욕을 견디며 머리를 조아려야 했다. 그러나 대신 가장 소중한 생명을 보존할 수 있었다. 또한 사랑하는 초선과 모든 식솔들이 무사할 수 있었다. 반대로 성을 사수하면 피를 흘려야 하는 것은 물론이요, 목이 달아날 수도 있고 사랑하는 식솔들을 모두 잃을 수도 있었다. 그 대가는 무엇인가? 죽은 뒤에 명성을 남기는 것이었다. 그렇다면 명성이 더 중요한가 아니면 살아남는 것이 더 중요한가? 이런저런 생각에 머리만 더 복잡해졌다.

술을 권하고 잔을 부딪치고 반찬을 집어주면서 부지런히 젓가락을 움직이는 가운데 덕담에 섞여 아첨의 말이 오갔다. 한집안 식구끼리 아첨의 말을 할 필요가 없었지만 초선은 오랜만에 '사람 중에 여포, 말 중에 적토'라는 말을 꺼냈다. 그녀는 베갯머리에서 이 말을 얼마나 많이 했는지 모른다. 맨 처음 왕윤이 이 말을 했을 때, 초선은 이미 여포에게 자신을 바치기로 마음먹었다고 했다. 여포에게 초선이라는 존재는 자신의 인생을 더욱 완벽하게 만드는 훌륭한 장식품이었다. 아름다운 꽃에는 푸른 잎사귀가 제격이듯이 미인을 품지 못하면 어찌 영웅이라고 할 수 있겠는가? 초선은 한나라에서 가장 아름다운 여인이었다. 이런 미인을 소유한 이상 그는 천하에서 가장 완벽한 남자인 셈이었다.

여포에게는 하루에 천 리를 가는 천하제일의 준마 '적토'뿐만 아니라 '한 번 웃으면 성이 무너지고, 두 번 웃으면 나라가 무너지는 천하절색의 미녀' 초선이 있었다. 예리하기 그지없는 방천화극까지 포함시킨다면, 여포에게는 3가지 보물이 있는 셈이었다. 여포 말고 또 누가 이런 복을 누릴 수 있겠는가?

그는 다시금 오늘이 '인일'인 것을 깨달았다. 이 이름에는 마치 평범한 인간이 헤아릴 수 없는 깊은 뜻이 내포된 것 같았다.

여포는 '인일'에 대해 너무 심각하게 생각하고 싶지는 않았다. 그는 굴원屈原(초나라의 시인으로 간신들이 판을 치는 조정에 자신의 간언이 받아들여지지 않자 멱라강에 투신하여 자살했다-옮긴이)처럼 진리를 추구하는 것을 좋아하는 사람이 아니었다. 하지만 그는 '인일'에 대해 독특한 견해를 가지고 있었다. '인간'이 되려면 무엇보다 먼저 생명이 있어야 한다는 것이었다. 생명이 없으면 '인간'도 결국 해골이 되거나 떠도는 귀신이 될 뿐이었다.

생각이 이에 미치자 그는 백문루에서의 논쟁에 대해 스스로 결론을 내릴 수 있었다. 그는 항복을 주장하는 자들의 손을 들어주기로 결심했다. 다음날 당장 후해에게 조조에게 보내는 '항복문서'를 가져가게 할 생각이었다.

그러나 이때 갑자기 마당에서 팍 하는 소리가 들렸다. 여포도 듣고 초선도 들었으나 장씨와 완군은 듣지 못했다. 괴상한 소리에 여포는 몸이 으스스해지는 것을 느꼈다. 그는 초선과 함께 촛불을 들고 마당에 나가 불안한 마음으로 소리의 근원을 찾아보았다. 한참 두리번거리던 그는 낮은 담장 위에 놓아두었던 항아리가 깨져 있는 것을 발견했다. 여포의 머리만 한 크기의 항아리 안에는 물이 들어 있지 않았다. 물이 들어 있지 않으니 얼어서 깨졌을 리는 없었다. 그렇다고 어딘가 충격을 받은 흔적도 없었다. 그렇다면 어째서 아무런 연고도 없이 항아리가 깨진 것일까?

정말 이상한 일이었다. 뭐라고 설명할 수도 없었다.

갑자기 세찬 바람이 불어오면서 몸이 뼛속까지 얼어붙는 것 같았다. 초선이 말했다.

"어서 안으로 들어가요! 찬바람을 쐴까 두렵습니다."

초선이 여포의 소매를 붙잡고 안채로 들어왔다.

안채로 돌아온 초선은 어느 정도 마음이 진정되었다. 그녀는 갑자기 우스운 이야기가 생각나 앵두 같은 입을 벌리려 했다. 이때 갑자기 탕탕 대문을 두드리는 소리가 요란하게 들려왔다. 문 두드리는 소리에 깜짝 놀란 여포가 자리에서 펄쩍 뛰어 일어났다. 나중에야 그는 자신의 담이 작다는 사실을 깨달았다. 초선과 장씨도 일어섰다. 서로 얼굴을 쳐다보니 모두 어쩔 줄을 몰라 하는 눈치였다. 아무도 감히 문을 열지 못했다.

사실 그들이 직접 문을 열 필요는 없었다. 대문 옆 모퉁이에 있는 방에 있던 보초를 서는 위병이 이미 문을 열어주었던 것이다. 곧 마당 안에 무거운 발걸음소리가 가득 몰려왔다. 문밖에 서 있던 병사가 보고를 올렸다.

"진궁 장군과 서흡 장군, 모휘 장군이 오셨습니다."

여포는 그들이 이 시각에 찾아온 것은 필시 중요한 대사를 의논하기 위한 것이라 짐작하고 여인네들을 어서 물러가게 했다. 그러고는 그들을 들이라고 지시했다.

진궁 등이 방으로 들어서면서 싸늘한 바깥바람을 몰고 왔다. 바람에 촛불이 불안하게 흔들렸다.

여포는 이들을 한 사람씩 훑어보았다. 그들의 눈빛에는 위엄이 가득했고 표정도 심각했다. 살기마저 느껴졌다. 여포가 놀라움을 금치 못하며 물었다.

"장군들께서 깊은 밤에 웬일로 오셨소?"

진궁이 서흡과 모휘에게 눈짓을 보냈다. 3명이 나란히 무릎을 꿇은 가운데 진궁이 먼저 입을 열었다.

"주공! 방금 저희 3명이서 생각을 정리했습니다. 조조는 간사하고 음험하기 때문에 절대로 그의 입에 발린 소리를 그대로 믿어서는 안 됩니다. 우리는 목숨을 내걸고 성을 사수해야 합니다. 절대로 항복해서는 안 됩니다."

서흡과 모휘가 고개를 조아리며 말을 이었다.

"주공! 절대 항복하시면 안 됩니다."

여포가 그들에게 일어나 의자에 앉으라고 권했다. 그러나 그들은 미동도 하지 않고 여전히 무릎을 꿇고 있었다. 여포가 초조한 어투로 말했다.

"항복하지 않으면 성을 어떻게 보존한단 말인가?"

진궁이 단호하게 말했다.

"할 수 있습니다."

여포가 어떻게 보존할 수 있는지 따져 묻기도 전에 그가 먼저 자신의 분석을 털어놓았다.

"첫째, 하비성은 아주 견고합니다. 둘째, 식량도 넉넉합니다. 셋째, 장수와 병사들이 한마음입니다. 장수와 병사들이 마음을 합하면 하비성은 곧 금성탕지金城湯池(금으로 지은 성과 연못이란 뜻으로 난공불락의 요새를 상징함-옮긴이)입니다. 조조로서도 어찌할 방법이 없을 겁니다."

이 말은 전에도 들은 적이 있는 터라 특별할 것이 없었다. 그는 진궁이 늘 유리한 것만 생각하고 불리한 것은 생각하지 않기 때문에 연이어 패배했다는 생각이 들었다. 사실 그가 말하는 것은 전부 상대적인 것이었다. 일례로 식량이 넉넉하다고 하지만 한 달 후에는 어떻게 될 것인가? 그때도 넉넉하다고 말할 수 있을 것인가? 또 장수와 병사들이 한마음이라지만 '한마음'에서 어떻게 진등 같은 인물이 나올 수 있었단 말인가? 여포는 고개를 가로 저었다.

진궁은 예를 들어가며 항복해서는 안 되는 이유를 소상하게 설명했다.

"주공께서는 한복이 어떻게 죽었는지 기억하십니까?"

여포는 어안이 벙벙해졌다.

'그가 갑자기 한복의 이야기를 꺼내는 것은 무슨 까닭일까? 한복은 원소의 손에 죽임을 당했다. 한데 이것이 조조와 무슨 상관이 있다는 말인가? 아! 그거였구나!'

진궁의 뜻은 한복이 두 손으로 직접 기주목의 인수를 내놓으며 원소에게 머리를 조아리고 스스로 신하를 자청했으나 결국 원소에게 죽임을 당했다는 것이었다.

진궁이 말을 이었다.

"주공께서 생각해보십시오. 조조와 원소는 같은 부류입니다. 그는 원소보다 더 악독합니다. 장막은 조조의 오랜 친구였습니다. 조조가 동탁을 죽이려다 실패하여 진류로 도망갔을 때 장막이 그를 구해주었지요. 그 후 조조가 진류에서 거병할 때 장막은 그를 물심양면으로 지원해주었습니다. 만약 장막이 없었다면 어찌 지금의 조조가 있을 수 있었겠습니까? 그러나 장막은 결국 조조의 손에 죽고 말았습니다. 장막뿐만 아니라 그의 삼족이 모두 참수를 당했습니다. 주공께서는 앞서 가는 수레가 뒤집히면 뒤를 따르는 수레가 그것을 교훈으로 삼아야 한다는 도리를 잊어선 안 됩니다. 목숨과 직결된 일이니 절대 잘못된 결정을 내리시면 안 될 것입니다."

여포는 진궁의 힘 있는 유세에 머리가 터질 것만 같았다. 식은땀이 등을 적셨다. 여포는 원래 우유부단한 사람이었고, 다른 사람들의 의견에 쉽게 흔들렸다. 방금 항복하기로 결심했지만 지금 다시 생각해보니 항복은 곧 스스로 그물 속으로 걸어 들어가는 것이었다. 어떻게 할 것인가? 그는 두 손으로 관자놀이를 문질렀다. 불뚝불뚝 튀는 정맥을 가라앉히고 싶었다. 한참을 침묵하던 그가 다시 입을 열었다.

"전쟁하느냐 아니면 항복하느냐 하는 것은 대단히 중요한 일이요. 내일 회의를 열어 다시 공론을 모아보도록 합시다."

진궁이 말했다.

"다른 일은 공론을 모을 수 있지만 이 일만큼은 절대 공론에 부쳐서는 안 됩니다. 의논할수록 인심만 더 흐트러집니다. 반드시 주공께서 항복할 수 없다는 결단을 내리셔야 합니다."

여포가 중얼거렸다.

"그대의 말에도 일리가 있소. 하지만 이 일은 내일이 되어야 결정할 수 있을 것 같소."

이때 모휘가 벌떡 일어나더니 눈을 부릅뜨며 외쳤다.

"주공! 사실대로 말씀드리지요 주공께서 전쟁을 하시든 안 하시든 상관없습니다. 항복하는 길은 이미 막혀버렸습니다."

여포가 깜짝 놀라 물었다.

"그게 무슨 뜻인가?"

모휘가 설명할 틈도 없이 진궁이 등 뒤에서 보자기 하나를 꺼내 여포의 면전에 내밀더니 매듭을 풀어 헤쳤다. 말없이 지켜보던 여포는 '으악!' 하고 비명을 지르며 자리에서 벌떡 일어섰다.

보자기에 든 것은 피범벅이 된 수급이었다. 다름 아닌 후해의 머리였다.

조조가 보내온 사신마저 죽여 버렸으니 '전쟁을 할지 아니면 항복을 할지' 고민할 필요가 없어졌다.

진궁과 서흡, 모휘 등은 각자의 검을 꺼내 쨍그랑 소리와 함께 여포 앞에 내려놓았다. 그러고는 이구동성으로 말했다.

"저희가 주도하여 조조의 사신을 죽였습니다. 이것이 큰 죄라는 것도 잘 알고 있습니다. 주공의 처분을 달게 받겠습니다."

방금 잘린 머리를 보고, 다시 3자루의 검을 본 여포는 머릿속이 아득해 졌다.

제25장
# 사랑의 강에 배를 띄우다

하비성 서북쪽에 있는 사수 동쪽 기슭에 위치한 막사에서 조조와 순유는 바둑을 두고 있었다.

바둑은 시간이 걸리는 게임이었다. 조조는 지금 시간을 보내야 했다. 건안 4년 정월 하순이 되었다. 그는 지난해 가을부터 동쪽 정벌을 시작하여 이미 반년이 넘은 상태였다. 그러나 보아하니 이번 전쟁은 시간이 더 소요될 듯싶었다. 아직 그물을 거둘 때가 되지 않았던 것이다.

여포는 항복을 권하는 조조의 요구를 단호하게 거절하고 성을 사수할 태세를 취했다. 솔직히 조조는 실망했다. 그는 전쟁을 하지 않고 적을 굴복시키는 것이 불가능하다는 것을 깨달았다. 그렇다면 '공격하지 않고 적의 성을 빼앗는 것'이 차선책이었다. 그러나 공격하지 않는 것도 쉬운 일이 아니었다. 여포가 후해의 시체를 보내온 지 벌써 보름이 넘었다. 하지만 공격하지 않고 성을 빼앗을 수 있을 것 같은 기미가 보이지 않았다.

이 전쟁을 어떻게 끝낼 것인가?

바둑을 두는 순간에도 온갖 고민이 그의 뇌리를 떠나지 않고 있었다. 바둑을 두기 시작한 지 이미 두 시간이 다 되어갔다. 조조가 피곤한 기색을 보이며 산책이나 하자고 권했다. 그리하여 함께 바둑을 두던 순유와 곁에서 구경하던 곽가가 조조를 따라 막사에서 나왔다.

날씨는 화창했다. 절기는 절대 사람을 속이지 않는 법이다. 봄이 되자 바람이 한결 부드러워져 얼굴에 닿아도 한기가 전혀 느껴지지 않았다. 중군의 찬란한 깃발이 햇빛 아래 살랑살랑 나부끼고 있었다. 양지바른 곳에는 어느새 풀들이 고개를 내밀어 연둣빛을 띠고 있었다. 그들은 군영 내의 사람들만 익숙한 길을 따라 걸었다. '두목해斗木獬(이 군영에서는 두목해를 주장 우금의 암호로 사용하고 있었다)'라는 깃발이 꽂힌 영문營門을 지나 왼쪽으로 간 세 사람은 사수의 기슭에 올라섰다.

강기슭인데도 춥지 않았다. 허리를 굽혀 내려다보니 강물을 덮고 있던 얼음은 이미 녹아 깨져있었다. 봄의 물결 위로 해오라기들이 밀려들었다. 봄은 시심이 마구 분출되는 계절이었다. 그러나 조조에게는 그럴만한 여흥이 없었다. 그가 두 모사에게 말했다.

"공달! 봉효! 봄이 왔소. 지금쯤 허도에는 매화꽃이 만발했겠지?"

조조의 속내를 알아차린 순유가 물었다.

"주공께서는 돌아가서 매화구경을 하고 싶으시지요?"

"그대가 보기엔 어떻소?"

"저는 이곳에서 포위사냥을 하는 것이 낫다고 생각됩니다."

"음! 포위사냥이라. 이미 1백 일 넘게 포위했는데, 사냥감은 아직도 수중에 들어오지 않았소."

"하지만 지금 그물을 거두시면 10년 공부가 나무아미타불이 되고 말 겁니다."

조조가 허탈하게 웃으며 이번에는 곽가에게 물었다.

"봉효! 그대는 왜 아무 말도 하지 않는 거요?"

곽가는 조조에게서 전에는 볼 수 없었던 초조함을 발견했다. 초조하면 평소의 실력을 발휘할 수 없고 좋은 기회를 포착할 수도 없으며 잘못된 판단을 내릴 수도 있었다. 곽가는 진작 그에게 귀띔해주고 싶었다. 그가 드디어 입을 열었다.

"공달 군의 말씀이 지당합니다. 지금 우리 병사들이 피곤하고 지쳐 있는 것은 명백한 사실입니다. 한편 하비성은 어떻습니까? 적군은 피곤하기만 한 것은 아닙니다. 제가 보기에는 장수들에게는 싸울 의지가 없고 병사들의 마음은 산지사방으로 흩어져 곧 무너지기 직전입니다. 주공께서는 너무 신려치 마십시오. 조금만 버티시면 곧 대승을 거둘 수 있을 것입니다."

조조가 여전히 근심에 싸여 있자 곽가가 계속 말을 이었다.

"주공! 예전에 제게 이런 말을 하신 적이 있습니다. '항우는 70여 차례 싸웠으나 한 번도 실패한 적이 없다. 그러나 하루아침에 패배하여 목숨을 잃고 나라도 망했다. 이는 그가 자신의 용맹함을 과신했고 모략이 없었기 때문이다.' 제가 보기에 지금의 여포는 곧 예전의 항우와 다를 바 없습니다. 여포는 용맹하기는 하지만 모략을 꾸밀 줄 모르지요. 이미 패배를 거듭하여 사기가 바닥에 떨어졌습니다. 전군은 여포가 직접 지휘하고 있는데, 여포의 의지가 약해져 있으니, 곧 모든 병사들이 전의를 잃게 될 것입니다. 이처럼 간단한 이치는 주공께서 저 곽가보다 더 잘 아시리라 믿습니다. 또 진궁이라는 인물은 어떻습니까? 진궁은 비록 모략이 뛰어나긴 하지만 두뇌회전이 매우 늦어 계략을 꾸미는 데 시간이 오래 걸립니다. 이것이 그의 치명적인 약점이라고 할 수 있지요. 지금 여포는 사기가 바닥에 떨어져 기운을 회복하지 못하고 있고, 진궁은 미처 계책을 정하지 못하고 있습니다. 조금만 더 버티시고 공격을 강화하여 적들을 철저히 무찔러야 합니다. 절대로 숨 돌릴 틈을 주어선 안 됩니다."

조조는 수염을 쓰다듬으며 곽가의 말을 오랫동안 되새겼다. 그는 곽가의 분석과 판단에 승복하지 않을 수 없었다. 그는 이번 전쟁이 결국 자신과 여포의 '힘겨루기'라는 것을 잘 알고 있었다. 그가 이미 여포를 넘어뜨렸으나 여포는 아직 완전히 바닥에 몸을 대고 포기하지 않은 상태였다. 두 사람은 모두 젖 먹던 힘을 다해 버티고 있고 최후의 승리는 결국 끝까지 버티는 자에게 돌아갈 것이다.

조조는 아무 말도 하지 않았다. 세 사람은 강기슭을 따라 산책을 계속했다.

이때 곽가가 무의식중에 자갈 하나를 걷어찼다. 자갈이 데구루루 굴러가더니 강에 떨어지며 풍덩 하는 소리와 함께 물보라를 일으켰다. 적을 패배시킬 계책에 골몰하던 순유가 물보라 소리에 깜짝 놀라 고개를 돌렸다. 순간 소리가 난 곳을 주시하던 그에게 좋은 묘책이 떠올랐다. 그의 눈길은 강물을 따라 멀어지고 있었다. 이내 그는 깊은 생각에 잠겼다.

조조와 곽가는 앞에서 걷고 있었다. 순유가 자신들을 따라오지 않자 그들은 걸음을 멈추고 기다렸다. 이때 갑자기 순유가 외쳤다.

"주공! 제게 좋은 수가 있습니다."

순유가 급히 뛰어왔다. 그의 눈이 반짝반짝 빛났고 흥분으로 인해 얼굴에 홍조가 가득했다. 그가 강물을 가리키며 말했다.

"이 사수의 물을 끌어다 성을 수장시키는 겁니다. 어떻습니까?"

"성을 수장시킨다고?"

조조와 곽가가 거의 동시에 물었다.

"그렇습니다. 상류를 가로 막아 흐름을 바꾸는 것입니다. 하비는 지세가 낮아 틀림없이 물바다가 되고 말 것입니다."

조조와 곽가의 눈에서도 동시에 불꽃이 반짝했다. 그들은 강기슭에 서서 발뒤꿈치를 들고 되도록 멀리 바라보려 애썼다.

사수는 노나라 동쪽 몽산蒙山의 남쪽 산기슭에서 발원하여 동쪽에서 서쪽을 향해, 다시 서쪽에서 남쪽을 향해 흐르는 강으로 그들이 있는 구간에서는 서주(팽성)에서 방향을 바꾸어 동남쪽에 있는 하비성을 향해 흐르고 있었다. 만약 하비의 서북쪽에서 적당한 지점을 선택하여 강물을 막는다면 하비성 안의 여포와 그의 병사들은 큰 수재를 입을 것이 분명했다.

조조가 사수를 가리키며 호탕하게 웃었다.

"사수의 신이 나를 돕는구나! 여포는 물고기 뱃속에 매장될 것이다!"


조조와 곽가, 순유는 얼굴에 희색이 가득하여 막사로 돌아왔다. 이들은 곧 사람들을 보내 사수의 지형을 관찰하고 강을 막아 성을 수장시킬 방안을 세우게 했다.

시찰을 나갔던 사람들이 곧 돌아왔다. 그들은 사수의 강물뿐만 아니라 사수의 지류인 또 다른 강 기수沂水를 이용할 수도 있다고 보고했다. 봄은 아직 날이 가물 때라 강물이 많지 않았다. 그래서 하비성을 수장시키려면 두 강물을 합쳐야 했다.

조조가 희색이 만면하여 바둑판을 걷어치웠다. 그는 하비성의 천군만마가 소용돌이치는 강물 속에서 발악하는 모습을 상상했다.

# 2

꿈에서 깨어난 여포는 침상머리가 하얗게 빛나는 것을 보았다. 그는 이 것이 달빛인 줄만 알았지 물이라고는 상상도 하지 못했다.

간밤에 여포는 매우 늦게 잠자리에 들었다. 요즘 그는 늦게 자고 늦게 일어나는 것이 습관이 되어 있었다. 술을 너무 많이 마신데다 초선과 미 친 듯이 방사를 벌인 탓인지 잠이 들면 거의 죽은 것이나 다름없었다. 사 수와 기수의 봄기운 가득한 물은 고요한 밤에 아무런 기척도 없이 그의 침실로 찾아들었다.

항복하라는 조조의 권유를 거절했으니 이제는 성을 완강하게 사수하는 길밖에 남지 않았다. 진궁이 하비성은 '금성탕지'라고 했으나 전군의 장 수인 여포의 마음은 암담하기 그지없었다. 요즘 그는 아예 진궁에게 각 성문의 수비를 책임지게 하고 자신은 나흘에 한 번씩 회의를 열어 장수들 을 만났다. 그는 거의 날마다 집에서 술에 젖어 세월을 보냈다.

아마 그 자신도 믿기 어려웠을 것이다. 어느 날 진궁이 그의 집으로 찾 아와 장패의 병사들과 송헌의 병사들이 군량을 다투다가 결국 싸움을 벌 여 병사 2명이 부상을 입었다는 보고를 올렸다. 그는 여포가 나서서 두 장군을 화해시킬 것을 요구했다. 그때 여포는 마침 초선과 황홀경에 빠 져 있었다. 몇 번을 빠져나오려 시도했으나 초선에게서 도무지 벗어날 수가 없었다. 하는 수 없이 그는 창밖에 대고 진궁에게 말했다.

"그대가 나 대신 알아서 처리하도록 하시오. 지금 몸이 불편하여 도저 히 일어날 수가 없구려."

여포는 거짓말을 했다. 이런 일은 한 번도 일어난 적이 없었다. 진궁의 발걸음소리가 사라졌지만 그는 한동안 초선의 몸 위에 그대로 죽은 듯이 엎드려 있었다. 그는 스스로에게 물었다. '내가 도대체 어떻게 된 것인가? 내가 어찌 이렇게 주색에 빠질 수 있단 말인가?'

솔직히 여포는 주색을 즐기는 위인이 아니었다. 그는 늘 자신에 대해 엄격했다. 성욕을 참기 힘들어 여자를 갈구할 때는 있었으나 절대로 방종한 적은 없었다. 지금처럼 낮이고 밤이고 가리지 않고 정신없이 성욕에 빠져 헤어 나오지 못하는 것은 이번이 처음이었다.

여포의 속내를 알아챈 초선이 그의 등을 두드렸다. 어서 자신의 몸에서 일어나 막사로 가서 장군으로서 마땅히 해야 할 일들을 처리하라는 뜻이었다. 그러나 여포는 미동도 하지 않았다. 오히려 눈을 부릅뜨고 그녀에게 힐문했다.

"나더러 가서 뭘 하라고 그러는 거요? 내가 뭘 할 수 있겠어? 싸워도 이길 수 없고, 항복도 불가능하오. 나 이 여포가 무엇을 할 수 있냐는 말이오? 난 이 짓밖에 할 게 없어."

아무런 희망이 보이지 않는 암담한 세월에 여포는 자신의 번민과 근심을 이런 방법을 통해 초선의 몸에 쏟아놓고 있었다. 초선도 몸을 벌려 여포가 쏟아놓는 모든 화와 번민을 받아들이는 것 외에는 달리 할 수 있는 일이 없었다.

정월 초이레 인일에 여포는 40살 생일을 보냈다. 초선은 그녀의 봄과 마음을 다해 어린아이를 다루듯 그렇게 남편을 대했다. 여포는 천하에 둘도 없는 영웅이지만 의지가 약하다는 사실은 그녀만이 알고 있었다. 여포는 최근 들어 자주 악몽에 시달렸다. 여포는 식은땀에 젖어 꿈에서 깨어날 때마다 그녀의 몸 위로 올라왔다.

"초선! 정말 내 곁에 아직 있는 거지? 귀신에게 잡혀간 건 아니겠지?"

그녀는 여포를 꼭 끌어안고 아이를 달래듯 등을 다독였다.

"두려워하지 마세요. 저 여기 있어요."

여포를 꼭 끌어안을 때마다 초선은 자신의 삶이 참으로 가치가 있는 것이라고 느껴졌다. 사실 맨 처음 자신의 의지와는 상관없이 동탁을 주살하는 음모에 가담하게 됐을 때, 그녀는 여포에게 호감은 있었으나 사랑하지는 않았다. 봉의정에서 여포에게 울면서 하소연한 것도 잠시 연기를 한 것에 불과했다. 나중에 동탁이 여포의 손에 죽임을 당하고 나서 그녀는 여포의 첩이 되었다. 하지만 아직 공연이 끝나지 않은 것 같았고 자신은 여전히 배우(혹은 가기)의 신분인 것으로 여겨졌다. 그녀는 여전히 관습대로 주인이 연회를 베풀 때마다 연기를 해야 했다.

그러나 이미 7년이라는 세월이 흘렀다. 그녀는 여포와 7년을 함께 했다. 그녀는 이제 겨우 배우의 옷을 벗어버렸고, 스스로 배우라는 사실을 잊어버렸다. 더 이상 연기를 하지 않아도 됐다. 그녀는 여포를 가슴깊이 사랑하고 있었다. 그녀는 여포를 위해 '호랑이 새끼'를 하나 낳아주고 싶었다. 그러나 그녀에게는 그럴만한 능력이 없었다. 어쩌면 그녀가 아주 어렸을 때부터 자신의 어머니보다 나이가 더 많은 사도 왕윤에 의해 그런 능력이 억제되었던 것인지도 모른다. 하지만 한 번도 애를 낳은 적이 없었던 덕분에 그녀의 몸매는 여전히 아름다웠고 피부도 탄력과 활력이 넘쳤다. 이제 그녀는 오히려 아이 갖는 것을 몹시 두려워하게 되었다.

그러나 그녀는 여포를 위해 아이를 낳겠다는 결단을 내리게 되었다. 물론 아들이어야 했다. 만약 딸이라도 서운하기는 하겠지만 그런대로 괜찮을 것 같았다. 이에 그녀는 남몰래 아이를 낳을 수 있는 비법을 수소문하면서 성안에 하나밖에 없는 절 광명사光明寺에 가서 치성을 드리고 소원을 빌기도 했다. 두 가지를 다 했으니 이제는 자신이 여포와 함께 노력하기만 하면 될 것이었다.

그리하여 사수가 몰려오기 전까지 여포와 초선은 온 마음과 힘을 다해 부드러운 꿈속에 빠져 있었다.

조조가 강물을 막고 참호를 파라는 명령을 내릴 때 초선은 여포를 위해 술을 데우고 술잔을 들어 그의 입에 먹여주었다. 여포가 아직도 의기소침한 것을 보고서 초선은 그를 위해 공후를 연주했다. 그녀가 부른 노래는 당시 민간에서 유행한 〈명월하교교明月何皎皎〉였다.

밝은 달빛 어찌나 밝은지, 내 침상의 비단휘장을 비추네.
이런저런 시름에 잠 못 이루어, 옷을 걸치고 밖에 나가 배회하네.
임께선 뜻이 있어 떠돈다지만, 빨리 돌아오는 것이 나을 듯하네.
문밖에 서서 홀로 방황하니, 근심과 그리움을 뉘에게 고할까?
고개를 돌려 다시 방으로 들어가니, 눈물이 흘러내려 옷깃을 적시네.

이때 창밖의 달빛이 흐르는 물처럼 침상을 비추었다. 대나무 그림자가 창문에 어른거렸다. 분위기는 더없이 좋았다. 한참 노래를 부르던 그녀는 갑자기 이 노래가사가 너무 슬프다는 것을 깨달았다. 그녀는 속으로 가사를 잘못 선택한 자신을 나무랐다. 과연 여포는 창밖의 대나무 그림자를 멍하니 바라보며 수심에 잠겨 있었다. 그녀는 사마상여司馬相如(한대의 시인-옮긴이)의 〈봉구황鳳求皇〉을 불렀다. 이번에는 여포가 즐거워할 줄 알았다. 그러나 얼핏 고개를 들어 바라보니 그는 여전히 양미간을 찌푸리고 있었고 오히려 조금 전보다 더 괴로워하는 것 같았다. 그녀는 〈봉구황〉이나 〈교경위원앙交頸爲鴛鴦〉 같은 노래의 가사가 아주 훌륭하다는 것을 잘 알고 있었다. 그러나 여포는 오히려 인생이 아침이슬 같다는 느낌에 젖어 있었다. 이렇게 기분이 우울할 때는 아무리 길한 가사의 노래를 불러도 소용없는 일이었다.

초선은 노래를 멈추고 여포에게 물었다.

"춤을 하나 보여드릴까요?"

여포가 대답했다.

"좋지! 한데 나는 공후를 탈 줄 몰라 반주를 해줄 수가 없구려."

초선이 말을 받았다.

"누가 서방님한테 반주를 해달라고 했어요? 그냥 혼자서 노래나 부르시면 돼요."

초선의 특기는 반고무盤鼓舞였다. 그러나 너무 급하게 팽성을 떠나오는 바람에 소고를 가져오지 못했다. 생각이 이에 미치자 머릿속에서 윙 하는 소리가 나는 듯했다. 그녀는 초평 3년을 떠올렸다. 그때는 그녀가 여포를 알기 전이었고, 왕윤의 집에서 동탁을 위해 반고무를 한 번 춘 적이 있었다. 그때 그녀는 아주 열심히 아름답게 춤을 추었다. 동탁은 흥분한 나머지 연신 갈채를 보냈다. 이상한 일이었다. 어째서 하필 이 순간에 그 일을 떠올린 것일까? 초선은 안 좋은 기억을 떨쳐버리려 애썼다.

이때 조조는 성 밖에서 그녀의 남편을 겹겹이 포위하고 있었다. 조조는 그녀 남편의 적이었다. 지금 그녀의 남편이 겪고 있는 고통은 조조 때문이었다. 그녀는 조조가 너무나 증오스러울 따름이었다.

이 순간 초선은 여포를 위해 가장 아름다운 춤을 추고 싶었다. 아니! 적어도 예전에 동탁을 위해서 출 때보다는 더 멋진 춤을 추고 싶었다. 그러나 방법이 없었다. 그녀에게는 소고가 없었고, 악공들의 반주도 없었다.

그녀가 멍하니 서 있는 것을 본 여포가 의아해하며 물었다.

"방금 춤을 추겠다고 하지 않았소?"

초선이 대답했다.

"반고무를 추고 싶은데 아쉽게도 소고가 없네요."

여포는 솔직히 춤에 별로 흥미가 없었다.

"그럼 추지 말구려."

그러나 초선은 꼭 춤을 춰야겠다고 막무가내로 고집을 부렸다.

"소고가 없으니 그냥 반盤만 사용할게요."

여포가 말했다.

"좋소! 그럼 마음대로 하구려."

초선은 얼른 바닥을 정리했다. 가구를 치운 다음 바닥에 검은 쟁반 여섯 개를 놓았다. 쟁반은 만발한 검은 꽃 6송이를 방불케 했다. 그녀가 여포에게 설명해주었다.

"원래 소고 4개와 반이 2개 있어야 해요. 하지만 소고가 없으니 그냥 반으로 대신하죠. 북소리가 나지 않으니 그냥 춤사위만 즐기시면 돼요."

여포가 말했다.

"당신, 애쓰는구려."

초선은 곧 이연년李延年의 〈북방에는 가인이 있어北方有佳人〉를 부르면서 춤을 추기 시작했다. 과연 아름다운 춤사위였다. 그녀는 가볍게 뛰다가 빙글빙글 돌기도 했고 때로는 공중으로 날아오르는 자세를 취하기도 했다. 그러나 발은 항상 6송이 꽃 위로 떨어졌다. 그녀는 마치 6송이의 검은 꽃 사이를 날아다니며 꿀을 따는 꿀벌 같았다. 이것이 바로 그녀의 절대적인 장기일 것이었다. 여포가 죽기까지 20여 일밖에 남지 않았다. 그 뒤로 그녀는 이런 춤을 춘 적이 없었다.

그녀는 꽃밭을 한참 나풀거리며 돌아다니다가 여포의 품속에 떨어졌다. 그런 다음 자신이 채집한 화분과 꿀을 한 모금씩 사랑하는 남편에게 먹여주었다.

얼어붙었던 여포의 마음이 다시 불타기 시작했다. 온몸의 피가 뜨겁게 끓어올랐다. 축 처져 있던 고개도 다시 하늘을 향했다. 그는 그녀를 안고 사랑의 강으로 빠져 들어갔다. 여포가 초선의 몸에서 눈을 감기 전 마지막 기억은 물처럼 부드러운 달빛이었다.


마구간에서 적토마가 미친 듯이 울부짖는 소리가 들려왔다. 그제야 여포는 눈앞에서 빛나고 있는 것이 달빛이 아니라 매정한 물이라는 것을 깨달았다.

도대체 어디에서 온 물일까? 그동안 번개도 없었고 우레나 폭우도 없었다. 게다가 지금은 강물이 불어 넘칠 계절도 아니었다. 그러나 오래 생각할 겨를이 없었다. 땅바닥에 있던 신발이 어느 순간 침상머리에까지 떠올랐다. 물결 치는 강물이 곧 침상 위에 흐트러진 초선의 머리카락을 적시려 했다. 그녀는 아직도 달콤한 잠에 빠져 코까지 골고 있었다. 적토마가 울부짖는 소리는 점점 커졌다. 급기야 적토마는 고삐를 끊어비리고 뛰어 들어와 힘껏 방문을 걷어찼다. 다른 방에서는 수많은 사람들의 비명소리와 아이 울음소리가 들려왔다.

갑자기 몰려온 강물은 여포를 주색에서 깨어나게 했다.

진궁이 대문 밖에서 "조조의 군사들이 사수의 물을 끌어다가 성을 수장시키고 있습니다"하고 외칠 때 여포는 이미 침상에서 벌떡 일어나 초선을 흔들어 깨우고 있었다. 그는 급히 옷을 주워 입고 손으로 머리를 대충 쓸어 올리고는 초선에게 모든 식솔들을 이끌고 서둘러 담장 위나 지붕 위로 올라가 있으라고 당부했다. 그는 곧 문을 걷어차고 밖으로 나갔다. 그는 무릎이 잠기는 물살을 헤치며 마당으로 나와 말에 올랐다.

큰길에 나서니 곳곳에 혼탁한 물이 흐르고 있었다. 도처에 대나무상자와 쇠솥, 장작, 의복, 죽은 사람, 죽은 돼지, 죽은 소들이 둥둥 떠다녔다. 남녀노소 할 것 없이 모두 지붕 위나 나뭇가지에 올라가 있었다. 멀리서 바라보니 마치 까마귀 떼가 잔뜩 모여 있는 것 같았다. 고양이와 닭, 양심지어 족제비까지 지붕 위에서 몸을 바들바들 떨면서 죽음에 대한 공포로 어쩔 줄 몰라 하고 있었다. 유독 오리들만 몹시 흥분하여 이 집 저 집 떠돌아 다녔다.

여포의 적토마는 헤엄을 칠 줄 알았다. 여포는 적토마를 타고 거센 물살을 헤치고 서문으로 갔다. 방금 전 큰길에서 진궁은 모든 병사들이 성 위로 올라갔고, 장수들은 급히 서문에 모여 있다고 전한 바 있었다. 이처럼 위급한 순간이라면 여포가 아무리 몸이 아파도 자신의 책무를 감당해야 했다. 그는 얼른 말 머리를 돌려 서문으로 갔다. 이때 물에 빠진 사람이 둥둥 떠내려 왔다. 그는 얼른 손을 내밀어 그를 잡아주리 했으나 그만 놓치고 말았다. 그는 물에 빠진 그 사람이 다시는 헤엄쳐 나오지 못할 것을 뻔히 알면서도 그대로 내버려두는 수밖에 없었다.

드디어 여포는 서문에 이르렀다. 서문을 지키고 있던 병사들은 하나같이 물에 빠진 병아리가 되어 와들와들 떨고 있었다. 그들의 얼굴에서는 혈색이라곤 찾아볼 수 없었다. 병사들은 냉랭한 눈길로 그를 뚫어지게 쳐다보았다. 문가에는 물이 소용돌이를 일으키고 있었다. 바로 그곳에 두 병사의 시신이 떠서 함께 돌고 있었다. 그의 눈이 불에 덴 것처럼 따가웠다. 성 위에 올라서기도 전에 시끄럽게 다투고 욕하는 소리가 들려왔다. 그러다가 여포가 오는 것을 본 그들은 늦가을의 매미처럼 아무 소리도 내지 못했다.

장수들이 우르르 그의 곁으로 몰려왔다. 이날 당직은 위월이었다. 그는 밤에 갑자기 홍수가 밀려왔으며, 미처 방비할 틈이 없었다고 말했다. 아울러 각 군영을 살펴보니 물에 빠져 죽은 병사들은 그다지 많지 않았으며, 나이가 들거나 병에 걸린 병사들 수십 명만이 목숨을 잃었다고 보고했다. 한편 일부 군마들이 미처 고삐를 풀지 못해 그대로 물에 빠져 죽었고, 게다가 식량도 모두 물에 잠기거나 떠내려갔다고 했다. 다른 방도가 없었다. 사람을 구하는 것이 가장 시급한 일이었다.

위월이 보고를 마치자 장료가 다가왔다.

"방금 성벽을 따라 한 바퀴 돌았는데, 4개의 성문 가운데 남문의 지세가 가장 높고 제일 견고합니다. 그곳은 수심이 두 척 정도밖에 되지 않습니다. 그러니 별 문제가 없을 것입니다. 하지만 나머지 3개의 성문, 특히 서문과 북문은 지세가 낮은 탓에 수심이 한 장丈이 넘습니다. 게다가 성벽도 견고하지 못하고요. 성벽은 낡은 벽돌과 새 벽돌이 섞여 있습니다. 게다가 일부는 나무가 섞인 흙으로 다져져 있어 물에 오래 잠겨 있으면 위험합니다. 속히 물을 빼지 않으면 이 성벽은 남아나지 못할 것입니다."

여포는 그의 설명을 들으면서 자신에게 욕을 퍼붓고 있었다. '한동안 주색에 빠져 책임을 다하지 못했으니 죽어도 싸다!'

그는 먼저 장료에게 물었다.

"흙으로 다져진 성벽 길이가 얼마나 되는가?"

장료가 대답했다.

"족히 2리는 될 겁니다."

그가 다시 물었다.

"앞으로 얼마나 더 견딜 수 있을 것 같은가?"

"잘 모르겠습니다. 지금 벌써 겉면이 조금씩 떨어져 나가고 있습니다."

이번에는 진궁에게 물었다.

"성안의 백성들 상황은 어떠한가? 집이 몇 채나 무너졌고, 사람은 몇 명이나 죽었소? 월하가의 식량창고도 물에 잠겼소?"

진궁이 대답했다.

"아직 미처 알아보지 못했습니다. 월하 창고에는 이미 사람을 보내 알아보게 했습니다."

여포는 마치 자신이 물에 잠긴 흙벽처럼 밖에서부터 한 꺼풀씩 무너져 내리고 있는 듯한 기분이었다. 속이 미치도록 답답했고, 머리가 터질 것 같았다. 정말 물에 빠져 죽는 느낌이었다. 그는 억지로 자신을 진정시켰다. 그는 모든 사람의 눈길이 자신에게 집중되어 있다는 것을 잘 알고 있었다.

여포는 고개를 떨어뜨리고 한참이나 고통스럽게 생각에 잠겼다. 그러다가 억지로 정신을 차리고 낭랑한 목소리로 장령들에게 훈시를 내렸다. 마음을 합쳐 적과 싸우되 위험에 처한 백성들을 구하고 식량을 보존하며 간음하거나 도둑질하는 일을 사전에 방지하라는 내용이었다. 아울러 2가지 규정을 새로 세웠다. 첫째는 이날부터 자신을 포함한 모든 군사들은 절대 군영을 떠나거나 집에 돌아가서 잠을 자서는 안 되고 각자 24시간 자신의 위치를 지켜야 한다는 것이고, 둘째는 이날부터 자신을 포함한 모든 군사들은 절대 술을 마셔선 안 된다는 것이었다. 술을 마시는 자는 무조건 참수하여 효시하게 했다.

# 3

하비성이 물에 잠긴 후 여포는 한 번도 집에 돌아간 적이 없었다. 그는 줄곧 백문루를 떠나지 않았다.

여포는 매일 검은 물고기비늘 모양의 지붕을 한 자신의 집과 지붕 위의 등나무가지를 바라보았다. 때로는 지붕 위로 밥을 짓는 연기가 피어올랐고, 때로는 까치들이 나뭇가지 사이를 날아다녔다. 그는 말을 타고 여러 차례 집 앞을 지나갔다. 적토마는 매번 그곳에서 걸음을 멈추었다. 마치 여포에게 이렇게 묻는 것 같았다.

"주인님! 집에 돌아가시겠습니까?"

그러나 여포는 "아니다"라고 결연하게 대답하고는 집 안을 들여다보지도 않고 문 앞을 지나쳤다.

그러나 이날 밤, 그는 집에 돌아가 묵어야 했다.

집에 돌아가는 길이 즐거워야 했지만 마치 얼음을 품속에 품은 것처럼 그의 마음은 차갑고 무겁기만 했다. 집 문 어귀에 이르자 갑자기 두려운 마음이 들었다. 칠흑같이 어두운 대문이 마치 자신을 잡아먹으려고 입을 벌리고 달려드는 야수처럼 보였다.

도대체 어떻게 된 일일까?

이날 오후 그는 진궁과 장료 등 여러 장수들과 함께 군영을 순시했다. 그는 군량이 거의 바닥났으며, 일부 군영에서는 이미 군마를 잡아먹기 시작한 것을 확인했다. 또 일부 장수들의 보고에 따르면 성이 잠긴 지 오래되어 백성들의 생계가 갈수록 어려워지고 있고 온역瘟疫이 발생할 가능성까지 크다는 것이었다. 민심이 흉흉하고 병사들의 사기도 덩달아 바닥으로 떨어졌다. 전쟁을 주장하던 장수들조차도 이미 투지가 약해질 대로 약해진 것 같았다. 지금 그들은 생사기로의 마지막 순간에 처해 있는 것이 분명했다.

순시를 마친 여포는 진궁과 단둘이 백문루에 남아 대책을 의논했다. 여포가 진궁에게 물었다.

"하비는 지금 풍전등화와 다름없소. 도대체 살아날 길이 있는 거요, 없는 거요?"

진궁이 오랫동안 침묵했다. 그러다가 갑자기 씁쓸하고 처연한 웃음을 지었다.

"에휴! 여인이란 정말 '화수禍水(화근-옮긴이)'가 아닐 수 없습니다. 우리는 사수에 잠긴 것이 아니라 여인이라는 '화수'에 잠긴 것입니다."

진궁의 말에 여포는 어안이 벙벙했다. 한참이 지나서야 그는 '화수'가 곧 초선을 가리키는 것임을 깨달았다. 진궁은 여포가 초선의 베갯머리송사에 혹해 성 밖에 나가 진을 치고 안팎으로 호응하자는 자신의 계략을 받아들이지 않아 결국 오늘의 위기를 초래한 것에 대해 원망하고 있었다.

여포는 몹시 부끄러웠다. 장탄식이 절로 나왔다. 진궁이 말했다.

"살길이 없는 것은 아닙니다. 하지만 군후께서 그 길을 선택하실지 모르겠습니다."

여포는 놀랍기도 하고 반갑기도 했다. 그가 허리를 굽히며 진궁에게 고개를 갖다 댔다.

"공대 군께서는 어서 말씀해보시구려. 위기를 극복하는 묘책을 내가 어찌 따르지 않을 수 있겠소?"

진궁이 직접적인 대답을 피하고 빙빙 에둘러 여포가 잘 아는 장홍을 예로 들었다.

"군후께서는 장홍의 길을 걷는 것이 어떻습니까?"

장홍은 자가 자원子源으로 원소의 수하에서 동군 태수로 있다가 1년 전에 그를 배반하고 독립했다. 원소는 군사를 대거 동원하여 동군의 관아가 있는 무양성을 오랫동안 포위했다. 이리하여 성안에 식량이 떨어졌고, 병사들과 백성들은 쥐를 잡아 연명해야 했다. 당시의 형편은 지금의 하비성과 비슷했다. 위급한 순간에 장홍은 자신의 애첩을 죽이고 그녀의 살을 다져 쌀과 섞어 고기죽을 쑤었다. 그리고 그 죽을 8천 명의 장수들과 병사들에게 나누어 먹였다. 그의 행동에 전군의 사기가 크게 진작되었고, 마음을 합쳐 장홍을 따라 죽기 살기로 싸웠다. 항복하는 자가 단 한 명도 없었다.

여포는 그 자리에서 몸이 굳어지고 말았다. 그는 설마 진궁이 이런 계책을 내놓으리라고는 꿈에도 생각지 못했다. 요컨대 그의 계책은 초선 하나를 죽여 여포와 여러 장수들의 살길을 열라는 것이었다.

전하는 바에 의하면 장홍의 애첩도 미색이 빼어난 여인이었다고 한다. 그러나 경국지색이란 평을 받는 초선보다는 미색이 덜했을 것이다. 초선의 살점 하나, 피 한 방울, 심지어 털 한 가닥까지도 돈으로 그 가치를 따질 수 없었다. 장홍 애첩의 피와 살은 전군의 투지를 진작시켰다고 한다. 그러니 초선은 어떻겠는가? 장사병들이 죽사발을 들게 되면 그들은 고기죽 속에서 그녀의 눈동자와 입술, 코끝, 귓불, 가슴, 혹은 작은 손가락을 발견할 수 있을 것이다. 이런 것들이 뱃속에 들어가면 배고픔을 달랠 수 있을 것이고 죽음에 대한 공포를 털어 버릴 수 있을 것이다. 그리하여 가장 비겁한 사람도 용감무쌍한 투사가 될 것이다. 때가 되어 초선의 소유자 즉 여포가 팔을 치켜들고 "나를 따르라!"라고 큰소리로 외치면 모든 장사병들이 죽사발을 땅에 내동댕이치고 하늘에서 내려온 천병처럼 그를 따라 성을 뛰쳐나갈 것이다. 그리고 과일을 자르고 야채를 썰듯 적병을 무찌를 것이다. 그리하여 형세가 돌변하고 전쟁의 국면이 곧 역전될 것이다. 하비성 밖은 곧 조조의 무덤이 되어버릴 것이다.

진궁은 이런 계책을 내놓고 나서 소리 없이 사라졌다. 유령처럼 어둠 속으로 사라진 것이다. 그러나 백문루에 남아 있는 여포에게는 여전히 그의 목소리가 맴돌았다.

"살길이 없는 것은 아닙니다. 다만 군후께서 그 길을 선택하실지 모르겠습니다. ……에휴! 여인은 정말 '화수'입니다. 군후께서는 장홍의 전철을 밟으시는 것이 어떻겠습니까?"

여포는 자신이 언제 백문루에서 내려왔는지 알 수 없었다. 그리고 어디로 가야 하는지도 몰랐다. 어느새 장료가 자신의 말을 가로막고 나선 줄도 몰랐다.

"주공! 잠시만 걸음을 멈추시지요."

장료도 유령처럼 갑자기 어둠 속에서 솟아나왔다. 그는 마치 의도적으로 여포를 기다리고 있었던 것 같았다. 게다가 그는 진궁이 어떤 계책을 내놓았는지도 알고 있었다. 장료는 입을 열기 무섭게 이렇게 말했다.

"주공! 절대 진궁의 악독한 계책으로 앞길을 망치지 마십시오."

"자네! 자네 방금 뭐라고 했나?"

여포는 놀라움을 금치 못했다. 어느새 귓가를 맴돌던 진궁의 목소리가 사라졌다. 그러나 아직 정신을 차리지 못했다. 머릿속에서 웅웅 하는 소리가 그치지 않는 것 같았다.

"이곳은 말할 곳이 못 됩니다. 주공께서는 다시 백문루로 올라가시지요."

이리하여 여포는 장료와 함께 다시 백문루에 올라갔다. 여포가 좌우를 물리고 장료에게 물었다.

"문원! 방금 그 말이 무슨 뜻인가?"

장료는 대답은 하지 않고 여포에게 반문했다.

"주공! 솔직히 말씀해보십시오. 이 장료가 지금까지 주공께 충성을 다 했습니까? 아니면 간사한 마음을 품었습니까?"

"에이! 그거야 더 말할 필요가 있겠나? 자네가 두 마음을 품고 있지 않다는 것은 내가 잘 알고 있네."

장료는 초평 원년부터 여포를 따라다녔다. 그리고 지금까지 9년이라는 세월이 흘렀다. 그동안 함께 이겨낸 역경이 그의 충성심을 증명하고도 남았다.

"주공! 그럼 이 장료가 죽음을 두려워하는 그런 위인인지 아닌지 말씀해보십시오."

"어허! 그것도 말할 필요가 없지. 자네가 전쟁터에 나가면 목숨을 아끼지 않고 적을 무찌르는 영웅호걸이라는 것은 누구나 잘 알고 있네."

"그렇다면 주공, 이제 솔직히 말씀드리겠습니다. 진궁의 계책은 악독하기 그지없고 전혀 쓸모가 없는 것입니다. 장흥은 애첩을 죽이고 그 고기를 다져 상수늘에게 먹였습니다. 그의 기개와 지조는 탄복할 만한 것이었지만 결과는 어땠습니까? 그가 성을 지켜냈습니까? 아닙니다. 그가 원소를 대파했습니까? 그 또한 아닙니다. 그는 7, 8천 명의 병사들을 희생시켜 함께 나란히 누워 죽게 했습니다. 장흥이 억지로 성을 사수한 것은 그에게 융통성이 없었기 때문입니다. 그는 7, 8천 명의 뜨거운 생명으로 자기 혼자만의 명성을 샀을 뿐입니다. 이런 사람을 본받을 필요가 있 겠습니까?"

"아, 맞아! 장료! 자네 말에 일리가 있네."

여포는 크게 깨닫는 바가 있었다. 장홍은 애첩을 죽여 장수들의 사기를 진작시킬 수는 있었다. 그러나 결국 중과부적으로 성을 빼앗기고 무수한 사람들이 몰살당하는 결과를 면치 못했다. 보아하니 진궁이 여포에게 제 시한 것은 '살길'이 아니었다. 진궁이 여포에게 장홍을 본받아 '첩을 죽 여 군사들에게 먹이라고' 한 것은 결국 명성을 남기기 위한 계책에 불과 했던 것이다.

장료의 말에 여포의 가슴을 짓누르던 무거운 바위가 내려졌다. 그는 초 선을 깊이 사랑하고 있었다. 그가 어찌 초선을 죽일 수 있단 말인가? 게 다가 그녀의 살을 다져 고기죽을 끓이라니. 진궁의 계책이야말로 악독하 기 그지없는 것이었다.

하지만 진궁의 계책을 따르지 않고도 '살길'이 있는 것일까?

"있습니다."

장료가 자신감이 넘치는 어투로 대답했다.

"그래, 장료 자네에게 이 위기를 극복할 묘책이 있다는 말이지? 자, 어 서 말해보게나."

여포는 귀를 곤추세우고 장료의 얘기를 들으려 했다. 그러나 장료는 주저하면서 얼굴과 귀가 빨개졌다. 한참이 지나서야 그는 겨우 입을 열 었다.

"방도는 있습니다. 다만 주공께서 받아들일지……."

사실 장료의 '방도'라는 것은 결국 조조에게 항복하는 것이었다.

여포는 실망을 금치 못했다. 항복에 대해선 여러 번 의논한 바 있었기 때문에 그리 새로운 발상도 아니었다. 당장의 정세를 놓고 볼 때 여포는 자신과 전군 병사들의 목숨을 부지할 수만 있다면 아무리 치욕스러운 일이라도 받아들일 마음의 자세가 되어 있었다. 그러나 조조의 명을 받들어 항복을 권유하러 온 사신의 목을 베어버린 이상 또다시 조조에게 항복을 운운한다면 과연 그가 믿어줄지가 의문이었다.

"믿어줄 것입니다."

장료가 단호하게 대답했다. 그의 말에 여포는 의아했다. 그러나 장료의 말은 그것으로 끝이 아니었다. 그가 말을 이었다.

"군후께서 다소 고통스러우시더라도 결단을 내리신다면 조 공도 장군을 믿어주실 것입니다."

여포는 놀랍기도 하고 맥이 빠지기도 했다. 그는 장료가 조조를 부르면서 존경의 의미가 담긴 '공公' 자를 사용하고 있는 것을 발견하고는 놀라움을 금할 수 없었다. 게다가 그는 장료가 말하는 결단이 바로 초선을 가리키리라고는 전혀 예상하지 못했다.

장료의 생각은 이랬다. 조조는 진작부터 초선을 마음에 두고 있었고, 반드시 그녀를 취하고 말겠다고 벼르고 있었다. 그러니 여포가 직접 초선을 조조에게 넘겨준다면 성의를 표현하기에 전혀 부족함이 없을 것이라는 것이었다. 장료가 가슴을 치며 장담했다.

"조 공께서는 그렇게 후한 선물을 받고 나면 장군의 항복을 받아들일 뿐만 아니라 큰 상을 내리실 것입니다. 그리고 장군의 관직과 작위는 동탁이 집정했을 때 받았던 중랑장과 도정후都亭侯, 왕윤이 제수했던 분위장군보다 높을 것입니다."

그의 말이 끝나자 여포의 가슴이 칼을 맞은 것처럼 쓰리고 아파왔다. 진궁은 그에게 성을 사수할 것을 권하고 장료는 항복할 것을 권하고 있었다. 두 사람의 생각은 정반대였지만 한 가지 공통점이 있었다. 둘 다 그에게 초선에 대한 사랑을 포기하라는 것이었다. 그것도 그녀를 죽여 전군 장사병에게 나눠주거나 아니면 조조에게 바치라는 것이었다.

이런 계책을 내놓고 나서 장료도 유령처럼 어둠 속으로 사라졌다. 백문루에는 다시 그의 목소리가 메아리치는 것 같았다.

"방도는 있습니다. 다만 주공께서 받아들이실지…… 조 공께서는 진작부터 초선 부인을 마음에 두고 있었습니다. 군후께서 마음이 아프시더라도 부인을 내어주신다면 조 공께서는 장군을 후하게 대해주실 것입니다."

여포는 자신이 어떻게 백문루를 내려왔는지, 어디로 가야 할지 알지 못했다. 사람의 마음을 읽는 적토마만이 그의 마음을 꿰뚫고 있었다. 적토마는 이런 시각에 여포가 가장 만나고 싶어 하는 사람이 초선이라는 것을 알고 있었다. 그는 여포를 태우고 물을 헤치며 까치둥지가 있는 집을 향해 달려갔다. 단숨에 집에 당도하지 못하는 것이 한스러운 듯 적토마의 걸음은 총망하기만 했다.

그러나 집 앞에 이르자 적토마는 망설이는 눈치였다. 비장한 눈길로 여포를 바라보며 묻는 것 같았다. "주인님! 이번에 집으로 돌아온 것은 초선 부인과 결별하기 위한 것인가요? 결별의 순간을 조금만 늦추면 안 될까요? 초선이 육장이 되거나 아니면 조조의 막사로 가는 것 외에 다른 방도를 생각해낼 수는 없나요?"

적토마의 고통스러운 울음소리와 함께 여포의 두 발은 대문 앞 물웅덩이 속에 빠지고 말았다.

# 4

여포와 초선의 마지막 밤, 세상 만물이 고요했다. 세상에는 여포와 초선 두 사람의 심장소리만 들렸다.

이날 밤, 달은 유난히 밝았다. 전하는 바에 의하면 여포와 초선은 두 사람의 손에 눈물을 묻혀 달을 조심스레 닦았다고 한다.

그날 밤이 지난 후로 달은 한 번도 밝은 적이 없었다.


여포와 초선은 두 눈이 마주치자마자 동시에 놀란 듯 '으아!' 하고 소리를 질렀다. 초선은 의식적으로 손으로 입을 막기까지 했다.

"아니, 왜, 왜 그러는 거요?"

여포가 물었다.

"서방님 얼굴이, 얼굴이 너무 보기 안 좋네요."

얼굴이 보기 안 좋다는 것은 초췌하거나 피곤한 기색이라는 뜻이 아니었다. 그의 눈에는 과거에는 한 번도 볼 수 없었던 이상한 기운이 감돌고 있었다. 무슨 기운이라고 할까? 뭐라고 딱 꼬집어 말할 수는 없었다. 어쨌든 무서웠다. 이날 오전 초선은 광명사에 가서 향을 피우고 돌아오는 길에 어느 집에서 늙은 소를 잡는 광경을 목격하게 되었다. 주인은 차마 직접 손을 대지 못하고 칼을 백정에게 넘겨주었다. 백정이 소에게 다가가는 순간 주인의 눈 속에 방금 여포의 눈에 비치던 것과 비슷한 기운이 나타났다.

"오늘 참 예쁘게 차려입었구려."

여포가 그녀를 훑어보며 억지웃음을 지었다.

초선은 오늘 '타마계墮馬髻'라 불리는 쪽머리에 희고 가벼운 비단 치마를 입고 있었다. 그녀의 모습은 월궁의 항아嫦娥(서왕모의 불사약을 훔쳐 달로 도망쳤다는 중국 신화의 인물-옮긴이)처럼 아름다웠다. 여포는 일전에 악몽을 꾼 적이 있었다. 그 악몽에서 초선이 귀신에게 잡혀갈 때도 바로 이런 흰 비단 치마를 입고 있었다. 여포가 자신도 모르게 '으아!' 하고 소리를 지른 것도 바로 그 악몽이 떠올랐기 때문이었다.

두 사람은 다정하게 손을 잡고 안채로 걸어갔다.

마당에는 아직도 흥건하게 물이 고여 있었다. 달빛 아래서 물은 호수를 방불케 했고, 집은 마치 호수 한가운데 떠 있는 작은 섬 같았다.

여포는 안채에서 여러 식구들과 잠시 별로 중요하지 않은 얘기를 주고받은 후 곧장 초선의 침소로 갔다.

그와 초선의 침실에도 물은 고여 있었다. 침상 위에 또 하나의 침대가 놓여 있었다. 이불은 간신히 마른 상태였다. 여포는 먼저 초선을 침대 위에 올려놓고 곧 따라 올라갔다. 자리에 눕기 무섭게 그는 침상 머리에 파란 빛이 나는 초롱불 2개를 발견했다. 웬 괴물인가 하고 그는 깜짝 놀라며 의아해했다. '야옹!' 하는 소리가 들려왔다. 고양이였다.

"물에 떠내려 오는 고양이를 주웠어요. 불쌍해서 그냥 데리고 있기로 했지요."

초선은 이렇게 말하면서 고양이의 몸을 살짝 만져주었다. 어둔 밤에 불꽃이 터지자 고양이의 털에도 불꽃이 터졌다. 불꽃이 꺼지자 고양이도 보이지 않았다.

여포와 초선은 서로 꼭 껴안았다.

예전 같았으면 초선이 여포의 이마를 만지작거리면서, 자신의 뺨을 갖다 대어 그의 수염이 콕콕 찌르는 달콤한 아픔을 즐겼을 것이다. 그리고 뜨겁게 입을 맞추며 서로 애무했을 것이다. 그런 다음에는 여포가 그녀의 속옷을 벗겨 바닥에 휙 내던졌을 것이다. 그렇게 두 사람은 사랑의 강에서 요동쳤을 것이다. 그러나 오늘 여포는 초선의 손을 꼭 잡은 채 더는 움직이려 하지 않았다. 초선도 까딱하지 않았다.

두 사람의 손이 얼음장같이 차가웠다.

"방금 군영에서 식사하고 오셨다고 했죠? 거짓말이네요. 서방님의 이 곳이 푹 꺼져 있어요."

초선이 손가락으로 그의 배를 가볍게 눌렀다. 그러고는 장난스럽게 그의 배꼽 아래를 살짝 꼬집었다. 그녀는 이내 몸을 일으키더니 맨발로 물 속을 걸어 밖으로 나갔다.

이때 여포의 눈길은 방 안을 훑고 있었다. 그는 먼저 대들보에 대나무로 엮은 상자가 걸려있는 것을 보았다. 초선이 낙양에서 도망 나올 때 몸에 지니고 있던 것이었다. 그녀와 함께 한 지 4년이 된 상자의 틈새에 8천 리의 노고와 먼지가 그대로 쌓여 있었다. 그 속에는 그녀의 목걸이를 비롯한 각종 장신구가 가득 들어 있었다. 그러나 지금은 도망 다니는 길에 군량을 조달하느라 다 써버리고 없었다. 벽에는 봉황의 머리를 한 공후가 걸려 있었다. 이 공후가 그녀와 함께 한 세월은 대나무 상자보다 훨씬 더 길었다. 왕윤의 집에 있을 때부터 그녀와 함께 했으니 어쩌면 조선의 운명이 이 공후의 현에 달려 있다고 해도 과언이 아니었다.

여포는 자신도 모르게 공후를 향해 걸어가 현을 살짝 튕겼다. '쨍!' 하는 소리가 긴 여운을 남기자 여포는 너무 놀란 나머지 가슴이 쿵쿵 뛰었다. 그는 재빨리 현을 눌렀다. 소리는 멈추었지만 그의 가슴속에서는 여전히 소리가 메아리쳤다. 그제야 그는 사람을 놀라게 하는 소리는 결국 마음속에 있다는 것을 깨달았다.

여포가 몸을 돌리자 마침 초선이 몇 가지 음식이 담긴 쟁반을 들고 방으로 들어섰다. 그녀는 여포의 눈가에 반짝이는 눈물을 보았을 것이다. 영웅호걸 여포는 한 번도 눈물을 흘린 적이 없었다. 초선은 그에게 "왜 그러세요? 무슨 걱정거리라도 있나요?" 하고 물어야 했다. 그러나 그녀는 묻지 않았다. 불길한 예감이 더욱 커져만 갔다.

마당에 있는 나뭇가지 위에는 까치둥지가 있었다. 아침이면 까치들이 나뭇가지 위를 선회하거나 둥지에 내려앉아 수다를 떨면서 웃어댔다. 덕분에 이 집에 한 가지 즐거움이 더해졌다. 그러나 어제 무슨 영문인지 까치 한 마리가 밖에서 죽어버렸다. 그러자 나머지 까치들은 울기도 하고 멍하니 생각에 잠겨 있기도 했다. 오늘 아침 잠에서 깬 그녀는 마당이 죽은 듯이 조용한 것을 발견했다. 급히 일어나 휘장을 제치고 나무 위를 쳐다보았다. 까치들이 모두 날아가 버리고 한 마리도 남아 있지 않았다. 나뭇가지에는 빈 둥지만 남아 매서운 바람 속에서 떨고 있었다. 그녀에게 불길한 예감이 엄습하고 있었다.

초선이 밥과 음식을 하나씩 탁자 위에 올려놓았다. 그리고 쌩긋 웃으며 여포를 불렀다.

"어서 오세요. 저도 서방님과 함께 술이나 한 잔 할까요?"

여포가 탁자를 마주하고 앉더니 술잔을 옆으로 밀어놓았다.

"내 이미 금주령을 내렸소. 그러니 나도 마시면 안 되지."

"어머! 그러면 고기죽이라도 드세요."

초선이 국자로 죽을 떠서 사발에 담으며 여포에게 말했다.

"집에 조금 남아 있던 고기절임을 아껴두고 있다가 오늘 다져서 죽을 끓였어요."

그녀의 말에 여포의 안색이 돌변했다. '우왝' 하는 소리와 함께 그는 목구멍으로 넘기던 죽을 다 토해버렸다.

"서방님, 왜 그러세요? 고기가 상했나요?"

초선이 깜짝 놀라 물었다.

여포는 자신의 입을 감싸 쥐고 고개를 가로저었다. 그러고는 괴로운 듯 얼굴을 찡그렸다. 하지만 진궁이 그녀를 죽이고 고기로 죽을 쑤어 병사들에게 먹이라고 했던 말은 차마 전할 수 없었다.

초선은 가슴이 덜컹 내려앉는 것 같았다. 그녀는 까치집에 발생했던 재난이 곧 자신과 여포에게 닥칠 것이라는 예감을 떨칠 수가 없었다.

그녀가 주워온 고양이가 어디서 건너왔는지 여포가 토해버린 죽을 핥아먹었다. 그리고 나서는 탐욕스럽고 무서운 눈길로 죽사발을 넘보고 있었다. 여포는 밉살스러운 고양이를 발로 차버리려 했다. 그러나 초선이 한발 앞서 고양이를 품에 끌어안았다.

초선이 고양이의 등을 어루만지며 차분한 어투로 여포에게 물었다.

"서방님, 어려워하지 마시고 말씀해보세요. 우리 집에 큰 일이 생긴 거죠? 신첩이 곧 장군을 떠나야 하는 게 아닌가요?"

여포는 묵묵부답이었다. 마음이 한없이 괴로웠다. 촛불이 쉴 새 없이 눈물을 흘리면서 점점 짧아지고 있었다. 빛도 점점 약해져갔다. 이제 사실을 털어놓지 않을 수 없었다. 그는 진궁과 장료가 권했던 '위기를 극복하는 방법'을 초선에게 들려주었다. 이런 얘기를 입 밖에 내는 것이 격전을 치르는 것보다 더 힘들었다. 말을 마친 그가 무기력하게 한마디 덧붙였다.

"초선! 일이 이 지경에 이르렀으니 내가 어떻게 하는 것이 좋겠소?"

"아, 그랬군요."

초선의 목소리에는 전혀 흔들림이 없었다. 그녀는 이미 마음속으로 준비를 끝낸 상태였다. 어떤 일이 닥치든 그녀는 받아들일 용기가 있었다. 그녀가 죽사발을 고양이 앞에 밀어놓았다.

"먹어라! 다 먹어 버려."

그러고는 여포에게 물었다.

"제가 언제 육장이 되나요? 오늘 밤인가요? 아니면 내일 아침인가요?"

그녀의 말투는 너무도 가볍고 홀가분했다. 마치 가정주부가 남편에게 이번에는 무엇이 먹고 싶은지 물어보는 것 같았다.

그녀는 놀라서 퀭해진 여포의 눈과 헤 벌어진 입을 보며 물었다.

"서방님! 서방님께서 직접 손을 쓰시는 건가요? 아니면 주방장에게 맡기시는 건가요? 솔직히 말씀드리자면 저는 서방님께서 직접 손을 쓰셨으면 좋겠어요. 한데 서방님께서 꼼꼼하지 못해 뼈 부스러기나 손톱 같은 것을 그대로 솥에 넣을까 봐 걱정이군요."

이렇게 말하면서 그녀는 목걸이며 귀고리 같은 장신구들을 하나씩 풀어 여포의 면전에 펼쳐 놓았다. 그러고는 치마를 벗기 시작했다. 새하얀 비단 치마가 땅에 떨어졌다. 그녀는 허물을 벗은 매미처럼 선홍색의 알몸으로 여포의 면전에 섰다.

그러고는 곧 여포의 등 뒤에서 보검을 끌렀다. 그녀는 천천히 검을 뽑으며 여포에게 일러주었다.

"고기죽을 끓일 때는 소금과 식초, 간장, 매실 등을 넣어야 하고 파와

부추, 콩잎, 고비 등을 넣으셔도 되요. 제 살이 아마 세상에서 가장 맛있는 인육일 거라고 장담해요. 주방장이 제대로 요리를 하지 못해 식객들이 서방님처럼 '우웩' 하고 토할까 봐 걱정이네요."

그녀는 침착하게 말하면서 칼날에 입을 맞추었다. 그녀가 한 손으로 왼쪽 유방을 받쳐 들고 오른손으로 검을 들어 가슴을 찌르려 하는 순간 마치 정령인 듯 고양이가 비명을 질렀다. 여포가 몽롱한 상태에서 깨어났다.

여포는 뛰어난 무인의 민첩함을 발휘했다. 그는 잽싸게 달려들어 그녀의 손에서 검을 빼앗아 바닥에 내동댕이쳤다. 그러고는 가슴이 찢어지는 듯한 목소리로 애타게 소리쳤다.

"초선!"

그러고는 그녀를 품에 꼭 껴안았다. 두 눈에서 눈물이 비 오듯 쏟아졌다.

"내가 어찌! 어찌 그대를 죽인단 말이오!"

여포가 흐느꼈다.

"뭐 어때요? 생각해보세요. 이 세상에 얼마나 많은 사람들이 전쟁 때문에 죽어가고 있어요? 저 초선의 목숨 하나로 위기에 빠진 성을 구하고 1만 명이 넘는 병사들의 목숨을 구할 수만 있다면 저는 죽어도 여한이 없어요. 게다가 소첩이 서방님께 진궁의 계책을 따르지 않고 성을 사수할 것을 간언하여 일이 오늘 이 지경에 이른 것이잖아요. 소첩은 죽어 마땅한 죄를 지었어요. 서방님! 얼른 손을 쓰세요. 이 초선은 구천에서도 서방님의 은혜에 감복할 거예요."

초선은 이렇게 말하면서 손으로 여포의 눈물을 닦아주었다. 그녀도 이내 함께 흐느끼기 시작했다.

여포가 고개를 가로저으며 정색을 하고 말했다.

"초선! 그대에게 무슨 죄가 있겠소? 그대는 아녀자고 나의 부인이오. 모든 게 나를 깊이 사랑하고 부부의 연이 끊어질까 두려워 그렇게 한 것이 아니겠소? 나는 그대의 말을 들을 수도 있고 듣지 않을 수도 있었소. 죄가 있다면 이 여포에게 죄가 있고, 죽어야 한다면 이 여포가 죽어야지 어찌 그대가 내 대신 모든 책임을 감당하려 하는 것이오?"

"서방님!"

여포의 말에 크게 감동한 초선은 그의 얼굴을 받쳐 들고 눈물이 가득한 그의 입을 자신의 가슴에 갖다 댔다.

여포가 방금 한 말이야말로 진정한 사나이의 말이라 할 수 있었다. 그의 말에 초선은 크게 위로를 받았고 또한 크게 감동했다. 조금 전 여포의 울상을 바라보면서 초선은 '고기죽'에는 소금과 식초를 넣는 것이 좋다고 말했다. 이는 한 여인이 죽음을 아무렇지도 않게 여기는 용기를 보여주는 동시에 또한 '사내(물론 여자를 농락하는 남자를 가리킴)들'에 대한 경멸의 뜻도 담고 있었다. 그러나 지금 여포의 말 몇 마디에 초선은 기꺼이 자신의 육신을 그녀가 존경하고 사랑하는 '사내'에게 바치고 싶었다.

"서방님! 어서 손을 쓰세요."

초선이 눈을 감았다. 물 같은 달빛 속에서 그녀의 새하얀 알몸은 인어를 방불케 했다. 그녀의 가슴이 가볍게 움직였다. 그녀에게서는 죽음을 앞둔 두려움이라곤 찾아볼 수 없었다. 생사의 고비를 여러 번 넘긴 여인은 이 순간 사랑하는 사람의 손에 행복하게 죽고 싶었다. 그녀는 행복한 죽음을 갈망했다. 또한 예리한 칼날이 살을 뚫고 가슴 깊은 곳으로 들어가는 느낌이 어떤 것인지 맛보고 싶은 충동도 일었다.

그러나 여포는 두껍고 단단한 자신의 가슴으로 초선의 가슴을 덮어버렸다.

"안 돼!"

그가 말했다. 그는 절대로 진궁의 계책을 받아들일 수 없었다. 전쟁에서 패배한 책임은 당연히 장수가 짊어져야 했다. 그런데 어찌 한 아녀자에게 이런 책임을 떠넘길 수 있단 말인가! 전쟁은 사내들의 일이었다. 승리에 대한 포상과 패배에 대한 처벌이 모두 사내들의 몫인 것이었다. 여인은 사내의 소유물에 불과했다. 그녀는 자신의 의지와는 상관없이 전쟁에 억지로 말려든 것뿐이었다. 그녀를 죽여 대신 그의 죄를 감당하게 하는 것은 '여인' 초선에게 있어서 너무도 불공평한 일이었다.

"아니야!"

여포가 또다시 큰 소리로 외쳤다. 이는 곧 '사내'인 자신에 대한 대답이기도 했다.

장료의 계책이 진궁의 것보다 한 수 위인 것 같았다. 적어도 진궁의 것만큼 잔인하지는 않았다. 향거와 보마를 빨간색과 파란색 비단으로 장식하여 향악을 울리면서 초선을 조조의 군막으로 보내기만 하면 하비성 안의 수많은 장수들은 잔혹한 전쟁이 끝나고 평화를 되찾은 것에 크게 기뻐할 것이었다. 이는 초선이 피를 흘리며 육장이 되고 장수들이 나란히 죽어가는 것보다는 훨씬 인도적인 방책이었다.

솔직히 말하자면 장료의 계책에 여포의 마음이 전혀 흔들리지 않은 것은 아니었다. 다른 사람들의 눈에 이것은 1석 4조의 좋은 계책이었다. 첫째, 조조는 천하절색을 얻을 수 있고 둘째, 초선은 죽음을 면할 수 있을 뿐만 아니라 천하에서 가장 권위가 높고 천자를 끼고 있는 사내와 함께 할 수 있으며 셋째, 여포는 이 덕분에 승관하고 작위를 받을 수 있고 넷째, 하비성의 병사들과 백성들은 잔인한 싸움과 살육을 면할 수 있었다. 결국 여포가 이 계책을 받아들이지 않을 이유가 없었다.

그러나 여포가 다시 생각해보니 장료의 계책도 그에게는 매우 가혹한 것이었다. 그렇게 되면 여포에게는 한평생 '부인을 팔아 부귀영화를 얻고 구차하게 목숨을 연명한' 치욕이 따라다닐 것이었다. 결국 '사람 가운데 여포'라는 명성도 사라질 것이 분명했다. 그는 이제 '둘도 없는 영웅호걸'에서 '걸어 다니는 송장'으로 전락하게 될 운명이었다. ……아니야! 그는 장료의 계책을 따를 수 없었다.

초선에게는 장료의 계책이 좋은 소식일 수도 있었다. 초선은 조조가 사랑하는 사람인만큼 이 점을 감안한다면 그는 신중히 생각할 필요가 있었다.

그리하여 여포는 초선의 속마음을 짚어보기로 했다.

"초선을 조조에게 보내려 하는데 괜찮겠소?"

"뭐라고요? 방금 뭐라고 하셨어요? 소첩을 조조에게 보내신다고요?"

초선이 놀란 눈을 부릅떴다. 그녀의 몸이 바들바들 떨렸다. 초선은 여포의 뜻을 알아챘다. 순간 그녀의 마음속에 있던 여포의 모습이 희미해졌다.

"어머나! 알고 보니 오늘 저녁에 돌아오신 것은 소첩과 이 두 가지 일을 의논하기 위해서였군요."

그녀는 '의논'이라는 두 글자에 유난히 힘을 주었다.

"……."

여포는 말없이 고개만 끄덕였다.

"저를 이토록 존중해주시니 고맙군요!"

초선이 속으로 중얼거렸다.

'그래도 집에 돌아와 저와 함께 의논하실 줄은 아시는군요.'

그녀는 속으로 중얼거리면서 방금 벗어놓았던 옷과 장신구들을 다시 하나씩 몸에 걸치기 시작했다. 그녀는 이내 조금 전의 냉담함을 회복했다. 가슴속으로 진한 슬픔이 밀려왔다. 그녀는 자신이 한때는 여포의 부인이었지만 '초선'이란 존재가 결국 일개 '무관武冠'에 달린 장신구이자 장군의 소유물에 불과했다는 사실을 깨달았다. 이제 자신은 장군들끼리 서로 선물할 수 있는 물건이나 다름없었다.

그녀가 여포와 고난을 함께 한 지 7년이 되었다. 그런데 그의 마음속에서 그녀는 여전히 장신구에 지나지 않았단 말인가?

초선은 옷과 장신구들을 걸친 다음 구리거울과 분, 눈썹 먹, 연지, 향택 등을 꺼내 촛불 아래서 완벽한 얼굴을 만들기 시작했다. 방금 알몸으로 여포의 앞에 섰을 때, 그녀는 몹시 행복하고 평온했으며 자부심을 느꼈다. 그러나 이 순간 그녀는 너무도 치욕스럽고 자신이 가여웠다. 끊임없이 눈물이 용솟음쳤다. 화장을 한 얼굴은 마치 비를 맞은 낙화落花, 바람에 찢겨진 버드나무와 같았다. 차마 눈뜨고 보기 힘든 모습이었다.

여포가 몹시 놀라 물었다.

"지금 뭐, 뭐 하는 거요?"

"조조의 군막으로 가야 한다면서요?"

초선이 말을 받았다.

"그러니 당연히 치장을 해야겠지요."

"아! 초선……."

여포가 고개를 푹 숙인 채 두 손으로 자신의 얼굴을 감싸 쥐었다.

"정말 날 버리고 갈 생각이오?"

눈물이 손가락 사이로 흘러나왔다. 초선은 어리둥절했다.

"방금 서방님께서 소첩을 조조에게 보낸다고 하시지 않았나요?"

"좋아! 가! 가라고!"

여포가 귀찮다는 듯이 그녀를 향해 손을 내저었다.

"지금부터 높은 가지에 올라 조조와 함께 부귀영화를 누리란 말이야."

"그럼 서방님은요? 소첩이 가고 나면 서방님은 어떻게 되시는 건가요?"

초선이 여포의 면전에 꿇어앉아 물었다.

"내가 어떻게 되느냐고 물었소?"

여포는 손을 들어 눈물을 훔치며 말했다. 그의 얼굴에 언뜻 영웅의 기개가 드러났다. 그는 곧 검을 뽑아들고 태연하게 말했다.

"초선이 조조의 군막으로 간다면 나도 따라가야겠지!"

"무, 무슨 말씀이세요?"

순간 초선의 얼굴이 하얗게 질렸다.

"나는 이렇게……."

그가 검을 목에 대고 긋는 시늉을 했다.

"아!"

초선이 비명을 지르며 보검을 빼앗았다. 그러고는 마치 손으로 뱀을 잡기라도 한 듯이 얼른 어둠 속으로 던져버렸다.

검이 냉소하듯 하얗게 번득였다. 초선은 너무 무서워 기절할 뻔했다.

"서방님! 안 돼요!"

초선이 여포의 품에 와락 안겼다.

"서방님! 사랑하는 서방님! 초선은 영원히 서방님 거예요. 초선은 절대 서방님 곁을 떠나지 않아요. 차라리 서방님의 검에 죽을지언정 조조의 첩이 되지는 않을 거예요. 서방님! 저를 꼭 껴안아주세요! 더 세게요!"

'아! 초선! 그대는 여포의 생명이오. 초선이 가면 이 여포의 생명도 끝 장이란 말이오.'

여포가 속으로 중얼거렸다.

이리하여 여포와 초선은 서로의 마음속에서 자신이 얼마나 중요하고 큰 존재인지, 두 사람의 사랑이 얼마나 깊은 것인지 확인할 수 있었다. 그 어떤 것도 두 사람을 갈라놓을 수 없었다.

초선이 다시 옷을 벗어 던졌다. 여포도 곧 알몸이 되었다. 두 사람은 침 상에서 뜨겁게 입을 맞추며 옆으로 구르기 시작했다. 벌거벗은 육체는 종이요, 성기는 붓이었다. 두 사람은 마음껏 사랑을 표현하는 문자를 써 내려갔다. 이는 가장 원시적이고 저급한 문자인 동시에 가장 위대하고 고상한 문자이기도 했다. 모든 인간들이 즐기는 유희이자 유일하게 고상 한 사람이나 속된 사람이나 다함께 감상할 수 있는 글이었다. 한 마디로 말해서 이는 인류와 함께 존재하고 멸망하는 영원한 문학이었다. 음과 양의 교합으로 생겨나는 힘은 번개처럼 인간의 세계를 꿰뚫고 있었다.

두 사람이 교합하는 곳은 좁은 침대 위였다. 이 침대는 또 다른 침대 위 에 놓여 있었나. 침대 밑에는 물이 흥건했다. 물은 하늘에 떠있는 달을 더 밝게 비춰주었다. 창문을 통해 비친 나무 그림자는 물에 뜬 수초를 방불 케 했다. 침대 위에서 두 사람이 교합하는 것이 아니라 사랑의 강에서 배 를 타는 것이라고 하는 것이 더 나을 것 같았다. 두 사람이 젓는 사랑의 배는 힘 있게 요동치며 물살을 갈랐다. 아주 그윽하고 아름답게……

# 제26장
# 백문루에서 지는 별

## 1

여포와 초선에게 주어진 마지막 날 밤은 사랑의 강에 배를 띄운 시간인 동시에 고통의 바다에서 몸부림친 시각이기도 했다.

두 사람은 속세를 초월한 선경仙境에서 깨어난 뒤 현실은 항상 낭만보다 냉혹하다는 사실을 깨달았다. 두 사람은 진궁과 장료가 제시한 두 가지 살길을 거부했기 때문에 다른 살길을 찾을 수조차 없었다. 이제 어떻게 해야 하나? 시각을 알리는 북이 최명귀催命鬼(명을 재촉하는 귀신—옮긴이)가 문을 두드리는 소리처럼 짜증스럽게 울려댔다. 희미해져 가는 달빛을 빤히 바라보고만 있다가 날 밝기가 무섭게 수많은 장수들이 원수의 최종 결정(그가 서주목으로서 내리는 마지막 명령이 될 것이다)을 기다리고 있는 터라 두 사람에게 주어진 시간은 그리 길지 않았다. 여포는 어쩔 수 없이 냉정한 현실에 맞서야만 했다.

여포와 초선에게 주어진 마지막 순간 초선은 문득 한 가지 생각을 떠올렸다. 여포가 서주목의 국새를 대들보에 걸어놓은 다음 두 사람이 스님으로 변장하여 몰래 성을 빠져나가 도망치는 것이었다. 그런 다음 이름과 성을 바꾸고 수풀이 우거진 깊은 산속으로 들어가 여포는 밭을 갈고 초선 자신은 길쌈을 하며 평화롭게 살아가는 것이었다.

초선은 여러 차례 광명사를 찾아가 향을 태우고 부처님께 예를 올린 터라 절의 주지스님과도 이미 꽤 친해진 사이였다. 그녀는 바로 어제도 오동나무 위에 있던 까치집이 텅 빈 것을 보고는 먹구름이 자욱하게 덮인 것처럼 마음이 불안하여 광명사를 찾아 보살상 앞에 꿇어앉아 향을 태우면서 재앙이 사라지기를 기원한 터였다. 기도를 드리고 있을 때 갑자기 보살의 목소리가 들렸다.

"고해苦海를 젓는 노는 자신의 손에 쥐어져 있는 법이지요."

깜짝 놀란 그녀는 보살이 자신에게 뭔가 계시를 준 것이라고 생각했다. 눈을 뜨고 자세히 살펴보니 보살의 계시가 아니라 주지승인 각명覺明의 목소리였다. 각명은 그녀의 마음을 꿰뚫고 있는 듯 더 이상 자세히 묻지 않고 그저 '아미타불'이라고 염불을 외면서 이렇게 말했었다.

"부인, 어려운 일이 생기거든 아무 때나 소승을 찾으십시오."

말을 마친 그는 훌쩍 자리를 떠버렸다. 이제 초선은 각명의 말을 되새기면서 여포와 자신이 각명을 찾아 도움을 청하고 스님으로 변장하기만 하면 관문 입구를 지키고 있는 조조의 군대를 얼마든지 따돌릴 수 있을 것이라 생각했다.

이런 생각이 들자 초선은 이상하게 흥분이 되면서 한시도 지체할 수가 없어 여포의 팔을 잡아끌고 광명사로 가려 했다. 순간 여포의 눈동자가 반짝이다가 이내 다시 어두워졌다. 잠시 생각에 잠기던 그는 마침내 결단을 내렸다.

"일을 더 지체할 수 없으니 어서 가서 각명을 만나도록 하구려!"

"그럼 서방님은요?"

초선은 이상한 생각이 들어 무의식적으로 여포의 손을 꽉 쥐었다.

"난 서주목의 인수를 대들보에 걸어놓고 갈 수는 없소."

"그럼 가시지 않겠다는 건가요? 저 혼자 보내실 생각이세요? 그건 안 돼요! 저 혼자 살겠다고 도망치지는 않겠어요! 살아도 같이 살고 죽어도 같이 죽겠어요!"

초선은 여포의 몸을 미친 듯이 흔들어대면서 발을 동동 구르며 소리쳤다. 여포가 말했다.

"초선, 내 말 잘 들어요. 우린 이렇게 할 수밖에 없소. 나는 '사람 가운데 최고인' 여포요. 천하에 으뜸가는 영웅이란 말이오. 그런 내가 어찌 적토마를 버리고 방천화극을 내팽개치고서 나 혼자 살겠다고 몰래 사랑하는 여인과 도망을 칠 수 있단 말이오? 그랬다가는 천하의 웃음거리가 되지 않겠소?"

"그럼, 서방님은 어떻게…… 하실 생각이신가요?"

"난 공명정대하고 위풍당당하게 떠날 것이오. 내겐 그 누구도 대적할 수 없는 무공이 있고, 비범한 적토마와 방천화극이 있으니 문제없이 혈로를 뚫고 겹겹의 포위망을 벗어날 수 있을 것이오."

"하지만 지난번에 관우가 지키고 있던 관문은 뚫지 못하셨잖아요?"

"지난번에는 등에 완군을 업고 있어서 행여 그 아이가 다칠까 신경이 쓰여 제대로 싸울 수가 없었소. 내 몸 또한 채색 비단으로 단단히 묶는 바람에 무예를 발휘하는 데 큰 지장이 있었던 거요. 이번에 초선이 먼저 몰래 빠져나가게 되면 내 부담이 훨씬 덜할 테니 제대로 무술 실력을 발휘할 수 있을 것이오. 관우의 청룡언월도도 내 방천화극은 당해 내질 못할 것이오. 그러니 안심하구려."

"서방님 생각이 정 그러시다면 보살님 앞에 가서 서방님을 지켜달라고

기도드려야겠어요!"

　시간이 점점 촉박해지면서 더 깊게 생각할 여유가 없었다. 여포와 초선은 나중에 만날 장소를 정하고 눈물을 흘리며 헤어졌다.

이야기를 나누다 보니 어느새 날이 훤하게 밝아왔다. 여포는 적토마를 타고 자신의 집을 빠져나와 남쪽 성문에 도착했다. 그는 마지막으로 다시 한 번 백문루에 올랐다.

장수들이 벌써 성벽 꼭대기에서 그를 기다리고 있었다. 사람들의 얼굴에는 평소와 달리 엄숙하면서 감격하는 듯한 기색이 역력했다. 다소 흥분하면서도 기대에 가득 차 있었으나 약간 슬프고 불안한 표정도 엿보였다. 진궁은 눈빛으로 여포의 몸을 샅샅이 훑으면서 초선의 핏자국을 찾으려 애를 썼다. 그는 이미 비밀리에 준비한 큰 솥 몇 개와 뼈를 가르고 살을 발라낼 수십 개의 칼과 사기대접 한 무더기를 덮개로 감추어 둔 채 멀지 않은 곳에서 묵묵히, 그러나 초조하게 때가 되기를 기다리고 있었다. 여포가 초선을 잘게 썬 고기로 만들었다고 선포하기만 하면 준비된 물건들은 정신없이 바쁘게 쓰일 것이었다. 진궁이 곁눈질로 살펴보니 장수들은 벌써 '천하제일의 미녀'를 맛보고 싶어 입맛을 다시고 있었다.

장료의 생각은 진궁과 달랐다. 그는 여포가 장홍을 본받으리라고는 생각지 않았다. (어제 바로 이곳 백문루에서 여포는 자신에게 직접 첩을 죽여 군사를 대접했던 장홍의 행동을 비웃었기 때문이다.) 그는 여포가 틀림없이 자신의 계책대로 초선을 조조에게 바쳤을 것이라고 생각했다. 미인이 사랑스럽긴 하지만 목숨이 더 소중한 법이라 여포가 아무리 초선을 사랑한다고 해도 사랑을 위해 자신의 목숨을 내놓지는 않으리라는 것이 그의 생각이었다. 물론 자신의 아내나 첩을 남에게 바치는 것이 남에게 떠벌릴 만큼 가치가 있는 일은 아니었지만, 이런 일은 얼마든지 비밀리에 진행될 수 있었다. 장료는 사신을 자청하여 초선을 비밀리에 조조의 군영으로 안전하게 보내는 일을 맡을 것이다. 그는 이미 초선을 호송할 구체적인 방법과 절차까지 생각해 두고 있었다. 장료는 아직까지 여포의 몸에서 신선한 핏자국을 발견하지 못했고, 성 꼭대기까지 압송되어 온 초선을 보지도 못했다. 그는 여포가 이미 초선을 다른 곳에 몰래 숨겨놓았고, 조만간 자신의 손에 넘겨줄 것이라고 생각했다. 그는 여포의 붉게 충혈이 된 눈과 볼과 수염에 남은 눈물 자국을 보자 일말의 동정심과 슬픔을 느꼈다. 그는 초선을 잃은 여포의 마음이 견디기 힘들 정도로 괴로울 것이라는 걸 모르지 않았다. 장료는 모든 일이 잘 마무리되면 과거의 일을 예로 들어 여포를 위로해줄 준비까지 갖추고 있었다. 그는 여포에게 이렇게 말할 생각이었다.

"여포 장군, 그때 왕윤 대인은 초선을 잃고 마음이 편했겠습니까? 진정한 장수라면 천하를 볼 줄 알아야 합니다!"

그러나 뜻밖에도 진궁과 장료 그리고 모든 사람들의 예상은 빗나가고 말았다. 여포는 백문루에서 모든 장수들에게 자신이 심사숙고한 끝에 성을 사수한다는 책략을 버렸으며 조조에게 투항하지도 않을 것이라고 말했다. 아울러 이날 밤 안에 모든 준비를 끝내고 야음을 틈타 적의 포위망을 뚫고 남문으로 탈출하기로 결정했다고 밝혔다. 여포는 또한 장수들 각자의 생각이 자신과 반드시 일치하지는 않을 것이라는 것도 알고 있었다. 제각기 자신들만의 뜻이 있다는 것을 그는 충분히 이해하고 있었다. 이런 이유로 그는 모든 사람에게 자신과 행동을 함께 할 것을 요구하지 않았다. 원하는 사람들만 낮에 충분히 잠을 자 기력을 보충하고 예기를 모았다가 해시亥時 이각二刻에 이곳에 다시 모이라고 했다. 이어서 그는 모든 장사병들에게 세 번 절을 올려 몇 해 동안 자신을 따라 출정하여 싸워준 은혜에 감사를 표했다. 그의 입에서 초선의 이름은 한 번도 거론되지 않았다.

장수들은 서로 얼굴만 쳐다볼 뿐 어찌할 바를 모르다가 곧 뿔뿔이 흩어져버렸다. 여포는 백문루에 있는 나무 침상에 드러누운 채 방천화극을 배게 삼아 눈을 감고 피로를 풀었다.

지난 밤 한숨도 못 잔 여포는 너무 피곤한 터라 자리에 눕자마자 코를 골기 시작했다.

깊은 잠에 빠진 그는 예전부터 알고 있던 낯익은 곳에 가 있었다. 그곳에는 화초와 정자 그리고 연못이 있었다. 초선이 사뿐사뿐 우아한 자태로 꽃을 헤치고 버드나무를 스쳐 지나 그에게로 다가왔다. 그는 초선과 손을 맞잡고 눈물을 흘렸다.

이때 전혀 예상치 못한 일이 일어났다. 후성과 송헌 등 일찍이 여포를 배신하려 했던 장수 몇몇이 살금살금 백문루를 향해 올라오고 있었다.

후성 등은 아무런 저항도 받지 않았다. 그들은 여포가 베고 있던 방천화극을 빼낸 다음 밧줄로 그를 꽁꽁 묶었다. 그들이 여포를 묶고 있을 때, 그의 꿈속 정경은 완군의 몸을 묶고 있는 장면으로 바뀌었다. 그가 뭐라고 중얼중얼 말을 하는 것 같았다.

"힘껏 묶어! 더 꽉 묶으라고!"

여포가 다그치자 그들은 서로 얼굴만 쳐다볼 뿐 어찌할 바를 몰랐다. 그러나 자세히 살펴보니 여포는 여전히 잠들어 있었고, 눈도 뜨지 않고 있었다. 그들이 계속 그를 결박하는 동안 여포가 또다시 잠꼬대를 했다.

"단단히 묶어라. 죽지 않을 만큼 단단히!"

이때 마침 진궁이 걸어오고 있었다. 희미한 등불 아래서 진궁은 그들이 무엇을 하는지 분명하게 알 수가 없었다.

"자네들?"

진궁이 입을 열자마자 후성이 재빨리 달려와 그의 얼굴을 한 대 후려쳤다. 이어서 그들은 밧줄로 진궁을 묶어 다른 침상에 결박해 두었다.

투항을 알리는 흰 깃발이 성 꼭대기에 휘날렸다.

조조의 군대는 성을 공격하라는 신호탄을 쏘아 올리고 북을 두드렸다. 화들짝 놀라며 잠에서 깬 여포는 곧 정신을 차렸다. 그는 아득히 먼 꿈속을 다녀온 상태였다. 그가 서둘러 나가 응전하려 했지만 방천화극이 보이지 않았다. 지난날 뜻하지 않게 동탁의 목을 찔렀던 바로 그 화극이었다. 그때 동탁은 자신의 목을 순순히 여포의 화극에 맡겼다. 왕윤과 이숙이 무장한 병사를 이끌고 동탁을 포위하자 그는 여포를 향해 소리쳤다.

"내 아들 봉선이는 어디 있느냐?"

"여기 있소이다!"

대답과 함께 여포는 창을 곧게 쳐들고 동탁을 향해 달려들었다. 그때 여포가 동탁을 배반했듯이, 이날 후성 등이 다시 이렇게 여포를 배반하고 있었다.

여포가 꿈속에서 깨어났을 때 그의 목숨은 이미 막바지로 치닫고 있었다.

# 3

하비성의 깃발은 어느새 조조의 군기로 바뀌어 있었다. 이제 조조는 백문루의 수장이 되어 상석에 앉아 있었다. 유비가 그 다음 자리에 앉았다. 그 밖의 문무백관들은 자리에 앉거나 서 있었다.

여포는 아직도 침상에 결박당한 채였다. 침상은 문루 벽에 기대어 똑바로 세워져 있어 여포의 키는 더욱 커 보였지만 자세는 정말 보기 흉했다. 단단히 결박한 탓에 그의 가슴과 팔, 다리의 근육들이 팽팽하게 당겨졌다. 그는 숨조차 쉬기 힘들었다.

문루 창밖 쪽빛 하늘에 흰 구름이 두둥실 하염없이 흘러가고 있었다. 갑자기 보랏빛 제비 한 쌍이 문루의 창문 앞을 스쳐 날아갔다. 그 가운데 한 마리가 여포를 힐끗 쳐다보며 울어댔지만 그 울음이 무엇을 의미하는지는 알 수 없었다. 그에게 어떤 소식을 전하기 위해 초선이 보낸 사신인지도 모를 일이었다.

여포는 초선이 광명사 보살상 앞에 꿇어앉아 있고, 주지승 각명이 면도칼로 그녀의 머리를 파르스름하게 깎은 뒤 가사와 바리때 그리고 도첩(출가 증명서-옮긴이)을 주는 모습이 눈앞에 보이는 것 같았다. 눈 깜짝할 사이에 젊고 아름다운 스님이 고인 물이 비교적 얕은 서쪽 성문을 빠져나가 녹어를 두드리고 어깨를 으쓱거리며 낙양으로 향하는 길을 걷고 있었다. 스님은 순조롭게 조조의 군사가 설치해놓은 검문소를 지나 계속 앞으로 나아갔다. 인적이 없는 곳에 이르자 스님은 자리에 앉아 짚신에 들어있는 모래를 툭툭 털어내고 시큰거리는 다리를 두드렸다. 그런 다음 하비성의 백문루를 향해 소리쳤다.

"서방님, 빨리 오세요! 초선이 여기에서 서방님을 기다리고 있어요!"

초선의 모습은 그저 어렴풋하기만 했다. 사실 여포는 파르스름하게 머리를 깎고 승복을 입은 그녀의 모습을 그릴 수가 없었다. 여포는 금관이 벗겨지고 나무 침상에 결박당한 채 괴로워하고 있는 지금의 자신을 초선은 상상도 못할 것이라고 생각했다. 이것이 바로 '사람 가운데 여포'의 모습이란 말인가? 천하의 영웅 여포는 언제나 위풍당당했고 기개와 도량이 뛰어난 인물이었다. 방천화극을 휘두르며 한 번 큰소리를 치면 바람을 일으키고 구름을 모을 정도로 기세가 당당했고 대적할 만한 군사가 없을 정도로 종횡무진했다. 그러나 이제 그는 화전和戰의 희생양이 되어 결박당한 채 도살용 칼에 목이 달아날 순간만을 기다리고 있었다.

그는 뼈저리게 후회했다. 잠시 눈을 감고 피로를 풀 생각으로 창을 베고 누웠다가 뜻하지 않게 깊이 잠이 든 것을 진심으로 후회했다. 후성 등에 대한 경계를 게을리 하고 방비를 소홀히 하여 결국 일을 그르친 것을 후회했다. 이제 후성과 송헌, 위속魏續 등은 자신들의 장군을 배신하고 조조 곁에 서 있었다. 이따금 조조가 고개를 돌려 그들에게 한두 마디 질문을 했다. 그때마다 그들이 고개를 숙이고 허리를 굽혀 대답하는 비굴한 모습에 사람들은 구역질이 날 정도였다.

여포는 몹시 초조했다. 그는 본능적으로 결박을 풀려고 발버둥을 쳤다. 하지만 발버둥을 치면 칠수록 밧줄이 느슨해지기는커녕 오히려 그의 몸을 더욱 세게 옥죄어 왔다. 눈앞에서 불꽃이 일어 사방으로 튈 것처럼 화가 났지만 밀려오는 슬픔과 아무것도 할 수 없다는 무력감에 그는 결국 고개를 떨어뜨리고 말았다.

그때 진궁과 고순 등 전쟁에 패해 포로가 된 몇몇 장수들이 밧줄에 결박당한 채 끌려와 여포 좌우에 서게 되었다. 문루 안에서 시끌벅적하던 사람들의 말소리가 일순간 뚝 그치면서 판결의 시작을 알렸다. 조조가 얼굴을 돌려 여포를 쳐다보고는 빙긋이 미소를 지으며 말했다.

"여 장군, 그간 잘 지내셨소? 우리가 헤어진 지 수년이 흘러 오늘 이렇게 다시 만나게 되니 참으로 뜻밖이지 않소?"

여포는 갑자기 지난 일이 떠올랐다. 중평 6년 그날, 채문희의 집에서 조조는 동탁이 낮에 잠깐 쉬는 틈을 타서 그를 살해하려 했다가 오히려 자신에게 발각되어 황급히 도망갔었다. 그 이후 흥평 원년에도 여포와 조조가 복양성에서 서로 다툴 때 여포의 방천화극이 조조의 투구를 내리쳐 공격했지만 여포의 부주의함과 조조의 교활함 덕에 결국 조조는 도망을 쳤고, 그 때문에 오늘 이렇게 한스러운 날을 만들고 말았다. 아! 인간의 운명이란 참으로 알 수가 없는 것이었다.

여포는 조조가 당시 낙양에서 봤을 때보다 살이 더 찌고 피부도 검게 그을린 것을 알 수 있었다. 하지만 전혀 늙거나 쇠약해 보이지 않았고 눈동자는 9년 전보다 더 힘이 넘쳐 보였다. 여포가 조조의 인사에 대꾸했다.

"오랫동안 만나지 못했건만 명공께서는 몸이 많이 좋아지셨소이다그려."

말이 끝나기 무섭게 여포는 자기 옆에 있던 누군가 경멸하듯 비웃는 소리를 들었다. 순간 그는 '명공'이라는 호칭이 마치 아첨하는 것처럼 들릴 수 있다는 것을 깨달았다. 여포는 간사한 도적이자 적수인 조조에게 '명공'이라는 존칭을 쓴 자신이 참으로 이상하게 느껴졌다.

그는 자신이 그렇게 말한 이유를 분명하게 알았다. 그는 조조의 어투와 안색에서 살아날 수도 있다는 한 가닥 실낱같은 희망을 보았던 것이다.

이상하게 들릴지 모르지만 이는 삶에 대한 인간의 본능이었고, 초선에 대한 사랑의 소치였다. 조조라는 인간이 악랄하다고는 하지만 정이 깊고 인재를 소중하게 여긴다고 들은 적이 있었다. 그에게 굴복하면 자신을 풀어줄 지도 모르는 일이었다. 자신을 풀어주기만 한다면, 잠시 동안 자신을 죽이지만 않는다면, 얼마든지 도망쳐 초선을 찾아내 수풀 우거진 깊은 산속에 숨어 칼과 검이 난무하고 피와 불이 사정없이 튀지 않는 새로운 삶을 시작할 수 있을 것이었다. (사실 그는 칼과 검이 난무하고 피와 불꽃이 사정없이 튀는 싸움에 이미 싫증이 나 있었다.)

여포는 나중에 한낱 환상에 불과한 것으로 증명된 이런 생각을 좇아 조조에게 굴복하기로 마음먹었던 것이다.

조조는 아직 여포의 마음을 꿰뚫지 못하고 있었다. 사실 조조는 여포가 자신에게 굴복하거나 투항하리라고는 전혀 생각지도 못했었다. (여포가 굴복하거나 투항할 마음이 있었다면 지금까지 기다릴 필요가 있었겠는가?) 또한 조조는 여포 같은 천하의 영웅이 삶에 연연하여 죽음을 두려워하리라고도 생각지 못했다. 조조는 여포의 인사를 듣는 순간 자신도 모르게 멍해졌다. 그는 여포가 자신을 조롱하며 반어적으로 말을 돌려 자신을 자극하려는 것이라고 생각했다. 조조가 생각하는 여포의 반응은 이랬다.

"어리석으면서도 잔인한 네놈의 얼굴을 보니 참으로 재수가 없구나."

조조의 마음은 여포보다 더 복잡했다. 간사함이라면 그 누구에게도 뒤지지 않는 그는, 얼굴을 쓱 문지르며 조금 과장된 동작으로 자신의 볼 살을 잡아당긴 다음 재미있다는 듯한 표정으로 여포를 훑어보고 나서 웃는 얼굴로 말했다.

"장군께서 보살펴주신 덕분으로 조조는 9년 전보다 쓸모없는 살이 몇 근이나 붉었소이다. 하나 장군을 보니 양미간이 어둡고 야위어 뼈만 앙상한 것이 9년 전과는 전혀 다른 사람 같소이다. 그 시절 장군께서 손에 방천화극을 들고 위풍당당하게 동탁 옆에 서 계실 때는 눈빛이 매처럼 날카로워 문무백관들이 두려움에 벌벌 떨었지요! 장군께서는 불과 몇 년 사이에 어찌 이렇게 몰라보도록 변하셨소이까?"

조조의 말에 사람들이 입을 가리고 키득키득 웃었다. 여포는 조조가 자신을 조롱하고 있다는 것을 알았지만 화를 낼 수가 없었다. 난처하기 그지없었다. 그는 간사하게 웃고 있는 조조의 얼굴을 몇 대 갈겨주고 싶었다. 하지만 몸을 몇 번 움직이다가 살 속을 파고드는 밧줄의 고통 때문에 그저 속으로 탄식을 내뱉을 뿐이었다. 그는 아무것도 모르는 척하기로 마음을 먹고 조조에게 더없이 친근한 태도를 보였다. 문득 동탁에 대한 화제가 도움이 될지도 모른다는 생각이 들어 다시 입을 열었다.

"그때를 생각해보면 명공께서는 타지에서 처음 의병을 일으켰고, 저는 도성에서 역적 동탁을 때려잡았으니 명공과 제가 서로 의기가 투합하고 지향하는 바가 같은 것이 아니겠소이까?"

뜻밖에도 이 말은 조조의 비웃음만 사고 말았다.

"듣자하니 그해 장군께서 동탁을 죽인 것은 종묘사직을 위해서가 아니라 초선을 동탁에게 빼앗긴 것에 몹시 화가 나서 반격한 것이라 하더군요. 제 말이 틀렸소이까?"

이 말을 옆에서 듣고 있던 사람들도 덩달아 여포를 비웃었다. 여포는 난처함에 어쩔 줄을 몰랐다. 그는 조조의 말에 반박하여 논쟁을 벌이고 싶었지만, 자신의 처지를 생각하니 말로 싸워봤자 아무 소용이 없고 상황만 더 나빠질 것이라는 생각이 들었다. 하는 수 없이 그는 멍한 표정을 지으며 말을 받았다.

"명공께서 무슨 말씀을 하는 건지 이 사람은 도통 알 수가 없소이다."

이때 조조가 얼굴에 미소를 거두고 본론으로 들어가기 시작했다.

"천하의 영웅인 장군께서 이제는 나 조조의 포로가 되었소이다. 어찌 된 일이오? 이런 일을 생각이나 해보셨소이까?"

여포는 조조 곁에 서 있는 후성과 송헌 그리고 위속을 쳐다보며 말했다.

"내 평소에 너희들을 박대하지 않았거늘 결정적인 순간에 오히려 날 배신하다니!"

그가 말을 마치고 조조가 이에 반응하기도 전에 후성이 큰 소리로 반박하여 말했다.

"너는 네 아내만 사랑했지 병사들은 긍휼히 여기지 않았다. 처첩의 말만 듣고 장수들을 의심하고 꺼렸으면서 어찌 박대하지 않았다고 할 수 있느냐? 우리가 널 배신하지 않을 이유가 있겠느냐?"

여포는 이 문제를 놓고 싸우기에는 때가 이미 늦었고, 아무 의미가 없다는 것을 모르지 않았다. 지금 가장 중요한 것은 조조가 자신을 너그럽게 용서하고 자신의 투항을 받아들이게 하는 것이었다. 어찌됐건 잠시만이라도 자신을 풀어주고 죽이지만 않는다면 그는 곧 멀리 도망칠 수 있을 것이다. 그때가 되면 '여포'라는 이름은 천하에서 사라질 것이고, 그는 아득히 먼 곳 수풀 우거진 깊은 산속에서 초선과 또 하나의 '견우직녀' 이야기를 만들어 갈 것이었다. 잠시 생각에 잠겼던 여포가 다시 조조에게 말했다.

"명공, 난 오늘 장군께 항복할 것이오. 오늘부터 천하는 평정된 것이나 다름없소."

조조는 여포의 말에 무척 흥미를 느꼈다.

"여 장군, 그대가 지금 한 말을 다시 한 번 분명하게 해주겠소?"

"명공께서 늘 근심해오던 것이 바로 나 여포가 아니었던가요. 오늘 이 여포가 명공께 항복했으니 내게 정예 기마병을 이끌게 하시고 명공께서 직접 천하를 다스리신다면 천자의 꿈을 이루실 수 있을 것이오!"

여포의 말에 조조의 마음이 흔들리는 것 같았다. 조조는 오른손 엄지와 검지로 자신의 수염을 비비면서 눈을 가늘게 뜬 채 여포를 유심히 살펴보았다. 뭔가 생각에 잠긴 듯한 표정이었다. 여포의 가슴속에 작은 불씨로 남아 있던 삶에 대한 간절한 희망이, 조조의 눈빛에 의해 불이 붙더니 거세게 타오르기 시작했다.

여포는 조조에게 제나라 환공과 관중管仲의 이야기를 들려주었다.

"제나라 환공이 아직 소백小白이던 시절, 피난길에서 관중을 만나 죽임을 당할 뻔했소. 관중의 화살이 소백의 옥대 고리를 명중시켰지요. 훗날 제나라 군주가 된 소백은 관중에게 복수하지 않고 오히려 그를 재상으로 임명했소. 명공께서 제나라 환공처럼 하신다면, 날 중용해 달라는 부탁도 하지 않을 것이오. 적진 깊숙이 들어가 용감하게 싸울 수 있는 부장으로 삼는다 해도 나 여포는 생사에 연연하지 않고 기꺼이 견마지로犬馬之勞를 다할 것이오!"

여포는 조조의 눈동사가 흔들리는 것을 간파했다. 조조는 여전히 수염을 비비 꼬고 있었다. 정신을 집중하고 있는 것이었다. 그는 용맹한 장수를 가장 좋아했다. 조조는 그의 말대로 할 것이 분명했다. 조조가 곧 그의 결박을 풀라는 명령을 내릴 것만 같았다.

여포는 밧줄에 꽁꽁 묶여 숨조차 제대로 쉴 수가 없었다. 곧 질식할 것만 같았다. 조조는 여전히 수염을 비비 꼬면서 한마디도 하지 않았다. 아직도 망설이고 있는 것이 분명했다. 이런 위기의 순간에 여포는 어떻게 해야 하는가?

이때 여포는 유비가 조조에게서 가장 가까운 자리에 앉아 있는 것을 발견했다. 두 사람은 줄곧 귀엣말로 소곤대고 있었다. 조조가 유비를 매우 존중하고 있다는 것을 반증하는 일이었다. 이런 상황에서 유비가 자신을 위해 몇 마디 좋은 말을 해주기만 한다면 조조는 더 이상 망설이지 않을 것이라는 생각이 들었다. 이에 여포는 유비에게도 친근한 태도를 보이기로 마음먹었다. 하지만 유비에게 무슨 얘기를 할 수 있단 말인가? ……그렇다. '가족'의 이야기를 하면 될 것 같았다. 유비가 전쟁에 패한 뒤 그의 아내와 첩은 소패 지역에서 있어야 할 곳을 잃고 말았다. 그때 여포가 유비의 아내와 첩을 예를 갖춰 깍듯이 대하면서 여러 면으로 힘껏 보살펴 주었다. 특별히 유비의 저택에 호위병을 파견하여 아무도 유비의 여인들을 건드리지 못하도록 철저히 호위하기도 했다. 이런 일 때문이라도 유비는 그에게 고마운 마음을 갖고 있을 것이 분명했다.

여포는 물에 빠진 사람이 지푸라기라도 잡고 싶은 심정으로 애절하게 말했다.

"유 사군使君(유비의 현재 관직은 예주목으로 '사군'이라 부르는 것이 적합했다), 공의 안사람과 여如씨 부인은 아직도 소패에 계십니까? 두 분께서는 안녕하시지요?"

유비가 손으로 자신의 큰 귀를 만졌다. 여포의 말을 정확히 듣기 위해서였다. 제대로 알아들었는지 유비가 말을 받았다.

"잘 있소이다."

유비는 말을 아껴 짧게 대답했다. 어쩌면 여포가 한 말의 뜻을 이해하지 못한 것인지도 몰랐다. 여포는 암시로 그칠 것이 아니라 속마음을 분명하게 보여야 했다. 그가 다시 입을 열었다.

"유 사군, 공은 조 공의 상객이지만 난 죄인의 몸이오. 밧줄이 너무 꽉 묶여 있으니 사군께서 조 공께 잘 좀 이야기해 주실 수 없겠소?"

유비는 또다시 손으로 자신의 큰 귀를 만지면서 아무 생각 없이 뒤에서 있던 관우를 곁눈질로 힐끗 쳐다보았다. 관우는 자신의 길고 아름다운 수염을 손으로 쓰다듬고 있었다. 두 사람이 서로 눈빛을 주고받는 것 같았다. 물론 여포는 두 사람의 눈빛에 담긴 의미를 알지 못했다.

이런 모습을 보고 있던 조조는 웃음을 참을 수가 없었다. 그는 여포가 방금 한 말이 아주 우습다고 생각했다. 이 얼마나 안타까운 해학인가!

"이보게 여포, 내 호랑이를 결박하면서 어찌 밧줄로 꽁꽁 묶지 않을 수 있겠는가? 하하하!"

웃음을 그친 조조가 다시 여포에게 물었다.

"자넨 어찌하여 내게 직접 살려달라고 애원하지 않고 말을 빙빙 돌려 유 사군에게 도움을 청하는 것인가?"

여포는 멋쩍음을 감추려 피식 웃기만 했을 뿐, 굳이 변명은 하지 않았다. 사실 조조도 그의 변명 따위는 필요치 않았다. 조조는 정말로 도량이 크고 넓은 사람이었다. 여포는 유비가 이 자리에 없었다면 조조가 틀림없이 자신을 살려주었을 것이라고 확신했다. 조조는 주위를 한 번 둘러보고 나서 곧 여포의 결박을 풀어주라는 명령을 내리려 했다.

바로 이때 유비가 자리에 가만히 앉아 있지 못했다.

그는 이미 내뻗은 조조의 옷소매를 잡아당기며 손을 좌우로 내저었다.

조조가 유비에게 그 이유를 물었다.

유비가 말했다.

"설마 명공께서 정원과 동탁의 죽음을 잊으신 것은 아니겠지요?"

유비는 말을 매우 아끼며 운만 떼었다. 조조는 유비의 말뜻을 제대로 이해했다. 유비는 이렇게 말하고 싶었다. '여포처럼 자신의 주인을 팔아 개인의 영화를 구하고 변덕이 심한 자는 절대 살려두어서는 안 됩니다. 그렇지 않으면 반드시 나중에 화를 당할 것입니다. 오늘 여포를 사면해 준다면 틀림없이 훗날 조 공의 머리가 여포의 손에 잘려 원소나 유표에게 바쳐질 것입니다.'

"끄응."

조조가 길게 신음소리를 냈다.

여포는 유비가 이런 말을 하리라고는 꿈에도 생각지 못했다. 이는 물속에서 잡은 실낱같은 희망의 지푸라기를 빼앗고, 한 술 더 떠서 자신의 머리에 돌을 던지는 것과 마찬가지였다. 이것이 정녕 사람들에게 '어질고 의로우며 충직하고 온후한 사람'으로 일컬어지는 유비의 참모습이란 말인가?

여포는 분노하여 욕설을 내뱉었다.

"네 이놈, 은혜를 원수로 갚는 천하의 위선자 같은 놈아! 네놈이 정녕 원문 아래 놓아둔 방천화극의 곁가지를 쏘아 널 구해준 은혜를 잊었단 말이냐?"

순간 유비의 얼굴이 차갑게 굳었다. 뒤에 서 있던 관우의 얼굴 역시 차갑게 굳었다. 두 사람은 곧 눈빛을 주고받으며 마음속으로 이렇게 투덜댔다.

'네 이놈 여포, 죽음이 눈앞에 있다고 해도 네놈은 우리의 마음을 이해하지 못할 것이다. 이 어리석은 놈아!'

여포는 참으로 어리석었다. 그는 지금까지도 마음속으로 요행만을 바라고 있었고 조조가 자신을 풀어주어 사랑하는 초선과 함께 살 수 있게 되기를 기대하고 있었다.

여포는 유비가 마음속으로 뭐라고 중얼거렸는지 알 수 없었다. 하지만 이때 그의 곁에 있던 사람이 큰소리로 하는 말은 들을 수 있었다.

"여포 네 이놈! 네놈 따위가 무슨 영웅이란 말이냐? 네놈은 겁쟁이다! 비겁한 겁쟁이! 대장부가 죽으면 죽는 것이지 어찌 죽음을 두려워한단 말이냐? 네놈이 용서를 빌어 구차한 목숨을 잇는다 해도 치욕스럽지 않겠느냐?"

이렇게 말한 사람은 진궁이었다. 말이 끝나기 무섭게 한바탕 환호성이 들려왔다. 요란하게 박수갈채를 보낸 사람들은 조조 수하의 장수들이었다. 사람들은 진궁의 말에 동조의 눈빛을 보냈고, 그 눈빛은 다시 경멸과 비난으로 바뀌어 여포의 몸에 쏟아졌다. 정말 알 수 없는 일이었다. '사람 가운데 여포'라 불리는 천하의 영웅이 삶을 구걸하고 죽음을 두려워하는 사람이 될 줄 누가 상상이나 했겠는가! 여포가 어쩌다 이렇게 비천하고 불쌍하며 우스운 사람으로 변한 것인지 알 수 없는 노릇이었다.

여포 자신도 이렇게 된 이유를 확실하게 깨닫지 못했다. 그는 용감하고 두려움이 없는 투사였고 삶을 탐하여 죽음을 두려워하는 자가 아니었다. 그런 그가 어떤 이유로 이렇게 자신의 목숨을 아까워하게 된 것일까?

그렇다. 여포는 필시 자신의 목숨을 소중하게 여기게 된 것이다. 그리고 반드시 살아야 한다고 생각했을 것이다. 그는 또 다른 여포로 변해 있었다. 여포 스스로도 이런 자신의 모습이 너무도 낯설고 이해하기 어려웠다.

그는 막 40살의 생일을 보냈다. 공자가 '40살이 되면 미혹됨이 없어야한다'고 말한 데는 나름대로 의미가 있었다. 여포는 마침 40살이 되면서인생의 여러 가지 일에 대해 당혹감을 느꼈다.

진궁이 여포를 꾸짖자 사람들의 관심이 곧 그에게로 옮겨 가기 시작했다. 조조가 진궁을 머리부터 발끝까지 샅샅이 훑어보았다. 칼날처럼 예리한 조조의 눈빛이 배신자의 가죽과 살을 하나하나 벗기는 것 같았다.조조가 비웃으며 말했다.

"이 사람 진궁, 참으로 오랜만이군. 그간 어찌 이리도 말랐는가?"

진궁 또한 냉소로 말을 받았다.

"내가 이렇게 마른 것은 오랫동안 자네를 물리칠 방법만 생각하다가결국 뜻을 이루지 못해서일세."

기세등등하게 조조를 꾸짖는 소리였지만 어찌됐건 자신이 조조의 손에패했다는 사실을 인정하는 셈이었다. 조조는 그의 대답이 마음에 들었는지 고개를 끄덕이면서 웃는 얼굴로 말했다.

"자네는 스스로 지혜가 뛰어나다고 하면서 어찌 오늘 이 지경에 이른것인가?"

진궁이 턱으로 여포를 가리키며 말을 받았다.

"이 모든 게 저 여 장군이 내 계략을 받아들이지 않은 결과일세. 그렇지 않았더라면 지금 이 순간 누가 결박당해 있을지 누구도 모를 일이지!"

이런 말을 들은 여포는 부끄러움을 느끼면서도(자신이 진궁의 계책을 내쳐 전쟁에서 승리할 수 있는 기회를 놓쳤기 때문에 실패를 자초한 것이 틀림없었

다) 아직은 인정하고 싶지 않은 부분이 있어 다소 억울하기도 했다. 그는 하고 싶은 말이 많았지만 더 이상 아무 말도 하지 않기로 했다. 이 혼란스런 세상에 일어나는 수많은 일들을 전부 말로 분명하게 드러낼 수 있는 것은 아니었다.

조조는 진궁의 말에 동의할 수 있었다. 어느새 조조의 눈빛이 다소 부드러워졌다. 잠시 침묵하던 그는 상의하는 듯한 어투로 진궁에게 물었다.

"진궁, 오늘 일을 어찌 처리하는 것이 좋겠는가?"

진궁이 차분하면서도 시원스럽게 대답했다.

"나 진궁은 신하로서 충성을 다하지 못했고 자식으로서 효도를 다하지 못했네. 조금도 두려움 없이 죽음을 맞을 것이네."

이 말에 여포는 놀라움을 금치 못했다. '신하로서 충성을 다하지 못했다'는 것이 무슨 뜻인가? 이는 함축적으로 조조에게 지난날을 참회하며 기꺼이 자신의 죄를 인정한다는 의미였다. 진궁이 조조에게 말했다.

"난 자네를 배신했네. 자네는 황제를 대신했지만(조조는 황제를 끼고 제후들을 호령했다) 나는 신하로서 충성을 다하지 않았으니 죽어 마땅하네!"

진궁이 겉으로는 불복하지만 내심 이미 잘못을 인정하고 있다는 뜻이었다. 진궁의 속내를 이해한 조조는 문득 서글픈 표정을 지었다. 그러고는 고개를 숙인 채 차분한 목소리로 다시 물었다.

"그대가 죽는다면 노모와 처자는 어찌 하겠는가?"

진궁은 즉시 대답을 하지 못했다. 진궁의 마음은 더 이상 조금 전처럼 그렇게 차분하지 못했다. 여포가 곁눈질로 바라보니 그의 눈이 몇 번 깜빡이면서 눈물이 맺힌 것 같았지만 뺨 위로 흘러내리지는 않았다. 진궁이 하늘을 우러러 길게 탄식하며 말했다.

"효로써 천하를 다스리는 자는 남의 부모를 해하지 않고 인으로써 천하를 다스리는 자는 남의 후사를 끊지 않는다고 들었네. 노모와 아내가 살고 죽는 것은 내 손에 달린 것이 아니라 명공 자네 손에 달려 있네!"

조조는 아무 말도 하지 않았다. 그는 진궁이 결코 자신에게 투항 따위는 하지 않을 것을 알고 있었다. 그가 회자수劊子手를 향해 손짓을 했다. 회자수는 곧 진궁을 끌고 문루 밖으로 데리고 나갔다.

진궁의 마지막 한마디에 여포는 두려워 떨면서 속으로 탄복해 마지않았다. 진궁도 결국 조조를 '명공'이라 불렀다. 그는 조조가 천하를 다스릴 사람이라고 인정하기까지 했다. 그는 자신의 절개를 지키면서 노모와 처자식의 목숨까지 지킬 수 있었다. 진궁은 참으로 지혜로운 인물이었다.

'그러나 진궁 이 사람아, 그때 자네가 이간질을 하고 사람들을 선동하여 장막과 장초 형제로 하여금 조조를 배반하게 하지 않았나. 결국 장씨 일가 전체가 가산을 몰수당하고 참형에 처해지고 말았지. 나 여포 또한 자네 때문에 조조와 적이 되어 그 길을 가고 있지 않은가.'

진궁이 백문루를 나설 때는 그의 등 뒤로 사람들이 감탄하는 소리가 들렸으나 여포가 백문루를 떠날 때는 그의 등 뒤로 조롱하는 소리가 끊이지 않았다. 여포는 마음속으로 생각했다.

'그래, 네놈들 맘대로 비웃어라! 네놈들이 날 어찌 이해하겠느냐!'

여포는 백문루 밖 성벽으로 끌려갔다. 그는 진궁이 웃으면서 칼에 맞섰고, 추호의 두려움도 없이 죽음을 맞이하는 것을 보았다. 그는 또 고순이 뒷짐을 진 채 기둥에 결박당해 있고 회자수가 칼을 들어 올리는 광경도 보았다. 이때 고순은 마지막으로 여포를 잠시 쳐다보며 의미심장한 말

한마디를 남겼다.

"소인이 주공과 초선 부인을 뫼시고 함께 동행하겠습니다!"

이 한마디와 함께 그의 머리가 땅에 떨어져 굴렀다. 뜨거운 피가 허공으로 솟구치면서 기둥 위에 걸린 깃발을 붉게 물들였다.

이때 회자수가 흰 명주를 백문루의 서까래에 매달고 이리저리 당기며 단단히 묶었는지 살피고 있었다. 그런 다음 흰 명주의 한쪽 끝을 매듭으로 만들어 여포의 목에 걸었다. 그들이 손을 움직이는 동안 여포는 먼 곳을 응시하고 있었다. 날씨가 더없이 화창했다. 황금빛 햇살이 재난을 겪고 난 벌판에 쏟아졌다. 사수는 지난날의 고요함을 되찾았고 벼랑 끝에는 희미하게 새싹이 돋아났다. 낙양으로 통하는 길은 서북쪽을 향해 보랏빛 안개 속으로 차츰 그 모습을 감추고 있었다. 그는 초선이 그 길에 서서 발돋움을 한 채 초조한 모습으로 자신을 향해 손짓하는 모습이 보이는 것 같았다. 그는 마지막 힘을 다해 크게 소리쳤다.

"초선, 내가 가고 있소!"

회자수가 여포의 발아래 놓인 나무의자를 발로 걷어찼다. 그의 몸이 성벽을 떠났다. 그는 마지막으로 흰 명주처럼 두둥실 떠 있는 구름을 보았고, 그 구름 속에서 어렴풋이 초선의 그림자를 보았다. 그런 다음 흰 구름 속으로 유유히 날아올랐다.

# 4

여포와 진궁, 고순을 처형한 조조는 백문루에서 장료와 송헌 그리고 후성 등 투항한 장수들을 접견하여 그들을 위로해주었다. 투항 장수들 가운데 후성과 송헌의 공로가 가장 컸지만 조조는 오히려 장료에게 더 큰 관심을 보였다. 그는 장료가 용감하고 지략도 뛰어난 얻기 힘든 장수라는 것을 알고 있었다. 조조는 그 자리에서 장료를 중랑장으로 임명하고 관내후에 봉한다고 선포했다. 그는 장료의 옷이 여러 군데 낡은 데다 얼룩덜룩하게 핏자국이 있는 것을 보고는 자신이 걸치고 있던 붉은 도포를 벗어 직접 장료에게 입혀 주면서 말했다.

"이 도포가 낡기는 했지만 경에게는 아주 따뜻할 것이오."

조조는 키가 작고 장료는 키가 큰 탓에 조조의 붉은 도포는 장료의 몸에 맞지 않았다. 하지만 장료는 감격하여 눈물을 쏟았고 목메어 울먹이기까지 했다.

"패군의 장수를 명공께서는 어찌 이리 극진하게 대해주십니까? 장료는 앞으로 기꺼이 공을 따를 것이며 만 번의 죽음도 불사할 것입니다."

곧 이어 조조는 여러 장수들에게 둘러싸여 여인장 주변을 거닐면서 하비성 안팎을 두루 살폈다. 사방에 구름과 연기가 끝도 없이 아득하게 펼쳐져 있었다. 이제부터 연주와 예주 그리고 서주 지역은 모두 조조의 땅이었다. 참으로 좋은 봄날이었다. 전쟁 중이라 해서 봄이 돌아오지 않는 것은 아니었다. 성 안팎 곳곳이 온통 푸르른 신록과 새빨간 복숭아꽃으로 단장하고 있었다.

조조는 기지개를 활짝 폈다. 마치 하비성을 품에 꼭 끌어안으려는 것 같았다. 이때 그는 갑자기 가슴이 서늘해지면서 초선이 생각났다. 이제 여포가 죽고 없으니(조조는 여포의 수급을 허도로 보내 황제에게 승리의 소식을 전한 다음 시신은 염을 하고 입관하여 후하게 장사를 치러주었다) 그의 부인은 '전리품'으로써 조조에게 우선적으로 누릴 권리가 있었다. 이제 큰일은 거의 다 처리되었고, 군사들 또한 휴식을 취하고 있어 얼마든지 '사적인 일'을 처리할 수 있었다. 그는 자질구레한 공무를 다른 사람들에게 맡기고 신변에 호위무사 몇 명만 대동하여(이들을 '용사'라 칭했다) 백문루를 나섰다.

어디로 가야 하나?

그는 먼저 여포의 집으로 가서 초선을 찾을 생각이었다.

하비가 함락되기 전 조조는 거듭 명령을 내렸다. 포로로 잡은 관료의 가족들은 일괄적으로 잠시 가택에 연금시켜 놓되 군사와 백성을 막론하고 일체 함부로 침범하여 소동을 일으키지 못하게 한 것이었다. 이렇게 하면 첫째, 진궁처럼 장렬하게 죽음을 맞이한 선비의 가족들을 보호할 수 있고 둘째, 그 가운데 특히 미모가 뛰어난 부녀자들을 취할 수 있기 때문이었다. 조조는 이런 조치를 해두어야 지난번 여포의 집에서 관우와 마주친 것처럼 껄끄러운 상황을 피할 수 있을 것이라고 믿었다. 또한 방금 자신이 여포의 죄를 심문하고 있을 때 허저가 벌써 그의 특명을 받들어 여포가 머물던 곳으로 가서 초선을 잘 감시하면서 자신의 '저분'을 기다리고 있을 것이라고 믿었다.

조조는 자신에게도 길거리에서 흔히 마주칠 수 있는 건달들 같은 기질이 있어서 남의 집 바구니에 든 물건을 훔친다 해도 전혀 얼굴이 빨개지지 않는다는 것을 인정하지 않을 수 없었다. 사실 지난날의 언약대로 하자면 이제 초선은 관우의 몫이 되어야 했다. 그러나 그런 일이 어떻게 가능하겠는가! 관우는 누구보다도 '천하영웅'인 자신에게 초선을 차지할 자격이 있다고 했지만 조조야말로 '영웅 위의 영웅'이 아니던가? 그가 초선을 차지할 자격이 관우만 못하단 말인가? 더구나 그는 초선과 '하룻밤을 보낸 부부' 사이였고, 초선은 그에게 산수유나무 주머니를 사랑의 징표로 주기도 했다. 이는 적어도 그와 초선이 서로 좋아하고 있음을 증명하는 물증이었다. 두 사람이 부부가 된다는 것은 서로에게 좋은 일이고 자연의 이치와 인간의 본성에도 부합되는 일이었다. 관우가 초선을 진실로 사랑하지도 않으면서 사랑한다고 말하는 것은 단지 '초선'이라는 이름을 탐한 것일 뿐, 그 인간 존재를 사랑하는 것은 결코 아니었다. 이처럼 애매한 사랑은 자연의 이치와 인간의 본성에 거역하는 것이었다. 이렇게 된 이상 조조가 먼저 지난번의 언약을 취소하고 초선을 관우에게 주지 않더라도 사람들이 납득할 만한 이유는 충분했다.

"허허!"

조조는 자신을 향하고 있는 그림자를 생각하며 웃음을 흘렸다.

조조는 자신이 우습게 느껴졌다. 그는 자신이 왜 이렇게 아름다운 여인들을 좋아하는지 이해할 수 없었다. 그렇다고 꼭 젊고 결혼하지 않은 여자만 좋아하는 것도 아니었다. 그는 일찍이 여색 때문에 엄청난 손해를 입은 적도 많았다. 가령 변양의 부인을 탐하다가 연주 전체를 잃었고, 장수의 홀로 남은 부인을 탐하다가 장자 조앙과 조카 조안민, 그리고 아끼던 수하의 장수 전위를 잃었다. 그랬다. 그가 여색 때문에 잃은 것은 실로 막대했다. 큰아들 조앙을 잃고 난 뒤 부인 정씨는 슬픔에 못 이겨 미치광이가 되었고, 광기 때문에 고래고래 소리치는 싸움이 계속되다가 결국 부부가 헤어져 남남이 되고 말았다. 그때 뼈저리게 깨달은 바가 있어 다시는 여색을 탐하다 모든 것을 잃는 일은 없을 것이라고 맹세까지 했었다. 그러나 아름다운 여인이 눈에 보이기만 하면 그는 상처가 잘 아물면 고통을 잊을 수 있다면서 과거의 맹세를 새카맣게 잊어버리고 그 때문에 입을 손실은 걱정조차 하지 않았다. 이것도 일종의 병일 수 있었다. 아마 그럴 것이다! 그는 이 병을 치료할 처방을 찾지 못했다. 아니 아예 찾아서 치료할 생각도 하지 않았다. 정말 방법이 없었다!

조조는 이렇게 터무니없는 생각을 하면서 말에 올라 '용사' 몇 명을 이끌고 여포의 집으로 내달렸다. 어서 가서 초선을 보고 싶은 그의 마음에 봄 물결이 철썩 철썩 솟아올랐다. 그가 오른손을 가슴속으로 집어넣자 딱딱한 물건 하나가 만져졌다. 전옥과 마노를 꿰어 만든 장신구로 초선에게 주려고 준비한 선물이었다. 그는 이 선물을 직접 그녀의 목에 걸어 줄 생각이었다. 초선이 준 산수유주머니에 대한 답례인 셈이었다. 어쩌면 '부군'으로서 새 신부에게 주는 혼인의 징표일 수도 있었다. 그는 초선이 이 선물을 받고 나면 여포의 죽음으로 인한 슬픔을 잊고 눈물을 거두면서 미소 띤 얼굴로 다정하게 자신의 품에 뛰어들 것이라고 믿었다.

여포의 집으로 통하는 길목에서 조조는 초선의 모습을 기억하려 애를 썼다. 그러나 유감스럽게도 어렴풋한 초선의 그림자만이 기억에 남아 있을 뿐이었다. 자신과 가까이 있는 것 같기도 하고 멀리 떨어져 있는 것 같기도 하여 마치 구름과 안개 속을 헤매는 듯한 기분이었다. 그도 그럴 것이 그녀와 헤어진 지 이미 9년이란 세월이 지났고, 9년 전 무산巫山에서도 잠시 스쳐갔을 뿐이라 그녀의 얼굴과 몸매가 선명하게 각인되었을 리 없었다. 그에게 남아 있는 초선의 아름다움은 더할 것도 없고 뺄 것도 없는 완벽한 아름다움이었다. 그는 이날 초선을 만나면 요리조리 자세히 뜯어 보고 도대체 다른 여인들과 어떤 부분이 다른지 확인하고 싶었다. 그녀가 절세미인인 이유를 밝혀내고 싶었다.

조조는 드디어 여포의 집에 도착했다.

예상한 대로 허저가 입구에서 그를 기다리고 있었다. 그러나 허저의 얼굴에 깔린 이상한 표정을 보는 순간 조조는 가슴이 철렁하면서 뭔가 좋지 않은 일이 있음을 예감했다. 그가 호흡을 가다듬었다. "초선 부인께서는 안에 계십니다." 조조는 이 한마디를 기대했으나 허저의 입에서는 전혀 뜻밖의 말이 튀어나왔다.

"초선 부인께서는 실종되셨습니다!"

"뭐라고? 누가 실종되었다고?"

"초선 부인께서 실종되었습니다."

"실…… 실종이라? 어찌 이런 일이 있을 수 있단 말인가?"

사실 전혀 불가능한 일도 아니었다. 성이 함락되어 모두 정신이 없는 상황에서 어느 누구도 다른 사람을 돌볼 겨를이 없었다. 여포의 부장 장패와 손관, 오돈吳敦, 윤례尹禮 등이 적의 포위를 뚫고 사라졌고, 성안에 살던 백성들 가운데 적지 않은 사람들이 성이 함락되는 것이 두려워 앞다투어 도망쳤다. 초선도 이런 와중에 자취를 감춘 것이 분명했다.

조조는 한참을 멍하니 있다가 물었다.

"설마 자살한 것은 아니겠지?"

허저가 눈을 껌벅이며 고개를 가로저었다. 조조는 깊게 한숨을 내쉬었다. 사지가 맥없이 풀리는 것만 같았다. 허저의 부축을 받아 말에서 내린 그는 계단을 올라 뜰 안으로 들어섰다. 가장 먼저 눈에 띈 것은 더러운 진흙탕이었다. 진흙탕 위에 착 들러붙은 천 조각과 버선 그리고 사람과 말의 발자국이 보였다. 이어서 커다랗고 굵은 오동나무가 눈에 들어왔다. 시든 가지와 새싹이 뜰 대부분을 뒤덮고 있었다. 아래로 드리워진 나뭇가지 사이로 조조는 집 한 채를 발견했다. 집 담벼락에는 홍수의 흔적이 그대로 남아 있었다. 뜰에는 죽음의 기운이 짙게 드리워져 있었고, 질식할 것 같은 썩은 냄새가 진동했다. 그는 지난 번 팽성에서 그랬던 것처럼 초선의 방을 한 번 들여다 볼 생각으로 문턱을 막 넘어서려다가 곧 마음을 바꿔 발길을 돌렸다.

"뜰에서 잠시 쉬도록 하지."

말이 떨어지기 무섭게 '용사'들은 즉시 조조를 위해 나무 아래에 등받이 없는 의자를 가져다 놓았다. 그가 잠시 앉아 쉬고 있는 차에 허저가 방 안에서 나이든 여자와 어린 여자를 끌고 나왔다. 나이든 여자는 나이가 50살이었고, 어린 여자는 14, 5살쯤 되어 보였다. 둘 다 지저분하게 헝클어진 머리에 꾀죄죄한 모습이었다. 누렇게 뜬 얼굴에 몸도 몹시 수척해 보였다. 그들은 조조를 보자 고양이 앞에 선 생쥐처럼 두려움에 몸을 떨기 시작했다. 허저가 말했다.

"하녀와 여포의 딸입니다. 제가 들어왔을 때는 이 둘뿐이었습니다. 초선의 행방을 물으니 둘 다 알지 못한다고 하더군요."

허서가 다시 무슨 말을 했지만 조조는 잘 알아들을 수 없었다. 사실은 듣고 싶은 마음도 없었다. 무슨 말을 하던 결국은 초선이 실종됐다는 말이었다.

초선의 실종 때문에 하비성의 승리는 결국 완벽해 보이지 않았다. 어떤 의미에서 보면 조조의 실패였다. 물론 조조 한 사람의 실패로 끝나는 것이 아니고, 관우 또한 실패한 셈이었다. 이런 생각이 들자 조조는 갑자기 하하 소리 내어 웃기 시작했다. 그는 속으로 생각했다. '내가 아직도 초선의 일 때문에 근심하고 있었군. 난 초선을 얻어야겠다고 생각하면서도 약속을 어기면서까지 관우의 기분을 상하게 하고 싶지도 않았지. 약속을 어겨야 하는 그럴 듯한 이유를 찾아야 했어. 하지만 아무리 머리를 굴려도 적당한 이유를 찾을 수 없었지. 이렇게 된 게 정말 다행이야. 초선이 실종되었으니 나는 약속을 어긴 게 아닌 게 되고 어려운 문제까지 사라졌으니 말이야. 하하하!'

그는 웃어야 할 사람이 자신인지 관우인지 분간할 수가 없었다.

조조의 웃음소리가 그치자 가까운 곳에서 은구슬 굴러가는 듯한 웃음소리가 들렸다.

"호호호!"

마치 자신의 웃음소리에 대한 화답인 것 같았다. 깜짝 놀란 그는 순간적으로 아름다운 여인의 웃음소리라 판단하고는 무의식적으로 방 쪽을 향해 눈길을 돌렸다. 혹시 초선이 안에 숨어있는 것이 아닌가 하는 생각에서였다. 그러나 다시 고개를 돌려 보니 은구슬 구르는 듯한 웃음소리는 반대 방향에서 나는 것이었다. 그는 소리가 나는 쪽으로 걸음을 옮기며 이리저리 눈을 움직였다. 뜰 안 담벼락 쪽으로 집 한 채가 있고 지붕보다 높게 쌓아올린 양쪽 벽이 축축하게 젖어있었다. 그 위로 담쟁이덩굴이 가득 자라나 있었다. 여인의 웃음소리는 담쟁이덩굴이 휘감고 있는 작은 창가에서 새어나오는 것이 틀림없었다.

순간 조조의 눈이 반짝 빛나면서 혈관의 피가 거세게 흐르기 시작했다. 방금 전까지 견딜 수 없을 정도로 피곤하던 몸이 어느새 힘이 솟으면서 뜨겁게 달아올랐다. 그가 눈빛으로 허저에게 누구인지 물었다.

허저가 대답했다.

"두씨 부인입니다."

"누구라고?"

"서주 종사 진의록의 부인인 두씨입니다. 주공께서 한 번 가보시지요."

허저는 이렇게 말하며 조조에게 야릇한 눈짓을 보냈다.

그는 허저의 의도를 알고 속으로 적이 놀랐다. 허저의 눈은 이렇게 말하고 있었다. "한 번 볼만한 가치가 있는 여인이니 주공께서는 이 기회를 놓치지 마십시오." 사실 조조는 허저의 제안이 아니었더라도 한 번 가볼 생각이었다. 그곳을 자세히 살펴본 조조는 두씨가 머물고 있는 방이 실제로 초선이 살았던 방과 같은 뜰 안에 있는 것을 발견했다. 두씨의 방은 남쪽에 있고, 초선의 방은 북쪽에 있었다. 그리고 두 방 사이에 작은 담장이 하나 있었다. 그는 담장을 뛰어 넘어갈 수 있었지만 자신의 신분으로 볼 때 그렇게 하는 것은 적합지 않다고 생각했다. 그는 우선 정원으로 난 문을 통과하여 다시 안쪽 문을 지나야 했다. 다소 번거롭긴 했지만 사람이 살아가면서 이 정도의 번거로움은 감수하는 것이 당연했다. 번거롭다고 해봤자 단 몇 걸음의 수고에 지나지 않았다.

눈 깜짝할 사이에 조조는 여인의 등 뒤에 서 있었다.

여인은 석류 빛 붉은 치마와 공작 빛 푸른 저고리에 양쪽 머리에는 쪽을 지고 있었다. 조조가 문 안에 들어섰을 때 여인은 5, 6살쯤 되어 보이는 사내아이와 놀고 있었기 때문에 조조는 그녀의 뒷모습밖에 볼 수 없었다. 조조는 그 누구도 따를 수 없는 심미안으로 그녀의 등에 눈길을 주자마자 그녀가 절세미인임을 알아차렸다.

여인이 발자국소리를 듣고 몸을 돌리는 순간, 조조는 너무 놀라 그 자리에 몸이 굳어버리고 말았다. 어쩌면 저토록 아름답단 말인가! 정말로 털 한 가닥 더하거나 뺄 필요 없는 완벽한 아름다움이었다. 분을 바르면 너무 희고 연지를 찍으면 너무 붉은 그런 여인이었다.

이상하게도 이 여인은 어디서 많이 본 듯한 얼굴이었다. 아니? 혹시 이 여인이 바로 초선이 아닐까?

젊은 부인이 말했다.

"신첩은 초선이 아닙니다. 신첩은 성이 두씨로 부군 진의록은 이 지방의 종사였습니다. 반년 전에 여 장군께서 신첩의 남편을 수춘으로 파견하신 뒤로 지금까지 소식 한 자가 없는 상태입니다."

"으음, 그렇다면 이 아이가 진 종사의 아들인가?"

"그렇습니다."

"귀여운 녀석이군. 아명이 무엇인가? 몇 살이지?"

"아명은 아소阿蘇이고, 이름은 진랑秦朗으로 올해 5살입니다."

조조가 두씨를 자세히 살펴보니, 그 우아한 자태와 기개에 상관없이 현재 자신의 부인인 변씨나 환씨 그리고 이미 고인이 된 유씨, 헤어진 정씨 등보다 훨씬 빼어났다. 그가 이제껏 만나보았던 어떤 여인보다도 아름다웠다. 물론 초선은 그녀와 비교해도 손색이 없었지만 초선의 모습은 확실히 기억이 나지 않아 그녀와 제대로 비교할 수가 없었다. 그녀를 한참이나 살피고 뜯어보던 조조는 장탄식을 내뱉었다.

"그대가 초선이었으면 좋으련만!"

조조는 지금의 부인인 변씨와 환씨 두 사람만으로는 아무래도 부족하다고 생각했다. 《춘추설春秋說》에는 황제는 12명의 부인을 얻을 수 있고,

제후는 9명을 얻을 수 있다고 기록되어 있다. 비록 황제는 아니지만 그는 충분히 제후와 맞먹는다고 할 수 있었다. 겨우 2명의 아내만으로는 부족할 수밖에 없었다.

이런 생각을 하면서 조조는 앞으로 나아가 진랑의 머리를 쓰다듬으며 그녀에게 물었다.

"내가 이 아이의 아비가 될 수 있겠소?"

아이는 잔뜩 겁을 먹고 제 어미 뒤로 몸을 숨겼다. 그러자 여인이 아이를 끌어내 머리를 쓰다듬으며 조조에게 무릎을 꿇게 하고서 말했다.

"어서 네 아버님께 절을 올리거라!"

조조는 크게 기뻐하며 진랑을 품에 안아 허저에게 건넸다. 이어서 그는 몸을 굽혀 두씨의 손을 붙잡고는 자신도 모르게 그녀의 뺨을 한 번 쓰다듬었다. 순간 짜릿한 감촉이 손가락 끝을 따라 가슴을 파고들었다.

"나와 함께 갑시다. 부인!"

바닥이 여전히 진흙탕인 것을 본 그는 새로 맞은 부인의 신발이 더럽혀질까 걱정되어 재빨리 그녀를 안아 뜰을 지났다. 그러고는 그녀를 쉽게 깨지는 보물을 다루듯이 조심스럽게 입구에 세워둔 비단 수레에 태웠다. 이 수레는 원래 초선을 태우기 위해 준비해둔 것이었다.

이날 밤 아주 오랫동안 사내에 대한 묵은 원망을 품었던 두씨 부인은 활활 다오르는 불처럼 뜨겁게 몸을 내웠다. 소소는 그녀 덕분에 더할 수 없는 행복을 느꼈다. 문득 깨달은 바가 있었다. 초선은 그저 '미인'의 허명에 불과할 뿐이라는 것이었다. 이제 그는 두씨를 초선이라 생각하기로 했다. 그녀가 바로 초선이었다. 그는 그녀를 더욱 세게 껴안고서 그녀의 온몸을 조심스럽게 어루만지며 소리쳤다.

"초선! 초선아!"

이때부터 두씨 부인은 조조의 첩이 되었고, 다음해 그에게 아들 조림曹林을 안겨 주었다. 진랑의 성은 여전히 진씨였지만 조조는 엄연한 그의 양부였다. 몇 년이 흘러 진랑은 효기교위에 임명되었다.

# 제27장
# 황제의 혈서

# 1

하비성을 함락시킨 후 조조에게는 급히 처리해야 할 두 가지 중요한 일이 남아 있었다. 그중 한 가지는 여포의 죽음으로 공석이 된 서주에 새 주목州牧을 임명하는 일이었고, 또 한 가지는 다른 지역으로 달아난 여포의 부장 장패와 손관, 오돈, 윤례, 서흡, 모휘 등을 서둘러 잡아들이는 일이었다. 첫 번째 일은 잘 해결되어 여포를 교살한 그 다음날 거기장군 차주車冑가 신임 서주목에 임명되었다. 차주가 달리는 말 위에서 임용을 수락하기까지는 채 이 각刻도 걸리지 않았다. 하지만 두 번째 일은 여간 힘들지 않았다.

두 번째 일이 힘들었던 이유는 우선 장패 등이 각자 수하의 무리를 이끌고 몰래 고향으로 돌아가거나 태산, 낭야琅邪 등지로 뿔뿔이 흩어졌기 때문이었다. 그들은 수가 많지는 않았지만 그 지역에서 꽤나 영향력이 있었고, 또한 험산 준령을 장악하고 있어서 그들을 섬멸하는 것은 결코 쉬운 일이 아니었다. 다음으로 서흡과 모휘는 원래 조조에게 등을 돌린 인물들로, 조조의 사신인 후해를 살해한 흉악범들이었다. 그들은 조조와 자신들이 같은 하늘 아래서 살 수 없다는 것을 잘 알고 있어, 험준한 지형에 의지하여 완강하게 저항할 것이 분명했다. 이런 자들을 잡아들이기란 여간 힘든 일이 아니었다.

그러나 드러난 사실은 조조에게는 두 번째 일도 그리 어려운 일이 아니었음을 증명해주었다. 그는 아주 깔끔하게 그 일을 처리했다.

장료는 조조에게 투항한 뒤 장패 등을 상대하는 데는 공격하여 소탕하는 것보다는 투항을 권유하는 것이 마땅하다고 건의했다. 모수毛遂가 자진하여 장패의 고향으로 가서 세객을 맡기로 했다. 장료와 장패 사이의 우정과 장료의 몸에서 풍기는 충의지사의 기품 덕분에 과연 이 계책은 큰 효과를 거두었다. 장패는 쉽게 장료를 따라 조조의 휘하로 투항했다. 그 후에 장패는 세객으로 나서 손관과 오돈, 윤례, 손관의 형 손강孫康 등을 설득하여 조조에게 투항할 것을 권유했다. 조조는 기대 이상의 성과에 크게 기뻐하여 장패를 즉시 낭야상琅邪相에 임명했다. 또한 청주와 서주 동부 해안 지역에서 성양군城陽郡, 이성군利城郡, 창려군昌慮郡을 양도하여 장패의 관할 아래 두었다. 손관과 손강, 오돈, 윤례는 각각 북해상과 성양 태수, 이성 태수, 동관東莞 태수에 임명되었다. 이로써 모든 사람들이 크게 만족하게 되었다.

그러나 장패를 후하게 대접하는 술자리에서 조조는 문득 아직 서흡과 모휘를 붙잡아 재판에 회부하지 못했다는 사실이 생각났다. 그는 장패가 서흡, 모휘 등과 막역한 사이라는 것을 알고는 불현듯 묘안을 떠올리며 입을 열었다.

"장패, 날 대신해 두 가지 유물을 받아주었으면 하는데 하실 수 있겠소?"

장패가 즉시 대답했다.

"주공께서 명령하시는 일인데 어찌 따르지 않을 수 있겠습니까? 한데 그 두 가지 물건이 무엇인지요?"

조조가 말했다.

"다름 아니라 서흡과 모휘의 수급이요."

순간 장패의 안색이 창백해지면서 조조에게 무릎을 꿇었다.

"신이 벗을 믿는 까닭은 금은보화를 의지하지 않기 때문이고 또한 전답을 의지하지 않기 때문이며 더더욱 무력을 의지하지 않기 때문입니다. 오로지 의로움 하나만을 의지하기 때문이지요. 의를 위한 것이 아니라면 어느 누가 나서겠습니까? 이제 신은 주공께 생명의 은혜를 입었으니 그 은혜에 보답하기 위해 있는 힘을 다해야 할 터인데 어찌 감히 명령을 따르지 않겠습니까? 하나 주공께서 패왕의 위업을 이루고자 하신다면 '의'로써 움직여야 합니다. 주공께서 이 명령을 거두어 주시기를 간청하는 바입니다!"

이때 곁에 배석해 있던 장료가 조조의 안색이 새파랗게 변하는 것을 보고는 손에 땀을 쥐었다. 장료는 어떻게 장패를 대신하여 통사정을 할까 고민하고 있었다. 어떻게든 뜻밖의 변고를 면해야 하기 때문이었다. 다행히 그는 조조가 손바닥으로 얼굴을 쓱 문지르며 화난 표정이 풀리는 것을 보았다. 뜻밖에도 조조는 장패를 책망하지 않고, 오히려 손뼉을 치면서 감탄하는 것이었다.

"장패, 방금 자네의 말로 자네를 다시 보게 되었네! 패왕의 위업은 반드시 의로써 움직여야 한다는 말은 옛 성현들이나 실천할 수 있는 일인데 자네가 해냈네. 사실 나 또한 그렇게 하고 싶었네!"

조조는 패장에게 서흡과 모휘의 지난 잘못을 묻지 않고 너그러이 용서할 것이며, 그들이 다시 찾아오면 여전히 믿음을 보일 것이라고 말했다.

사실 서흡과 모휘는 장패가 이끄는 무리 가운데 숨어 있었다. 장패는 조조 말을 듣고 마음속의 걱정거리가 하나 없어진 셈이었다. 그가 크게 감복하여 머리를 땅에 조아리고 두 사람을 대신하여 조조에게 감사의 인사를 올린 것은 두말할 필요도 없었다. 술자리가 끝나고 장패는 즉시 서흡과 모휘 두 사람을 결박하여 조조의 군영을 찾아 용서를 구했다. 조조는 좌우에 있던 사람들에게 두 사람의 결박을 풀게 하고 좋은 말로 그들을 위로하며 그 자리에서 그들에게 태수의 자리를 맡겼다. 이 일은 한동안 미담으로 사람들의 입에 오르내렸다.

앞에서 언급한 두 가지 일을 처리한 조조는 즉시 대군을 이끌고 개선가를 부르며 영지로 돌아왔다. 3월의 따스한 봄날, 돌아오는 길에 푸른 산과 맑은 물을 본 사람들은 마음이 탁 트이는 상쾌한 기분을 만끽했다. 조조는 이제 새로 용감한 장수들과 강한 병사들을 맞이한 데다 초선의 화신이라고 할 수 있는 미인 두씨를 얻은 터라 더할 나위 없는 행복을 느끼고 있었다. 어느새 그의 나이 45살이었지만 여전히 청춘의 열정이 넘쳐흘렀다. 그는 다시 한 번 전쟁이 가져다주는 기쁨을 느꼈다. 그는 인생을 재미있게 사는 사람이었다.

그러나 그는 자신의 일산日傘 그늘에 가려 유비가 억지웃음을 짓고 있고, 관우와 장비가 격분하여 이를 뿌득뿌득 갈고 있다는 사실은 의식하지 못했다. 장비가 유비에게 투덜거리며 말했다.

"큰 형님은 서주목을 지내신 분이라 이곳 인심과 지리를 훤히 알고 계시지요. 여포가 죽었으니 이치대로 하자면 서주목은 당연히 큰 형님 차지가 되었어야 하는데, 조조는 어찌하여 차주에게 그 자리를 맡기는 것이오? 이는 우리를 너무 무시하는 처사가 아니오!"

유비가 조용히 타일렀다.

"아우는 참으로 어리석군. 차주는 조조의 심복인데 어찌 나와 비교할 수 있겠는가? 내가 서주 사람들의 인심과 지리를 잘 안다고 해서 조조가 날 서주목으로 삼지는 않을 걸세!"

"허허!"

관우가 차갑게 웃으며 말을 받았다.

"이럴 줄 알았으면, 우리 형제들이 조조를 위해 죽기 살기로 싸우지는 않았을 거요!"

이번 하비성 전투에서 관우는 조조를 위해 필사적으로 싸웠고 그 공로 또한 가볍지 않았으나 초선을 얻지 못한 이상 그에게 승리는 아무런 의미도 없었다. 관우는 초선이 실종됐다는 소식을 듣고 마음에 큰 상처를 입었다. 이에 큰 형인 유비가 그를 위로했다.

"이보게 아우, 여인은 옷과 같은 존재일세. 초선 또한 예외가 아니지. 옷을 잃어 버렸으면 다른 옷으로 바꿔 입으면 되지 않겠나."

관우는 유비를 매우 존중하긴 했지만 여인을 대하는 태도만큼은 유비처럼 그렇게 자연스럽지 못했다. 그에게 여인은 결코 옷이 아니라 목숨이었다. 하지만 그는 자신의 생각을 마음속에 감추어 두기만 할 뿐, 이 문제로 유비와 논쟁을 벌이진 않았다. 관우는 유비에게 조조를 찾아가 실종된 초선 대신 진의록의 부인(그는 이미 누씨가 경국지색이라는 것을 알고 있었다)을 자신의 아내로 주라고 함으로써 그가 '팽성의 약속'을 지킬 수 있는지 상의해보라고 말했다. 유비가 말했다.

"조조는 여색을 몹시 밝히는 사내라 이미 선수를 쳐서 두씨를 빼앗아 왔을 텐데, 그런 자가 기꺼이 그녀를 아우에게 양보하겠는가? 내 가서 상의는 해보겠지만 호랑이에게 가죽을 벗어달라고 요구하는 것과 무엇이 다르겠나?"

관우가 깊이 생각해보니 유비의 말에 일리가 있었다. 결국 그는 그런 생각을 포기하고 말았다. 하지만 조조에 대한 경계를 늦추지 않고 늘 마음에 담아두었다. 그는 왠지 초선의 실종이 조조와 무관하지 않다는 생각이 들었다. 조조에게 농락당한 기분이 들자 화가 나서 견딜 수가 없었다.

조조는 자신의 일산 그림자 속에 감추어진 유비 삼형제의 분노를 전혀 눈치 채지 못했다. 이 무렵 조조의 모습은 바로 후세 사람들의 시구에 나타난 '봄바람에 득의양양 말을 재촉하는春風得意馬蹄疾' 모습 그대로였다. 그는 유비 등이 조만간 자신을 거대한 음모에 휘말리게 하리라고는 전혀 생각지 못했다.

## 2

대군이 허도로 돌아온 뒤에 조조는 황제의 이름으로 공로가 있는 사람들에게 상을 내리기 시작했다. 유비는 좌장군左將軍에 임명되고, 의성정후宜城亭侯에 봉해졌다. 관우는 비장군裨將軍에 임명되고 한수정후漢壽亭侯에 봉해졌다.

어느 날 헌제가 소양전昭陽殿에서 조의朝儀를 거행하면서 여러 신하들을 접견했다. 조조가 무리 중에서 몇 발자국 앞으로 나와 유비를 이끌어 헌제를 배알하게 했다. 헌제는 일찍이 유비가 황실의 후예라는 얘기를 들었던 터라 자리를 하사하는 그 눈빛에 평소와 다른 기색이 역력했다. 황제가 유비에게 물었다.

"경의 조상이 누구요?"

유비가 무릎을 꿇고 아뢰었다.

"신은 중산정왕中山靖王의 후손이자 효경孝景 황제의 현손입니다. 또한 유웅劉雄의 손자이자 유홍의 아들이지요."

헌제가 고개를 끄덕였다. 황제는 종정경宗正卿에게 황족세보皇族世譜를 가져와 읽게 했다. 종정경이 한쪽을 뒤적이더니 곧 읽어 내려갔다.

"효경 황제는 14분의 아드님을 두셨다. 그 가운데 일곱째 아드님이 바로 중산정왕 유승劉勝이시다. 승은 육성정후陸城亭侯 유정劉貞을 낳았고, 유정은 패후沛侯 유앙劉昻을 낳았다. 유앙은 장후漳侯 유록劉祿을 낳았고, 유록은 기수후沂水侯 유련劉戀을 낳았다. 유련은 흠양후欽陽侯 유영劉英을 낳았고, 유영은 안국후安國侯 유건劉建을 낳았다. 유건은 광릉후廣陵侯 유애劉哀를 낳았고, 유애는 교수후膠水侯 유헌劉憲을 낳았다. 유헌은 조읍후

祖邑侯 유서劉舒를 낳았고, 유서는 기양후祁陽侯 유의劉誼를 낳았다. 유의는 원택후原澤侯 유필劉必을 낳았고, 유필은 영천후潁川侯 유달劉達을 낳았다. 유달은 풍령후豐靈侯 유불의劉不疑를 낳았고, 유불의는 제천후濟川侯 유혜劉惠를 낳았다. 유혜는 동군범령東郡范令 유웅을 낳았고, 유웅은 유홍을 낳았다. 유홍은 벼슬하지 않았다. 유비는 바로 유홍의 아들이다."

정종경이 황족의 족보를 낭독하고 있는 동안 헌제는 눈을 가늘게 뜨고 손가락을 꼽으며 세고 있었다. 낭독이 끝나자 황제가 눈을 반짝이고 미소 띤 얼굴로 말했다.

"이렇게 따져보니 경이 짐의 숙부가 되시는구려."

헌제는 몹시 흥분하여 유비를 편전으로 청해 들이고, 둘이서 '가족 간의 예'를 논하고 '친척 간의 정'을 이야기하자고 했다. 유비는 황제의 과분한 총애에 기뻐하면서도 마음 한편으로는 불안감을 감추지 못했다. 옆에 앉아있던 조조는 다소 의외라고 생각하면서 두 사람이 '가족 간의 예'를 논하는데 자신이 끼어드는 것은 옳지 않다고 여겨 차라리 퇴궐하는 것이 낫겠다고 생각했다. 유비를 추천한 장본인인 조조는 이유 없이 마음이 불편했다. 하지만 그는 지나치게 깊이 생각하지는 않았다.

헌제와 유비가 '친척 간의 정'을 이야기하다가 자리를 파하자 당직 환관이 조조에게 말했다.

"폐하께서 사공 대인을 뵙고자 하십니다."

조조가 편전에 들어가 보니 헌제의 얼굴에는 이제까지 보지 못했던 흥분된 기색이 역력했다. 조조는 이야기가 계속될수록 헌제가 유비를 거론하며, '짐의 숙부'가 어쩌고 말하는 데 여간 신경이 쓰이지 않았다. 그때마다 그는 불쾌감을 감추지 못했다. 하지만 조조는 여전히 지나치게 깊이 생각하지는 않았다.

알현을 마치고 유비는 곧 조조가 자신을 위해 마련해준 허도의 새 집에 가서 묵었고, 조조는 수레를 몰아 사공부司空府로 돌아왔다.

그 시각 순욱과 곽가, 정욱, 동소 등이 일찌감치 대청 복도에서 조조를 기다리고 있었다. 그들은 방금 전까지 무슨 문제를 놓고 논쟁을 벌이고 있었던 것이 분명했다. 조조가 중문을 돌아서기도 전에 귀에 익은 그들의 음성을 들렸다. 조조가 층계를 오를 때까지도 그들의 얼굴에는 흥분된 기색이 사라지지 않았다.

조조가 그들을 데리고 대청에 올라 방으로 들어섰다. 자리를 잡고 앉자마자 조조가 물었다.

"자네들, 방금 전까지 무슨 문제로 다투었는가? 어서 말해 보시게."

동소가 먼저 입을 열어 말했다.

"오늘 황제께서 유비를 폐하의 숙부로 삼는 것을 보고 적지 않은 사람들이 그를 '황숙皇叔'이라고 부르는 것이 마땅하다고 하더군요. 제가 보기에 이것은 좋은 징조가 아닌 것 같습니다."

정욱이 뒤를 이어 말했다.

"제가 일찍이 말씀드렸듯이 유비는 뛰어난 능력을 갖고 있고, 천하 사람의 덕망을 얻은 자로 결코 평범한 인물이 아닙니다. 그는 결코 남 밑에 있으려 하지 않을 것입니다. 오늘 주공께 다시 한마디만 말씀드리겠습니다. 그를 제거하지 않으면 분명 후환이 따를 것입니다!"

정욱이 말을 마치자 동소가 계속 고개를 끄덕였다. 곽가와 순욱은 서로 눈빛을 주고받으며 '함부로 남의 의견에 동의하지 않겠다'는 태도를 보였다. 조조가 이들을 유심히 쳐다보다가 곽가에게 물었다.

"봉효, 유비에 대한 자네의 생각은 어떠한가?"

곽가가 말했다.

"중덕의 의견에 저도 깊이 동의합니다. 다만 저는 주공께서 의병을 일으켜 폭동을 평정하시되, 반드시 '신의'로써 사방의 영웅호걸들을 감화시켜야 한다고 생각합니다. 자기가 성의를 가지고 남과 교제하면서 그를 진심으로 대한다 해도 그를 믿게 할 수 없는 법이거늘 '신의'를 저버리고서야 어찌 사람의 마음을 움직일 수 있겠습니까? 유비는 평소 영웅으로 추앙받다가 잠시 막다른 궁지에 몰려 주공의 군영으로 투항한 자입니다. 지금 그를 죽인다면 주공께서는 천하 만백성 앞에 '현자를 살해했다'는 오명을 쓰게 되실 것입니다. 또한 주공께 투항하려고 했던 지혜와 용기를 갖춘 선비들이 이 일로 인해 꺼리는 마음이 생기거나 내키지 않아 뒷걸음질 칠 수도 있습니다. 따라서 주공께서는 유비를 죽이지 않는 것이 좋을 것이라 생각됩니다!"

곽가의 말을 듣고 있던 조조는 수염을 어루만지며 깊은 생각에 빠졌다. 곽가가 말을 마치자 조조는 다시 순욱에게 물었다.

"문약, 그대의 생각은 어떠하오?"

순욱이 말했다.

"봉효의 말이 이치에 맞습니다. 생각해보십시오. 앞서 유비가 곤궁에 빠졌을 때 주공께서 그를 살려두셨다가 이제 그가 새로이 공을 세우고 황제께서 표창까지 하셨거늘 그를 죽인다면 조정과 재야가 크게 소란스러워지지 않겠습니까?"

순욱의 의견을 듣고 나서 조조는 더 이상 깊이 생각하지 않았다. 사실 조조는 유비를 어느 정도 경계하긴 했지만 그를 죽이고 싶은 마음은 없었다. 조조는 유비를 끌어들여 그를 이용할 생각이었다. 그가 말했다.

"나 조조는 한 사람의 근심을 없애고자 천하 모든 사람을 실망시키는 어리석은 일은 하지 않을 것이오."

이렇게 말하고 나서 그는 사람들이 자신의 뜻을 잘못 이해했을까 염려하며 환한 얼굴로 정욱에게 말했다.

"중덕, 자네의 의견 또한 나쁘지는 않네. 내가 유비를 서주에 놔두지 않고 허도에 붙잡아 두는 이유를 자네는 알고 있으리라 생각하네. 그가 '황제와 사이가 가까운 신하'처럼 보이겠지만 사실 그는 내 손바닥 안에 있네!"

정욱은 조조의 말에 수긍하는 수밖에 없었다. 하지만 그의 눈빛은 진심으로 복종하는 눈빛이 아니었다. 정욱은 마음속으로 생각했다. '도대체 뭐가 옳고 뭐가 그른 것인지는 지나 봐야 알 수 있는 법이지. 세상사 새옹지마라 하지 않았는가. 재앙과 복은 함부로 말하기 어려운 것이지.'

조조는 정욱의 눈빛까지는 신경 쓰지 못했다. 그는 이제 더 이상 유비의 일을 논하고 싶지 않았다. 그가 관심을 갖고 있는 것은 자신이 동정에 나선 동안 헌제 주위에 몰려있던 대신들이 혹시 '비정상'적인 행동을 하지 않는가 하는 것이었다. 그는 정욱과 동소의 얼굴을 주시했다.

"이보게 문약, 그리고 공인, 근자에 조정은 평온했는가?"

동소가 먼저 순욱을 곁눈질로 쳐다보며 말했다.

"평온하긴 했지만 쑥덕공론을 벌이는 일이……."

동소의 얘기는 달랐다. 근자에 조언趙彦이라는 자가 조회 때 황제께 진언하여 나라가 중흥하려면 제멋대로 정치를 일삼던 동탁의 일을 교훈 삼아 더 이상 특정인물에게 지나치게 큰 권리를 부여해서는 안 된다고 말했다. 조정의 큰일은 우선 '대성臺省(어사대의 대관-옮긴이)'이 의론하고, '삼공'이 상의하며 최종적으로 황제가 결재하도록 되어 있었다. 또한 태위 양표와 같은 인물은 충성과 정직함으로 공을 세운 신하로 존경하지 않는 사람이 없었다. 그러나 그는 죄 없이 영어囹圄의 몸이 되어 하마터면 목숨을 잃을 뻔했으며 파직되어 지금까지도 집에 거하고 있었다. 많은 신하들이 이를 공평치 못하다고 여기면서도 누군가의 위세가 두렵고 겁이나 입을 다물고 있었다. 사실 이날 조언은 황제를 대면하여 마음속에 담고 있던 생각을 목구멍에 걸린 뼈를 속 시원히 내뱉듯 단도직입적으로 털어놓으면서 양 공이 상중이긴 하지만 속히 다시 중용해줄 것을 간청했던 것이다!

동소의 말을 다 듣고 화가 난 조조의 수염이 파르르 떨렸다. 그가 차갑게 웃으며 말했다.

"조언이라는 놈이 참으로 겁이 없구나! 그놈이 정말로 대담하다면 '조조가 바로 동탁'이라고 말하면 될 것을 어찌 남몰래 헐뜯는단 말인가!"

조조가 다시 동소에게 물었다.

"그래 폐하께서는 어떤 태도를 보이시던가?"

동소가 대답했다.

"폐하께서는 일부러 얼굴을 돌리시고 듣지 않으시겠다는 태도를 보이시긴 하셨지만 몰래 조언을 향해 손을 내저으셨습니다."

조조가 동소의 뜻을 분명히 알아듣고 눈살을 찌푸리며 말했다.

"어찌 이럴 수가 있는가! 폐하께서 그 자리에서 당장 조언을 호통 치지 않으시다니 어찌 그럴 수가 있단 말인가?"

조조가 다시 순욱에게 물었다.

"자네는 뭘 들었는가?"

순욱이 더듬거리며 말을 받았다.

"우선 주공께 여쭙고 싶은 일이 있습니다만……."

조조가 의아한 듯한 표정으로 되물었다.

"도대체 무슨 일인데 그러나?"

"주공께서 군대를 이끌고 양나라에 주둔하고 계실 때 군사를 시켜 양 효왕孝王의 능묘를 몰래 파헤치라 하셨습니까?"

"아니……."

조조가 사뭇 놀란 표정으로 그를 바라보았다. 양 효왕은 경제景帝의 형제로 양나라를 하사받았고, 죽어서도 당연히 양나라 땅에 묻히게 되었다. 이번에 여포를 정벌하면서 조조는 양나라 땅을 지나는 길에 군영을 효왕의 능묘 근처에 설치한 적이 있었다. 조건을 붙이긴 했지만 능묘에 있는 나무의 풀을 군마에게 먹이라고 했기 때문에 능묘를 망쳐놓았을 수도 있었을 것이다. 아무 일도 없었다고 감히 보장할 수는 없지만 능을 파헤쳐 보물을 빼앗았다는 일은 가당치도 않았다. 순전히 유언비어를 퍼뜨려 자신을 중상모략하려는 것이 분명했다. 조조가 순욱에게 다시 물었다.

"어떤 놈이 그런 유언비어를 퍼뜨리던가?"

순욱이 대답했다.

"그 자를 직접 보지는 못했습니다."

그날 순욱이 상서대의 서안 앞에 앉아 잠시 쉬고 있을 때 갑자기 편전 뒤꼍에서 누군가가 몰래 뭔가를 나누는 소리가 들려왔다. '조 사공이 효왕의 능을 파헤쳐 군대의 양식으로 충당하고, 묘혈을 파헤쳐 관을 부순 다음 뼈를 곳곳에 흩뿌렸다는 것이었다. 충신들이 소리 없이 눈물을 흘

릴 때, 조조는 묘혈에 서서 태연자약하게 웃으며 이야기했다고도 했다.'
순욱은 말을 하는 자가 누구인지 두 눈으로 똑똑히 보고 싶었지만 그 자
가 눈치를 챈 듯 창밖에서 들리던 말소리가 갑자기 뚝 그쳤다. 순욱이 창
뒤쪽으로 가서 살펴보니 인적이 보이지 않았다.

조조는 여기까지 듣고 나서 싸늘한 미소만 지을 뿐, 한마디 말도 하지
않았다. 오히려 곁에서 듣고 있던 곽가가 화가 나 얼굴이 귀밑까지 새빨
개지며 말했다.

"이건 터무니없는 날조요! 내가 줄곧 주공을 따라 군대에 있었소. 이런
일이 있었다면 내가 어찌 모를 수가 있겠소?"

순욱이 말을 받았다.

"이런 일은 있을 수도 없는 일이오. 유언비어를 퍼뜨린 자의 저의가 참
으로 악랄하오!"

이때 조조가 손을 저으며 더 이상 참을 수 없다는 듯 말했다.

"됐소! 유언비어를 퍼뜨린 자를 어쩌겠소!"

조조가 다시 순욱에게 물었다.

"그 자는? 근자에 그는 어떠한가?"

조조의 물음에 순욱은 순간 당황했다. 순욱은 조조가 묻는 '그'가 누구
를 말하는 것인지 물으려 하다가 조조의 눈빛에서 황제의 상황을 묻는 것
이라는 것을 알아차렸다. 그가 곧 대답했다.

"폐하의 일상생활은 전과 다를 바 없습니다. 항상 후궁에 계시면서 신
하들의 알현을 받을 때만 소양전에 나오시곤 합니다. 언젠가는 제게 '오
늘이 벌써 청명清明이니 바깥에는 복숭아꽃이 붉게 피고 실버들이 푸르겠
구나?'라고 하시기에 들놀이를 가고 싶으신 것이겠거니 생각했습니다."

조조가 눈살을 찌푸리며 다시 물었다.

"그가 언제 그대와 이런 이야기를 나눈 것인가?"

순욱이 말했다.

"한식寒食이 지나고 청명에 따로 새로 불을 피워 사용하지 않습니까? 새벽녘에 폐하께서 여러 신하들에게 새 불씨를 하사하실 때 제 차례가 되어 옥좌 앞으로 나갔더니 그때 폐하께서 제게 이런 말씀을 하셨습니다."

조조가 다시 물었다.

"그가 다른 사람들에게도 같은 뜻을 내비쳤는가?"

순욱이 대답하기도 전에 조조가 손을 저으며 말했다.

"됐소. 그가 다른 사람에게도 하소연했을 것이 분명하오."

조조가 한 손으로 수염을 비틀면서 다른 한 손으로는 서안을 탁탁 두들겼다. 잠시 생각에 잠겨 있던 그가 사람들에게 말했다.

"요 며칠 집을 비운 사이 누군가 황제께 적지 않은 중상모략을 했을 것이오. 어찌 됐건 '황숙'을 인정하시던 날 폐하의 정신 상태가 예전과 달랐던 것이 분명하오! 흥!"

그가 몇 번이나 차갑게 웃더니 곧이어 두 가지 결정을 내렸다. 첫째, 즉시 의랑 조언을 잡아들여 '나라의 정치를 망령되이 논하고, 군주의 마음을 미혹한' 죄를 물어 참형에 처하고 둘째, 조만간 헌제를 모시고 야외로 나기기 기분을 풀이준다는 것이 있다. 그러나 기분을 푸는 방법은 납청踏靑(봄날 청명절을 전후하여 교외로 나가 산보하며 즐기는 것-옮긴이)이 아니라 사냥이었다. 그때는 문무백관들이 모두 참여해야 했다.

# 3

요 며칠 조정 안팎 거리와 골목 여기저기서 '황제의 사냥'에 대한 소문이 시끄러웠다. 사람들마다 '사냥'은 일반적으로 가을에 하는 놀이인데, 어째서 봄으로 옮긴 것인지 의아하게 생각했다. 헌제 또한 이상한 생각이 들어 조심스럽게 조조에게 의문을 제기했다. 조조가 대답했다.

"옛날에는 제왕의 봄 사냥을 수蒐라 하고 여름 사냥을 묘苗라 하며, 가을 사냥을 선獮이라 하고 겨울 사냥을 수狩라고 하여 천하에 용맹함을 드러냈습니다. 온 천하가 소란스러운 이때 사냥을 핑계 삼아서라도 무예를 닦으셔야 할 줄 압니다."

헌제는 그 말에 일리가 있다고 생각하여 더 이상 의심하지 않았다. 황제는 속으로 이렇게 말했다. '봄에 사냥을 하건 가을에 사냥을 하건 그대 말이면 그만 아닌가? 그냥 그대 마음대로 하게나!'

유비와 관우 그리고 장비 역시 의심이 생겼다. 관우가 말했다.

"조조가 사냥을 구실 삼아 폐하를 해하려는 것이 아닐까요?"

유비가 말했다.

"음, 그렇다고 단언하기는 힘들지. 여하튼 대비는 하고 있자꾸나!"

유비는 현재 황제의 숙부로서 조카인 황제를 책임져야 할 의무가 있다고 생각하여 관우, 장비 등과 상의하여 이런 결정을 내렸다. 사냥을 하는 날 세 사람은 도포 안에 얇고 단단한 상어가죽으로 만든 갑옷을 덧입고 될 수 있는 한 황제 곁을 떠나지 말며 절대로 조조의 자객에게 기회를 포착할 빈틈을 주지 않는다는 것이었다.

사실 황제가 사냥을 나가는 일에 대해 의혹을 품은 사람은 조조의 측근

가운데도 있었다. 정욱이 바로 그 가운데 한 사람이었다. 그는 조조가 이런 결정을 내린 것은 순전히 울컥 하는 마음에서 나온 것이라고 생각했다. 헌제는 깊은 궁궐 안에 오래 머물면서 마음이 답답하다고 소란을 피운 적도 없었다. 하지만 어린 나이에 마음껏 놀아볼 수 있는 기회가 필요한 것도 사실이었다. 사냥은 이 점을 생각한 조조의 배려일 수도 있었다. 하지만 다시 생각해보니 꼭 그렇지만도 않았다. 조조는 감정에 이끌려 경솔하게 일을 결정하는 사람이 아니었다. 반드시 깊은 뜻이 있어야 결단을 내리는 인물이었다. 생각에 생각을 거듭한 끝에 정욱은 마침내 결론에 도달했다. 조조가 '사냥'을 핑계로 황제를 시해하고 왕위를 찬탈하려는 것이었다!

이런 생각이 들자 정욱은 흥분을 감출 수 없었다. 이처럼 중차대한 일에 자신이 조조를 지지해야 한다는 사실을 깨달은 그는 조용히 조조의 저택을 찾아가 물었다.

"주공께서는 사냥의 기회를 빌어 패왕의 위업을 이루시려는 것입니까?"

그의 질문에 순간 당황한 조조는 잠시 멍한 표정을 짓더니 이내 정욱의 말뜻을 알아차렸다. 정욱은 분명 이런 생각을 했을 것이다. '짐승을 몰아가다가 사냥을 하는 중에 갑자기 어느 모퉁이에서 불시에 화살이 날아와 헌제의 심장을 명중시킨다. 물론 이는 과실치상에 해당할 것이다. 이처럼 힘을 아끼고 과실치상을 이용하여 패왕의 위업을 날성하는 것이 얼마나 지혜로운 방법인가!' 그러나 조조의 반응은 의외였다. 그는 고개를 크게 가로젓더니 웃으며 말했다.

"중덕 같이 총명한 사람이 어찌 그런 터무니없는 추측을 하는 것이오?"

정욱의 얼굴을 쳐다보면서 다른 말을 덧붙이려던 조조의 눈빛이 벽 한

구석을 향했다. 정욱이 조조의 눈빛을 따라가 보니 그곳에는 고양이가 쥐를 잡아 약을 올리고 있었다. 고양이가 달려들어 잡은 쥐를 그 자리에서 먹어치우지 않고 발톱으로 꽉 쥐고는 야옹 하며 울어댔다. 야옹 하는 울음소리는 사실 고양이의 웃음소리였다. 사나운 웃음소리에 쥐는 무서워 벌벌 떨기만 하다가 한참이 지난 후 도망치려 하다가 결국 다시 고양이에게 잡히는 신세가 되고 말았다.

조조는 흥미진진한 표정으로 고양이가 쥐를 가지고 노는 모습을 감상하다가 정욱에게 하려던 말을 잊어버리고 말았다. 정욱은 과연 총명한 사람이라 이내 조조의 의도를 알아차렸다. 그는 조조가 바로 고양이이고, 헌제가 쥐라는 사실을 깨달았다. 정욱은 쥐가 결국 고양이에게 잡혀 먹히지만 그날이 바로 오늘은 아니라고 추측했다. 그는 조조의 심복으로서 그를 수행하여 이 '놀이'를 계속 이어가야 했다.

황제가 사냥을 나가던 날은 날씨가 꽤나 화창했다. 따스한 동풍이 불어왔고, 들판은 푸르렀으며 하늘도 맑았다. 길 양쪽에 늘어선 사람들의 환호성 속에 12개의 교룡기交龍旗와 천마天馬, 천록天祿, 백택白澤, 주작朱雀, 현무玄武 등 다양한 색깔의 깃발, 그리고 그 뒤를 이은 금빛 일산과 자방산紫方傘(자주색 양산—옮긴이), 치선雉扇(부채의 일종—옮긴이), 표미번豹尾幡(깃발의 일종—옮긴이), 신번信幡 등 아름답고 진귀한 상징물들이 끊임없이 사람들의 눈앞으로 화려하게 지나갔다. 갑옷 입은 무사들을 태우고 한 줄로 늘어선 말들의 경쾌한 발굽소리는 들쑥날쑥 끝없이 펼쳐진 푸른 들판 위에 아름다운 거문고 가락을 연주하는 듯했다. 헌제는 금으로 장식한 안장과 은으로 장식한 등자를 얹은 말(말은 순백색이지만 갈기는 붉게 물을 들인 뒤 가지런하게 가위질로 다듬었다. 말 꼬리도 빗질을 하여 붉은 비단을 묶어 두었으며, 말 볼기 아래 배설물을 담을 주머니를 묶어두었다)을 탔고, 금으로 장식한 화살 주머니를 메고 있었으며, 보조궁寶雕弓을 손에 쥐고 있었다. 용안은 조금 창백해 보였지만(오랜 세월 동안 자주 궐 밖 출입을 하지 못했기 때문이다), 그런대로 활기가 있고 늠름해 보였다. 어느 누구도 그가 이 순간 매우 즐거워하고 있다는 것을 의심하지 않았다. 그해 겨울 덜커덩거리는 소달구지를 타고 피난길에 올라 굶주림과 추위에 시달리던 시절과 비교하면 지금 이 순간은 말 그대로 하늘과 땅 차이였다.

조조는 헌제의 뒤를 바짝 따랐다. 그가 앉아 있는 은으로 된 말 안장도 황제의 것과 비교해 전혀 손색이 없었다. 하지만 그가 타고 있는 말은 한때 여포의 것이었던, 말 가운데 제왕 '적토마'였다. '적토마'는 황제의 붉은 갈기 백마가 아니꼽다는 듯 흘겨보고 있었다. 적토마는 속으로 생각했다.

'갈기와 꼬리, 볼기 따위에 치장하는 것은 다 쓸모없는 짓이야. 사냥한 물건을 쫓아갈 때 누가 선두에 서는지 보자고!'

사방팔방 여기저기, 저 멀리 하늘 끝에서 눈앞에까지 황제를 수행하여 사냥에 나설 군대로 가득 찼다. 사람들이 눈을 들어 멀리 바라보니 육안으로 볼 수 있는 모든 깃발에는 크고 선명하게 '조曹'라는 글자가 쓰여 있었다. 사냥에 참가한 '조조의 군대'가 지나치게 많은 것을 보고 고라니와 사슴 종류의 들짐승은 물론이고 공경대신들마저도 까닭 없이 머리가 마비되는 것을 느꼈다. 어제 참형을 당한 의랑 조언을 연상하기라도 하면 사람들의 이런 두려움은 더 커졌을 것이다.

마침내 정식으로 사냥이 시작되었다.

뚜우 하는 나팔소리와 함께 사슴 한 마리가 쫓기기 시작했다. 천군만마에게 포위당한 사슴은 일전에 조조가 보았던 쥐새끼처럼 불쌍해 보였다. 사슴은 죽음에서 벗어날 수 없다는 것을 알면서도 죽어라고 달아나야 했다. 빨리 뛰는 것은 일종의 본능이었다. 이때 헌제와 조조가 말을 몰아 사슴을 추격했다. 황제의 말은 점잔을 빼면서 재빨리 내달렸다. '적토마'는 눈을 감고 감각에 의지하여 빠르지도 느리지도 않게 황제의 말과 말 머리 하나 간격을 유지하면서 달렸다.

헌제가 보조궁을 들어 금촉으로 된 화살을 걸고 사슴을 겨누어 활을 쏘았다. 세 번을 연달아 쏘았지만 화살은 매번 바닥에 떨어지고 말았다. 헌제는 실망하지 않았다. 마지막 쏜 화살은 사슴과의 거리가 겨우 1척 정도밖에 되지 않았기 때문이다.

헌제는 이마에 흐르는 땀을 닦으며 활을 조조에게 건넸다.

"경이 한 번 쏴 보시오!"

조조가 보조궁을 받으면서 헌제의 등에 매달린 화살 주머니에서 금촉을 단 화살을 하나 꺼냈다. 활을 당겨 화살을 얹기 전에 그는 먼저 자신의 아들들을 타이르는 듯한 말투로 헌제에게 말했다.

"신이 보기에 폐하께서는 활을 쏘는 요령이 부족한 듯합니다. 활이 지나치게 오른쪽으로 쏠리고 화살은 너무 곧으며 턱을 심하게 옆으로 당기고 머리를 너무 아래로 숙이십니다. 가슴도 지나치게 앞으로 내밀고 등은 심하게 오른쪽으로 기우는 편입니다. 이렇게 활을 쏘시면 골수에 병이 들 수 있습니다. 아쉽게도 폐하께선 이 모든 병폐를 두루 다 갖고 계십니다."

이어서 그는 헌제에게 시범을 보였다.

"신이 먼저 폐하께 말을 타면서 활을 당기는 공현법控弦法을 설명 드리겠습니다. 공현법에는 여러 종류가 있습니다. 신이 자주 쓰는 방법은 네 번째 손가락을 새끼손가락에 포개고 엄지손가락을 누른 다음 똑바로 세우는 것입니다. 자, 폐하, 보십시오, 이렇게 하는 것입니다."

그는 손짓으로 설명을 계속하면서 눈으로는 사슴을 찾고 있었다. 조조는 목표물인 사슴이 너무 커서 그것을 쏘는 것이 그리 달갑지 않았다. 적토마 또한 주인의 심정을 이해한다는 듯 사슴을 추격하려고 하지 않고 사슴이 2백 걸음 정도 멀리 도망가게 내버려 두었다. 사슴은 도망가 봤자 위험에서 벗어날 수 없다는 것을 알았는지 숨을 가쁘게 몰아쉬며 고개를 돌리고는 연신 두리번거렸다. 이때 슈웅 하고 화살이 날아가더니 사슴의 왼쪽 눈을 명중시켰다. 사슴은 풀썩 하고 풀밭에 쓰러졌다.

헌제는 자신도 모르게 감탄하며 말했다.

"경의 실력은 참으로 대단하오!"

조조가 수염을 쓰다듬으며 한 번 웃더니 보조궁을 도로 헌제에게 건네주었다.

이때 한 무리의 병사들이 화살에 맞아 쓰러진 사슴 앞으로 달려가 금촉을 입힌 화살을 뽑았다. 그들은 사슴을 황제가 적중시킨 것이라 생각하고 펄쩍펄쩍 뛰어오르며 소리 높여 '만세'를 외쳤다. 헌제는 환호성을 들으며 난감한 표정으로 말고삐를 당겨 뒤로 물러났다. 반대로 적토마는 기세가 등등해졌다. 눈을 크게 뜨고 갈기를 휘날리며, 목에 힘을 주고 의기양양한 모습을 보였다. 주인을 등에 업은 적토마는 목에 힘을 주고 큰 걸음으로 몇 걸음 걸어가더니 비겁한 행동을 나무라기라도 하듯 황제를 막아섰다. 공교롭게도 황제를 보호하기 위한 자방산과 금빛 일산을 들고 있던 갑옷 차림의 무사들이 미처 후퇴하지 못해 적토마와 그의 주인인 조조가 황제의 의장儀仗을 누리게 되었다.

산과 들을 가득 메운 병사들은 헌제와 조조의 얼굴을 분간하지 못했다. 그들이 환호하는 대상은 단지 자방산과 금빛 일산 아래 있는 사람이었다.

이때 헌제와 조조 사이에 비교적 가까운 거리에 있던 사람들은 놀라움을 금치 못하며 분을 삭여야 했다.

관우는 누에 모양의 짙고 굵은 눈썹을 휘날리며, 붉은 봉황의 눈을 부릅뜨고서 칼을 들고 말을 달려 조조를 베려 했다. 유비가 그 모습을 보고 서둘러 말을 타고 따라가 몰래 관우를 향해 손을 내저으며 눈짓을 보냈다. 관우는 멈추라는 신호임을 알고는 하는 수 없이 말고삐를 당겨 말을 멈추었다. 유비가 관우의 말 머리를 지나 앞으로 내달릴듯한 기세로 조조의 옆으로 다가가서는 몸을 구부리며 축하 인사를 건넸다.

"사공께선 천하에 보기 드문 신궁神弓이십니다!"

조조가 웃으며 대답했다.

"이 또한 황제의 큰 복이지요!"

조조의 말을 듣던 황제가 난처한 듯 입을 벌려 웃었다.

사냥은 신속하게 끝이 났다. 이번 사냥에는 옛날 '가을 사냥'의 관습대로 관병들이 손무孫武의 육사 병법 가운데 연습한 진법을 보이는 일명 '승지乘之'에 따르지 않았다. 하지만 사냥한 동물로 능묘에 제사지내는 관례는 바뀌지 않았다. '태재령太宰令'과 '알자謁者(황제의 신변에서 주위의 모든 일을 전문적으로 아뢰는 관직─옮긴이)' 1명씩이 수레에 죽은 사슴(임시로 황제가 쏘아 죽인 것으로 간주하기로 했다)을 싣고 동쪽 교외에 있는 태묘太廟로 가서 황제의 조상들께 제를 올리는 것이었다.

궁으로 돌아오는 길의 행렬 역시 화려했다. 교룡기가 휘날리고 창이 번득였으며, 황제를 태운 수레 등 아름다운 일산과 깃발이 끝없이 이어지면서 황실의 위엄을 드러냈다. 황제는 오랜 세월 깊은 궁궐 안에서만 지내다 보니 이렇게 한 번 야외로 나온 것이 매우 즐거웠다. 하지만 태묘에 바친 사냥의 수확물이 자신이 직접 쏘아 맞춘 것이 아니라는 데 생각이 미치자 즐거웠던 기분이 싹 가시고 말았다. 조상들이 제물을 드실 때 틀림없이 눈물을 삼킬 것이라는 생각이 들었다.

# 4

헌제는 사냥을 마치고 돌아온 뒤 관례에 따라 신하들을 위한 주연을 베풀어야 했다. 억지 미소에 술을 몇 잔 마신 헌제는 대충 술자리를 끝내고 비틀거리며 침전으로 들어가 벌렁 드러눕더니 인사불성이 되고 말았다.

헌제는 한밤중이 되어서야 깨어났다. 깨어났지만 차라리 깨어나지 않는 것만 못했다. 낮에 사냥터에서 있었던 일들을 생각하니 수치심을 참을 수 없었다.

낮에 있었던 일 가운데 두 가지 사건이 크게 인상에 남았다. 첫 번째는 조조가 마치 자신의 아들을 훈계하는 것처럼 그에게 활쏘기의 기본 방법을 가르쳐준 것이었고, 두 번째는 조조가 자방산과 금빛 일산 아래에 서서 장수들의 축하를 받은 일이었다. 그는 야외 놀이를 계획한 조조의 속뜻을 알아차렸다. 며칠 전 조조와 자신이 야외 놀이를 상의했을 때 그는, 이번 바깥 구경이 들로 나가 마음을 풀기 위한 것이라고 말했다!

슬프고 불쌍한 일이었다. 수치스런 일이었다. 무슨 황제가 이렇단 말인가?

유협은 중평 6년에 황제의 자리에 등극했으니 올해로 꼬박 10년이 되었다. 막 황제가 되었을 때는 그의 나이 겨우 9살이라 많은 일들을 이해하지 못했다. 동탁이 악랄해서 자신을 황제로 대하지 않는 것도 견딜 수 있었다. 그러나 이제 그의 나이 19살로 약관에 접어들었다. 황제가 아니라 일반 백성이었다면 당당한 사내가 되어 있을 것이다. 그런데 자신은 '만백성의 주인'이 아니던가!

처음 조조가 그에게 허도로 도읍을 옮기자고 했을 때, 그리고 막 허도로 천도했을 때, 그는 조조가 진정 무한한 충성심으로 나라를 도우려는 신하라고 생각했다. 그러나 얼마 지나지 않아 조조가 동탁을 따르고, 왕윤을 따르며, 이각과 곽사 등을 따르는 악랄한 인물임을 알게 되었다. 이들은 모두 자신을 '인질'로 삼아 '황제를 옆에 끼고 제후들을 호령한 자'들로 구체적인 방법에서 약간의 차이가 있을 뿐이었다.

아주 오래전 일부터 최근에 일어났던 일을 회상해보면, 가장 먼저 황제를 깜짝 놀라게 하고 벌벌 떨게 만들었던 사건은 다름 아닌 동짓날 궁궐에서 열린 주연에서, 조조가 꾸물거리며 오지 않다가 나중에 늦게야 참석해서는 많은 사람들의 축하주를 사양한 것이었다. 게다가 양표가 술에 독을 탔다는 둥 듣는 사람들 모두 깜짝 놀랄 만한 유언비어를 퍼뜨리는 바람에 덕성과 명망이 높은 원로 신하가 하마터면 목이 달아날 뻔 했다. 이는 조정과 재야를 깜짝 놀라게 만든 사건으로 모두 조조가 한손으로 하늘을 가리고자 꾸민 자작극이었다.

두 번째 사건은 황제를 화나게는 했지만 오히려 대수롭지 않은 일이라고 할 수 있었다. 조조가 장수를 정벌하고 돌아와서는 황제와 편전에서 대화를 나누면서 물었다.

"폐하, 근자에 안색이 아주 좋아 보입니다. 신이 보기에는 식욕도 많이 좋아지신 것 같습니다."

황제는 평소에 하는 인사말 정도로 생각하고 무성의하게 말을 받았다.

"그런 대로 좋은 편이오. 관심을 가져주니 고맙구려."

조조가 예상 밖의 질문을 다시 던졌다.

"올해 앵두가 옛날보다 달지요?"

황제는 실없이 앵두 이야기를 하는 조조의 저의를 알지 못해 자신도 모르게 어리둥절해졌다. 황제는 별로 깊이 생각하지 않고 즉시 대답했다.

"그날 내가 몇 개 맛을 보았더니 무척 달더군요."

그러자 조조는 뜻밖의 말을 내뱉었다.

"그날 폐하께서는 앵두를 15개나 드셨습니다. 신의 말이 맞지 않습니까?"

황제가 눈을 크게 뜨고 입을 딱 벌린 채 더듬거리며 더 이상 말을 잇지 못했다. 이 말은 무엇을 뜻하는 것인가? 황제의 일거수일투족이 조조의 감시 아래 있음을 말해주고 있는 것이었다.

조조는 황제에게 이렇게 경고하고 있었다.

"네가 황제가 될 수는 있지만 말을 함부로 하거나 행동을 제멋대로 해서는 안 된다. 궐 안에는 '호분시랑'에서 '알자'까지, 심지어 일상생활의 시중을 드는 '소황문'조차 나 조조의 첩자가 아닌 자가 한 사람도 없다."

그렇다면 황제는 연금되어 있는 것이나 다름이 없었다.

세 번째 사건은 조언의 피살 사건이었다. 조언이 무슨 잘못을 했는가? 그는 그저 많은 사람들이 하고 싶지만 차마 하지 못한 말을 했을 뿐이다. 다만 그 표현이 조금 거칠었을 뿐 어떤 규정에 저촉된 것도 아니었다. 하지만 죄를 씌우려고 마음을 먹으면 구실을 만들지 못할 것이 없다!

네 번째 사건은 바로 이날 있었던 사냥이었다. 사냥은 '사슴을 쫓는 일'에 불과했다. 사슴은 조조의 손에 죽어야 할 운명이었다. 사냥터를 종묘사직으로 봤을 때, 사슴을 도살한 자는 조조이지 황제가 아니었다. 조조는 심지어 황제를 사슴으로 여기고 쏴 죽일 수도 있었다. 틀림없이 언젠가 황제는 불쌍한 사슴처럼 조조가 가지고 있는 예리한 화살에 맞아 자신의 '종묘사직' 위에 쓰러질 것이었다.

황제는 이런 생각을 하면 할수록 모골이 송연해지면서 식은땀에 옷이 흠뻑 젖었다. 그는 아예 옷을 걸치고 자리에서 일어나 창가 쪽으로 걸어가 짧은 탄식과 함께 긴 한숨을 내뱉었다.

이때 복 황후가 잠에서 깼다. 그녀가 황제에게 다가오더니 불안한 표정으로 물었다.

"폐하 무슨 일이십니까? 무슨 근심거리라도 있으신지요?"

황제가 몸을 돌려 황후를 껴안고는, 그녀의 어깨에 머리를 기대며 말했다.

"황후! 짐이 즉위한 뒤로 줄곧 간사한 영웅들이 활개를 치고 있소. 짐은 먼저 동탁의 박해를 당한데 이어 이각과 곽사의 난까지 겪었소. 보통 사람이라면 겪지 않아도 될 고통을 짐과 황후는 모두 겪어야 했소. 나중에 조조를 '받들어 맞아들이면서' 짐은 그가 군주에게 충성하고 나라를 도우려는 신하라고 믿어 마지않았소. 그랬는데 뜻밖에도 그는 나라를 독차지하고 권력을 휘두르며 제멋대로 세도를 부리면서 동탁과 똑같은 간사한 역적이 되었소. 우리 부부 주위에는 온통 조씨의 첩자들로 득실거리니, 짐이 먹은 앵두의 개수까지 조조가 시시콜콜 다 알고 있소. 이는 사소한 일이라 내 여태 말하지 않았던 것이오. 오늘 사냥 나갔던 일만 해도 그렇소. 그자의 안하무인은 도를 넘어 짐에게 신하로서의 예조차 갖추지 않았소. 공경대신들 잎에서 그는 짐에게 함부로 모욕을 주었소. 이런 짐을 어찌 황제라 할 수 있겠소? 언젠가 사냥터에서 죽은 그 사슴처럼 짐 또한 조조의 손에 죽게 될 것이오!"

복 황후는 황제의 말을 들으면서 훌쩍훌쩍 눈물을 흘렸다. 이어서 두 사람은 서로 끌어안고 침상으로 돌아와 마주앉아 흐느꼈다. 얼마 후 황후가 갑자기 눈물을 닦으며 말했다.

"조조가 이렇게 제멋대로 날뛴다면 조만간 폐하와 저를 해칠 것이 분명하니 속히 방법을 강구해야만 합니다!"

헌제가 탄식하며 말했다.

"다른 사람은 칼과 도마요, 나는 고기라 어찌 할 수 없는 운명에 처해 있는데 무슨 방법이 있단 말이오?"

황후가 말했다.

"조정의 문무대신들 모두 한나라의 녹을 먹는데, 국난을 헤칠 사람이 단 한 명도 없겠습니까?"

헌제가 눈을 가늘게 뜨고 한참을 멍하니 있다가 말을 받았다.

"황후의 말이 맞소. 조조가 이렇게 악랄하니 공경대신들이 위험한 일에 용감히 나서서 그를 주살해야 할 것이오!"

황후가 말했다.

"이 일은 대단히 큰 사안이니 폐하께서는 삼가 신중하셔야 할 것입니다. 확실하지 않은 사람은 절대 쉽게 믿어서는 안 됩니다. 차라리 신첩의 아비와 상의하시는 것이 어떻겠습니까?"

복 황후의 부친은 바로 보국장군輔國將軍 복완이었다. 복완의 아내가 환제의 딸인 양안陽安 공주로서 관계를 따져보면 그는 헌제의 고모부가 되는 셈이었다. 정말로 친척끼리 겹사돈을 맺은 것이니 가장 믿을 만하다고 할 수 있었다. 게다가 보국장군과 의비삼사儀比三司(관직명-옮긴이)는 저택을 개방하여 연속掾屬을 설치하다 보니 삼공에 비해 수하에 부리는 사람이 매우 많았다. 따라서 이 일은 복완과 상의하는 것이 가장 적합할 수 있었다.

헌제와 복 황후는 더 이상 눈물을 흘리지 않았다. 날은 순식간에 밝아 창으로 햇빛이 비쳐 들어왔다. 두 사람의 마음도 함께 밝아졌다. 아침밥을 먹고 나자 황후는 자신의 이름으로 황黃씨 성을 가진 외눈박이 '액정령掖庭令(관직명-옮긴이)'을 보국장군의 거처로 보내 복 장군에게 집안일로 황후께서 부친과 상의할 일이 있으니 입궁하라는 전갈을 띄우게 했다.

복완은 서둘러 입궁했다. 복완과 황후가 몇 마디 말을 주고받은 후에 헌제가 병풍 뒤에서 몸을 돌려 걸어 나왔다. 복완이 황급히 예를 올리려 하자 황제가 오히려 그를 끌어당기며 붙잡는 모습이 마치 그에게 예를 올리려는 것 같았다. 복완이 놀라서 말했다.

"폐하 어찌, 어찌 이러십니까?"

헌제가 말했다.

"오늘 짐이 장인께 한 가지 큰일을 부탁하려 합니다."

헌제는 잠시 입을 다물었다가 다시 말을 이었다.

"조조가 권력을 마음대로 휘둘러 군주를 업신여기니 짐은 바늘방석에 앉은 듯 맘 편안히 잘 수도 먹을 수도 없소. 조만간 짐은 폐위되거나 살해될 것이 분명하오. 짐이 일부러 과격한 말을 하여 놀라게 하려는 것이 아니라 지난날 동탁이 짐의 형인 홍농왕 유변과 하 황후를 독살한 일을 생각하면 그 피비린내 나는 장면이 다시 재현될지도 모르는 일이오!"

고개를 끄덕이던 복완의 얼굴은 흙빛이 되었다. 그는 정말로 그런 일이 일어나는 날에는 복씨 집안 전체가 큰 화를 당할 것이라고 생각했다.

"조조가 오만방자하여 안하무인인 데다 폐하는 안중에도 없다는 것을 신도 똑똑히 알고 있사옵니다. 이 역적 놈을 속히 제거하지 않으면 장차 큰 화를 부를 것이옵니다!"

헌제가 말했다.

"짐은 홍농왕이 아니오. 바보같이 앉아서 죽음을 기다릴 생각은 없소. 장인은 보국장군이니 반드시 보국의 책임을 져야 할 것이오!"

복완은 헌제의 말을 자신에게 군사를 일으켜 역적을 토벌하라는 뜻으로 오해하고는 온몸에 식은땀을 흘렸다. 그가 털썩 무릎을 꿇고 말했다.

"폐, 폐하 너그러이 살펴주시옵소서. 신, 신 또한 그런 마, 마음이 있사오나, 안, 안타깝게도 힘이 부족하옵니다."

헌제가 눈살을 찌푸리며 말했다.

"짐은 장인에게 군대를 일으켜 조조를 죽이라고 명하는 것이 아니오. 짐 또한 장인이 닭 한 마리 묶을 힘조차 없다는 것을 알고 있소. 그저 방법을 강구해 보라는 것이었소."

복완이 손으로 명치를 가리고 잠시 생각에 잠겼다. 그가 갑자기 눈을 반짝이며 말했다.

"있사옵니다! 신이 이 일을 해낼 사람을 추천하겠사옵니다!"

복완이 말을 이었다.

"이 일을 능히 해내려면 첫째, 믿을 만한 충성과 절의가 있어야 하고 둘째, 군사력을 장악하고 있어야 합니다. 곰곰이 생각해보니 조정에 무관들이 많긴 하지만 친척이 아니면 곧 조조의 수하에 있는 자들이라, 오직 거기장군 동승이 가장 적합한 인물이라 생각되옵니다."

헌제는 동승이 적당한 인물인지 가늠해보고는 말했다.

"동승이 국난을 많이 겪었다는 것은 짐도 알고 있소. 흥평 2년에 그가 힘을 써서 짐을 보위하지 않았다면 짐은 벌써 여러 번 죽었을 것이오. 동승에게 곧 입궐하라 하여 이 문제를 함께 상의하도록 합시다."

복완이 연신 손을 내저었다.

"폐하, 안 될 일이옵니다! 소장蕭墻(임금과 신하가 조회하는 곳에 세우는 병풍─옮긴이) 안 구석구석까지 조조의 심복들이 가득하옵니다. 소문이 새 나가기라도 하는 날에는 큰 화를 부르게 될 것이옵니다!"

헌제는 문득 정신이 들었다.

"아, 짐이 깜박했소. 그렇다면 그에게 입궐을 명하지 않고서 어떻게 조서를 내린단 말이오?"

복완이 잠시 생각에 잠기더니 다시 입을 열었다.

"신에게 한 가지 생각이 있사옵니다. 폐하께서 옷 한 벌과 옥대를 동승에게 몰래 하사하시되 옥대 안에 밀서를 넣고 꿰맨 다음 동승이 집에 도착한 뒤에 뜯어보게 하십시오. 아마 귀신도 모르게 추호의 실수도 없이 감쪽같이 해치울 것이옵니다!"

헌제가 이 계획이 실현 가능한지 생각해보고는 말했다.

"알겠소. 짐이 당장 황후와 이 일을 상의해보겠소."

그날 밤 헌제는 친히 밀서의 초안을 작성하고 손가락 끝을 깨물어 붉은 피로 흰 비단 위에 깨알 같은 글씨를 적어 내려갔다. 그는 글을 쓰는 내내 슬픔을 이기지 못 하고 뚝뚝 눈물을 흘렸다. 밀서를 다 쓰고 나자 복 황후가 옥대 안에 자주색 비단 안감을 대고는 밀서를 넣고 한 땀 한 땀 꿰냈다. 바느질이 끝나자 헌제는 옥대를 몸에 걸치고 동승에게 하사할 날만을 기다렸다.

어느 날 헌제는 조조가 문무 관원을 소집하여 사공부에서 긴급회의를 연다는 소식을 들었다. (원래 장양의 부하였던 자들을 휴고眭固가 이끌고 원소에게 투항했다고 한다. 원소는 휴고에게 군대를 사견射犬에 주둔시키게 하고, 남하하면서 조조를 위협하려고 시도했다. 조조가 회의를 연 것은 파병 문제와 강을 건너는 작전을 상의하기 위해서였다.) 조정의 여러 신료들이 회의에 참석하느라 자리를 비우다 보니 궁궐 안은 더욱 적막감이 감돌았다. 헌제는 이때가 좋은 기회라 생각하여 외눈박이 액정령을 동승의 저택으로 보내 황제께서 긴히 할 말이 있으니 소양전 편전으로 들라고 전하게 했다.

잠시 후 동승이 편전에 도착했다. 헌제 곁에는 시중드는 사람이 단 한 명도 없었고, 오로지 외눈박이 환관만이 입구에 기대어 내키지 않는다는 듯이 햇볕을 쬐고 있었다. 동승은 몹시 의아한 생각이 들었다.

"폐하 하실 말씀이라도 있으시옵니까?"

동승이 예를 갖추어 묻자마자 헌제가 서둘러 말을 꺼냈다.

"짐이 밤새 복 황후와 이야기를 나누다가 예전 북쪽의 큰 강을 건너던 일이 생각나면서 안읍과 문희聞喜에서 온갖 고초를 겪던 일을 떠올리게 되었소. 문득 그때 경이 짐을 보호하여 큰 공을 세운 일이 생각나더구려. 짐과 황후가 지금껏 살 수 있었던 것은 경의 공로임을 잊지 않고 있소! 오늘 경을 부른 것은 단지 지난 일을 이야기하고, 경에게 감사 인사를 하려는 것뿐, 다른 뜻은 없소."

동승이 즉시 머리를 조아리며 황은에 감사했다.

"미천한 신이 한 일을 폐하와 황후마마께서 지금까지 기억해 주시니 신은 그저 황공할 뿐이옵니다."

헌제가 다시 말했다.

"오늘 날씨도 화창하니, 경과 장소를 바꾸어 이야기하고 싶은데 어떻겠소?"

말을 마친 황제는 뒤도 돌아보지 않고 편전을 나섰다. 동승은 속으로 이상한 생각이 들었다. '폐하께서 무슨 말씀을 하시려는 것일까? 이곳에서는 할 수 없는 말인가?' 동승은 하는 수 없이 황제의 뒤를 따라 나섰다. 편전을 나서니 외눈박이 액정령 환관만이 목을 길게 빼고 서 있었다. 그외에는 먼지떨이를 들거나 타구唾具를 들고 있는 신하도 보이지 않았고, 창과 검을 든 호위무사 또한 찾아볼 수 없었다. 동승은 더욱 이상한 생각이 들었지만 감히 물어볼 수도 없었다. 그들은 황궁 동남쪽 모퉁이로 가다가 태묘 입구에 이르러서야 마침내 걸음을 멈췄다. 그제야 동승은 오늘 황제가 단지 '옛일을 이야기'하려는 것뿐이 아님을 깨달았다.

이어서 헌제는 동승을 이끌고 태묘 안으로 들어갔다. 그들은 먼저 고조의 위패 앞에 향을 사르고 예를 올린 다음 배전配殿에 이르러서 함께 제사 지내는 공신들의 화상畵像을 우러러 바라보았다. 전각 안은 이상하리만치 조용하여 두 사람이 숨 쉬는 소리까지 뚜렷하게 들을 수 있었다. 헌제가 갑자기 몸을 돌려 동승과 얼굴을 마주했다. 눈에 맑은 눈물이 맺힌 헌제의 목소리가 가늘게 떨리고 있었다.

"동 공은 고조 황제께서 어디에서 몸을 일으켜 어떻게 이 왕조를 창업하셨는지 기억하고 있소?"

동승은 자신도 모르게 깜짝 놀라며 무릎을 꿇고 아뢰었다.

"폐하, 신을 놀리시는 것이옵니까, 아니면 시험하시는 것이옵니까? 성조聖祖의 일을 모르는 자가 누가 있겠사옵니까? 고조 황제께서는 사상泗上의 정장 신분으로 몸을 일으켜 3척이나 되는 검을 들어 뱀을 베고 봉기하신 뒤로 천하를 종횡무진하셨습니다. 3년 만에 진나라를 멸하고, 5년 만에 초나라를 멸하여 결국 천하를 이루어 만세의 기반을 세우셨사옵니다."

헌제가 아무 말 없이 고개를 끄덕이며 탄식했다.

"아! 선조는 이렇게 뛰어난 영웅이었거늘 자손은 어찌 이리도 나약하단 말이오. 이 어찌 한탄스러운 일이 아니겠소?"

황제가 다시 공신 두 명의 화상을 가리키며 말했다.

"이 두 분은 장량과 소하가 아니오?"

동승이 말했다.

"그렇사옵니다. 고조께서 창업의 기틀을 마련하실 때 실로 이 두 분의 힘에 의지했사옵니다."

이때 헌제가 몸을 돌려 전각 문 밖을 바라보니 외눈박이 환관만이 내키지 않는 자세로 서 있었고, 그 밖에는 다른 이가 아무도 없었다. 헌제는 재빨리 동승의 곁으로 다가와 나지막한 목소리로 말했다.

"경 또한 이 두 사람처럼 짐 곁에 있을 것이오."

동승이 황망히 무릎을 꿇고 예를 갖추며 말했다.

"털끝만한 공조차 세우지 못한 신이 어찌 폐하의 뜻을 감당할 수 있겠사옵니까?"

헌제는 한동안 슬픔에 젖다가 동승의 머리를 어루만지며 말했다.

"짐은 항상 경이 서도西都에서 구해준 공로를 생각하며 마음으로만 고마워했을 뿐 아무것도 해준 것이 없었소."

황제는 탄식과 함께 머리를 내젓다가 이내 몸에 걸치고 있던 용포와 옥대를 가리키며 말했다.

"오늘 짐이 이 용포와 옥대를 경에게 하사하려 하오. 경은 이 용포를 입고 옥대를 둘러 항상 짐이 그대 곁을 떠나지 않고 있다는 것을 기억해 주시오!"

말을 마친 황제는 옥대를 풀고 황포黃袍(용포는 5가지 색이 있으며 수시로 바뀌었다)를 벗어 동승에게 건네주었다. 동승이 감격하여 눈물을 흘리며 머리를 조아려 황은에 감사했다.

동승은 황포와 옥대를 받아들고는 집에 돌아가 입으려 했지만, 헌제가 그곳에서 황포를 입고 옥대를 두르라 하여 하는 수 없이 어명에 따랐다. 이때 헌제가 낮은 목소리로 분부했다.

"경은 집에 돌아가서 황포와 옥대를 자세히 살펴보시오. 짐의 뜻을 저버리지 마시오. 기억하시오. 반드시 기억해야 하오!"

동승은 헌제의 눈빛을 보고 황포나 옥대 안에 비밀이 숨겨져 있음을 직감했다. 황제가 내린 중대한 사명이 그의 두 어깨를 짓누르고 있었다. 그는 물론 의리상 거절할 수가 없었다. 그가 머리를 땅에 대고 말했다.

"신을 인정하고 대우해 주시는 폐하의 은혜를 알았사오니 신이 비록 간뇌도지肝腦塗地(간과 뇌가 땅에 흩어짐–옮긴이)한다 해도 성은의 만분의 일도 갚지 못할 것이옵니다!"

두 사람은 곧 태묘 입구에서 헤어졌다. 헌제와 액정령 환관은 내궁으로 돌아왔다. 동승은 방향을 바꿔서 나가야 했기 때문에 동화문東華門을 돌아서 퇴궐하려 했다. 동승은 아는 사람을 만날까 두려워 서둘러 걸음을 재촉했다. 때는 이미 정오가 되어 중서성中書省이나 태상太常, 광록훈光祿勳, 소부 등의 부서에서 당직을 섰던 사람들이 모두 퇴궐하여 식사를 할 시간이라 사방은 매우 고요했다. 동승은 속으로 기쁨을 가누지 못했다. 순식간에 동화문까지 걸어 막 층계를 오르려 하는 순간 갑자기 맞은편에 사람의 그림자가 보였다. 동승은 자신도 모르게 조용히 한숨을 내쉬었다. '필시 조조일 거야!' 동승은 달리 방법이 없었다. 근처에는 숨을 만한 곳도 없었고 설령 숨을 곳이 있다고 해도 조조가 벌써 자신을 발견했을 것이라는 생각이 들었다. 몸을 피해 숨다가는 오히려 의심만 초래할 뿐이었다. 하는 수 없이 그는 고개를 빳빳이 쳐들고 문 옆에 서서 조조가 다가오기를 기다렸다.

동승은 조조가 저 멀리서 자신을 향해 미소 짓는 모습을 보자 자신도 모르게 마음이 불안해졌다. 방금 헌제가 그에게 조조를 거론하지는 않았지만 그는 태묘에서의 비밀 부탁이 분명 조조와 관련된 일이라고 단정 짓고 있었다. 어쩌면 이렇게 공교로울 수가 있단 말인가? 왜 하필 이곳에서 조조와 맞닥뜨린단 말인가?

동승은 이것이 결코 우연이 아니라는 것을 나중에야 알게 되었다. 조조는 회의를 열기 전에 이미 황제가 동승과 함께 태묘에 갔다는 보고를 받은 상태였다. 의심이 든 조조는, 이날이 태묘에서 제사 지내는 날이 아니라는 데 생각이 미치자 그들이 그곳에 가서 뭔가 일을 꾸밀 것이라고 추측했다. 가서 제사를 지낸다고 하면 태상이 모든 걸 준비하여 동행해야 하는데, 거기장군 동승이 왜 그곳엘 간단 말인가? 서둘러 회의를 끝낸 조조는 말을 타고 달려오는 길이었다.

조조는 동화문 다른 쪽 층계를 오르면서 만면에 웃음을 띤 채 동승에게 물었다.

"동 장군께선 어디서 오는 길이시오?"

동승은 조조의 눈빛이 날카롭게 자신을 쏘아보고 있는 것을 보고는 거짓말을 했다가 오히려 일을 그르칠까 봐 멋쩍은 표정으로 말했다.

"마침 폐하의 부르심을 받고 입궐했다가 비단 용포와 옥대를 하사 받았소이다."

조조가 동승을 한 번 훑어보니 과연 신하들이 입기에는 적합하지 않은 황포를 입고 있었다. 그러나 황포는 새것이 아니라 입던 것이었다. 조조가 다시 물었다.

"폐하께서 무슨 연유로 입던 용포를 하사하셨소이까?"

동승은 여전히 사실대로 말하는 것이 낫겠다고 생각했다. 지금 거짓말을 해봐야 실수하기 십상이었다. 그가 말했다.

"폐하께서 갑자기 예전에 이 사람이 서도에서 폐하를 구해준 공로를 기억하시고 위로하시며 이것을 하사하셨소이다."

동승은 이렇게 말하면서 이만 작별하자는 뜻을 내비쳤다. 그러나 조조는 용포와 옥대에 각별한 흥미를 느끼면서 동승의 길을 막아섰다. 이때 조조가 앞으로 손을 내밀어 옥대를 잡고는 웃으면서 말했다.

"국구國舅께서 옥대를 두르시니 평소보다 더 활력이 넘쳐 보입니다그려. 제가 좀 볼 수 있게 풀어보실 수 있겠소이까?"

동승의 심장이 쿵 하고 내려앉았다. 그는 옥대를 끄르고 싶지 않아서 웃으며 이유를 설명했다.

"그저 평범한 옥대를 왜 보려고 하십니까?"

그러고는 해그림자를 보며 조조에게 날이 늦었으니 각자 서로 볼 일이나 보자는 뜻을 내비쳤다. 그러나 조조는 여전히 길을 비켜주지 않았다. 조조는 사소한 일에 구애받지 않는 사람이라 어떤 장소에서는 비교적 넛대로 행동했고 사람들과 농담하는 것을 무척 즐겼다. 이제 그가 웃으면서 동승에게 옥대를 풀어보라고 하고 입고 있던 황포를 벗어보라고 하는 것도 자신이 입어보고 맞는지 안 맞는지 보려는 것이었다. 동승은 이러지도 저러지도 못했다. 두세 마디 말을 주고받는 사이에 어느새 옥대와 황포는 이미 조조의 손에 들려 있었다. 조조는 황포를 들고 해그림자를 뒤로 하고는 자세히 감상하다가 요란스럽게 탄성을 내뱉었다. 이어서 그가 황포를 입고 옥대를 매고는 주위에 있는 사람들에게 물었다.

"내게 잘 맞는 것 같소?"

주위 사람들이 말했다.

"아주 잘 어울리십니다."

그는 다시 '추기鄒忌가 제나라 왕에게 풍자하여 간언하는' 듯한 어투로 동승을 가리키다가 다시 자신을 가리키면서 주위 사람들에게 물었다.

"동 공보다 내게 더 잘 어울리는 것 같소?"

주위 사람들 역시 이 옛이야기를 잘 아는 듯 웃으며 말했다.

"공에게 이렇게 잘 어울리는데 동 공이 어찌 공과 비교나 되겠습니까."

조조가 큰 소리로 웃었다. 억지로 웃고 있는 동승의 등줄기로 땀방울이 흘러내렸다. 웃음소리가 그치기를 기다리던 동승이 다시 해그림자를 바라보면서 용포와 옥대를 돌려받으려 했다. 뜻밖에 그가 입을 열기도 전에 조조가 불쑥 한마디 내뱉었다.

"동 공께서 받은 이 용포와 옥대를 내게 주시는 것이 어떻겠소?"

동승이 화들짝 놀랐다. 그는 무의식적으로 손을 뻗어 용포와 옥대를 가로챌 것처럼 말했다.

"폐하께서 하사하신 것을 어찌 다른 사람에게 준단 말이오? 다른 날 내더 좋은 것을 드리리다."

뜻밖에 조조가 굳은 표정으로 말했다.

"동 공이 이 옥대를 받아 다른 곳에 쓰려는 것은 아니오?"

조조는 '다른 곳'이라는 부분에 또박또박 힘을 주어 말했다.

동승은 또 한 번 놀랐지만 가까스로 냉정을 되찾았다. 동승 또한 조조가 아주 간사한 사람이라는 것을 모르지 않았다. 그의 뜻을 거역하게 되면 자신을 더욱 의심할 것이니 차라리 그의 뜻을 따르면서 그의 반응을 살펴보는 것이 나을 것이라는 생각이 들었다. 동승이 말했다.

"공께서 정 마음에 드신다면 내 공께 드리리다."

생각했던 대로 조조가 껄껄 웃으며 말했다.

"폐하께서 하사하신 용포와 옥대를 내가 마음에 든다고 해서 함부로 뺏을 수 있겠소. 내 방금 한 말은 그저 웃자고 한 것이었소!"

말을 마친 조조는 용포와 옥대를 벗어 동승에게 도로 건네주었다. 순간 아슬아슬하게 가슴 졸였던 동승의 마음이 눈 녹듯 풀어졌다.


집으로 돌아온 동승은 문을 닫아걸고 주위 사람들을 물렸다. 그러고는 헌제가 하사한 황포의 겉과 안을 세심하게 살펴보았다. 똑바로도 보고 거꾸로도 보았다. 여러 번 살펴보았지만 아무것도 찾을 수 없었다. 폐하께서 자신에게 황포와 옥대를 하사하시며 자세히 살펴보라 당부하신 데는 필시 무슨 뜻이 있을 터인데 어떤 흔적도 찾을 수 없게 되자 동승은 그 연유를 알지 못해 가슴만 답답할 뿐이었다.

그는 또다시 옥대를 살피기 시작했다. 영롱하게 빛나는 백옥에는 작은 용이 물장난치는 모습이 조각되어 있었고, 뒤쪽에는 자줏빛 비단을 덧댄 안감이 가지런히 꿰매져 있었다. 아무리 봐도 이상한 물건은 보이지 않았다. 도대체 어디에 비밀이 숨겨져 있는 것인지 도무지 알 수가 없었다.

나중에 그는 칼을 가져다가 황포를 뜯고 소매에서부터 옷깃, 옷섶까지 안감을 샅샅이 살펴보았다. 황포 한 벌을 모두 뜯어보았지만 비밀은 끝내 찾을 수 없었다. 또다시 옥대를 뜯어 위에서부터 끝까지 살펴보았다. 아! 있다! 분명 있다! 덧대어 도드라져 보이는 안감 중간쯤에 접혀져 있는 하얀 비단이 드러났다. 어렴풋하게나마 핏자국이라는 것을 알 수 있었다. 그가 서둘러 하얀 비단을 꺼내 들고 등불 아래 펼쳐 보았다. 황제의 친필 혈서였다. 밀서의 내용은 이러했다.

짐은 인륜에 있어서 가장 큰 것으로는 부자지간을 으뜸으로 하고, 존비의 구별은 군신지간을 중히 여긴다고 들었소. 요즘 역적 조비가 권력을 마음대로 휘두르고 군주를 핍박하며 붕당을 결탁하여 조정의 기강을 파괴하고 칙명으로 상벌을 주는 일에 짐의 뜻을 따르지 않고 있소. 이에 짐은 밤낮으로 천하가 위태해질까 근심하고 있소. 경은 나라의 대신이며 짐의 친척이오. 고황제께서 힘들게 창업하신 뜻을 기려 충의忠義에 불타는 열사들을 모아 간악한 무리를 전멸시키고 종묘사직을 다시 평안케 한다면 선조들께서 대단히 흐뭇해하실 것이오! 이에 손가락을 깨물어 피를 흘려 경에게 조서를 내리는 바이니 부디 신중하게 생각하여 짐의 뜻을 저버리지 말기 바라오. 건안 4년 3월 봄.

조서를 읽어 내려가는 내내 동승은 눈물을 흘렸다. 눈물이 자꾸만 시야를 가려 세 차례나 눈물을 닦아낸 뒤에야 '혈서'를 끝까지 다 읽을 수 있었다. 그런 다음 그는 '혈서'를 내려놓고 두 손으로 얼굴을 가린 채 대성통곡했다. 눈물이 손가락 사이로 뚝뚝 떨어져 내렸다. 이때 귓가에서 누군가 꾸짖는 소리가 들렸다.

"동승! 지금이 울 때인가? 어서 열사를 규합하여 간악한 무리를 토벌해야 할 것 아닌가! 한 제국 4백 년의 창업이 이제 너의 손에 달렸다!"

그가 깜짝 놀라 황급히 사방을 둘러보았지만 아무도 보이지 않았다. 등불 심지만이 타다닥 하며 요란하게 타오를 뿐이었다. 방금 들었던 음성을 더듬어보니 마치 하늘이나 땅속에서 들리는 소리처럼 방 안의 사방 벽면을 울린 것 같았다. 고조의 음성이었다. 고조는 동승이 장량과 소하처럼 그렇게 태묘에 모셔진 공신의 반열에 오르기를 바라고 있었다.

동승은 혈서를 품에 감췄다. 그는 더 이상 눈물을 흘리지 않았다. 서안에 뚝뚝 떨어진 눈물방울이 붉은 구슬 모양으로 변해 있었다.

# 제28장
# 술잔을 들고
# 영웅에 대해 논하다

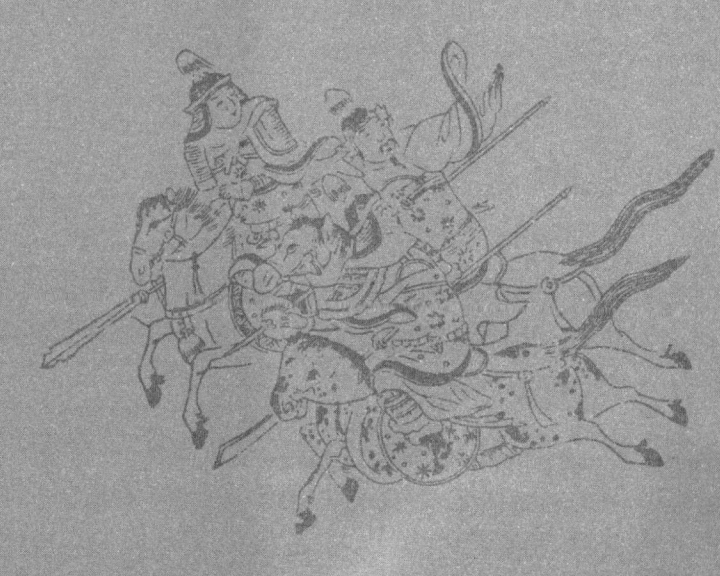

## 1

헌제가 유비를 황숙으로 삼은 그날 이후로 유비는 현기증이 날 정도로 감동에 젖어 있었다. 그는 허도의 새 집으로 돌아와 문을 닫아걸고 꼬박 한 시진(두 시간 가량—옮긴이)을 울었다. 울다가 지친 그는 곧 잠이 들었다. 깨어나 보니 자신의 큰 두 귓속에 눈물이 가득 고여 있었다.

황숙! 유비가 황숙이 되다니! 이게 꿈인가 생시인가?

유비가 중산정왕의 후손이고 효경 황제의 현손이라고는 하지만 이제껏 고귀한 출신으로 덕을 본 적은 없었고, 유비 자신도 황제의 항렬을 따라 족보를 따지려 하지 않았다.

유비는 부친이 일찍 세상을 떠나 오로지 모친의 두 손에 의해 성장했다. 모친은 그에게 자리 짜는 법과 짚신 짜는 법을 가르쳤다. 모친은 화가 나면 거칠고 큰 두 손으로 그의 엉덩이를 때리기도 했다.

그의 집 동남쪽 모퉁이 대나무로 울타리를 엮어놓은 곳, 나싯 장쯤 높이의 거대한 뽕나무 아래서, 모친은 그에게 갈대나 수숫대를 쪼개 말랑해질 정도로 물에 담가두었다가 작은 칼로 껍질을 벗겨낸 것처럼 연하고 부드러워지면 대자리나 자리를 짜기 시작한다는 것을 가르쳤다. 그와 모친은 대자리나 자리를 도성 안에 가져다가 팔았다. 그들이 만든 자리는 최상품의 반열에 올라 고관과 귀인들의 엉덩이 아래에 놓여졌다.

모친은 갈대와 수숫대를 엮어 생애 마지막으로 아름다운 무늬를 넣은 자리를 짠 뒤 조용히 그 자리에서 숨을 거두었다. 유비는 그 자리에 모친의 시신을 둘둘 말아 누상촌樓桑村 남서쪽 모퉁이에 묻었다.

나중에 유비는 다른 사람의 물질적인 도움을 받아 공손찬과 함께 같은 마을의 대 유학자인 노식盧植을 스승으로 삼아 그 밑에서 경서를 공부했다. 하지만 미천한 출신이면서 외모 또한 남이 그다지 치켜 세울만한 모습이 아닌 이 학생은 유달리 공부하는 것을 싫어했고 강아지와 장난을 치거나 말을 타거나, 음악을 감상하는 것을 좋아했으며 특히 화려한 옷을 즐겨 입었다. 화려한 옷은 외모의 결점(그는 토끼처럼 큰 귀와 원숭이 같은 긴 팔을 가진 탓에 사람들은 그를 보면 고개를 돌렸다)을 가려 주었다. 적어도 유비 자신은 그렇게 생각하고 있었다.

그와 함께 지냈던 사람들은 그가 '말수가 적고', '좋아하고 싫어하는 감정이 얼굴에 드러나지 않는'(《삼국연의》에서 걸핏하면 울었던 그런 사람이 아니다) 그런 사람이라고 말했다. 그를 잘 아는 사람은 적어도 그가 비굴하지 않고 특히 남에게 존중받기를 간절히 원한다는 것을 알고 있었다. 이런 사람은 남이 조금만 도와주면 곧 넘치게 갚아주곤 했다. 또한 인정과 의리가 무엇인지 누구보다도 잘 알고 있었다.

황제가 친히 그를 맞이하여 손을 잡아주고 다정하게 숙부라고 불러주었을 때, 유비의 눈엔 눈물이 가득 고였다. 그 순간 그의 마음속은 실로 5가지 맛의 양념 병이 뒤집어져 어떤 맛인지 알 수 없는 것처럼 만감이 교차했다. 그날 밤 모친이 꿈속에 나타나 말했다. "아들아, 폐하께서 널 그토록 아끼고 중히 여기시니 이 어미는 구천에서도 참으로 영광스럽구

나. 하지만 폐하께서 왜 널 황숙이라고 부르는지 생각해 보았느냐? 넌 어떻게 폐하께 보답해야 하겠느냐?'

유비가 곧 잠에서 깨어났다. 그 순간 모친의 음성은 희미한 등불 심지 위를 여전히 맴돌고 있었다.

유비가 어떻게 하면 헌제에게 충성을 다할 수 있을지 깊이 생각하고 있을 때, 동승이 사람을 시켜 초대장을 보내왔다. '집에서 마련한 조촐한 술자리'에 참석해달라는 것이었다. 유비는 관우, 장비와 상의한 뒤 동승의 초대를 받아들여 술자리에 참석하기로 결정했다.

막바지 늦은 봄에서 초여름으로 막 접어들던 때라 춥지도 덥지도 않은 그런 날이었다. 이런 계절에 술자리에 참석하는 것은 사람들에게 그해 여포가 왕윤의 초대를 받아 술을 마셨던 광경을 떠올리게 했다. 그날 늦은 밤이 동탁을 위한 무덤을 파기 위한 것이었다면, 오늘 깊은 밤은 조조를 위해 관을 짜려는 것이 아닐까?

각설하고, 유비가 동승의 저택에 도착하자 동승은 층계를 내려와 유비 일행을 맞았다. 대청 안에는 등촉이 어슴푸레 밝혀져 있고 푸짐한 술상이 차려져 있었다. 주인과 손님이 모두 자리에 앉자 동승이 잔을 들어 말했다.

"황숙의 명성은 이미 10년 전부터 들어왔소이다. 이 몸이 술곧 황숙을 흠모하면서도 서로 인연이 닿지 않아 뵙지 못했지요."

그 말에 유비는 놀라움을 금할 수 없었다.

"국장國丈, 무슨 말씀을 하시는 것이오? 10년 전부터 이 사람 유비를 알고 계셨단 말씀이오?"

"그렇소."

동승이 말했다.

"천하에 어느 누가 평원상 유현덕을 모른단 말이오! 공이야말로 가장 충성스럽고 효성스러우며 어질고 의로운 분이자 온유하고 돈독한 분이 아니오. 내 일찍이 이런 말을 들었소이다. 그해 유평劉平이라고 하는 못된 관리가 황숙 아래 있는 것을 부끄럽게 여기고 결국 자객을 매수하여 해를 입히려 했소. 뜻밖에도 황숙께서 밤낮으로 굶주린 백성들과 같은 자리에 앉고, 똑같은 그릇에 먹었기 때문에 자객은 며칠 황숙을 미행했지만 전혀 파고 들어갈 틈이 없었지요. 나중에 자객이 생각했지요. '유비가 이렇듯 백성을 사랑하는 좋은 관리이거늘 내가 어찌 그를 해하려고 하는가?' 그는 결국 칼을 버리고 도망쳐버렸소. 이 모든 것이 제가 지어낸 이야기는 아니겠지요?"

"아, 예……."

유비가 고개를 끄덕였다. 그것은 분명 사실이었다. 그러나 사실이라 하더라도 벌써 10년 전 일이라 유비 자신도 차츰 잊고 있던 일을 어떻게 동승이 기억하고 있단 말인가! 그리고 보니 자신을 '흠모했다'는 동승의 말은 진심에서 우러나온 말이지 결코 인사치레로 한 말은 아닌 듯했다. 유비는 적이 감동하고 있었다. 유비는 10년 전 있었던 이 일이 이틀 전에야 동승의 귀에 들어갔다는 사실을 까마득히 모르고 있었다. 이때 유비는 동승이 거기장군이면서 국장인지라 지위와 신분을 논하자면 자신과 비할 바가 못됐지만 상대가 자신을 삼가 우러러보고, '스스로 지위를 낮춰' 예를 갖춰 대하며, 말끝마다 꼬박꼬박 '황숙'이라고 불러주자 어찌할 바를 몰랐다. 그는 자신의 두 볼이 발갛게 달아오른 것을 느낄 수 있었다.

그야말로 술이 사람을 취하게 하는 것이 아니라 사람이 스스로 취한 것이었다. 술이 두어 순배 돌고 나자 유비는 머리가 조금 어지러웠다. 두 사람은 순식간에 낯선 사이에서 제법 친한 사이로 발전했고, 서로 마음에 들어 하면서 대화가 자연스럽게 본론으로 접근해갔다.

 동승은 결국 속마음을 툭 터놓고 헌제가 황제의 자리에 등극한 이후부터 겪은 온갖 수모를 유비에게 털어놓았다. 동탁이 황제를 협박하여 수도를 장안으로 옮긴 일에서부터 이각과 곽사에게 해를 입고 안읍으로 도망갔던 일 등 지금까지도 권세를 잡은 신하에게 모욕을 당하고 매일 마음을 졸이며 안절부절못하고 있다는 사실을 죄다 털어놓았다. 동승은 말을 하다 말고 끝내 슬픔을 견디지 못하고 대성통곡했다. 유비도 동승의 말을 들으면서 절로 눈물이 나와 흐느껴 울었다.

 이때 동승이 갑자기 눈물을 그치며 유비에게 물었다.

 "며칠 전 폐하께서 사냥을 나가셨을 때 관우 장군이 조조를 죽이려 했는데, 황숙께서는 눈을 크게 뜨고 손을 내저으며 그를 말리셨소이다. 어째서 그랬던 것이오?"

 갑작스런 질문에 흠칫 놀란 유비의 안색이 굳어졌다. 그가 놀라 사방을 살피더니 목소리를 낮춰 말했다.

 "국장께서는 무슨 말씀을 하시는 것이오? 관우가 어찌 조조를 죽일 생각을 했단 말이오? 이 사람 또한 언제 그를 말렸단 말씀이오?"

 동승이 차가운 미소를 지으며 말했다.

 "나는 황숙을 사모하고 공경하는 마음 때문에 항상 황숙과 관우 그리고 장비의 언행에도 신경을 쓰고 있소. 황숙의 말씀대로라면 이 사람이 잘못 봤다는 것이오?"

"음⋯⋯."

유비의 얼굴이 또다시 뜨겁게 달아오르면서 반짝반짝 빛나는 동승의 눈빛을 애써 외면했다. 유비가 머뭇거리다가 말했다.

"그것은 관운장이 조조의 주제넘은 언행을 보고 화를 참지 못해 앞으로 나아가 그를 꾸짖고자 했던 것이지 결코 조조를 죽이려고 했던 것은 아니었소."

유비 자신도 이렇게 변명하면서도 전혀 말이 안 된다는 것을 느끼고 있는 터라 동승은 당연히 유비의 대답에 만족하지 못했을 것이다.

"허허허!"

동승은 여러 차례 냉소를 짓더니 갑자기 얼굴을 가리고 대성통곡하기 시작했다. 울음을 그치지 않던 그가 하늘을 쳐다보고 길게 탄식하며 말했다.

"어허! 조정의 문무백관들이 모두 관운장과 같은 충성심과 정의로운 마음을 갖고 있다면 천하가 태평하지 않음을 어찌 걱정하겠는가? 폐하께서 어찌 간신에게 수모를 받을 수 있겠는가!"

이 말은 들은 유비는 부끄러움을 감출 수 없었다. 유비는 동승의 말이 자신에 대한 실망감을 드러내고 있고 자신을 자극하여 그 의중을 떠보려고 한다는 것을 모르지 않았다. 하지만 유비는 순간 머리가 맑아지면서 동승을 지나치게 믿어서는 안 된다고 생각했다. 자신과 동승이 줄곧 교제를 하지 못한다 하더라도 어찌 자신의 진심을 동승에게 모두 드러내 보일 수 있단 말인가?

유비는 잠시 생각에 잠기더니 여전히 아무것도 모르는 척하며 동승을 시험해보기로 마음먹었다.

"국장께서 무슨 말씀을 하시는지 이 사람은 도통 알 수가 없소이다. 조사공은 나라를 다스리는 유능한 신하로 정치를 잘 하고 있거늘 천하가 태평하지 않는 것을 걱정할 필요가 어디 있으며, 폐하께서 어찌 수모를 받을 수 있겠소이까?"

동승은 유비의 말을 듣더니 갑자기 안색이 변해 화를 내면서 자리를 떠나려 하다가 걸음을 멈추고 유비를 꾸짖어 말했다.

"공은 한나라의 황숙으로 폐하께서 큰 기대를 걸고 계시오. 특별히 이 사람에게 공과 연락하여 함께 폐하를 보좌해 달라고 당부하셨소. 오늘 내가 속마음을 터놓고 실정을 말했거늘 뜻밖에도 공은 두려워하며 날 교묘히 속이고 있소이다! 이 몸이 줄곧 흠모해왔던 유현덕과는 전혀 다른 사람이었구려!"

그제야 유비도 더 이상 동승을 의심하지 않았다. 그가 황급히 자리에서 일어나 동승에게 머리를 조아리고 사죄하며 말했다.

"이 몸이 두려워서 공을 속이려고 했던 것이 아니라 실은 국장과 깊은 우정을 나눈 적이 없었기에 감히 속마음을 털어놓을 수가 없었소이다. 국장께 솔직히 말씀드리자면 이 사람은 조조를 마음속 깊이 증오하고 있고, 그 역적 놈을 내 손으로 잡아 성은을 갚지 못하는 것이 한스러울 뿐이오. 예전에 사냥을 나갔을 때 관운장은 분명 조조를 죽이려고 했지만 그자의 세력이 너무 강한 탓에 마음은 있으나 힘이 따르지 못할 것을 두려워하여 어쩔 수 없이 아우를 막았던 것이오. 이제 폐하께서 이 사람 유비에게 큰 기대를 하시고 계신다는 말씀을 들으니 실로 황공하기 그지없소이다!"

동승은 끊임없이 안도의 한숨을 내쉬었다. 그는 유비를 부축하여 일으켜 세우고는 자리를 권하며 말했다.

"이 몸이 황숙께서 충의지사라는 것을 진즉에 알면서도 방금 말이 좀 지나쳤소이다."

이때부터 동승은 더 이상 유비에게 술을 권하지 않았다. 그는 좌우를 물리더니 비장한 눈빛을 하고는 옷깃을 여미고 단정히 앉아 말했다.

"이 사람이 오늘 황숙을 이 누추한 곳까지 왕림하시게 한 것은 사실 폐하의 밀서를 황숙께 전하기 위함입니다."

말을 마친 동승은 품속에서 황제의 혈서를 꺼냈다. 유비가 크게 놀라며 서둘러 동승 앞에 무릎을 꿇었다. 동승이 촛대를 자신에게 가까이 옮긴 다음 혈서를 낭독하기 시작했다. 유비는 바닥에 엎드려 삼가는 자세로 밀서의 내용을 들었고, 듣는 내내 하염없이 눈물을 흘렸다. 밀서를 다 읽고 난 동승은 유비에게 밀서가 헌제의 친필로 쓴 것인지 옥새가 찍혀 있는지 살펴보게 했다. 유비는 동승이 다시 혈서를 몸 안에 딱 붙도록 감추는 것을 보고는 잠시 침묵하다가 입을 열었다.

"폐하의 조서를 받았으니 국장께서는 앞으로 계획을 세우셔야 하지 않겠소이까?"

동승이 살며시 고개를 끄덕였다.

"좋은 질문이오."

동승이 품속에서 뭔가를 꺼내더니 유비에게 건네주었다.

하얀 비단이었다. 유비가 받아들어 펼쳐보니 위에 몇 줄의 글이 적혀 있었다. 자세히 살펴보니 '의장義狀' 곧 서약서로 황제의 혈서에 관한 내용이었다. 그중 몇 구절을 살펴보면 이러했다.

"우리들은 한나라의 녹을 먹은 자들로 신하의 예를 다해야 한다. 힘을 합하고 마음을 함께 하여 국난을 헤치고 정의를 위해 목숨을 바치며 간악한 역적을 주살할 것을 맹세하는 바이다."

맨 하단에는 초서로 쓴 몇 사람의 서명이 있었다. 유비는 숨을 죽여 글씨를 살펴보고는 첫 번째 사람은 거기장군 동승, 두 번째 사람은 월기교위 충집種輯, 세 번째 사람은 편장군偏將軍 왕복王服, 네 번째 사람은 시랑侍郎 오석吳碩, 다섯 번째 사람은 의랑 오자란吳子蘭임을 알게 되었다.

이때 동승이 먹물에 붓을 적시더니 두 손으로 유비에게 건네주었다. 붓을 받아든 유비는 자신의 이름을 적는 데 서두르지 않았다. 그는 붓을 내려놓고는 천천히 옷소매를 말아 올리더니 의장을 반듯하게 쓰다듬다가 다시 붓을 들어 촛대 가까이 가서는 붓끝을 자세히 살펴보다가 질이 나쁜 양털을 뽑아냈다. 꽤 오랜 시간이 걸리자 곁에서 숨을 죽이며 이 모습을 지켜보고 있던 동승은 거의 숨이 끊어질 지경이었다.

유비가 의장에 붓을 대려고 하다가 또다시 뭔가를 생각하더니 붓끝으로 의장을 가리키며 동승에게 물었다.

"여기 적힌 분들의 이름을 이 사람이 들어 보기는 했지만 잘 알지는 못합니다. 국장이 보시기에 모두 믿을 만한 분들입니까?"

"물론이지요."

동승이 말했다.

"모두 이 사람과 가장 친한 벗들로 서로 마음이 맞는 자들입니다. 오늘 함께 모일 생각이었지만 사람이 많이 모이게 되면 남들의 이목을 끌게 되고 소문이 새나갈 수도 있기에 이런 방법을 쓴 것입니다."

유비가 고개를 끄덕였다.

"이런 방법도 나쁘지는 않소이다. 조조의 첩자들이 하도 많아서 여기저기 널리 퍼져 있을 것입니다. 삼가 조심해서 일을 처리하는 것이 나쁠 것은 없지요."

이렇게 말을 하면서도 유비는 속으로 마음을 놓지 못했다. '의장에 적힌 인물의 수가 턱없이 부족하군. 동승을 제외하면 다들 세력이 너무 약해…….' 유비가 동승에게 재차 물었다.

"동승께서 연락하신 분들이 모두 이들 뿐입니까?"

동승은 유비의 마음을 꿰뚫어 보고는 의미심장한 미소를 지으며 말했다.

"황숙께서는 괴리후槐里侯 마등을 아시는지요? 그가 근자에 조정에 들어와 일을 처리하려던 참에 이 일에도 관여하고 있소이다. 그리고……."

말을 하던 동승은 일부러 유비를 주시하며 머뭇거렸다. 유비는 동승의 눈빛을 서둘러 피했다. 그는 속으로 생각했다. '마등은 전장군으로 한수와 마찬가지로 명망이 자자하며 양주군의 대장이라 군대의 힘도 막강하다고 할 수 있다. 그가 가세한다면 우리 쪽 힘도 조조의 군대와 백중세를 이룰 것이고, 동승이 조조와 맞설 맹우盟友 몇 사람을 더 끌어들일 수 있을 것이다. 폐하의 혈서 또한 이곳에 있지 않은가. 아! 폐하께서 이처럼 나를 총애하고 믿어주시는 데다 모친께서도 꿈속에 나타나 내게 폐하께 보답할 것을 명하시는데 뭘 더 망설이단 말인가!'

유비는 더 이상 망설이지 않고 마침내 의장에 자신의 이름을 적어 내려갔다.

'유비'라는 두 글자가 의장에 적힌 것을 보자 동승은 비로소 혈관의 피가 다시 흐르는 것을 느끼면서 거듭 안도의 숨을 내쉬었다.

"황숙!"

유비는 뒤에서 누군가 낮은 음성으로 자신을 부르는 소리를 들었다. 바로 뒤돌아 살펴봤지만 아무도 보이지 않았다. 산들바람이 스쳐 지나가면서 나뭇잎이 바스락바스락 소리를 냈다. 채소 잎에 맺힌 물방울이 황금조각처럼 반짝거렸다. 채소밭은 무척 고요했다. 대체 어디서 난 소리인가?

이곳은 아주 작은 채소밭으로 허도의 새 집에 딸린 곳이었다. 원래 꽃밭이었던 이곳에는 해당화 몇 송이와 매실 나무 몇 그루 그리고 작은 정자가 하나 있었지만 지금은 푸른 채소가 심어진 몇 떼기의 밭으로 변해 있었다. 유비는 우물에서 두레박으로 물을 길어다가 채소밭에 뿌리고 있었다.

담황색 나비 몇 마리가 꽃양배추 위를 빙글빙글 돌다가 내려앉았다. 유비는 두레박을 내려놓고 눈으로 나비의 움직임을 쫓았다. 유비는 약간 넋이 나간 듯이 보였다.

그렇다. 동승과 함께 비밀리에 조조를 주살할 계획을 세운 때를 손꼽아 보니 벌써 10일이 지났다. 이 10일 동안 그는 줄곧 안절부절 못했다. 동승의 의장에 또 어떤 사람이 이름을 써 넣었는지 그는 알 수가 없었다. 동승은 어떤 방법으로 언제 조조의 암살을 실행에 옮길 것인가? 역시 알 수가 없었다. 그와 동승은 그날 이후 다시 만나지 못했고 (사실 될 수 있는 한 만남을 피해왔다), 소식을 전해주는 사람도 없었으니 그가 어찌 초조하지 않을 수 있으며 불안하지 않을 수 있겠는가?

유비는 멍하니 밭고랑으로 흘러가는 물을 바라보았다. 밭고랑의 물에 집의 한 모퉁이가 비춰졌다. 물에 비친 집 모퉁이가 물의 흐름을 따라 일 렁였고 그의 마음 역시 떨리듯 흔들렸다. 그는 이 채소밭을 포함하여 몇 채의 건물이 나란히 붙은 새 집을 조조가 친히 사주었고 직접 사람을 시 켜 수리까지 해주었다는 것을 모르지 않았다. 새 집은 조조의 저택에서 엎어지면 코 닿을 곳에 있어서 두 사람은 이웃사촌 간이나 마찬가지였 다. 이웃이라는 그럴싸한 이유로 유비의 일거수일투족이 조조의 감시 아 래 있었다. 바람소리를 들을 때마다 그는 조조의 숨소리를 듣는 듯했고 밭고랑의 물빛을 볼 때면 마치 조조의 반짝이는 눈을 보는 것 같았다.

동승의 집에서 돌아오던 그날 유비는 피로 쓴 밀서와 의장의 일을 관우 와 장비에게 이야기했고, 두 형제는 손뼉을 치며 유비의 뜻에 찬동했다. 장비는 곧바로 인마를 조직하고 기회를 틈타 조조에게 기습공격을 감행 하자고 주장했다. 관우는 오히려 잠시 뜸을 들이더니 조조가 동탁과 마 찬가지로 여색을 밝히는 자이니 병의 증세에 따라 약을 처방하듯이 과거 에 왕윤이 쓴 미인계(연환계라고도 할 수 있다)를 써서 조조를 괴롭혀 죽일 것을 건의했다. 신중하게 생각해본 유비는 관우의 방법은 타당하지 않다 는 결론을 내렸다. 그는 조조의 세력이 막강하고 현재 동승의 세력이 대 단히 미약한 점을 감안할 때, 지금 유비 자신이 유일하게 취할 수 있는 방 법은 오늘처럼 이렇게 몇 떼기도 안 되는 밭에 푸른 채소나 심는 것뿐이 었다.

그의 기억에 의하면 당시 채소를 재배하겠다는 자신의 말을 들은 2명 의 아우는 상상조차 하지 못한 일이라며 크게 놀랐다. 그가 변명하듯 말 했다.

"이것이 바로 '빛을 감추고 어둠을 기르는 계책韜光養晦' 일세!"

그들이 여전히 이해하지 못하겠다는 태도를 보이자 유비가 다시 한 번 설명을 덧붙였다.

"자벌레처럼 몸을 굽혔다가 펴는 것으로 때를 기다리려는 것일세."

그는 실로 허리에 찬 긴 칼을 거두고 대신 호미와 곡괭이를 들어 이곳에 채소밭을 개간했다. 그는 물론 전문적으로 채소 재배법(그는 자리를 엮고 신을 짜는 일만 배웠다)을 배우지는 않았지만 몇 떼기 안 되는 그의 밭에 심은 채소는 제법 잘 자라주었다. 지금은 땅 속도 따뜻하고 해도 잘 비치는 때라 물만 잘 대어주면 거름을 쓰지 않아도 채소 모종이 파릇파릇 잘 자라났다. 방금 그가 모를 솎으면서 채소 몇 가지를 뽑았으니 분명 점심상에 올리게 될 것이다!

그가 이렇게 우두커니 생각에 잠겨 있을 때 뒤에서 누군가 부르는 소리가 들려왔다.

"유 사군!"

이번에는 아주 선명하게 들렸다. 뒤를 돌아보니 채소밭 입구에 한 무리의 사람들이 서 있었다. 자세히 살펴보니 조조 군영의 대장 허저와 몇 명의 병사들이었다.

유비는 급히 두레박을 내려놓고 우물가로 뛰어가 허저에게 인사를 건넸다. 그가 허저에게 무슨 일로 왔는지 물었다. 허저는 조조가 황제의 명을 받들어 유비를 집으로 부른다고 하면서 화급을 다투는 일이라고 말했다. 유비는 그 말을 듣고 속으로 깜짝 놀라며 무슨 일이냐고 되물었다. 허저는 조조가 자신에게는 아무런 설명도 없이 소식만 전하고 오라고 했다고 말했다.

유비는 곧 밭고랑의 물에 손을 씻고 나뭇가지에 걸어놓은 도포를 들어 천천히 몸에 걸쳤다. 옷을 입으면서 유비는 조조가 자신을 무슨 일로 찾는지, 혹시 황제의 혈서와 관계된 일은 아닌지 생각에 잠겼다. 그는 허저의 얼굴을 살펴보았다. 허저는 참으로 알 수 없는 인물이었다. 얼굴이 항상 딱딱하게 굳어 있어서 그의 얼굴만 봐서는 좋은 일인지 나쁜 일인지 도무지 짐작할 수가 없었다. 조조의 장수들 중에서도 심복인 그가 갑자기 이곳에 나타난 것이 무엇을 의미하는 것일까?

순간 유비는 하필이면 오늘 관우와 장비가 집에 없다는 데 생각이 미쳤다. 그들은 채소를 재배하는 일이 참으로 무료한 일이라고 싫어하며 교외에 활을 쏘러 가느라 집에 있지 않았다. 두 아우가 없으니 유비의 마음은 더욱 허전하기만 했다. 하는 수 없이 그는 두 눈 딱 감고 혼자 허저를 따라 나섰다. 중문쯤에 이르렀을 때 마침 미축이 맞은편에서 걸어왔다. 미축은 유비의 모습을 보고 마치 붙잡혀 가는 듯한 느낌이 들어서인지 잠시 멈칫하면서 일행을 막아서려 했지만 그렇다고 제대로 막아서지도 못하고 엉거주춤한 자세를 취했다. 유비는 미축이 말을 할 새도 없이 먼저 입을 열었다.

"자중子仲(미축의 자-옮긴이), 운장과 익덕이 돌아오면 조 사공의 급한 부름을 받고 그 댁에 간다고 전해주게."

그러면서 그에게 속히 관우와 장비를 찾아 만약의 사태에 대비하라는 눈빛을 보냈다.


잠시 후 유비는 조조의 사택에 도착했다. 대문을 지나 두 번째 문을 들어선 뒤에 허저는 유비를 곧장 대청으로 안내하지 않고 옆문을 지나 뒤뜰의 꽃밭으로 데리고 갔다. 참으로 이상한 일이었다. '뒤뜰 꽃밭에서 뭘

하려고 그러지?' 유비가 이렇게 투덜거리며 매 모양의 괴석 옆으로 몸을 돌리는 순간 갑자기 맞은편에서 크게 외치는 소리가 들려왔다.

"사군께선 집에서 좋은 일을 하더군요!"

순간 유비는 깜짝 놀라 가슴이 두근두근 뛰면서 다리에 힘이 쭉 빠졌다. 어떻게 대답을 해야 할까 생각하는 차에 갑자기 조조가 우거진 대나무 숲 뒤쪽에서 나타났다. 이날 조조는 엷게 흐르는 구름이 그려진 자줏빛 비단 옷을 입고 있었다. 옷깃을 풀어헤쳐 가슴이 반쯤 드러나 보였다. 만면에 웃음을 머금고 희색이 가득한 그의 얼굴에서 살기라고는 전혀 찾아볼 수 없었다.

유비가 천천히 다가가기도 전에 조조가 먼저 다가와 앞으로 손을 내밀며 "자, 이쪽이오" 하면서 자갈이 깔린 길을 따라 뜰 깊숙한 곳으로 안내했다. 유비는 순간 날이 밝았다 어두워지는 것을 느끼면서 나뭇가지가 보일 때마다 수시로 도포를 잡아당겼다. 그가 뒤쪽 수풀 속에서 회자수들이 튀어나오지 않을까 신경을 곤두세우고 있는데 조조의 목소리가 들렸다.

"유 사군께서 근자에 채소 재배법을 배운다고 들었소이다. 참으로 좋은 일이오!"

유비는 잠시 어리둥절했다가 즉시 정신을 차렸다. 조조가 방금 유비에게 '좋은 일'이라고 한 것은 자신이 채소 재배법을 배우는 일을 가리키는 것으로 필시 자신을 비웃고 있는 것이었다.

잔뜩 졸였던 가슴이 그제야 조금 풀어졌다. 조조의 비웃음을 면하기 위한 변명으로 유비가 웃으며 말했다.

"하는 일이 없어 한가하기에 그저 소일거리로 하는 것뿐입니다."

두 사람이 이야기를 나누면서 연못 가까이 다가가니 두루미 2마리가 한가로이 그곳을 거닐다가 가끔 푸드덕거리며 날갯짓을 했다. 이때 조조가 걸음을 멈추고 눈을 가늘게 뜨고는 유비를 쳐다보며 웃었다.

"이 사람 짐작에는 유 공께서 정말로 채소밭 가꾸는 법을 배우고 있는 것은 아닌 것 같소이다."

유비는 가슴이 뜨끔하여 순간 아무런 대꾸도 하지 못했다. 그가 우물거리며 대답할 말을 찾지 못하자 조조가 다시 물었다.

"힘들게 일하면서 땅속에서 금이라도 캐는 것이오?"

"……."

그의 속내를 알 수 없는 유비는 그저 비웃음을 면하기 위한 궁색한 변명처럼 웃을 뿐이었다.

"허허허."

조조는 터지는 웃음을 참지 못했다. 웃음을 그친 그가 재차 물었다.

"땅속에서 황금을 보고도 못 본 척한 것이오, 아니면 주워서 던져버린 것이요?"

유비는 더더욱 말뜻을 모르겠다는 듯이 두 눈만 껌벅거렸다. 조조는 꽤나 즐겁다는 듯이 웃으며 얘기를 계속했다.

"유 공께선 설마 관유안管幼安과 화자어華子魚의 일을 모르는 것이오?"

순간 유비가 크게 깨닫는 바가 있었다. 관유안은 관녕管寧이라는 사람으로 자가 유안幼安이었다. 화자어는 화흠華歆으로 자가 자어子魚였다. 이 두 사람은 일찍이 함께 밭 한가운데 땅을 파서 채소를 심었다. 어느 날 그들은 땅에서 금덩이를 하나 캐냈다. 관녕이 그것을 보고도 못 본 척하며 호미질을 계속해 땅을 파냈다. 화흠이 금덩이를 골라내어 한 번 보고는 길가에 던져버렸다. 결국 관녕과 화음은 '자리를 나누고 절교하게' 되었다. 현재 관녕은 난리를 피해 요동遼東의 산속에서 하는 일 없이 한가로이 지내고 있었고, 화흠은 손권의 휘하에서 관직을 맡고 있었다. 사실 유비도 이 이야기를 들은 적이 있지만 까맣게 잊어버리고 있다가 갑자기 조조가 이 얘기를 언급하자 매우 부끄러운 듯 얼굴이 새빨개졌다. 사실 그 순간까지도 유비는 이 이야기를 언급한 조조의 깊은 뜻을 이해하지 못했다. 새빨개진 얼굴이 오히려 놀라서 허둥대고 있던 그의 속마음을 감추는 역할을 톡톡히 했을 뿐이었다.

이제 유비는 조조가 관녕과 화흠의 이야기로 자신을 시험하려 한다는 것을 알았다. 사실 조조가 관녕이 옳지 않다고 생각한다는 것도 알고 있었다. (얼마 전에 조조는 요동에 사람을 보내 관녕에게 하산하여 벼슬길에 오르라는 조서를 내렸지만, 관녕은 이를 거절했고 그 일은 유비도 들어 익히 알고 있었다. 유비는 조조가 관녕에게 분명 반감을 갖고 있을 것이라고 생각했다.)

"이 사람이 밭에서 금덩이를 캐내면 결코 보고도 못 본 척하거나 집어서 그것을 던져버리지는 않을 것이오. 아마 주인을 찾아 황금을 돌려주겠지요."

"그렇소이까? 하하하."

조조가 호탕하게 웃었다. 아마도 유비의 말을 사실로 받아들였던 모양인지 조조는 매우 즐거워했다. 웃음을 그친 조조가 유비의 팔을 잡아끌며 말했다.

"그렇다면, 유 공과 난 같은 편이니 절교할 일은 없을 것이오."

그가 이렇게 말하자 순간 유비는 긴장했던 마음이 확 풀렸다. 원래 유비는 이렇게 말할 생각이었다. "나는 금덩이를 조 공에게 줄 것이오." 하지만 이런 말은 너무 천박해 보였고 아첨하는 것 같은 느낌이 들어 금덩이를 주인에게 전해주겠다는 말보다 못한 것 같았다. 사실 밭주인이 조조이니 조조가 금덩이의 주인이라는 것은 말하지 않아도 알 수 있었다. 유비는 조조가 그런 말을 더 좋아했을 것이라는 것도 잘 알고 있었다.

일단 긴장했던 마음이 풀어지면서 오늘은 결코 위험한 일이 생기지 않을 것이라는 확신이 서자 유비는 침착한 걸음걸이로 조조를 따라 앞으로 나아갈 수 있었다. 크고 오래된 매실나무 옆에 이르니 작은 정자가 하나 있었고, 정자 안에는 이미 자리가 마련되어 있었다. 노복 몇몇이 바쁘게 술잔과 안주를 가져다 놓았다. 옆에 놓인 화로 위에선 술이 따뜻하게 데워지고 있었다.

두 사람은 각자 손님과 주인의 자리를 찾아 앉았다. 조조가 머리 위에 가득 드리운 푸른 매실나무를 가리키며 말했다.

"오늘 새벽 모처럼 한가한 시간을 맞아 뜰을 거닐었소. 나뭇가지 끝에 매달린 푸른 매실을 보자 갑자기 지난 일 하나가 떠오르더군요. 나도 모르게 마음이 울렁거리면서 안정을 찾지 못하겠더니 온갖 생각이 다 떠오르지 뭐요. 마음이 맞는 사람을 찾아 이야기를 나누고 싶은 생각이 간절했소. 유 사군께서는 내가 어떤 일을 말하고 싶어 하는지 아시겠소?"

유비가 매실나무를 바라보았지만 그저 막연하기만 했다. 하는 수 없이 사실대로 말했다.

"잘 모르겠소이다."

"아, 내 못 맞힐 줄 알았소이다."

조조가 눈을 가늘게 뜨고 한참이나 깊은 생각에 잠기더니 다시 입을 열었다.

"초평 4년, 바로 이 무렵이었소. 원술이 연주를 침입하자 내가 친히 10만 대군을 이끌고 공격에 나섰지요. 번갯불처럼 잽싸게 밤낮으로 쉬지 않고 달렸소이다. 광정에서 봉구로, 다시 봉구에서 양읍과 태수, 영릉으로 꼬박 6백 리를 달려가 추격하면서 곧장 원술을 구강의 오랜 근거지로 몰아넣었소. 그런데 하필 날이 건조하며 가뭄이 들자 길가에 물이 메말랐고, 장수들은 목이 말라 죽을 지경까지 이르게 되었지요. 한 사람 한 사람 풀이 죽고 기운이 쇠퇴하여 활기라곤 찾아볼 수 없었소. 그때 갑자기 좋은 생각이 떠올라 채찍을 휘둘러 앞을 가리키며 말했소. '저 앞에 매실나무 숲이 있어 몇 발자국만 서둘러 가면 그 아래에서 쉴 수 있거늘 어찌 가지 않는 것이냐?' 군사들은 매실이라는 말을 듣고 곧 입 안이 시큼해지면서 혀 안에서 침이 분비되자 더 이상 목마르다는 말을 하지 않았소. 그러고는 바람을 일으키듯 달려 계속해서 행군을 할 수 있었지요. 아! 이제 이렇게 매실을 보니 지난 일이 생각나면서 감개가 무량해지는구려! 현덕, 그대와 나는 군무가 다망해 어디 잠시나마 편히 쉴 수 있었소이까? 그러니 오늘은 바쁘건 한가하건 간에 뜻을 같이하기로 한 벗이 되었으니 푸른 매실로 담근 따뜻한 술로 함께 인생의 맛을 음미해 봅시다."

이렇게 말하면서 조조는 스스로 자신에게 감동한 것 같았다. 그는 수염을 비틀며 가볍게 고개를 끄덕였다. 눈동자가 반짝거렸다. 조조는 6년 전 일을 마치 방금 일어난 일처럼 생각하고 있었다. 당시 그는 어떻게 '매실을 떠올리며 갈증을 멈추게 한다는 계책'을 생각해낸 것일까? 자신도 잘 알 수가 없었다. 수많은 일들이 예측이 불가능했다. 그때의 계책을 통해 그는 이런 깨달음을 얻었다. 사람의 생명력은 마르지 않는 우물과 같아서 물을 긷는 방법만 생각한다면 결코 목말라 죽는 일은 없을 것이다. 사람의 지혜는 어쩌면 물을 긷는 두레박이나 두레박에 연결된 밧줄인지도 모른다. 이런 생각이 들자 그는 스스로에 대한 긍지를 느꼈고 은근히 오만해졌다. 그는 천하 모든 사람들의 천성을 두 부류로 나눌 수 있다고 생각했다. 하나는 우물을 지키면서 목말라 죽는 사람이고, 또 다른 유형은 우물이 없더라도 목말라 죽지 않는 사람이었다. 조조는 자신이 바로 후자에 속한다고 생각했다.

조조는 자신에 대한 이런 긍지와 자부심을 매실이 파랗게 열린 날 유비에게 과시하면서, 동시에 상대가 자신의 생각에 공감하여 자신이 느끼는 이 행복을 함께 나눌 수 있기를 기대했다. 하지만 유비는 그런 행복을 전혀 느낄 수가 없었다. 유비는 자신이 마주하고 있는 사람이 어떤 사람인지 분명히 알고 있었고, 자신이 처한 상황이 얼마나 위험한지도 똑똑히 알고 있었다. 그는 지금 호랑이 굴속에 들어와 호랑이 이빨 사이에서 숨을 쉬고 있는 것이었다. 그는 그저 조심스럽게 순간순간을 버티고 있는 것뿐이었다. 조조가 이야기를 할 때면 그는 흥미진진한 표정으로 듣고 있다가 이야기가 끝나면 박수갈채를 보내며 그를 치켜세워야 했다. 그가 손뼉을 치면서 감탄하여 말했다.

"대단하십니다! 매실을 떠올리며 갈증을 잊는 묘책은 명공이 아니고선 천하의 그 누구도 생각하지 못했을 것이오!"

"하하하!"

조조도 시원스럽게 웃었다.

이때 술이 따뜻하게 데워졌다. 술시중을 드는 하인이 자리에 꿇어앉아 국자로 술잔에 술을 따라 주었다. 유비가 먼저 술잔을 들어 조조에게 술을 권했다. 그러자 조조가 오늘은 유비가 손님이니 자신이 먼저 술을 올리겠다고 고집했다. 유비가 절대 그럴 수 없다고 하자 조조가 말했다.

"오늘은 그저 집에서 마련한 조촐한 술자리이니 예의 따위는 따지지 말고 편하게 마십시다. 자, 우리 같이 건배합시다!"

말을 마친 그는 술잔을 들어 단숨에 들이켰다.

술자리라 자연히 고기가 안주로 상에 올랐다. 음식 종류가 매우 다양했지만 조조는 한 점도 먹지 않고 푸른 매실만 골라 천천히 씹으며 그 맛을 음미했다. 유비 또한 조조의 모습을 보고 푸른 매실 하나를 집어 입에 넣었다. 조조가 물었다.

"매실 맛이 시지요?"

유비는 시지 않다고 말하려다가 너무 솔직하지 못하다는 생각이 들었다. 그가 사실대로 말했다.

"음, 조금 시군요."

조조가 고개를 끄덕이며 말했다.

"먹기 전에 맛이 시다는 것을 알고 먹으면 오히려 생각했던 것만큼 그렇게 시지 않지요. 그렇지 않소?"

유비가 그저 조조의 말에 맞장구를 칠뿐이었다.

"그렇습니다."

유비는 이날 조조의 기분이 매우 좋은지 눈썹과 눈에 웃음기가 가득한 것을 발견했다. 그에게 뭔가 좋은 일이 있는 것 같았다.

확실히 조조에게는 좋은 일이 있었다. 바로 어제 황하 전선에서 승전보가 날아들었던 것이다. 중랑장 조인과 편장군 사환史渙이 도하 작전으로 사견성에서 휴고를 크게 무찔렀다. 휴고는 참수당했고, 부장 설홍薛洪과 하내군 태수 무상繆尙이 성을 바치고 투항했다.

사견성 전쟁을 큰 승리라고 말할 수는 없지만 그 의미는 각별했다. 그 해 사예구에서 영웅을 자처했던 장양이 이제 더 이상 세상에 존재하지 않는다는 것을 의미했기 때문이다. 장양의 부하들은 현재 모두 조조의 휘하로 투항한 상태였다. 조조의 세력은 이미 황하 이북까지 뻗어나가 원소의 지역까지 접근해 들어갔다.

어젯밤 조조는 흥분한 탓에 거의 잠을 이루지 못했다. 그는 사견에서의 승리와 서주의 점령을 재미난 예로 들기까지 했다. 침상에서 잠을 잘 때 이전에는 몸을 웅크리고 발을 구부리고 잤다면 이제는 몸을 곧게 펴고 발을 쭉 뻗고 자는 것과 같았다.

물론 그도 다리를 완전히 쭉 펼 수는 없었다. 북쪽에 원소가 있고 남쪽에는 원술과 유표 등 강대한 영웅들이 아직 건재했기 때문이었다. 하지만 어찌됐건 자신의 활동범위가 이전보다 아주 넓어진 만큼 그가 흥분할이유는 충분했다. 그가 침상에서 이런 예를 들면서 일부러 다리를 두씨(진의록의 전처)를 향해 뻗자 그녀는 아야 하고 비명을 지르며 졸린 눈을 게슴츠레하게 떴다. 그녀가 물었다.

"잠투정하시는 거예요?"

그가 웃음을 참지 못하며 말했다.

"허허, 이 발을 원소라고 생각하고 뻗은 것뿐이오!"

자신도 모르는 사이에 조조는 벌써 술을 석 잔이나 마셨다. 혈관이 이완되면서 가슴이 심하게 두근거렸다. 이때 갑자기 빛이 흐려져 나뭇잎 사이로 체로 거른 듯 가늘게 내리비치던 금빛 햇살이 어느새 사라지고 보이지 않았다. 눈을 들어 바라보니 하늘에 먹구름이 짙게 드리우면서 금방이라도 굵은 빗방울이 쏟아질 것 같았다. 음산한 바람이 술상 위를 스처 지나가자 그는 마음이 후련해지는 것을 느꼈다.

잠시 후 빛줄기가 다시 어두워지면서 차가운 바람이 세차게 몰아쳤다. 술을 따르던 하인이 혼잣말로 중얼거렸다.

"폭풍우가 몰려오려는 것으로 보아 매실이 정말 푸르겠군."

조조가 하인의 시선을 따라가 보니 하늘에는 먹구름이 소용돌이칠 것 같았다. 이따금씩 번개가 번쩍거렸다. 얼핏 보아서는 아무것도 알아낼 수 없었지만 눈여겨보면 이 하늘과 자신이 있는 곳이 매우 가까워 몸이 당장이라도 구름에 닿을 것 같은 느낌을 받을 수 있었다. 그 순간 그는 황금 창이 부딪치고 철갑으로 무장한 말이 크게 울어대는 소리를 들었다. 어느새 그는 모래벌판에 가 있었다.

조조가 속으로 생각했다. '그 옛날 큰소리 한 번에 바람과 구름을 일으킨 수많은 영웅이 있었건만 전쟁에 패하여 이미 고인이 되지 않았던가!' 까만 하늘은 물결이나 구름이 변하듯 변화무쌍했고 순식간에 천 번 만 번 변했다. 너무 오래된 일들은 접어두더라도 중평 6년 이래로 이른바 관동 의군과 여러 '제후'들 가운데 이날까지 살아남은 사람이 몇이나 되던가? 장막과 한복, 공주, 유대, 장초, 왕광, 교모 등은 지금 어디에 있는가? 게다가 공손찬은 지난달 궁지에 빠져 뭇사람들에게 버림을 받고 스스로 불에 타 죽지 않았던가?

이런 생각을 하던 조조는 기운이 절로 솟아났다. 그의 마음은 하늘가에서 격렬하게 움직였고, 하늘의 바람과 구름이 그의 마음속에서 소용돌이쳤다. 그는 공손찬과 장막, 한복, 공주, 유대, 장초, 왕광, 교모 등은 물론, 동탁이나 여포, 이각, 곽사, 양봉, 한섬 등은 이미 자신과 더불어 논할 상대가 되지 못한다고 생각했다. 오직 자신만이 바람과 구름을 삼켰다가 내뱉고 천둥을 쫓아내고 번개를 몰아내며 천지우주와 온 천하를 지배할 수 있었다.

이때 술시중을 들던 하인이 하늘 끝을 가리키며 호위무사에게 말했다.

"이보게, 어서 저길 좀 보게! 용괘龍掛(하늘의 구름이 용의 형상을 한 것을 주역의 괘사로 비유한 말—옮긴이)가 나타난 것 아닌가?"

조조가 하인의 손을 따라 '용괘'를 찾았지만 매화 잎에 시야가 가려져 찾을 수 없었다. 그는 곧 자리에서 일어나 정자 난간에 기대어 눈을 치켜 뜨고 하늘을 바라보았다. 동남쪽 하늘이 먹물을 부은 것처럼 어두워지더니 한 줄기 밝은 구름 띠가 하늘을 받치면서 땅에 이어져 가볍게 흔들리는 것이 마치 거대한 용이 입을 크게 벌려 강에서 물을 빨아들이는 것 같았다. 다시 자세히 살펴보니 용의 눈과 수염까지도 구분할 수 있었다!

이런 광경을 보고 있던 조조는 감탄을 금치 못했다. 마음속에 갑자기 열정이 솟았다. 그가 유비에게 물었다.

"현덕, 방금 하늘에 떠 있는 용을 보셨소?"

유비가 대답했다.

"자세히 보지는 못했지만 용을 닮은 것 같긴 했소이다."

조조가 다시 물었다.

"현덕은 용의 변화를 알고 계시오?"

유비는 영문을 알 수 없어 고개를 가로저었다.

"잘 모르겠으니 공께서 한 수 가르쳐 주시지요."

조조가 손으로 용괘를 가리키며 얼굴이 새빨개졌다. 기분이 날아갈 듯 좋아 보였다. 그는 곧 문학적 상상력을 발휘하여 말했다. 마치 〈용부龍賦〉 한 편을 지어 읊조리는 것 같았다.

"용은 몸을 크게도 하고 작게도 하며 높이 오르기도 하고 깊이 숨기도 하오. 크게는 구름을 일으키기도 하고 안개를 토해내기도 하며, 작게는 사이에 숨기도 하고 모습을 감추기도 하지요. 높이 오를 때는 우주 사이로 날아다니고, 깊이 숨을 때는 파도 속으로 가라앉소."

"좋은 말씀이오!"

유비가 참지 못하고 갈채를 보냈다. 이 갈채는 완전히 주인에 대한 예의와 억지가 아니었다. 사실 조조의 뛰어난 문학적 재능은 일찍부터 그이름이 널리 알려져 있었다. 유비는 탄복하지 않을 수 없었다.

창작에 열중한 조조는 이미 흥분한 상태였고, 스스로 영혼과 대화를 나누고 있었다. 유비의 말이 진심인지 아닌지에 대해서는 관심조차 두지 않았다. 그는 자신의 감정을 따라 하늘가를 바라보며 계속해서 중얼거렸다.

"바야흐로 이제 봄이 깊었으니, 용이 때를 만나 변하는 것은 사람이 뜻을 얻어 온 천하를 종횡무진으로 움직이는 것과 같소. 용이 사물이 되는 것은 가히 천하 영웅과 견줄만하오."

여기까지 읊조리던 조조가 몸을 돌려 술상 위에 놓인 술잔을 들더니 단숨에 들이키면서 뭔가를 생각하는 듯한 표정을 지었다.

유비는 〈용부〉가 이제 새로운 단계로 진입하여 조조가 사람을 용에 비유하기 시작했다는 것을 알게 되었다. 그는 귀를 씻고 공손하게 다음 이야기를 경청하면서 박수를 준비했다. 이번에는 어떤 아부의 말로 부화뇌동할 것인지 생각하고 있는 차에 뜻밖에도 조조가 그의 얼굴에 대고 반짝이는 눈빛으로 질문을 던지는 것이었다.

"현덕께서는 오랜 세월 천하를 두루 돌아다니며 보고 배운 바가 많아 천하의 영웅이 된다는 것이 어렵다는 것을 잘 알 것이오. 그렇지 않소?"

"그건……."

유비는 조조의 갑작스런 질문에 미처 대비하지 못했다. 그가 속으로 생각했다. '본인이 원해서 〈용부〉를 지었으면 그만이지 다른 사람을 끌어들여 똑같이 하라고 하는 까닭은 무엇인가!' 유비는 원래 이날 그저 애매모호한 태도를 보일 생각이었다. 그런데 조조같이 눈치 빠른 사람에게 공자 앞에서 문자 쓰는 것 같은 행동을 하라니 당연히 사양해야 할 일이었다. 그가 말했다.

"말도 안 됩니다! 저처럼 평범한 필부의 육안으로 어찌 영웅을 알아볼 수 있겠소이까?"

하지만 조조는 유비가 사양하는 것을 허락하지 않았다.

"현덕은 어찌 이렇게 겸손하신 것이오? 그저 마음 편한 대로 말씀하시면 되지 않겠소?"

유비는 자신을 뚫어져라 쳐다보는 조조의 눈을 보고서 입을 열지 않을 수 없다는 것을 깨달았다. 그도 '마음대로 말한다'는 것이 사실은 그리 쉽지 않다는 것을 잘 알고 있었다. 조조는 의심이 많고 간사하여 말이 핵심을 찌르지 못할 경우 뜻밖의 화를 당할지도 모르는 일이었다. 고심하던 그는 끝내 말하지 않기로 마음을 정했다. 그가 수염을 비비꼬며 눈썹을 찡그리며 생각에 잠긴 표정을 짓다가 잠시 후에 다시 고개를 저으며 말했다.

"저는 원래 평민 출신이라 실로 천하의 많은 영웅을 만나보지 못했는데 어찌 영웅을 안다고 말할 수 있겠소이까?"

조조는 여전히 유비의 말을 들으려 하지 않았다. 그는 더욱 뚫어지게 그를 쳐다보며 마치 자백을 강요하듯이 다그쳤다.

"유 사군의 말씀을 이 사람은 도저히 믿지 못하겠소! 영웅의 얼굴은 알지 못한다 해도 그 이름 정도는 들었을 것이 아니요? 한두 사람만이라도 한번 말해 보시오."

유비는 도저히 어찌할 방법이 없었다. 잠시 생각에 잠긴 그가 마침내 입을 열었다.

"우선 아는 대로 대충 말씀드리자면, 회남의 원술은 군사가 많고 군량도 넉넉하니 영웅이라 할 수 있겠지요?"

조조가 고개를 저으며 미소를 지었다.

"원술 말이오? 무덤 속의 해골 같은 그 자는 조만간 내게 사로잡힐 것이오!"

유비는 잠시 멍하니 있다가 속으로 조조를 욕했다. '이 친구 말투하고는!' 하지만 겉으로는 만면에 웃음을 띠고 있었다. 그는 술 한 잔을 마시고 잠시 생각에 잠겼다가 다시 말을 이었다.

"하북의 원소는 사세삼공의 후손으로 각 지역의 장수들과 오랫동안 친분을 유지하고 있지요. 지금은 기주와 유주 지역에서 범처럼 웅크리고 있으나 그의 휘하에는 문무의 실력을 겸비한 자들이 많소이다. 이만하면 영웅이라 할 만하지 않겠소?"

조조는 이 또한 달갑게 여기지 않으며 고개를 가로저었다.

"원소 말이요? 그자는 겉으로는 강한 것 같지만 실제로는 나약하기 그지없어 일을 도모하기만 할 뿐, 결단이 부족하여 큰일을 하는 데는 몸을 사리고 눈앞의 작은 이익만 보고 대의를 잊는 자요. 그런 자는 절대로 영웅이라 할 수가 없소이다."

유비는 다시 한 번 멍하니 있다가 속으로 생각했다. '북쪽의 원소 말고는 영웅이라고 할 만한 자가 없으니 차라리 남쪽의 영웅을 말해보는 게 좋겠군.' 그가 다시 입을 열었다.

"그렇다면 위엄이 9주까지 떨치고 팔준八俊이라고 불리는 한 사람이 있지요. 유경승劉景升이라면 영웅이라 할 수 있지 않을까요?"

"유표는 허명만 있을 뿐 실세가 없으니 논할 가치조차 없소이다."

조조는 크게 머리를 내저었다.

유표도 영웅이라 할 수 없다면 누가 있단 말인가? 유비는 머릿속으로 형주에서 동쪽을 향해 가다가 문득 손책이 떠올랐다.

"손백부孫伯符는 혈기가 왕성하여 강동 지역에 큰 위세를 떨치고 있지요. 그라면 영웅이라 부르기에 부끄럼이 없을 것이오."

유비는 말을 꺼내자마자 달가워하지 않은 조조의 눈빛을 보면서 또 말을 잘못했다고 생각했다. 조조가 말했다.

"손책이 강동의 영수이기는 하나 그 아비 손견의 명성에 의지한 것뿐, 대단한 업적을 세운 바가 없소이다. 현덕, 다시 한 번 잘 생각해 보시구려. 도대체 어떤 사람을 영웅이라 부를 만하겠소?"

유비는 자신의 머리를 손으로 두드리며 깊이 생각에 잠겼다. 손책도 영웅이 아니라면 동쪽에는 다른 인물이 없으니 차라리 서쪽을 찾아보기로 했다. 결국 익주의 유장을 생각하게 되었다.

그러나 유장에 대한 조조의 평가는 앞서 언급한 사람들만도 못했다. 조조는 유장이 비록 한 왕조 종실의 계보를 잇고 있기는 하나 기껏해야 '집 지키는 개'에 불과할 뿐, 언급할 가치조차 없다고 일축했다.

유비는 머릿속에서 북쪽 땅, 남쪽 하늘을 맴돌았다. 그러다가 장수와 장로, 한수, 마등 등을 생각해냈다. 하지만 이들을 거명하면서 유비는 잠시 머뭇거렸다. 이들의 세력과 명성이 앞에서 말한 인물들에 비해 한참 뒤떨어졌기 때문이었다. 과연 조조가 손뼉을 치며 크게 웃었다.

"평범하기 짝이 없는 그자들을 언급할 만한 가치나 있겠소?"

이렇게 유비가 있는 지혜를 다 짜내고 생각에 생각을 거듭한 끝에 자신의 시야에 들어왔던 인물들 가운데 한 곳에서 패권을 잡은 제후들을 한 사람 한 사람 전부 언급했지만 모조리 조조에게 비웃음만 당하고 말았다. 유비는 당혹감을 감출 수 없었다. 그는 조조가 판단하는 영웅의 기준이 도대체 무엇인지 알 수가 없었다. 그가 쓸쓸하게 웃으며 말했다.

"저의 어리석음을 용서하십시오. 누가 천하의 영웅인지 정말 알 수가 없으니 명공께서 가르침을 주시기 바랍니다."

상황이 이렇게 되자 조조는 더 이상 묻지 않았다. 영웅에 관한 대답은 그가 스스로 해결해야 할 문제인 것 같았다.

이때 조조가 손으로 하늘을 가리키면서 정색을 하고 말했다.

"이 사람 생각에는 영웅이란 가슴에 큰 뜻을 품고 배에는 뛰어난 계책을 담고 있으며 우주의 기회를 감추고 천지의 뜻을 삼키고 내뱉는 자일 것이오."

유비가 공손한 자세로 고개를 끄덕였다. 그러다가 잘 이해가 되지 않는지 다시 물었다.

"그럼 영웅이라 할 수 있는 인물이 어떤 사람들입니까?"

조조가 조금도 망설이지 않고 답안을 내놓았다. 그가 손가락으로 유비를 가리킨 다음 다시 자신의 가슴을 두드리면서 밝고 우렁찬 목소리로 대답했다.

"천하의 영웅이란 오로지 유 사군과 이 사람 조조뿐일 것이오!"

이 말에 유비가 화들짝 놀랐다. 그는 조조가 농담을 하고 있는 것이라 생각했지만 조조의 얼굴에는 진지함과 신중함이 가득했다. 순간 유비는 미동도 하지 못 하고, 그저 멍하니 두 눈만 동그랗게 뜬 채 아무런 대꾸도 하지 못 했다. 사실 유비는 천하의 영웅을 논하면서 자신과 조조는 배제시키고 있었다. 그렇지 않았더라면 조조가 영웅의 문제를 제기하자마자 딱 잘라 이렇게 외쳤을 것이다.

"천하의 영웅으로 조 공 말고 누가 또 있겠소이까?"

어쨌든 그는 조조가 자신을 영웅으로 여기리라고는 생각지도 못했다. 이는 정말 예상 밖의 일이었고 대단히 두려운 일이었다.

유비는 영웅이란 이름이 그리 자랑할 만한 가치가 있는 월계관은 아니라고 생각했다. 하물며 조조는 자신을 영웅이라고 하지 않았던가! 영웅은 종종 목숨을 내놓아야 하는 재앙이 될 수도 있었다. 유비는 자신이 유표처럼 지극히 평범한 사람에 속하거나 유장처럼 집 지키는 개로 인식되기를 원했다. 절대로 영웅으로 떠받들어지는 것을 원치 않았다!

유비는 놀란 마음에 본능적으로 몸을 떨다가 손에 들고 있던 젓가락을 떨어뜨리고 말았다. 그러고는 조조의 놀란 눈빛을 보고서야 자신의 얼굴도 새파랗게 질려 있음을 깨달았다.

'추태야! 그때 내가 정말 추태를 부렸어!' 그일 이후로 유비는 놀라서 젓가락을 떨어뜨렸던 그날의 상황을 떠올릴 때마다 죽고 싶을 만큼 자신이 원망스러웠다. '어허! 이런 걸 도둑이 제 발 저리다고 하는 건가. 조조가 내 추태를 보고 속마음을 꿰뚫어 보았다면 그가 날 가만 놔둘 것인가?' 이런 생각이 들자 목덜미에 한기가 스쳐 지나갔다.

어쨌든 다행히 아무 일도 일어나지 않았다. 공교롭다고 해야 할지 하늘의 뜻이라고 해야 할지 모르겠지만 조조가 '천하 영웅은 오직 유 사군과 조조 이 사람뿐'이라는 말하는 순간 하늘에서 우르르 쾅쾅 천둥이 치더니, 이어서 거센 비바람이 불면서 마른 나뭇잎이 술상 위로 쏟아졌다. 유비는 천둥소리에 놀라 번뜩 정신을 차렸다. 어떻게 자신을 감추어야 하는지 하늘이 일깨워주는 것 같았다. 그는 몸을 굽혀 젓가락을 집으면서 정자 밖으로 퍼붓는 빗줄기를 바라보았다. 그러면서 조소를 면하기 위한 변명으로 웃으면서 말했다.

"허허! 나 좀 보게. 무슨 천둥소리가 이렇게 요란한지 원……."

"어, 어……."

순간 조조가 멈칫했다. 사실 방금 전까지만 해도 그의 마음속에는 오로지 '영웅의 기백'만이 자리 잡고 있었다. '영웅의 기백' 때문에 가슴 가득한 자부심으로 우주를 논하며 강과 바다 따위는 거들떠보지도 않았으니 어찌 유비의 안색까지 살필 수 있었겠는가! 의심 많고 교활하기로 천하에 으뜸가는 조조도 유비의 태도를 곧이곧대로 믿고 말았다. 조조는 유비를 이해하면서도 조금 이상하다는 생각이 들었는지 웃으며 말했다.

"유 사군 같은 대장부가 천둥소리를 다 무서워하시오?"

유비가 한 술 더 떠서 자신의 마음을 감추기 위해 공자의 말을 인용하면서 자신의 견해를 그럴듯하게 펼쳐 보였다. 천둥소리 덕분에 그의 천부적인 임기응변 능력이 기침없이 발휘되는 것 같았다.

"성인께서 말씀하시기를 갑자기 천둥이 치거나 바람이 세차게 불면 반드시 안색이 변했다고 했지요. 성인께서도 이와 같은데 저 같은 사람은 어떻겠소이까? 천둥소리를 듣고 놀라지 않는 것이 이상한 일이지요."

"아하."

조조가 고개를 끄덕이며 미소를 지었다. 그는 유비의 말에 속아 넘어가면서 그의 해석이 참으로 뛰어나다는 생각까지 하게 되었다. 그가 진심으로 감탄하며 말했다.

"참으로 훌륭하신 말씀이오. 유 사군께서 성인의 제자라는 말이 조금도 지나치지 않소이다!"

"과찬이십니다."

유비도 덩달아 웃었다. 그러고는 소매로 이마의 땀을 닦으며 말했다.

"제가 소싯적에 노 공자를 따라 다니며 《오경五經》을 배울 때, 일찍이 공자께서는 갑자기 천둥이 치는 소리를 듣고 안색이 변하는 것은 하늘의 위엄에 대한 두려운 마음이 나타나는 것이라 하셨다고 배웠습니다!"

"정말 그런 것 같소."

조조가 말을 받았다.

"노식 선생께서는 당대의 대유학자로 저 역시 그 분을 존경해 마지않았소. 일찍 돌아가신 것이 참으로 안타까울 따름이오."

두 사람은 잠시 동안 아무 말도 하지 않았다. 침묵이 흐르는 사이에 구름이 조용히 사라지고 비도 점차 개었다. 흥분되어 있던 조조의 기분도 차츰 가라앉았다. 흥미진진했던 2000년 전의 진지한 이야기도 서서히 막을 내렸다.

조조는 매실나무에 똑똑 떨어지는 빗방울을 바라보다가 문득 피곤함을 느꼈다. 그가 갑자기 하품을 하면서 손으로 입을 가리고는 조금 미안하다는 듯이 유비를 향해 미소를 지었다. 유비는 조조가 하품을 하자 마치 대사면을 받은 것처럼 즉시 조조에게 작별을 고하고 몸을 일으켰다.

자리에서 일어선 유비는 엉덩이 밑에 깔려 있던 옷이 땀에 흠뻑 젖어 있는 것을 발견했다.

'하늘이여 도와주소서!'

유비가 속으로 중얼거렸다. 그러면서 조조가 "사군께서는 좀 더 계시다 가시지요"라고 한마디 던지면 어떻게 대응해야 할지 두려웠다. 만일 그랬다면 아마 '혈서' 사건이 드러난 것으로 오해했을 것이다!

# 3

푸른 매실이 노랗게 변하면 매우梅雨(중국 남부 지방에 우기가 되면 매일 가늘게 한 차례씩 내리는 비-옮긴이)의 계절로 접어드는 때였다. 매우는 화가 날 정도로 온종일 소리 없이 내렸다. 맑은 날씨는 참으로 보기 힘들었다. 이런 날에는 아무 일도 하지 않고 그저 침상에 누워 잠을 청하는 것이 상책이었다.

유비의 채소밭에서 그리 멀지 않은 침실에 관우와 장비가 등을 맞대고 누워 코를 골며 자고 있었다. 벽에 기댄 유비는 하염없이 창밖을 바라보고 있었다. 창밖 모퉁이를 돌아 구석진 곳에 거미줄이 쳐져 있고, 매실처럼 커다란 거미 한 마리가 천천히 위를 향해 기어 올라가고 있었다. 그의 눈빛이 거미를 따라가다가 거미줄에 걸려 벗어나려고 발버둥치는 파리 한 마리를 발견했다. 그는 자신도 모르게 사지를 비틀면서 몸부림쳤다.

유비는 파리를 바라보면서 자신의 처지를 생각했다. 그는 조조가 자신을 허도라는 거미줄에 꼼짝 못하게 가두고는 언젠가 잡아먹을 것이라고 생각했다. 조조에게 통째로 잡혀 먹히고 싶지 않다면 기회를 기다리는 수밖에 없었다. 이를 테면 갑자기 거센 바람이 불어올 때 바람을 맞아 힘껏 몸을 빼낸 다음 날개를 퍼덕이며 날아가는 것이었다.

이때 갑자기 빗소리를 따라 발자국소리가 들려왔다. 소리 나는 쪽을 바라보니 갈대로 엮은 삿갓 하나가 서서히 위로 올라오고 있었다. 삿갓은 층계를 지나 창 아래에 이르렀다. 손건孫乾이었다. 손건은 자는 공우公佑로 유비의 수하에서 종사중랑從事中郎 직을 맡고 있었다.

"주공, 드디어 기회가 왔습니다!"

손건이 문에 들어서기도 전에 창을 사이에 두고 큰소리로 말했다. 손건의 목소리가 너무 컸는지 관우와 장비까지 잠에서 깼다. 두 사람은 몸을 뒤척이다가 자리에서 일어나면서 이구동성으로 물었다.

"무슨 기회가 왔다는 건가?"

어느 틈에 손건은 문 안으로 들어와 삿갓을 벗어 내려놓고는 숨을 헐떡이며 말했다.

"원술이 수춘에서의 생활이 어렵게 되자 황제의 칭호를 원소에게 넘기기로 했다고 합니다."

무슨 말인지 좀체 갈피를 잡을 수가 없었던 유비가 나무 침상을 가리키며 말했다.

"공우, 우선 자리에 앉아서 천천히 얘기해보게."

손건이 말을 이었다.

"원술이라는 자는 미덕이나 선한 행동이 없고 영웅으로서 갖춰야 할 능력과 지략도 없으면서 이른바 '사세삼공'의 명성에 의지하여 간신히 겉모습만 유지하고 있었습니다. 그는 일찍이 남양에 있을 때도 법률은 정비하지 않고 백성들의 재물만 약탈하여 원성이 자자했었지요. 스스로 황제가 된 뒤로는 더욱 교만해져 사치스럽고 황음무도한 생활을 계속했습니다. 근자에 장강長江과 회수淮水 일대에 흉년이 끊이지 않고, 굶어죽은 사람이 들판에 가득했시만 원술은 궁궐 안에서 수백 녕의 비빈들을 보아놓고 날마다 산해진미를 먹으며 주색을 즐겼습니다. 아무리 재산이 많아도 놀고먹다 보면 없어지기 마련인지라 쌓아놓은 곡식이 다하자 '중가仲家'의 작은 조정을 유지하기도 어렵다는 것을 깨달은 원술은 궁궐에 불을 지르고 비빈과 궁녀들만 데리고 잠산潛山으로 가 부하인 진간陳簡과 뇌박雷薄에게 몸을 의탁하기로 했지요. 그러나 뜻밖에도 진간과 뇌박은 원술 일행을 받아들이지 않았고 어떤 도움도 주지 않았습니다. 원술 일행은 산에서 3일을 보냈지만 가지고 간 양식이 다하자 병사들은 사방으로 뿔뿔이 흩어지고 비빈들 역시 상당수가 포로로 잡혀가고 말았습니다. 원술은 하늘의 호응을 얻지 못하고 땅의 지원을 얻지 못하자 더 이상 '황제' 노릇을 할 수 없다고 판단했지만 손견의 부인에게서 빼앗은 '전국옥새'만큼은 차마 던져 버릴 수가 없었습니다. 막다른 골목에 이르자 그가 갑자기 사촌 형인 원소를 생각하게 되었지요. 그와 원소는 피차 원수가 되어 그동안 서로 만나지도 않았지만 어찌 됐건 피는 물보다 진하다고 결정적인 순간에 혈육의 정이 효험을 발휘하게 되었습니다. 원술은 옥새를 황제의 자리와 함께 원소에게 넘겨주기로 했지요. 원소가 황제가 된다면 자신을 박대하지는 않을 거라고 생각했던 것입니다.

원술은 급히 기주로 사신을 파견하여(옥새는 가져가지 않았다) 원소를 만나게 했습니다. 원소는 원술의 편지를 읽고는 구미가 당겼는지 형제간의 정을 생각해서 원술을 기주로 받아들이기로 결정했습니다. 그는 사람을 보내 원술에게 이런 소식을 전하게 하는 한편, 자신의 큰아들인 청주 자사靑州刺史 원담을 회남으로 보내 원술 일행을 맞이하게 했지요. 며칠 전에 원소의 사신을 만난 원술은, 죽을 고비에서 벗어났다는 생각에 급히 하비를 거쳐 청주를 향해 오고 있습니다."

손건이 여기까지 얘기하자 유비와 관우, 장비는 일제히 탄성을 질렀다. 유비가 말했다.

"얼마 전까지만 해도 원술은 세상에 자기밖에 없는 것처럼 거만하게 굴었지. 그날 내가 조조와 술을 마시며 영웅을 논할 때도 나는 가장 먼저 원술을 거명했네. 그런데 불과 며칠이 지나지 않아 그가 결국 이렇게 처참한 나락으로 떨어지는 신세가 됐군!"

말을 마친 유비는 지나치게 흥분한 손건의 모습에 오히려 이상하다는 생각이 들어 물었다.

"이 사람 공우, 자네가 방금 '기회가 왔다'고 하지 않았나? 원술에게 기회가 왔다는 건가 아니면 내게 기회가 왔다는 건가?"

손건이 대답했다.

"당연히 주공께 기회가 온 것이지요."

"그건 또 무슨 말인가?"

유비가 까닭을 이해하지 못하고 다시 물었다.

"조조가 원술이 청주로 북상했다는 소식을 듣고 나서 군대를 하비로 파견하여 길목을 차단할 생각을 갖고 있다는 소식을 들었습니다. 주공께서 종군을 지원하여 병마를 빌리신다면……."

"아하, 그것 참 좋은 계책일세!"

유비는 그제야 손건의 의도를 알아차렸다. 만일 조조가 그를 하비로 파견하여 원술의 길목을 차단하게 한다면, 그는 이 기회를 놓치지 않고 허도를 벗어나 조조의 손아귀에서 빠져나갈 수 있는 것이었다. 하지만 조조가 이를 승낙할 것인가?

유비는 이리저리 생각하다가 '원술의 앞길을 막는다는 것'이 좋은 구실이 될 수 있다고 판단하고 조조의 승낙을 얻어낼 궁리를 하기 시작했다. 이런 일은 신속하게 처리하지 않으면 기회를 잃기 십상이었다. 게으름을 부릴 여유가 없다고 판단한 그는 즉시 관우와 장비를 데리고 조조의 저택으로 향했다.

# 4

군대에게는 신속함이 첫째였다. 이런 이치를 확실히 알고 있는 조조는 속히 군대를 일으켜 청주로 향하는 원술의 길을 막으려 했다. 조금이라도 지체하여 원술과 청주 자사 원담이 연락을 취하게 되는 날에는 두 원씨가 일가를 이루게 되기 때문에 자신이 패업을 이루는 데 상당히 불리한 작용을 하게 될 것이었다. 시급을 다투는 상황이다 보니 조조는 조금도 망설이지 않고 유비의 요구에 따라 그를 대장으로 삼고 주령朱靈과 노소路昭를 부장으로 삼아 5만의 병력을 이끌고 하비로 가서 원술의 길을 막게 했다.

유비는 병부兵符를 손에 들고 조조의 군영을 떠나면서 마음속으로 몰래 기도를 올렸다.

"하늘이시여, 이 유비를 도와주소서!"

무엇을 도와달란 말인가? 물론 조조가 절대 생각을 바꾸지 않도록 도와달라는 뜻이었다.

유비가 군대를 이끌고 허도를 떠난 다음날, 마침 사견성에서 돌아온 정욱과 곽가가 이 소식을 듣고는 매우 유감스럽게 생각하며 함께 회견을 요청하여 조조에게 간언을 올렸다.

"저희가 일찍이 주공께 유비를 죽여 후환을 없애라고 간언을 올렸으나 주공께서는 유비 한 사람을 죽여 만천하의 인심을 잃을 수는 없다고 하시면서 받아들이지 않으셨습니다. 그때 저희는 주공께서 일을 도모하시면서 매사에 멀리 내다보시는 안목에 깊이 탄복한 바 있지요. 하지만 이제 주공께 다시 간청하건대, 유비에게 병권을 맡기시면 안 될 것입니다. 유비는 하비에 도착하자마자 다른 마음을 품을 것이 분명합니다!"

말을 마치기 무섭게 하남윤 동소도 급히 군영으로 들어와 조조의 결정에 대한 의심과 함께 근심을 드러냈다. 그가 말했다.

"방금 전에 제가 유비의 집 앞을 지나다 보니 대문이 활짝 열려 있고 안에는 온갖 물건이 어지러이 널려 있었습니다. 사람들에게 물어보니 그가 어젯밤 군대를 이끌고 출정하였다 하던데 이것이 사실입니까?"

조조는 아래턱을 문지르며 한동안 대답이 없었다. 동소가 다시 말했다.

"유비라는 자는 외모는 겸손하고 온화해 보이지만 속은 실로 간사하기 그지없는 인물입니다. 겉으로 보기에는 어질고 후덕해 보이지만 속은 음흉하고 악랄한 자입니다. 주공께서는 어찌 그리 쉽게 그자를 믿으신 겁니까?"

이때 조조 역시 남몰래 뒤늦은 후회를 하고 있었다. 유비를 뒤쫓게 하고 싶었지만 이미 때가 늦은 것 같았다.

며칠이 지나 조조가 군영에서 모사들과 함께 일을 논의하고 있을 때 갑자기 주령과 노소가 세상의 온갖 고생을 다 겪은 얼굴을 하고 돌아왔다. 조조가 이상하게 여겨 물었다.

"자네 두 사람은 어찌 이리 빨리 돌아온 것인가?"

주령과 노소가 멍한 표정으로 대답했다.

"저희가 하비에 채 도착하기도 전에 유비가 주공의 명이라고 하면서 저희 두 사람에게 즉시 돌아가라고 했습니다. 저희는 밤에는 말을 달리고 낮에는 말 위에서 졸면서 걸음을 재촉한 끝에 이렇게 일찍 당도하게 된 것인데, 주공께서 어찌 저희에게 빨리 돌아왔다고 꾸짖으시는지 까닭을 모르겠사옵니다."

그제야 조조는 자신이 유비에게 속았다는 것을 깨달았다. 그가 하비 쪽을 가리키며 욕을 해댔다.

"유비 네 이놈, 귀 큰 도적놈아! 과연 간사하고 음험하기 그지없는 놈이었구나!"

다시 며칠이 지나자 하비에서 깜짝 놀랄만한 소식이 들려왔다. 유비가 서주에 도착하자마자 밤에 술자리를 베풀어 그 자리에서 차주를 죽이고 서주에 주둔하는 군대를 재편성했다는 것이었다. 이제 유비가 다시 서주목이 된 것이었다.

조조는 이 소식을 듣고 땅을 치며 후회했다. 몹시 화가 난 그는 즉시 사공장사司空長史 유대와 중랑장 왕충王忠에게 군사 3만을 이끌고 서주로 가서 유비를 토벌하라고 명령했다. 그러나 이는 잘못된 결정이었다. 그는 이런 결정을 내리면서 애당초 유대와 왕충이 유비의 적수가 되는지 따져보지도 않았다. 조조는 적을 과소평가한 대가를 톡톡히 치러야만 했다.

다시 며칠이 지나 유대와 왕충이 조조의 군영에 들어섰다. 주령과 노소가 서 있었던 바로 그 자리에 이번에는 그들이 서 있었다. 그들의 온몸엔 핏자국이 선명했고, 고개를 숙인 모습에는 상심과 낭패감이 역력했다. 그들은 유비에게 포로로 잡혔다가 나중에 사신의 자격으로 풀려난 것이었다. 그들은 조조에게 한 통의 편지를 전했다. 조조가 봉투를 뜯어 읽어보니 유비가 쓴 것이었다.

유대와 왕충 같은 자들은 나 유비가 보기에 쥐새끼 같은 자들로 수백, 수천 명이 온다고 한들 상대가 되지 않소. 공께서 친히 서주로 오신다면 내 조 공과 대작할 의향이 있소이다. 마침 매실이 파랗게 익었으니 공과 함께 푸른 매실로 술을 담가 따뜻하게 데워 마시면서 다시 한 번 천하의 영웅을 논하고 싶소. 이 또한 기쁜 일이 아니겠소?

조조는 울화가 치밀어 가슴이 타는 듯했다. 낯빛이 붉어지더니 창백하게 변했다가 다시 파래졌다. 그는 2명의 패잔병을 그 자리에서 참수하여 마음속의 불같은 화를 달래고 싶었지만 다시 생각해보니 이 두 사람에게는 잘못이 없었다. 이들은 애당초 유비의 상대가 되지 못했고, 실패는 오로지 이들을 보낸 자신에게 책임이 있었다. 조조는 한숨을 내쉬면서 유대와 왕충의 관직을 강등시켰다.

유비는 조조를 배반하긴 했지만 조조가 의도한 바대로 하비에서 원술을 차단하는 역할을 충실히 해냈다.

원술은 하비의 길을 통과하기 어렵다는 것을 알고 하는 수 없이 말 머리를 돌려 회남으로 돌아갔다. 수춘에서 80리 길이나 떨어진 강가의 한 정자에서 피로가 겹친 그는 결국 병을 얻어 자리에 눕더니 끝내 일어나지 못했다. 이때 그가 주자廚子에게 양식이 얼마나 남았는지 물었다. 주자가 말했다.

"밀가루 30곡斛(10말 — 옮긴이)뿐입니나."

주자가 밀가루 죽을 써서 원술에게 내밀었다. 원술은 죽을 한 모금 마셨지만, 더는 목구멍으로 넘길 수가 없었다. 뙤약볕이 내리쬐는 불같은 6월, 원술은 뼛속 깊이 한기를 느꼈다. 쉬파리 몇 마리가 줄곧 앵앵거리며 원술 주위를 맴돌면서 인간이 이해할 수 없는 친밀함을 보여주었다. 이때 침침해진 그의 눈에는 쉬파리가 꿀벌로 보였다. 그는 갑자기 꿀이 한 입 먹고 싶었다. 꿀을 딱 한 입만 먹을 수 있다면 더 바랄 게 없을 것 같았다. 그러나 주위 사람들을 불렀지만 대꾸하는 자가 하나도 없었다. 사방을 둘러봐도 붙잡을 것이 없자 그는 하는 수 없이 침상으로 돌아가 장탄식만 내뱉었다. 그러다가 그는 하늘을 향해 소리쳤다.

"하늘이시여! 나 원술이 어찌하여 이 지경까지 되었나이까?"

말을 마친 그는 곧장 침상 아래로 굴러 떨어져 한 말이나 되는 피를 토하고는 이내 숨을 거두고 말았다.

# 제29장
# 수포로 돌아간 거사

# 1

황하에서 북쪽으로 약 1백 리 정도 떨어진 업성은 익주의 관청이 있는 곳이었다. 원소는 익주목인 동시에 대장군이라 규정에 따라 관부를 열 수 있었다. 따라서 익주 아문은 실제로는 대장군부인 셈이었다. 이날, 즉 농사철인 하지에 대장군부의 의사청 안에서는 원소가 참모들을 불러놓고 중요한 회의를 열고 있었다.

의사청 안은 매우 높고 넓었다. 날이 더운 탓에 문 앞 기둥 뒤에 가로 댄 나무 위에 걸린 휘장도 모두 위로 말려져 있었다. 단지 휘장을 묶는 줄과 줄 끝에 매달린 옥 장식만이 변함없이 늘어진 채 불어오는 맑고 시원한 바람결에 가볍게 흔들릴 뿐이었다.

원소는 북쪽에 있는 독특한 형태의 의자에 앉아 있었다. 의자는 뒤에 세워진 비교적 작은 3칸짜리 구부러진 병풍과 짝을 이루고 있었다. 병풍은 가리개 역할을 할 뿐 아니라 의지할 곳이 되어주기도 했다. 때문에 이를 가리켜 '병의屛依'라 부르기도 했다. 원소의 병의는 고상하고 정교하며 아름다웠다. 틀은 금으로 되어 있고 정수리 부분의 횡목은 보석과 유리로 장식되어 있었다. 병풍에는 주周대의 궁중연회를 묘사한 그림이 그려져 있었다. 인물들이 살아있는 듯 생기가 넘쳐 보는 이로 하여금 절로 감탄을 자아내게 했다.

원소의 병풍 뒤편에는 붓과 종이를 든 기실記室(문서 담당관–옮긴이)이 앉아 그가 하는 모든 말과 자리에 있는 관료들의 중요한 발언 내용을 기록하고 있었다. 의자 좌측에는 하인이 손잡이가 긴 죽선을 들고 빠르지도 느리지도 않은 속도로 부채질을 하고 있었다. 의자 앞에 놓인 탁자 위에는 물과 죽이 담긴 그릇이 놓여 있었다. 다른 소반에는 먹기 좋게 깎은 참외가 담겨 있었다.

원소의 오른쪽에는 '판평板枰'이라 불리는 낮은 사각형 의자가 놓여 있었다. 판평에 앉은 사람은 원소의 휘하에서 지위가 가장 높은 책사이자 전군을 감독하는 임무를 맡은 저수라는 인물이었다. 저수는 책사들 가운데 나이가 조금 많은 편으로 60살이 넘었기 때문에 특별히 판평에 앉을 수 있었다. 그러나 그의 맞은편에 앉은 곽도를 비롯한 나머지 사람들은 전부 바닥에 자리를 깔고 앉는 수밖에 없었다. 물론 한 가지만은 모두 같은 대우를 받았다. 모든 사람들 앞에 놓인 소반에 참외가 2조각씩 놓인 것이었다.

원소는 오늘 기분이 매우 좋았다. 정식으로 회의를 시작하기 전에 그는 먼저 신료들에게 방금 수확해온 참외를 맛보게 했다. 과일을 품평하면서 모두 참외의 생산지를 묻지 않을 수 없었다. 원소가 말했다.

"이 참외는 황하 강가에서 생산된 것이 아니오. 황하 강변은 물과 토양이 그리 좋지 못하오. 이 과일은 유주에서 생산된 것이오."

유주는 원래 공손찬의 근거지였으나 얼마 전 원소가 완전히 점령하고 있었다. 공손찬은 마지막에 자신의 형제와 처자식을 모두 목 졸라 죽인 다음, 자신은 분신자살했다. 현재 유주목은 원소의 둘째아들인 원희袁熙

가 맡고 있었다. 이 참외는 바로 원희가 부친에게 보내온 것이었다. 그렇
다 보니 참외 맛이 더 달게 느껴졌던 것이다.

사실 참외뿐이 아니었다. 그가 앉아 있는 의자와 병풍도 공손찬에게서
노획한 것이었다. 그 의자에 앉아 있을 때 느끼는 편안함이란 이루 형언
할 수가 없었다.

이제 원소는 익주와 유주, 청주, 병주를 모두 차지하고 있었다. 자신은
어린 아들 원상袁尙과 익주(업성)를 지키고 큰아들 원담은 청주목, 둘째아
들 원희는 유주목, 외손자 고간高干은 병주목이 되었다. 황하 이북 전체가
원씨 집안의 천하가 되었다고 할 수 있었다.

참외 품평을 마친 그는 신료들에게 서주에서 온 서찰을 하나 꺼내보였
다. 유비가 보낸 것이었다. 유비는 지금 조조를 배반한 일로 보복을 당할
까 두려워 먼저 원소에게 친선을 청하면서 지원을 바라고 있었다.

유비의 서신이 신료들의 손을 한 바퀴 돌아 다시 원소의 서안 위에 놓
였다. 그러자 원소가 논의의 시작을 알렸다.

"초평 2년에 여러분들과 익주에 모인 뒤로 어느덧 8년이란 세월이 흘
렀소. 이제 공손찬이 죽고 도적 장연의 무리도 뿔뿔이 흩어졌소. 나는 이
미 황하 이북의 4개 주를 장악하고 휘하에 수많은 영웅들과 백만의 백성
을 두게 되었소. 지금 남쪽으로 고개를 돌려 조조가 천자를 핍박하여 제
후들을 호령하고 있는 것을 보니 울분을 참을 수가 없소! 유현덕이 반란
을 일으킨다 하니 우리도 정예부대 10만을 선발하여 황하를 건너가 조조
와 천하를 다투고자 하오. 여러분의 생각은 어떻소?"

원소가 말을 마치고 의견을 구하는 눈빛으로 저수를 바라보았다. 8년
전, 그가 막 한복을 대신해 익주목의 인수를 받았을 때, 저수는 그를 위해

'황하 이북의 4개 주를 점령하고 황제의 어가를 맞이하여 종묘를 회복하고 천하를 호령하면서 복종하지 않는 도적들을 토벌한다'는 책략을 제시한 바 있었다. 이제 드디어 어가를 영접하여 종묘를 회복하고 천하를 호령해야 하는 때에 이르렀다. 그는 저수가 자신의 의견에 가장 먼저 찬동할 것이라고 생각했다. 그러나 저수는 조조와 천하를 다투겠다는 원소의 계획이 적절치 못하다고 생각했다. 저수는 매우 공손하고 조심스러운 태도로 일어나 그에게 정중하게 절을 올린 다음 간했다.

"주공께서 공손찬을 토벌하기 위해 여러 해 동안 출병하신 까닭에 병사들과 백성들 모두 몹시 지쳐있는 데다 창고의 식량도 거의 바닥이 난 상태입니다. 국력이 부족하면 우환이 생기는 법입니다. 신이 생각건대 지금 가장 시급한 일은 병사들을 쉬게 하고 농사에 힘쓰는 것입니다. 동시에 허도로 사람을 보내 공손찬을 소탕한 일을 천자께 아뢰고 유주목의 관직을 청하시는 것이 좋을 듯합니다. 만일 조조가 천자께 아뢰지 못하도록 막는다면 그때 가서 조조를 꾸짖고 병사를 일으켜 죄를 물어도 늦지 않을 것입니다."

원소는 몹시 실망스럽고 당혹스럽기도 하여 저수에게 되물었다.

"그대의 말은 하북에 안거하면서 하남의 일은 수수방관하고 있으라는 뜻이오?"

저수가 대답했다.

"물론 그런 뜻이 아닙니다. 먼저 여양黎陽으로 진격한 다음에 하남 지역을 다스려도 늦지 않다는 뜻이지요. 지금은 마땅히 전함을 늘리고 병기를 수리해야 할 때입니다. 아울러 용맹한 기병들을 파견하여 조조의 변경을 어지럽힘으로써 적이 안정을 얻지 못하게 하면서 그 사이에 아군은 충분한 휴식으로 힘을 축적해야 합니다. 그러면 3년이 지나지 않아 천하의 판세가 명확하게 가려질 것입니다!"

원소가 혀를 차더니 안색이 어두워지며 말했다.

"3년을 기다리느니 지금의 승세를 이어가는 것이 낫지 않겠소?"

그는 다시 다른 사람들의 의견을 물었다.

"모두 의견을 말해보시오. 조조와 싸우는 것이 좋겠소, 싸우지 않는 것이 좋겠소?"

이때 곽도와 심배가 약속이나 한 듯이 동시에 자리에서 일어섰다. 그러고는 이구동성으로 입을 열려다 서로 눈이 마주치자 씩 웃으면서 서로에게 양보했다. 결국 곽도가 먼저 입을 열었다.

"신은 저 감군監軍의 의견에 동의할 수 없습니다. 병법에 이르기를 '아군이 적군의 10배가 되면 포위하고 5배가 되면 공격하며 적이 어지러워지면 싸워야 한다'고 했습니다. 주공의 지혜와 기세로 하북의 용맹한 군사를 일으키신다면 필시 파죽지세로 조조를 물리칠 수 있을 것입니다. 지금 행하지 못한다면 이후에는 도모하기 어려울 것입니다!"

원소가 흐뭇한 표정으로 연신 고개를 끄덕였다. 그러고는 심배에게 다시 물었다.

"그대의 생각은 어떻소?"

심배가 대답했다.

"저의 생각도 곽도와 같으니 굳이 더 말할 필요가 없을 것 같습니다. 그래도 한마디 덧붙이자면 기회는 놓치면 다시 오지 않고 시간은 우리를 기다려주지 않는다는 겁니다. 주공께서는 망설이지 말고 조속히 출병하셔야 합니다!"

심배가 자리에 앉기도 전에 저수가 다시 일어섰다. 귀까지 빨개진 것이 몹시 흥분한 모양이었다. 그가 몹시 격앙된 어조로 입을 열었다.

"방금 곽도가 손자병법을 인용한 것은 그 원래의 뜻을 깊이 이해하지 못한 것입니다. 난세를 구하고 폭군을 처단하기 위해 군사를 일으키는 것은 의병이라고 할 수 있지만 자신의 세력만 믿고 군사를 일으키는 것은 교병驕兵(교만한 군대-옮긴이)이라고 했습니다. 의병에게는 적이 없지만 교병은 먼저 망하는 법이지요. 이는 천하가 다 아는 이치입니다. 조조는 천자에게 아첨하고 허도에 궁궐을 세움으로써 '의롭다'는 명분을 얻었습니다. 만일 군사를 일으켜 남쪽으로 향한다면 그 '의로움'을 거스르게 되는 것이지요. 하물며 '묘승廟勝'의 책략은 힘의 강약에 있지 않습니다. 조조의 군대는 법령이 철저할 뿐만 아니라 병사들도 잘 훈련되어 있습니다. 결코 공손찬과 같은 무리가 아닙니다! 주공께서 만전지책을 포기하고 명분 없는 싸움을 일으키셔서는 안 될 것입니다."

저수가 자리에 앉기도 전에 곽도는 솟구치는 감정을 억제할 수가 없었다. 뛸 듯이 자리를 박차고 일어선 그가 저수의 말에 반박했다.

"무왕이 걸왕을 처벌한 것은 의롭지 못한 일이 아니었습니다. 조조를 쳐서 사직을 바로잡고 군주의 명분을 밝히는 것이 어찌 명분 없는 일이겠습니까? '하늘이 복을 내리는 데도 이를 취하지 않으면 오히려 재앙을 당하게 된다'고 했습니다. 이것이 바로 월나라와 오나라가 멸망했던 이치이지요! 저 감군의 계책은 실로 시기의 변화를 제대로 파악하지 못하는 생각이 아닐 수 없습니다. 주공께서는 잘못된 판단을 내려선 안 될 것입니다."

곽도의 신랄한 언사에 저수는 심기가 몹시 불편했다. 그는 노기등등하여 다시 일어나 변론에 나서려 했다. 그러자 원소가 손을 뻗어 그의 어깨를 누르며 진정하라는 뜻을 나타냈다. (사실 원소는 더 이상 그의 이야기를 듣고 싶지 않았다.) 원소가 다시 고개를 돌려 허유와 순심苟諶에게 물었다.

"두 사람의 생각은 어떻소? 말씀들 해보시오."

허유가 말했다.

"주공께서는 충분한 군사와 강한 병력을 가지고 있는데, 어찌 승리하지 못하겠습니까? 군사만 일으키시면 백전백승하실 것입니다!"

순심이 부화뇌동하여 말했다.

"허유의 말에 틀림이 없습니다. 군사를 일으켜 도적을 토벌하는 것은 위로는 하늘의 뜻에 부합하고 아래로는 백성들의 뜻에 순응하는 일입니다."

원소는 책사들이 모두 기병을 지지하는 것을 보고는 더 이상 주저하지 않고 우렁찬 목소리로 엄숙하게 선포했다.

"나는 이미 뜻을 정했소! 내일 병사들을 모아놓고 명을 내릴 것이오. 안량顔良과 문축文丑을 장군으로 임명하고 전풍과 순심, 허유를 책사로, 저수를 총감군總監軍에 임명할 것이오. 기병 2만과 보병 13만, 도합 15만의 병력으로 출정할 것이오. 날을 정하는 대로 곧장 여양으로 출발하도록 하시오!"

회의를 마친 저수는 낯빛이 새파랗게 변한 채 말 한마디 없이 먼저 의사청을 나섰다. 심배와 곽도가 뒤를 따라 나서다가 저수의 표정과 태노를 분명하게 보았다. 사람들이 흩어지자 곽도가 심배에게 손짓을 하며 가까이 오라는 눈빛을 보냈다. 두 사람은 얼굴을 마주하여 소곤소곤 귓속말을 나눴다.

그날 밤, 곽도와 심배는 원소를 찾아갔다. 곽도가 먼저 말을 꺼냈다.

"주공, 저수의 오늘 발언은 참으로 이상했습니다. 그는 조조가 의로운 명분을 얻었다고 하면서 우리 군대가 남쪽 정벌에 나서는 것은 의에 어긋나는 일이라고 했습니다. 정말 그 속마음을 알 수가 없습니다!"

곽도의 말에 원소는 몹시 불쾌했지만 짐짓 웃으면서 말했다.

"저 감군의 성정이 강직하고 고집스러워 그런 것이지 다른 뜻이 있어서 그런 것은 아닐 것이오."

심배가 고개를 가로저으며 말했다.

"다른 마음이 있는지의 여부는 차치하더라도 우리 군대를 일컬어 의롭지 못하고 군사를 일으키는 것이 명분이 없다고 말하며 내심 남쪽 정벌을 반대하고 있습니다. 그에게 전군의 도독都督을 맡기고 주공께서는 안심하실 수 있으시겠습니까?"

"흠."

원소가 낮은 신음소리를 냈다.

곽도가 말을 이었다.

"주공께서는 줄곧 저수에게 군영의 모든 업무를 맡겨 처리하고 계십니다만 시간이 오래 되다 보니 그의 나쁜 버릇만 키운 것 같습니다. 병교兵校에 있는 장수들 가운데 주공을 모르는 사람은 있어도 '저 감군'을 모르는 사람은 없을 지경입니다. 이런 식으로 그냥 내버려두다가는 장차 상상할 수 없는 결과가 벌어질 것이 분명합니다!"

곽도의 말이 채 끝나기도 전에 심배가 말을 이었다.

"곽도의 말에 하나도 그릇됨이 없습니다. 주공께선 잘 생각해보십시오. 저수가 군영의 안팎을 통솔하고 전군을 좌우할 수 있게 되면 어떤 일을 벌인다 해도 제압할 수 없을 것입니다. '무릇 신하가 군주와 같을 때

는 반드시 망한다'고 했습니다. 이것이 바로 《황석공삼략黃石公三略》에서
제시한 가장 중요한 금기이지요. 주공께서는 부디 신중히 생각하시기 바
랍니다."

원소는 두 사람이 장단을 맞추며 간언하자 마음이 심란해졌다. 저수가
그들이 생각하는 것처럼 다른 마음을 먹지 않았을지도 모르는 일이었다.
하지만 감군의 권력이 워낙 강대하기 때문에 원소의 권위에 영향을 주기
에 충분한 것도 사실이었다. 이 점을 과거에는 어찌 생각하지 못했던 것
일까? 게다가 저수가 남정에 반대하고 있으니 이 또한 위험한 일이 아닐
수 없었다. 적어도 저수가 명령을 실행하는 데 방해가 될 수 있었다. 이를
어찌 하면 좋단 말인가? 아하, 좋은 방도가 있다!

원소가 곽도와 심배에게 말했다.

"두 사람의 말에도 일리가 있소. 10만이 넘는 병력을 저수 혼자 통솔하
려면 어려운 점이 적지 않을 것이오. 그러니 이렇게 하도록 합시다. 감군
의 직책을 3등분하여 3명의 도독이 각각 한 군씩 맡는 것이 어떻겠소?"

곽도와 심배가 서로 흘깃 얼굴을 쳐다보더니 입을 모아 말했다.

"그렇게 하는 것이 좋겠습니다!"

이리하여 곽도와 심배의 참언으로 인해 저수의 병권은 한순간 약소해
졌다. 원소는 곧장 군 안에 2명의 도독을 증원하여 하나였던 직위를 셋으
로 나누기로 결정했다. 그리고 저수와 순우경, 곽도를 각각 도독에 임명
하여 한 군씩 지휘하게 했다. 원소는 이러한 조치에 따라 감군의 권력이
강대해 주공을 기망하는 위험이 발생하지 않을 것이라고 믿었다.

# 2

원소가 군사를 일으켜 남정에 나선다는 소식은 곧 허도까지 전해졌다.

그날 마침 뇌우가 쏟아졌다. 문무 신료들이 비를 무릅쓰고 긴급회의에 참석하기 위해 사공부로 모여들었다. 예정된 회의시간은 진시辰時 사각四刻이었기 때문에 아직 여유가 있었다. 모두 사공부 앞의 회랑에 서서 비를 피하며 한담을 나누고 있었다.

공융도 이들 무리 가운데 서 있었다. 그는 비교적 명성이 자자한 데다 입담이 좋았기 때문에 그가 있는 자리에서는 자연스럽게 그를 중심으로 무리가 형성되었다. 이때 누군가 그의 귀에 대고 낮은 소리로 물었다.

"듣자하니 원소가 허도를 치러 온다는데, 공께서는 어떻게 생각하시오?"

공융이 고개를 돌려보니 질문을 던진 사람은 월기교위 충집이었다. 물론 그는 이런 질문이 장차 전쟁이 어떤 국면으로 전개될 것인지를 묻는 것임을 모르지 않았다. 그러나 그는 침울한 표정으로 허공을 바라보며 동문서답을 했다.

"여름철에는 천둥이 칠 것을 알면서도 피하려 해도 피할 수가 없지요. 일단 천둥이 치면 그제야 사람들은 놀라는 수밖에요."

그의 말이 무슨 뜻인지 알 수가 없었다. 이때 마침 우르릉 쾅 하고 천둥 번개가 내리쳐 회랑 안을 울렸다. 고개를 들어 올려다보니 버드나무 잎이 우수수 지붕 꼭대기에서 나부끼며 떨어졌다. 충집은 천둥소리에 놀라 얼굴이 하얗게 질렸다. 공융의 말이 조금은 이해가 될 것 같았다.

공융도 어제 이 소식을 들어 알고 있었다. 솔직히 말해 이런 소식을 들을 당시 그의 심정은 엄청난 천둥소리를 들은 것과 같았다. 그는 곧 건안 원년, 원소의 아들 원담이 청주에서 출발하여 북해를 포위 공격하던 정경을 떠올렸다. 당시 그는 북해상으로 있으면서 원소 군대의 강대함을 몸소 체험한 바 있었다. 북해는 봄부터 여름까지 줄곧 포위되어 있다가 지금처럼 여름철이 되자 끝내 함락되고 말았다. 그는 동산으로 도망쳤고 처자식들은 원담에게 사로잡히고 말았다. 지금 원씨 부자의 군사력이 당시보다 얼마나 더 강해졌는지는 알 수 없었다. 때문에 그의 예측은 비관적일 수밖에 없었다. 이번에는 처자식들이 허도에서 포로가 되겠구나!

충집이 다시 물었다.

"그렇다면 공께서 보시기엔 원소가 능히 허도를 공격할 수 있을 것 같습니까? 공께는 적을 물리칠 계책이 있으신지요?"

공융이 막 대답을 하려는 차에 사공부 입구 서쪽 담장에서 북소리가 울렸다. 누군가 큰 소리로 외쳤다.

"사공 대인께서 입청하셨습니다. 회의가 시작됩니다!"

그는 입을 다물고 의관을 정제하여 다른 관원들과 나란히 의사청으로 들어갔다.

이번 회의에서 조조가 논의하려는 주제는 한 가지였다. 원소의 군사적 위협에 맞설 것인가 아니면 화해를 청할 것인가 하는 것이었다. 공융이 먼저 나서며 입을 열었다.

"원소는 넓은 지역을 기반으로 하고 있는데다 병력도 막강합니다. 휘하의 허유와 곽도, 심배, 봉기逢紀 등은 모두 지모가 뛰어난 책사들이고 전풍과 저수는 충직한 신하이며 안량과 문축은 용맹한 장수들이지요. 그 외에 고람高覽과 장합張郃, 순우경도 하북의 명장이라 할 수 있습니다. 따라서 신이 보건대 양군이 정면으로 교전을 벌인다면 승리를 장담하기 어려울 것 같습니다."

"흠……."

조조가 그를 힐끗 쳐다보더니 아래턱을 매만지며 물었다.

"그렇다면 공의 생각으로는 어떻게 하는 것이 좋겠소?"

"신의 소견으로는 화해를 청하시는 것이 좋을 듯합니다."

공융은 계속 말을 이어갔다.

"건안 원년, 지금과 같은 여름이었지요. 신은 일찍이 명공의 명에 따라 조정의 부름을 받고 원본초와 교분을 나눈 적이 있었습니다. 만일 명공께서 허락하신다면 신이 기꺼이 나서서 익주로 찾아가 본초와 담판을 짓도록 하겠습니다."

"흠……."

조조는 고개를 돌려 그를 무척 흥미진진한 듯한 표정으로 바라보며 되물었다.

"내 지난번에는 대장군의 직위를 원소에게 양보했소. 이번에 다시 그와 강화하려면 어떤 선물을 보내야 할 것 같소?"

"그건……."

공융은 잠시 망설이다가 대답했다.

"명공께서 황제 폐하와 상의하시는 것이 옳을 듯합니다."

조조가 눈을 가늘게 뜨고 혼자 중얼거리듯 말했다.

"원소에게 바칠 어떤 선물이 남아 있단 말인가? 어쩌면 남은 것이라고는 이 목뿐인지도 모르겠구나!"

조소 어린 말투였다. 조조의 말에 공융은 말문이 막히고 난처해져 어두운 얼굴로 자리에 도로 가 앉았다.

이때 순욱이 자리에서 일어섰다. 그는 먼저 공융에게 예를 갖춘 다음 반박하여 말했다.

"공 사부께서는 하북의 상황에 대해 제대로 이해하지 못하고 계십니다. 신은 익주에서 여러 해를 지냈기 때문에 원소의 병력이 수적으로는 우세하지만 군율이 엄격하지 않다는 사실을 잘 알고 있습니다. 또한 전풍은 강직하긴 하나 윗사람을 함부로 대하고 있고, 허유는 탐욕스럽고 정직하지 못합니다. 심배는 지식은 많으나 지모가 부족하고 봉기는 과단성이 있으나 제멋대로입니다. 또한 막하의 책사들은 서로 시기하고 질투하며 융합하지 못합니다. 장수들을 거론하자면 안량과 문축 등은 필부의 용맹을 갖췄을 뿐 결코 대장의 재목이 못 됩니다. 고람과 장합, 순우경은 더욱 보잘것없는 무리이지요. 따라서 신이 생각건대 원소의 군대가 백만이 넘는다 해도 두려워할 필요가 없습니다!"

순욱은 말을 마치고 나서 사죄하듯 공융에게 고개를 숙여 예를 갖췄다. 공융이 순욱의 말에 반박하려는 차에 곽가가 천천히 자리에서 일어났다. 곽가가 조조에게 말했다.

"조금 전에 회랑에서 비를 피하며 서 있을 때 문거 선생께서 비유하여 말씀하시기를 원소가 군사를 일으키면 천둥번개가 쳐도 피할 수 없는 것과 같다고 하셨지요. 신도 그 말에 동감합니다. 두 영웅이 한 하늘 아래 공존할 수 없는 법이지요. 과거 고조와 항우가 그랬던 것처럼 언젠가는 결전을 벌여야 할 겁니다. 하지만 방금 문거 선생께서 제시한 견해에는 동의할 수 없습니다. 주공과 원소를 비교하자면 주공께는 '10승'이 있고 원소에게는 '10패'가 있다고 할 수 있습니다. 소신의 보잘것없는 의견에 대해 문거 선생을 비롯하여 여러 경들의 고견을 듣고 싶습니다."

조조가 웃으며 곽가에게 말했다.

"봉효에게 고견이 있는 것 같구려. 어서 말해보시오. 내 귀 기울여 듣도록 하겠소!"

곽가는 이미 이 문제를 놓고 여러 차례 심사숙고한 바가 있었다. 그가 차분한 어투로 입을 열었다.

"원소에게 '10패'가 있고 주공께 '10승'이 있다는 논지는 대개 이렇습니다. 원소는 번잡하게 예의를 따지는 반면 주공께서는 비교적 자연스러운 것을 중시하시지요. 이는 '도道'에서 이기는 것이니 1승이라 할 수 있습니다. 원소는 조정에 거역하고 있지만 주공께서는 천자를 끼고 제후들을 호령하고 계시니, 이는 '의義'에서 이기는 것이니 2승이라 할 수 있지요. 한말의 정령은 너무 관대한 것이 문제였는데 원소는 관대함으로 천하를 다스리려 하고 주공께서는 엄중함으로 천하를 다스리려 하시니, 이는 '치治'에서 이기는 것이니 3승이라 할 수 있습니다. 또한 원소는 자기 친족이나 대신들에게는 넉넉하게 베풀면서 백성들에게는 인색하나 주공께서는 밖으로는 간소하나 안으로는 밝고 용인에 의심이 없고, 재능으로만 사람을 쓰며, 멀고 가까운 것을 가리지 않으니, 이는 '도度'에서 이기는 것이니 4승이라 할 수 있지요. 원소는 지모는 뛰어나지만 결단력이 없어 종종 좋은 기회를 놓치는 데 반해 주공께서는 임기응변에 능하시고 모든 행동에 결단력이 뛰어나십니다. 이는 '모謀'에서 이기는 것이니 5승이 되는 셈입니다. 또한 원소는 권문세가의 위세를 등에 업고 있어 허명을 중시하는 반면에 주공께서는 인재들을 성심으로 대하시며 거짓 아름다움을 추구하지 않으십니다. 또한 공을 세운 자들에게 후한 상을 내리시어 무수한 지사들의 추앙을 받고 계시니 이는 '덕德'에서 이기는 것이니 6승이지요.

원소는 사소한 일에 연연하는 여인의 덕을 지니고 있으나 주공께서는 사소한 일을 하찮게 여기고 큰일에 있어서는 원대한 안목을 갖고 계시니 이는 '인仁'으로 이기는 것이니 7승이라 할 수 있습니다. 또한 원소는 장수들의 권한을 박탈하여 서로 시기하고 참언하게 하는 반면 주공께서는 도로써 군을 다스리시기 때문에 참언이나 요언이 비집고 들어올 틈이 없습니다. 이는 '명明'에서 이기는 것이니 8승이라 할 수 있습니다. 원소는 시비가 바르지 못하여 쉽게 남의 말에 넘어가지만 주공께서는 모든 판단을 법과 규정에 따라 하시니 이는 '문文'에서 이기는 것이니 이것이 바로 9승입니다. 원소는 허장성세를 좋아하고 병법에 능하지 못한데 반해 주공께서는 병법에 통달하여 신출귀몰하시니 이는 '무武'에서 이기는 것이니 이것이 10승이지요. 이러한데 어찌 주공께서 원소를 물리치지 못하시겠습니까!"

곽가가 상세하게 늘어놓은 이른바 '10승론'은 자리에 있던 모든 참모들로부터 뜨거운 박수갈채를 받았다. 조조의 얼굴에도 흐뭇한 미소가 번졌다. 그는 곽가의 논리가 지나친 예찬이라는 사실을 모르지 않았다. 하지만 기본적으로는 논점이 크게 틀린 것도 아니었다. 이처럼 낙관적인 견해에 조조는 기쁨을 감추지 못하고 큰 소리로 웃으며 곽가를 칭찬했다.

"봉효의 의론은 사람을 즐겁게 하기에 충분하오. 원소에게 백만의 군사가 있다고 하나 내게는 봉효의 발 하나로 충분하오!"

곽가의 주장은 정세를 냉철하게 분석한 것이었다. 조조로서는 굳이 살을 보탤 필요가 없었다. 한마디로 말해서 곽가의 의론은 절대 물러서지 않고 원소의 대군에 맞서면 수비가 곧 공격이 된다는 것이었다.

회의를 마친 후 조조는 순욱과 순유, 곽가 등 몇 명의 모사들은 그 자리에 남게 했다. 또 한 차례의 논의를 거쳐 다음 3가지 책략이 결정되었다.

첫째, 조조가 직접 대군을 이끌고 황하를 건너 여양으로 가기로 했다. 여양은 업성에서 남쪽으로 1백 리 정도 떨어진 지점에 위치하고 있었다. 조조의 군대가 여양을 점령하면 또 다른 요충지인 사견과 멀리서 호응함으로써 황하 북안에 첫 번째 방어선을 구축할 수 있었다. 둘째, 낭야 등지로 달려가 장패, 손관, 윤례 등의 부대와 합류하여 청주로 들어감으로써 원담을 견제하기로 했다. 이는 두 번째 방어선인 동시에 두 번째 전장이 될 것이었다. 셋째, 동군 태수 유연劉延을 파견하여 백마白馬를 사수하기로 했다. 백마는 황하 남안에 위치하여 여양과 강을 사이에 두고 마주보고 있었다. 아울러 그는 우금에게 백마 서쪽 지역을 지키게 하고 정욱에게는 백마 동쪽에 있는 견성을 지키게 했다. 이로써 연진과 백마, 견성으로 세 번째 방어선을 구축할 수 있었다.

8월 한가위, 조조는 이미 원소에 맞설 전략을 모두 짜놓았다. 동쪽에서는 장패의 행동이 매우 신속하게 이루어졌다. 그는 손관과 윤례 등과 함께 정예 병력을 이끌고 북해군과 제나라를 공격하여 승리를 거뒀다. 이 일로 원담은 동부 근해의 넓은 근거지를 잃어버렸다. 원담은 장패에게 맞서기 위해 병력을 동쪽으로 배치하는 수밖에 없었고, 그 때문에 서쪽에 병력이 부족해져 원소와 협력하여 공격 태세를 갖췄다.

서쪽은 가을 내내 매우 평온했다. 조조는 여양에 주둔하여 원소의 대장군 문축의 주둔지에서 30여 리도 되지 않는 곳에 군영을 세웠다. 우금과 장합의 군영은 황하를 사이에 두고 있을 뿐 더욱 가까운 거리에 있었다. 양측의 기병이 강가에서 말에게 물을 먹일 때면 서로 얼굴을 볼 수 있을 정도로 가까웠다. 병사들은 때때로 상대 병사들에게 몇 마디 욕설을 내뱉기도 했다. 하지만 우금과 장합은 모두 감정을 자제할 줄 알았다. 상대에게 몰래 활시위를 당기는 일 따위는 결코 일어나지 않았다.

겨울로 들어서자 조조 군대의 병력 배치에 약간의 조정이 있었다. 여양에 주둔하고 있던 병력의 일부를 옮겨 관도를 지키게 한 것이다. 관도는 중모中牟현의 접경으로 연진의 남쪽, 허도의 북쪽에 위치하고 있어 황하가 굽이굽이 서쪽에서 동북쪽으로 흘러 바다로 들어가는 전환점인 셈이었다. 조조는 원소가 허도를 공격하기 위해서는 반드시 관도를 거쳐야 하기 때문에 이곳을 철저히 방어해야 한다고 판단했다. 11월이 되자 조조도 군영을 여양에서 관도로 옮겨왔다.

어느새 건안 4년이 끝나갈 무렵이었다. 원소와 조조는 여전히 황하를 사이에 두고 대치하고 있었다. 대치하는 기간 동안 그들은 한편으로 동맹군을 찾는 데 열중했다. 유표와 장수가 그 대상이 되었다. 그들의 사자가 비슷한 시기에 형주와 양성에 도착했다.

그러나 유표의 진영에서는 장사 태수 장선張羨이 몰래 장사군과 영릉零陵군, 계양桂陽군과 결탁하여 군사를 일으켜 소란을 피웠기 때문에 그곳을 진압하느라 북쪽을 살필 겨를이 없었다. 유표는 원소와 조조 누구에게도 원한을 사지 않기 위해 관망하는 태도를 취했다.

반면에 장수는 의외의 선택을 했다. 투항을 권하기 위해 양성을 찾아간 조조의 사자는 이름이 유엽劉曄이요, 자가 자양子楊인 사공창조연司空倉曹掾(관직명-옮긴이)이었다. 그는 원래 여강 태수 유훈劉勳의 막료였으나 얼마 전에 유훈이 손책에게 패하여 휘하의 장수와 병사들을 이끌고 북상하여 조조에게 투항한 대가로 열후列侯에 봉해지면서 자연스럽게 조조의 휘하로 들어가게 되었다.

유엽이 양성에 입성하여 장수를 만나기 전에 먼저 가후를 찾아가 조조에 대한 '경모'의 마음을 상세히 전했다. 그의 이런 태도는 가후의 가슴까지 훈훈하게 만들었다. 그는 건안 2년에 장수가 조조에게 투항하던 때를 떠올렸다. 조조는 일찍이 그에게 장수의 곁을 떠나 조정(즉 조조의 휘하)에서 관직을 맡기를 청했다. 그러나 그는 '장수에게 신임을 받은 이상 매정하게 떠날 수 없다'는 이유로 완곡하게 조조의 청을 거절했다. 조조도 그에게 관직을 억지로 권하지 않고 오히려 그의 '높은 신의'를 칭찬했다. 이번에 유엽의 유세를 들은 그는 생각에 변화가 생기긴 했지만 이를 유엽에게 털어놓지는 않았다.

다음날, 가후가 유엽을 데리고 장수를 만나러 갔다. 유엽이 조정을 대신하여 투항을 권하는 조조의 서신을 꺼내며 덧붙여 말했다.

"조 공께서는 그간의 원한은 모두 잊고 지금부터 우호적인 관계를 맺고자 하십니다."

장수가 조조의 편지를 읽자마자 공교롭게도 원소의 사절이 도착했다는 보고가 전해졌다. 장수는 유엽을 잠시 다른 장소로 피해 있게 했다. 곧 익주의 사신이 안으로 들어왔다. 사자가 원소의 서신을 바쳤다. 장수가 보고는 흠칫 놀랐다. 공교롭게도 마찬가지로 투항을 권하는 서신이었다.

장수가 낮은 목소리로 원소의 사자에게 물었다.

"근래 원본초가 군사를 일으켜 조조를 공격했다던데 승패가 어찌 되었소?"

사자가 말했다.

"엄동설한이라 잠시 교전을 멈춘 상태입니다. 원 공께서는 장군께 '국사國士'의 풍모가 있음을 흠모하여 동맹을 맺고자 하십니다."

장수가 미처 대답하기도 전에 가후가 갑자기 하늘을 올려다보며 큰 소리로 웃었다.

"원씨 형제끼리도 서로 용납하지 못하면서 어찌 천하의 '국사'를 용납할 수 있단 말인가!"

말을 마친 가후는 원소의 서신을 빼앗아 갈기갈기 찢어 사자의 얼굴에 던졌다. 그런 다음 좌우에 지시하여 사자를 군영 밖으로 끌고나가게 했다. 장수가 놀라서 물었다.

"현재 원소의 세력은 강하고 조조의 세력은 약한데 선생께서 원소의 서신을 찢고 그의 사자를 욕보였으니 분명 원소가 대노할 것이오. 만일 그가 군사를 이끌고 공격해 오기라도 하면 어쩔 생각이오?"

가후가 태연하게 대답했다.

"장군님을 위한다면 원소가 아닌 조조와 연합하는 것이 마땅하지요."

장수가 말했다.

"나는 조조와 원한이 있는데 어찌 서로 연합할 수 있겠소?"

가후가 말을 받았다.

"장군께서는 어찌 그렇게 생각하십니까? 조조에게는 패왕의 뜻이 있다는 점을 아셔야 합니다. 패왕의 뜻을 가진 자는 지난날의 원한을 씻어버리고 은덕을 사해에 베풀 줄 알아야 합니다. 이것이 조조와 연합해야 하는 첫 번째 이유입니다. 두 번째 이유는 조조가 천자를 끼고 제후를 호령하고 있다는 겁니다. 조조를 따르는 것은 곧 천자를 따르는 것이니 공명정대한 일이지요. 세 번째 이유는 원소의 병력이 강대하여 저희 군대를 중히 여기지 않겠지만 조조는 세력이 비교적 약하기 때문에 저희 군대를 얻으면 몹시 기뻐하면서 장군을 후하게 대할 것이 분명합니다. 따라서 신이 생각건대 조조에게 투항하는 것이 옳을 듯합니다."

장수는 줄곧 가후를 매우 존중하여 그를 '숙부'의 예로 대해 왔다. 지금도 곰곰이 생각해보니 가후의 견식이 매우 일리가 있다고 여겨져 조조에게 대한 염려가 말끔히 사라지는 것이었다. 그는 곧바로 유엽을 불러 투항의 뜻을 전했다. 이에 따라 장수는 휘하의 장수와 병사들을 이끌고 관도로 달려가 조조에게 투항했다.

장수가 관도에 도착했을 때는 이미 건안 5년 정월이었다. 그날은 함박눈이 하염없이 내렸지만 조조는 눈을 헤치고 10리 밖까지 나와 그들을 맞이했다. 두 사람은 말에서 내려 무릎이 보이지 않을 정도로 쌓인 눈 위를 걸었다. 조조가 먼저 손을 내밀어 장수를 끌어당긴 다음 무척 친근해 보이면서도 어색한 태도로 귓속말을 했다.

"과거 내게 약간의 실수가 있었던 점은 미안하게 생각하오. 더 이상 마음에 담아두지 않길 바라오!"

장수는 조조가 말하는 '약간의 실수'가 자신의 숙모를 범했던 일을 말한다는 것을 모르지 않았다. 하지만 이는 두 사람에게 모두 난처한 이야기라 그는 대답을 하지 않고 아예 못들은 척해버렸다. 솔직히 말하면 그도 미안한 마음이 없지 않았다. 조조의 사랑하는 아들과 조카가 모두 그의 손에 죽었기 때문이다. 이제 와서 어찌할 수 없는 일이었다. 상처를 들취내봤자 서로 마음만 아플 뿐이었다. 결국 그는 하늘 가득 내리는 함박눈을 바라보며 아무 상관도 없다는 듯이 말했다.

"오늘은 눈이 정말 많이 내리는군요!"

이 한마디에 많은 뜻이 담겨 있음을 두 사람이 어찌 모르겠는가? 이 한마디는 그들 사이의 원한이 함박눈에 완전히 덮여버렸음을 의미했다.

그날, 조조는 연회를 열어 장수와 가후를 환대했다. 연회가 끝나고 조조는 다시 가후를 따로 불러 대화를 나누었다. 그가 가후의 어깨를 두드리며 진심으로 칭찬했다.

"내가 천하의 신임을 얻게 된 것은 전적으로 그대 덕분이오!"

이는 조조가 장수와 세 차례 싸워 서로 승패를 공평하게 나눴다는 의미였다. 조조의 아들과 조카 그리고 아끼는 장수 전위가 모두 장수의 손에 죽임을 당했다. 하지만 이제는 장수가 그를 매우 신뢰하고 휘하의 군사들까지 모두 이끌고 투항해 왔으니 참으로 감동적인 일이 아닐 수 없었다. 그는 더 이상 과거의 잘못은 묻지 않고 장수를 신임하여, 세상 사람들이 사사로운 원한을 따지지 않고 넓은 아량을 가질 수 있게 하는 모범이 되리라 마음먹었다. 그렇게 하면 '천하의 신임'을 얻을 수 있을 것이었다. 조조와 장수가 오늘날 마음을 함께 할 수 있게 된 것은 모두 가후 덕분이었다.

다음날, 조조는 장수를 양무장군揚武將軍에 임명하고 가후를 집금오로 임명하는 동시에 도정후에 봉했다. 이때부터 가후는 순욱, 순유, 곽도 등과 함께 조조의 휘하에서 중요한 책사로 활동하게 되었다. 나중에 장수는 조조와 사돈을 맺게 된다.

# 4

조조는 건안 5년 새해에 하마터면 자신의 목숨을 황하의 모래톱에서 잃을 뻔했다. 이는 꿈에서조차 생각지 못한 일이었다.

함박눈이 세상을 온통 하얗게 만들던 날, 경솔하게 그를 해치려던 마수는 강 건너 원소의 진영이 아닌 자신의 배후에서 몸을 드러냈다.

이는 오랫동안 계획해온 암살이었다. 암살의 이유는 아직 밝혀지지 않았지만 이야기하자면 장수와도 어느 정도 관련이 있었다.

자신을 위해 마련된 연회에서 장수는 무의식중에 휘장 앞에 서 있는 도위 허저와 어깨를 나란히 하고 갑옷을 걸치고 있는 무사가 어딘가 모르게 낯이 익다고 생각했다. 기억해내려고 애를 써보았지만 그 사내를 어디서 만났는지 도무지 기억이 나지 않았다. 때문에 장수는 온 정신을 조조에게 집중해야 하는 자리였지만 조조의 뒤에 서 있는 호위무사에게 특별히 관심을 가질 수밖에 없었다. 단지 그는 나중에 조조가 허저를 소개하며 자신에게 술을 올리게 하자 그 기회에 허저의 뒤에 바짝 붙어 서 있는 호위무사에게 한마디 물어보았을 뿐이었다.

"그대는 어디서 온 장사요?"

허저가 젊은 무사를 대신하여 대답했다.

"어양漁陽 평곡平谷 사람입니다. 이름은 서지徐池라 하는데 조 공의 휘하에서 상종사를 맡고 있지요."

소개가 끝나자 장수가 예에 따라 상종사에게 술을 따라주었다. 상종사는 술잔을 비운 다음 예를 갖춰 절을 했다. 서지를 다시 한 번 쳐다본 장수는 여전히 낯이 익다는 생각을 버릴 수가 없었다. 연회가 끝나고 허저와 서지가 조조를 따라 그를 관청 입구까지 배웅해 줄 때, 그는 다시 한 번 서지에게 시선을 보내면서 말했다.

"이 무사는 어째 아주 낯이 익은 것 같소."

하지만 서지는 고개를 가로저으며 이상하다는 표정을 지을 뿐이었다.

장수가 몇 차례 더 서지를 살펴봤지만 조조는 전혀 마음에 두지 않았다. 하지만 허저는 달랐다. 뭔가 이상한 생각에 장수의 말을 마음속에 담아두었다.

사건이 발생한 그날 밤에는 눈바람이 세차게 불었다. 이경쯤 되었을 때, 공사를 모두 마친 조조는 옷을 벗은 다음 침상에 올라 사적인 일을 처리하기 시작했다. 뛰어난 미모를 가진 여인, 그가 하비에서 얻은 두씨가 자신의 몸으로 조조에게 따뜻한 이불을 만들어주었다. 조조의 손이 조금 차가웠지만 두씨는 전혀 개의치 않고 그의 두 손을 품에 안았다. 조조는 금세 흥분하기 시작했다. 그가 밀가루 떡을 주무르듯이 그녀의 몸을 주무르자 그녀도 이내 뜨겁게 달아오르기 시작했다. 밖은 얼음과 눈으로 뒤덮여 몹시 추웠지만 방 안은 봄날처럼 따뜻했다. 반 시각쯤 지나 두 사람은 함께 황홀한 꿈나라로 빠져들었다.

조조의 침실은 후당과 서로 연결되어 있고, 중간에는 문 하나와 창문 하나가 있었다. 침실의 좌우에는 '호랑이'이라고 불리는 호위무사가 방을 지키고 있었다. 매일 밤 당직을 서는 '호랑이' 호위무사들은 약 20명 남짓 되었다. 초저녁부터 자정까지 그리고 자정부터 새벽까지 2조로 나누어 2명의 상무사가 각각 한 조씩 지휘했다. 그리고 상무사들의 최고 지휘관이 바로 허저였다.

허저는 평소 호위무사들과 함께 생활했다. 하지만 오늘은 특별한 일이 있었다. 그의 노모가 위급하여 임종을 앞두고 있었던 것이다. 때문에 조조는 그에게 10일간 특별휴가를 주어 허도로 돌아가 자식의 도리를 다하게 했다. 그가 2명의 호위무사와 함께 말을 타고 관청 문을 나설 때는 이미 날이 어두워지기 시작했다.

그런데 이상한 일이었다. 허저는 분명 한걸음에 집으로 달려가 노모의 병상을 지키고 싶었다. 그러나 알 수 없는 힘이 뒤에서 그를 힘껏 잡아끌었다. 어둠 속에서 누군가 그를 일깨우는 것 같기도 했다. '허저야, 네가 떠나면 누가 조 공을 보호한단 말이냐? 안심하고 떠날 수 있겠느냐?'

그가 곰곰이 생각해봤지만 사실 불안할 일도 없었다. 조조와 원소가 대치하고 있다고는 하지만 곧 싸움이 일어날 가능성은 희박했고 따라서 전쟁의 위험도 없었다. 게다가 군영에는 잘 훈련된 '호랑이 호위무사'들이 주야로 지키고 있으니 사단이 벌어질 가능성은 전혀 없었다. 그런데 어째서 가슴이 두근거리고 머리가 지끈거리는 것일까?

말로 설명할 수 없는 야릇한 기분이었다. 그는 나중에야 이것이 신령의 계시임을 깨달았다. 허저의 머릿속에 점점 한 사람의 모습이 떠올랐다. 다름 아닌 상무사 서지였다. 서지는 늘 불안해보이고 이리저리 시선을 피하는 것이 조금 수상쩍었다. 혹시 서지가 다른 마음을 갖고 있는 것일까? 그는 부모도 처자식도 없는 혈혈단신이라 집안을 걱정할 일도 없었다. 그는 들짐승처럼 생각이 단순한 사람이었다. 무술이 뛰어난데다 힘도 소처럼 셌고 걸핏하면 사람들과 싸움을 벌였다. 게다가 입만 열면 '머리가 잘려봤자 흉터 하나 생기는 것뿐'이라며 다른 호위무사들을 놀라게 하곤 했다. 그래도 허저는 그를 제압할 수 있었다. 일찍이 그가 허저를 화나게 한 적이 있었다. 하지만 그는 허저의 주먹질과 발차기 몇 번에 그대로 푹 쓰러지고 말았다. 그 후로 그는 더없이 순한 모습을 보였다. 이런 사람이 애초에 상무사에 뽑힌 것은 그의 '야성'이 눈에 들었던 덕분이었다. 하지만 '야성'은 일단 발작을 하면 언제든지 큰 위험이 될 수 있었다!

허저는 또다시 장수가 연회에서 서지를 가리키며 "이 무사는 어째 아주 낯이 익은 것 같소"라고 말했던 것이 생각났다. 어째서 낯이 익은 걸까? 분명 어딘가에서 마주친 적이 있을 것이다. 하지만 서지는 당황해하며 장수의 말을 부인했다. 당시에는 모두 이처럼 사소한 부분까지는 신경을 쓰지 않았다. 사람을 잘못 보는 것은 흔히 있는 일이기 때문이었다. 하지만 이런 사소한 부분들도 서지의 이상한 태도와 연관시켜보니 수상하기 그지없었다.

"돌아가자!"

허저가 갑자기 호위무사에게 지시했다. 그는 말고삐를 세게 잡아당겼다. 말이 히힝 하는 소리를 내며 앞발을 하늘로 치켜들더니 그 자리를 빙빙 맴돌았다.

허저가 바람처럼 빠른 속도로 2백 리를 달려와 군영에 도착했을 때는 이미 한밤중이었다. 다행히 그는 때맞춰 돌아왔다. 바로 그때 서지가 비수를 손에 들고 조조의 침실로 잠입하려 하고 있었던 것이다.

원래 서지는 양주군 장수 양봉의 호위무사였다. 건안 원년 가을에 양봉이 조조의 군대에 크게 패하자 서지는 포로가 되어 조조의 군대에 투항했다. 당시 조조가 각 군영에서 호위무사로 삼을 만한 용사들을 선발할 때 서지는 무예와 창검술이 뛰어나 우선적으로 선발되었다. 그가 오늘 조조를 암살하려는 것은 동승의 사주를 받은 것이었다.

한 달 전, 동승은 '의장'에 서명한 왕복, 충집, 오석, 오자란 등을 모아

놓고 비밀리에 조조를 암살할 계획을 꾸몄다. 이런 계획은 이미 10여 차례나 도모하였지만 줄곧 의견이 일치하지 않아 무산되었다. 하지만 이번에는 자리에 모이자마자 모두 2가지 부분에 있어 의견을 같이했다. 첫째는 더 이상 시간을 끌어 계획을 망쳐서는 안 된다는 것이고, 둘째는 조조의 암살을 마등이나 유비 같은 제후세력이 해결해주기를 기대하기는 어렵다는 것이었다. 먼 곳의 물로는 가까운 곳의 갈증을 해소하기 어려운 법이었다. 그렇다면 가장 간단하면서 효과적인 방법은 왕윤이 동탁에게 했던 것처럼 조조의 측근에 있는 호위무사를 매수하여 암살하는 것이었다.

그들이 가장 먼저 떠올린 것은 허저였다. 하지만 그의 이름을 언급하자 다들 바로 고개를 가로저었다. 허저는 여포처럼 은혜를 잊고 의를 저버리며 사리사욕에 눈이 먼 소인배가 아니라는 사실을 알기 때문이었다. 조조에 대한 그의 충성은 너무도 확고했고, 아무리 높은 관직이나 미녀로도 그의 충성심을 흔들지는 못했다.

그들은 계속해서 여러 인물들을 떠올려보았다. 이리저리 고민하는 가운데 왕복이 갑자기 무릎을 탁 치면서 말했다.

"있소! 서지가 어떻소?"

동승과 충집에게는 매우 생소한 이름이었다. 왕복이 그들에게 지난 기억을 상기시키며 말했다.

"동 공께선 보신 적이 있으실 겁니다. 당시 서지는 양봉 장군의 호위무사였지요. 양 장군은 연회에 참석할 때마다 그를 대동했습니다."

하지만 동승은 머리에 떠오르는 것이 없었다. 왕복이 덧붙여 말했다.

"제가 그를 알고 있습니다. 동 공께서 말씀만 하시면 제가 처리하도록 하겠습니다!"

그 후 왕복은 어렵게 기회를 잡아 서지를 은밀한 장소로 불러 술과 요리로 후하게 대접한 다음 그의 마음을 떠보았다. 서지와 왕복은 같은 고향 사람이나 마찬가지인데다 모두 양주군에 속했던 경력이 있어 상당히 친한 편이었다. 게다가 왕복이 장군의 신분인데도 몸을 낮춰 일개 병사를 위해 주연을 베풀어준 것은 더더욱 감동적인 행동이었다. 서지는 왕복이 자신에게 부탁할 것이 있음을 짐작하고 먼저 말을 꺼냈다.

"장군, 제게 시키실 일이 있으면 어서 말씀하시지요."

왕복이 대답했다.

"내가 부탁하려는 것이 아니라······."

그러던 어느 날 마침내 동승은 서지를 만나 황제의 혈서를 보여주었다. 서지는 자신이 '국장'과 자리를 함께 하게 되리라고는 꿈에도 생각지 못했다. 게다가 황제의 혈서를 보게 된 것은 더없는 영광이었다. 두말할 것도 없이 그도 '의장'에 서명한 '열사' 가운데 하나가 되었다.

서지는 이런 사명을 기꺼이 받아들였다. 하지만 정의감에 용감히 나서기는 했지만 허저의 경호가 삼엄했기 때문에 일을 도모할 기회를 찾기가 어려웠다. 때문에 심리적인 압박도 심했고, 심리적 압박을 받다 보니 부자연스러운 행동이 나타날 수밖에 없었다. 예컨대 그날 장수가 그에게 "이 무사는 어째 아주 낯이 익은 것 같소"라고 말했을 때 그는 굳이 그의 말에 부인할 필요가 없었다. 그가 양봉의 휘하에 있을 때, 장제와 장제의 조카인 장수를 여러 차례 본 적이 있었다. 사실 그가 평소처럼 대답했다면 이야기는 훨씬 자연스러웠을 것이고, 사람들의 의심을 사는 일도 없었을 것이다.

오늘 밤, 허저가 허도로 돌아가면 서지는 마침내 기다리던 기회를 얻게 될 것이었다. 그는 상무사로, 당직을 서는 '호랑이 호위무사'의 작은 두목이었다. 이 점이 그가 일을 도모하는 데 유리하게 작용했다. 그는 다른 '호랑이 호위무사'를 조조의 침실 밖과 복도, 계단 등에 배치하고 자신은 침실과 연결된 후당 입구를 맡기로 했다. 그는 조조가 깊이 잠들기만 기다렸다. 말하자면 아주 간단했다. 조조의 침실 문은 한 번도 잠긴 적이 없었기 때문에 (하지만 조조의 허락 없이는 누구도 함부로 들어갈 수 없었다) 그가 임무를 완수되는 것은 시간문제였다.

서지는 참을성 있게 후당 입구에 서서 때를 기다렸다. 침실 너머로 코 고는 소리만 들려오면 계획을 실행할 수 있었다.

한참 뒤에야 코 고는 소리가 들려왔다. 서지는 품에서 비수를 꺼내 조심조심 당 안으로 들어간 다음 등촉을 끄고 침실 문을 더듬었다. 그 순간 그는 마음을 가다듬으며 스스로에게 주의를 주었다. '반드시 정확하고 세게 찔러야 한다. 그렇지 않으면 조조의 무공을 당해내기 어려울지도 모른다.'

그런데 바로 이때, 당 밖에서 말 울음소리가 들렸다. 순간 놀란 서지는 재빨리 비수를 감췄다. 뒤이어 허저가 눈사람처럼 찬바람을 일으키며 달려 들어왔다.

등촉이 꺼지긴 했지만 허저의 눈에 백설에 반사된 희미한 사람 그림자가 보였다. 그가 큰 소리로 외쳤다.

"거기 누구냐?"

서지는 허저의 목소리임을 확인하고는 당혹감을 감추지 못했다. 허저가 이렇게 눈이 내리는 밤에 가던 길을 돌아오리라고는 생각지도 못했기 때문이었다. 순간 우물쭈물 아무런 대답도 하지 못했다.

"오라! 너였구나!"

허저가 서지를 알아봤다. 이어 사나운 목소리로 물었다.

"어찌하여 등을 *끄고* 있는 게냐?"

서지는 여전히 우물쭈물 아무런 대답도 하지 못했다. 갑자기 바람이 불어 등촉이 꺼졌다고 거짓말을 할 수도 있었다. 하지만 그는 말주변이 없는 데다 원래 다른 속셈이 있던 터라 허저를 보고는 놀라서 더 말이 나오지 않았다.

허저는 서지에게 불쏘시개를 가져다 다시 등촉을 밝히라고 했다. 이때 서지의 얼굴이 온통 땀에 젖어 있는 것을 보았다. 이상하게도 다른 사람에게는 그토록 사나운 서지도 허저 앞에서는 겁을 먹고 맥을 못 추었다. 이는 단순히 허저가 그의 상사이기 때문만이 아니었다. 가장 중요한 원인은 허저의 힘을 두려워하기 때문이었다. 서지가 '힘이 소처럼 세다'는 사실에 자부심을 느낀다고는 하지만 허저의 힘은 역사서에도 나오는 것처럼 '소꼬리를 잡고 1백여 걸음을 끌고 간 다음 소를 때려눕힐' 정도였고 서지도 이런 얘기를 들은 적이 있던 터였다.

허저는 서지에게 다른 속셈이 있다고 단정하고 즉시 호위무사들을 불러 서지를 꼼짝 못하게 붙잡았다. 그런 다음 그의 품을 뒤져 비수를 찾아냈다. 그 순간이 되어서야 서지는 저항해야겠다는 생각이 들었지만 이미 때가 늦은 상태였다. 단단히 결박당한 그는 반항은커녕 스스로 목숨을 끊는 것조차 어려웠다.

다음날, 잠에서 깬 조조는 허저가 문 앞에 서 있는 것을 보고는 몹시 놀랐다. 그 옆에 서지가 결박된 채 기둥에 묶여 있는 것을 보고는 더더욱 의

아했다. 허저에게 자초지종을 들은 뒤에야 그는 감격하여 말했다.

"허 장군이 없었다면 나는 이미 죽은 목숨이었구려!"

그러고는 허저에게 이번 일을 철저히 비밀로 하고 어느 누구도 알지 못하게 하라고 지시했다.

이 이후로 그는 자신의 신변에 있는 사람을 믿지 않았고 더욱더 의심 많고 잔인한 성정으로 변해갔다. 그러다 보니 이런 일화도 생겨나게 되었다.

한 번은 그가 곁에 있던 시종들에게 말했다.

"내가 잠잘 때 절대로 가까이 오지 않도록 하라. 만일 가까이 다가오는 자가 있으면 목숨을 잃게 될 것이다."

나중에 그가 자는 척하고 있을 때 시종 하나가 이불을 덮어주기 위해 살며시 다가오자 그는 휙 하고 몸을 일으키고는 칼을 휘둘러 시종의 목을 벤 다음 계속 잠을 잤다. 잠에서 깨어나서는 침상 아래에 널브러져 있는 시신을 보고 짐짓 놀라는 척하며 곁에 있던 시종에게 물었다.

"이게 어찌 된 일이냐? 누가 이런 짓을 했단 말이냐?"

그 이후로는 감히 그가 잠잘 때 곁으로 다가가는 사람이 없었다.

모진 고문을 당한 서지는 동승과 왕복 등의 음모를 자백했다. 이 일로 조조는 커다란 충격을 받았고 다음날 서지를 압송해 허도로 돌아갔다.

허도에 도착한 지 얼마 지나지 않아 조조는 사저인 매원梅園에서 연회를 열고 대신들을 청해 매화를 감상했다. 동승은 초대를 받았지만 병을 핑계로 참석하지 않았다. 왕복과 충집, 오석, 오자란도 초대를 받고 참석했다. 그들은 매화 감상 따위는 하고 싶지 않았지만 조조의 의심을 살까 두려워 억지로 얼굴을 내밀었다.

벌써 정월 하순이라 정원의 매화나무에는 꽃이 만발했다. 붉은 꽃과 하얀 꽃이 어우러져 너무나 아름다운 경관을 이루는 가운데 은은한 향기가 가슴속 깊은 곳까지 스며들었다. 그러나 사방에 창을 든 호위무사들이 참석한 손님들을 호시탐탐 노려보고 있어 모두 마음이 편치 않았다. 저절로 중평 6년, 동탁이 온명원에서 연회를 베풀던 정경이 떠올랐다.

조조는 그가 직접 담근 술 구온춘을 손님들에게 대접했다. 술이 몇 순배 돌고 나자 그가 갑자기 음험한 웃음을 보이며 말했다.

"자리가 별로 흥겹지 않구려. 거문고 소리를 듣는 것도 가무를 보는 것도 신선하지가 않으니 오늘은 구경거리를 바꿔보도록 합시다!"

그러고는 박수를 치자 누군가 큰 소리로 외쳤다.

"대령했습니다!"

이어서 10여 명의 옥졸이 형틀에 묶인 죄인을 끌고 나와 연회석의 한가운데 내려놓았다.

모두 죄인의 얼굴을 보고 놀라움을 금치 못했다. 왕복과 충집은 기겁하여 몸이 부들부들 떨렸다. 그들의 앞에 있는 죄인은 바로 그들이 큰 기대를 걸었던 암살자 서지였다.

이어서 조조가 연회에 참석한 사람들에게 선포했다.

"이 자는 악한 무리의 사주를 받아 반역을 꾀하고 나를 음해하려 했소. 다행히 하늘이 도우셔서 한 고비를 넘기게 되었소이다. 오늘 이 자리에서 이 자의 자백을 들어보려 하오!"

그러나 범인은 얼굴이 피로 얼룩지고 눈이 흐리멍덩해진 데다 입이 심하게 부어 목소리가 나오지 않았다. 한 옥리가 그를 대신하여 진술서를 읽었다. 진술서에는 동승과 왕복, 충집 등이 그에게 조조를 모살하도록 지시했다고 적혀 있었다. 하지만 왕복 등은 진술서에 왜곡된 부분이 두 군데 있다는 사실을 발견했다. 첫째는 황제의 혈서가 자신들이 위조한 문서라고 말한 점이고, 둘째는 양주군 대장 마등의 이름을 숨긴 점이었다. 그들이 이렇게 한 까닭을 알 수가 없었다.

옥리가 진술서를 대독하고 나서 서지에게 물었다.

"이것이 너의 진술과 같으냐?"

서지가 잠깐 어리둥절해하더니 어쩔 수 없다는 듯이 고개를 끄덕였다. 옥리가 진술서를 서지의 면전에 들이대며 다시 물었다.

"이것이 너의 수결이 맞느냐?"

서지가 다시 고개를 끄덕였다.

이때 왕복이 자리에서 벌떡 일어나 외쳤다.

"이건 모함이오! 모함이란 말이오!"

충집도 덩달아 소리쳤다.

"저자가 악독한 말로 남을 헐뜯고 있소!"

오석과 오자란도 애써 구실을 찾으려 했다. 하지만 이들은 모두 동시에 무사에게 제압당하고 말았다. 눈 깜짝할 사이에 오랏줄에 꽁꽁 묶여 몸을 움직일 수조차 없었다.

이어서 조조가 옥리에게 형 집행을 명했다. 옥리가 "형을 집행하라!"라고 외치자마자 획 하는 소리와 함께 서지의 머리가 땅에 떨어져 굴렀다. 목에서는 붉은 피가 거세게 뿜어져 나왔다. 범인의 몸은 아직도 감각이 남아 있는 듯 가볍게 떨렸다.

사람들의 놀란 시선 속에서 조조는 왕복과 충집, 오석, 오자란을 잠시 감금하게 했다. 그런 다음 손님들을 향해 해명했다.

"오늘 여러분들을 놀라게 해드려서 정말 죄송하오. 그저 여러분을 증인으로 청함으로써, 앞으로 사람들이 조조가 함부로 사람을 잡아 죽이고 제멋대로 권력을 휘두른다고 모함하는 일을 피하기 위함이었소!"

대신들은 그저 고개를 끄덕이는 수밖에 없었다. 사람들은 이 사건에 자신들도 휘말리게 될까 두려웠다. 조조의 말을 듣고 자신은 혐의를 벗었다는 사실에 마치 특별사면이라도 받은 것처럼 모두 황급히 작별을 고하고 조조의 집을 나섰다.

뒤이어 조조는 하후돈과 함께 병사 1천여 명을 이끌고 동승의 관저로 달려갔다. 병사들이 재빨리 경비병을 해치우고 정원을 에워쌌다. 조조는 하후돈 등의 호위를 받으며 통보도 없이 곧장 대문으로 들어섰다.

이때, 동승은 마침 후당에서 마음을 졸이며 왕복과 충집 등이 소식을 전해오기만 기다리고 있었다. 갑자기 어수선한 발소리가 정원 한가운데서 들려오자 시종을 불러 왕복의 무리인지 알아보게 했다. 그러나 뜻밖에도 발소리가 점점 빨라지더니 이미 후당을 오르고 있었다. 그는 황급히 지팡이를 짚고 나가보았다. 고개를 들어 얼굴을 확인한 그는 놀라움을 금할 수 없었다. 조조가 바로 앞에 서 있는 것이었다!

조조가 읍을 하고는 웃으며 물었다.

"국장께서는 무슨 연유로 연회에 참석하지 않으셨습니까?"

동승이 말을 얼버무렸다.

"몸이 좀 불편하여 가지 못하였소."

자리에 앉은 다음 조조가 동승의 태도를 살피며 다시 물었다.

"혹시 국장께서는 나라를 걱정하여 병이 나신 것이 아닙니까?"

동승은 이미 그가 '좋지 않은 의도'로 찾아온 것임을 알고 있었지만 침착한 척하는 수밖에 없었다.

"조 공께서 절 놀리시는군요! 공께서 조정을 총괄한 뒤로 나라가 나날이 강성해지고 있는데 어찌 근심이 있겠습니까?"

조조가 웃으며 말을 받았다.

"국장께서 과찬을 해주시니 참으로 영광입니다."

동승이 억지로 함께 웃으며 물었다.

"대인께서 이 누추한 집에 어인 일로 왕림하셨는지 모르겠습니다."

조조가 말했다.

"오늘은 폐를 끼칠 일이 조금 있지요. 국구께 물건을 하나 빌리고자 하니 거절하지 말아주십시오."

"어떤 물건을 말씀하시는지요?"

"다른 게 아니라 황제께서 하사하신 옥대입니다."

동승은 너무 놀라 얼굴이 새파랗게 질렸다. 짚고 있던 지팡이가 탁 소리를 내며 바닥에 떨어졌다. 그는 억지로 웃는 얼굴을 하며 말했다.

"그날 동화문에서도 제게 농담을 하시더니 오늘도 농담을 하시는구려."

조조가 갑자기 안색을 바꾸면서 말했다.

"누가 농담을 한다고 그러시오? 어서 옥대에 있던 조서를 내놓으시오!"

동승은 조서라는 말을 듣고 자신들의 계획이 이미 탄로 났다는 것을 알았지만 끝까지 모른척하며 발뺌했다.

"그게 무슨 말씀이시오? 무슨 뜻인지 이해가 가지 않소이다."

조조가 차갑게 웃으며 말했다.

"제가 알려드리지요!"

조조는 곧 서지의 진술서를 꺼내 동승에게 읽어주었다. 그러고는 한마디 덧붙였다.

"왕복과 충집, 오자란 등도 모두 자백했소. 그대가 죄를 시인하든 안하든 상관없소. 거짓으로 조서를 꾸며 대신을 음해하고 반란을 일으키려한 죄는 벗을 수 없을 것이오!"

동승은 저항하고 싶었지만 하후돈이 그의 양 어깨를 붙잡고 있어 몸을 움직일 수가 없었다. 그는 거칠게 저항했다. "서지, 이 소인배가 내게 더러운 오물을 뒤집어씌우려고 하는구나." 그러면서 조조를 향해 욕설을 퍼부었다. "조조, 네놈이 나를 모함하는구나!" 조조는 화를 내지도 않았고 그와 언쟁을 벌이지도 않았다. 그저 병사들을 시켜 '옥대에 적은 조서'와 '의장'을 찾는 데 몰두할 뿐이었다.

그러나 온 집안을 샅샅이 뒤졌지만 조서와 의장은 나오지 않았다. 그러자 동승이 그를 조롱하며 말했다.

"조 공, 그대가 찾는 조서와 의장이란 사마상여의 부에 나오는 '자허'와 '오유烏有' 선생을 말하는 것이 아니오?"

조조가 웃으며 말을 받았다.

"오늘은 그대와 시부를 논하지 않겠소. 그보다는 그대에게 《한률漢律》에 대한 가르침을 청하고 싶소. 관에서 정한 오형이란 묵형墨刑과 의형劓刑, 궁형宮刑, 월형刖刑, 사형을 말하는 것이오. 문제 때는 잠시 육형肉刑을 폐지하고 다른 형벌로 대신하게 한 적도 있지요. 가령 의형은 태형笞刑으로 대신하게 해, 왼쪽 발가락을 자르던 것을 태형 5백 대로 대신했소. 하지만 사실 태형 3백 대나 5백 대가 육형에 비해 그리 형이 가벼운 것만은 아니요. 5척 길이의 태장笞杖으로 형을 집행하면 2백 대만 넘어도 목숨을 잃는 경우가 허다하지요. 때문에 얼마 전 조정에서 육형을 부활시켜야 한다는 의견이 제기되기도 했었소. '궁형'으로 다스려야 할 것은 '궁형'으로 다스리고, '월형'으로 다스려야 할 것은 '월형'으로 다스리며 사형으로 다스려야 할 것은 사형으로 다스리고, '거열車裂'로 다스려야 할 것은 거열로 다스리며 '포락炮烙'으로 다스려야 할 것은 포락으로 다스려야 한다는 것이지요. 그런데 소공부 문거 선생을 비롯한 몇 분은 육형을 부활시켜서는 안 된다는 상주를 올렸습니다. 대체 육형을 부활해야 할지 하지 말아야 할지 조정대신들의 의견을 다시 물어야 할 것 같소이다. 국장께 여쭤보겠소. 육형을 좋아하십니까 아니면 태형을 좋아하십니까?"

동승이 놀란 눈을 부릅떴다.

"네 이 간사한 도적놈이 감히 날 위협하는 것이냐! 죽이던지 능지처참을 하던지 네 마음대로 하거라!"

조조는 여전히 침착한 태도를 잃지 않았다.

"그렇다면 육형이 아직 부활되지 않았으니 국장께는 태형을 맛보게 해드리지요."

말을 마친 그는 수행하던 옥졸에게 명을 내렸다.

"먼저 태형 2백 대를 행하도록 하라!"

이리하여 옥졸 여럿이 달려들어 동승의 옷을 벗기고 바닥에 엎드리게 했다. 그런 다음 길이 5척에 지름이 1촌 가량 되는 대나무 '생황笙簧'으로 한 대, 또 한 대 빠르지도 느리지도 않게 볼기와 허벅지를 내리쳤다. 10대도 되지 않아 몸에 검붉은 빛이 감돌았다. 50대에 이르자 피와 살이 사방에 튀고 1백 50대도 되지 않아 호흡이 흐려지면서 정신을 잃고 말았다.

조조는 다시 옥졸에게 냉수를 끼얹어 동승을 깨우도록 지시했다. 조조가 동승에게 다시 물었다.

"태형이 아직 50대 남았으니 좀 쉬었다 다시 할까요?"

동승이 힘없는 목소리로 욕을 했다.

"이 도둑놈아! 차라리 날 죽여라!"

오히려 조조가 아주 진지하게 해명을 했다.

"이것은 사형이 아니라 태형이오. 국장께서 두 가지 물건을 내놓으신다면 태형을 중지할 수 있지요. 만일 내놓지 않는다면 사형이 아니라 궁형을 행할 수도 있소이다."

동승은 여전히 이를 악물고 자신의 태도를 견지했다. 조조의 병사들은 여전히 집안 곳곳을 뒤지고 있었다. 공교롭게도 태장 2백 대의 형벌이 끝나고 동승이 다시 정신을 잃는 순간 담의 작은 구멍에서 조서가 담긴 옷과 옥대가 발견되었다.

결국 동승과 그의 가솔들은 모두 그 자리에서 체포되었다. 며칠 후, 동승과 왕복, 충집, 오석, 오자란의 삼족을 모두 합쳐 7백여 명이 허도의 각 관아로 압송되어 참수되었다.

## 6

조조가 검을 차고 입궐했을 때, 헌제는 마침 동 귀인과 탄기彈棋(바둑돌 튕기기-옮긴이)를 즐기고 있었다.

동 귀인의 탄기 솜씨는 대단했다. 그녀는 바둑알 1개로 상대방의 바둑알을 연달아 떨어뜨렸다. 심지어 바둑알 1개로 6개의 바둑알을 단번에 튕겨내 승부를 낼 때도 있었다. 그런데 오늘은 바둑알이 잘 튕겨지지 않았다. 바둑알을 튕기면 이상하게도 계속해서 목표를 빗나갔다. 결국 두 판을 연속으로 지고 말았다. 그녀는 세 번째 판은 반드시 이기고 싶었다. 헌제도 내심 그녀가 이기기를 바랐다. 두 사람 모두 이 놀이에 정신을 집중하고 있었다. 곁에서 탄기를 지켜보고 있던 복 황후와 궁녀들도 숨을 죽이고 구경했다. 조조가 무장한 군사들을 이끌고 후궁 안으로 들어왔는데도 그들은 전혀 눈치 채지 못했다. 단지 탁 하는 소리와 함께 검은 바둑알이 바둑판에 튕겨 바닥에 떨어지는 소리를 들었을 뿐이었다. 바둑알이 데굴데굴 조조의 발아래에 굴러오자 그가 사납게 짓밟았다.

헌제와 그의 황후, 비빈, 그리고 궁녀들은 조조가 예고도 없이 거친 군사들을 이끌고 후궁에 난입하리라고는 생각지도 못했다. 모두 멍하니 놀란 눈을 했다.

"폐하, 고상한 놀이를 즐기고 계시는군요!"

조조가 차갑게 웃으며 바둑알을 집어든 다음 바둑판이 있는 곳으로 다가갔다. 헌제와 복 황후, 동 귀인은 그제야 정신을 차리고 황급히 도망치려 했다. 그러나 조조가 먼저 손을 뻗어 이들을 붙잡았다.

조조는 전처럼 예를 올리기는커녕 멋대로 동 귀인의 자리에 앉았다. 그런 다음, 바둑판을 응시하며 말했다.

"폐하, 신도 이 바둑판을 알 듯합니다. 건안 원년에 신이 진상한 것이지요?"

"그렇소."

헌제가 대답했다.

조조는 감회가 새로운 듯 바둑판을 어루만지며 말을 이었다.

"신이 그때 이 바둑판을 봉헌하면서 《탄기부彈棋賦》도 한 편 지어 올렸는데 기억하고 계시는지요?"

"기억하오."

헌제는 대답하면서 닭이 먹이를 쪼듯이 연신 고개를 끄덕였다. 조조는 낭랑한 목소리로 《탄기부》를 낭송했다. 이때 그의 표정은 전혀 살인을 하려는 사람의 모습이 아니었다.

"그런데……."

조조의 낭송이 끝나자 헌제가 두려운 듯 물었다.

"경께서 오늘 무슨 일로 입궐하셨소?"

조조는 대답을 하지 않고 궁전과 누각을 대충 훑어보더니 헌제에게 되물었다.

"폐하께서 허도에 오신 지 4년이 지났지요?"

"그렇소. 4년이 조금 넘었소."

헌제는 이상한 생각이 들어 속으로 중얼거렸다. '조조가 대체 무슨 일로 찾아온 것인가.' 불쌍한 황제는 아직 아무것도 모르고 있었다. 옥대에 감춰진 조서가 발각되고 동승과 '의장'에 서명한 무리가 죽임을 당했으리라고는 상상도 하지 못하고 있었다. 하지만 그는 곧 조조가 하찮은 바둑판 이야기를 꺼내는 의도가 자신에게 지난날을 상기시켜주려는 것임을 깨달았다.

과연 조조는 그를 이끌고 낙양에 있을 당시 궁궐이 모두 무너지고 잡풀만 무성하게 자라 군신들이 모두 극심한 굶주림으로 머리가 어지럽고 앞이 안 보여 죽을 뻔했던 그때의 참상을 떠올리게 했다. 솔직히 말하자면 그와 그의 비빈들이 지금처럼 새로운 궁전에서 즐겁게 탄기나 즐기며 편안하게 살게 된 것은 다 조조의 덕이라고 할 수 있었다.

헌제는 새삼 조조에게 감사의 인사를 건넸다.

"짐이 여기까지 오게 된 것은 모두 경의 공이오!"

그러나 조조는 고개를 가로저으며 가슴이 아픈 듯 다시 물었다.

"한데 폐하께서는 어찌 신을 살려두려 하지 않으십니까?"

헌제가 대경실색했다.

"경, 지, 지금, 그게 무슨 말이오?"

조조가 곧 고통스러운 표정을 거두고 흉악하고 잔인한 표정을 지으며 냉담하게 말했다.

"어찌 기억을 못하십니까! 손가락을 찔러 조서를 쓴 일을 잊으셨습니까?"

헌제는 순간 머리에 벼락을 맞은 듯 말을 더듬거리며 대답을 하지 못했다. 그러고는 감정을 주체하지 못해 복 황후와 동 귀인을 팔에 안았다. 지금 그는 중평 6년, 황형 유변과 그의 비가 영안궁에 갇히던 때를 떠올리지 않을 수 없었다. 어느 날, 동탁이 이유를 보내 그들에게 짐주를 마시게 했다. 그날의 정경이 오늘 다시 재현되는 것인가?

조조는 헌제를 응시했다. 눈빛이 독사 같은 혀를 날름거리는 것만 같았다. 잠시 후 그는 장탄식과 함께 헌제에게 무릎을 꿇고 아뢰었다.

"폐하, 놀라지 마십시오. 신이 이미 조사를 마치고 신을 해하려 한 동승과 그 무리를 법에 따라 처벌했습니다."

헌제는 조조의 말투에서 자신이 이미 위험한 순간을 벗어났음을 알아채고는 긴 한숨을 내쉬었다. 하지만 동 귀인은 그만 날카로운 비명을 지르며 복 황후의 품에 쓰러졌다.

비명소리가 다시 조조의 시선을 끌었다. 조조는 동 귀인을 힐끗 쳐다보고는 헌제에게 말했다.

"그런데 동 귀인은 동승의 육친이니 규율에 따라 처벌을 받아야 할 것 같습니다!"

말을 마친 그는 옆을 향해 손짓을 했다. 2명의 무사가 달려와 동 귀인을 붙잡았다. 이를 본 헌제와 복 황후가 조조에게 애원했다.

"그녀를 용서해 주시오! 벌써 회임한지 5달째요. 한 목숨 용서해 두 사람을 살린다 생각하고 부디 가엾게 여겨주시오."

조조는 조금도 동요하지 않았다. 바둑알을 만지던 그는 눈을 가늘게 뜨고 바둑판을 향해 멋대로 바둑알 하나를 던졌다. 대추씨만 한 검은 바둑알이 형산荊山의 아름다운 박옥璞玉처럼 윤이 나는 바둑판 위를 이리저리 굴러다니며 천둥소리처럼 요란하게 울렸다. 곧이어 조조는 《탄기부》의 뒷부분을 읊조렸다. 조조의 낭송이 끝나기를 기다려 동 귀인이 간청하여 말했다.

"부디 죽이더라도 몸은 훼손되지 않게 해주시오."

조조가 대답했다.

"걱정하지 마십시오. 제가 이미 다 준비해 두었습니다."

이렇게 말하면서 그는 가슴속에서 흰 명주를 꺼내 무사에게 건네주었다.

무사는 동 귀인의 사형을 집행하기 위해 그녀를 궐문 밖으로 끌고 나갔다. 동 귀인은 끌려가면서 신발 한 짝을 떨어뜨렸다. 햇빛이 비치는 벽돌 위에 놓인 신발이 멀리서 보니 마치 한 알의 바둑알처럼 보였다.

한 시간 뒤, 조조는 동화문에 이르렀다. 그는 동 귀인이 흰 명주에 묶인 채 문미에 매달려 있는 것을 확인했다. 그녀의 허리에서부터 치마를 둘러싸고 뻗어 나온 주황색 띠가 바람결에 나부꼈고 쪽을 진 머리 위의 대모瑇瑁 비녀와 금은 장신구가 가볍게 흔들렸다. 그녀의 육체는 온전히 보존되었고 얼굴에도 고통스러운 모습이 보이지 않았다. 하지만 자세히 보니 그녀의 치마에서 빠르지도 느리지도 않게 피가 떨어지고 있었다. 바닥은 이미 흘러내린 피로 여울을 이루고 있었다. 아이, 즉 헌제의 '용종龍種'을 유산한 것이었다.

조조 암살 계획은 이렇게 무산되고 말았다.

동 귀인을 목매달아 죽게 한 다음날, 조조는 정욱의 수행을 받으며 매원을 산책하고 있었다. 때때로 시든 매화 꽃잎이 바람에 날려 떨어지곤 했다. 그가 고개를 들어 바라보니 가지에 이미 콩알만 한 매실열매가 달려있었다.

조조는 손을 뻗어 청매실을 하나 따서는 녹색 즙액이 나올 때까지 세게 비틀면서 말했다.

"동승의 무리는 이미 토벌했지만 마등과 유비도 같은 한 무리인 만큼 그대로 놔둬서는 안 될 것이오!"

정욱도 매실을 하나 따서 손바닥에 올려놓고 자세히 살펴보면서 말했다.

"마등은 멀리 서량에 있으니 군사를 일으켜 토벌하기가 쉽지 않을 것입니다. 명공께서 그를 위로하는 서신을 보내 안심시킨 연후에 때를 기다렸다가 도성에 입성하게 한 다음에 일을 도모하여도 늦지 않을 것입니다. 지금 서주의 유비는 세력이 약하니 어렵지 않게 토벌할 수 있을 것입니다. 그러나 저희 군대가 공격을 가하면 유비는 분명 원소에게 지원을 요청할 것입니다. 그러면 원소는 허도가 비어 있는 틈을 타 우릴 공격해 올 것입니다. 그렇게 되면 우리는 앞뒤로 적의 공격을 받게 되지요. 명공께서는 신중히 생각하여 결정하셔야 할 것입니다."

조조가 눈을 가늘게 뜨고 고개를 가로저으며 말했다.

"그대의 말도 일리가 있소. 그러나 유비는 간웅이니 그의 세력이 강해지기 전에 토벌해야 후환을 막을 수 있을 것이오."

여기까지 말한 조조는 하품을 하더니 눈시울이 약간 붉어졌다. 3년 전, 유비가 여포의 습격을 받아 자신에게 투항해 왔을 때, 정욱은 그에게 유비를 없애라고 권한 바 있었다. 만일 그때 정욱의 말에 따랐다면 지금처럼 신경 쓸 일은 없었을 것이다. 정욱이 여전히 걱정하고 있는 것을 보고 조조가 말했다.

"나는 원소를 아주 잘 아오. 우유부단하고 과단성이 부족하여 매번 큰일에 부딪힐 때마다 결정을 내리지 못하고 머뭇거리다가 기회를 놓치고 마는 사람이오. 빠른 기세로 유비를 공격하여 섬멸한다면 그는 적절한 대응을 하지 못할 것이오."

이런 얘기를 나누고 있는데 갑자기 뒤에서 발소리가 들렸다. 고개를 돌려 보니 곽가가 복도를 따라 이쪽을 향해 걸어오고 있었다. 곽가가 가까이 와 서기도 전에 조조가 물었다.

"봉효, 마침 잘 왔소! 서주로 출병하는 것이 좋겠소, 출병하지 않는 것이 좋겠소? 어서 말씀해 보시구려."

곽가는 먼저 예를 올린 다음 입을 열었다.

"저도 바로 그 일 때문에 주공을 찾아뵈러 왔습니다!"

곽가는 자신의 생각을 털어놓았다.

"원소는 행동이 느리고 의심이 많은 데다 그의 휘하에 있는 책사들은 서로 시기하고 상대를 모함하고 있으니 그다지 걱정할 필요가 없습니다. 얼마나 빠른 시간에 승부를 낼 수 있느냐 하는 것이 이번 싸움의 관건이지요. 유비는 서주를 점령한 지 얼마 되지 않아 아직 기반이 온전치 못한 상태입니다. 신속하게 공격하면 그가 손을 쓰기도 전에 승부를 낼 수 있을 것입니다."

곽가의 말에 조조는 손뼉을 치며 기뻐했다.

"봉효의 견해가 나의 뜻과 일치하는구려!"

이렇게 말하면서 조조는 정욱과 곽가를 이끌고 매원을 떠나 출정할 군대를 편성하기 위해 군영으로 출발했다.

# 제30장
# 충의지사 관우

1

관우는 자신이 싸움에 패해 붙잡혔다는 사실을 받아들일 수가 없었다.

치욕이었다! 천하무적의 그가 어쩌다 조조에게 투항한 장수가 되었는지 알다가도 모를 일이었다.

1년 전인 건안 4년 봄, 관우는 유비를 따라 원술을 물리친다는 명분으로 허도를 떠나 서주에 온 뒤로 차주를 죽이고 조조를 배반했다. 유비는 그에게 태수의 직책을 주면서 하비에 주둔하게 하고 자신은 주력군을 이끌고 소패로 진군했다. 머지않아 조조의 부장 유대와 왕충이 공격해왔고, 교전 결과 조조의 군대가 손쉽게 승리를 거뒀다. 관우는 유대와 격투를 벌여 첫 번째 합에서 언월도로 유대가 쓰고 있는 투구의 술을 베어버리고, 두 번째 합에서 칼로 등을 내리쳐 말에서 떨어뜨렸다. 유대가 말발굽 아래 하늘을 바라보며 누워 있는 것이 마치 배가 갈리기를 기다리는 어린양 같았다. 관우는 다시 한 번 승자의 통쾌함을 느꼈다. 그가 귀에 걸린 비단 띠를 풀자 길이가 2, 3척이나 되는 수백 가닥의 수염들이 깃발처럼 바람에 나부끼고, 영웅의 늠름한 기백이 그의 짙은 구릿빛 얼굴에 가득했다.

그런데 유감스러운 것은 이런 느낌이 결코 오래가지 못했다는 사실이다. 보름 뒤에 다시 벌어진 싸움에서 관우는 패장으로 조조군의 포로가 되었다. 그는 유대가 먼지 속에 떨어져 번쩍이는 칼날을 멍하니 바라보고 있던 그 순간처럼 머릿속이 하얗게 변해버렸다!

이번 서주 전투는 예상했던 것과는 달리 속전속결로 끝나버렸다. 유비는 사전에 미리 종사 손건을 익주에 보내 원소와 동맹을 맺어두었다. 손건의 보고에 따르면, 원소와 조조는 현재 관도 일대에서 대치하고 있기 때문에 조조는 서주를 공격할 여력이 없었다. 때문에 유비의 진영은 아무런 걱정 없이 마음을 놓고 있었다. 그런데 조조가 대담하고 과감하게 전방의 병력을 빼내 원술을 추격하는 미친 짓을 벌이고, 며칠 만에 사수 강가에 도착할 줄은 아무도 예상하지 못했다. 유비는 속수무책으로 당하는 수밖에 없었다. 공교롭게도 사냥에 재미를 붙인 유비는 그날따라 휘하의 장수들을 이끌고 소패 교외로 사냥을 나갔다. 그때 갑자기 척후병이 달려와 조조의 대군이 이미 5리 밖에 이르렀다는 소식을 전해왔다. 유비는 몹시 놀랐지만 도저히 믿어지지 않아 혼자 중얼거리듯 말했다.

"그럴 리가 있느냐? 조조가 구름이라도 타고 왔단 말이냐? 내가 직접 가봐야겠다!"

이에 유비는 사냥하던 무리를 이끌고 척후병의 안내를 따라 앞으로 나아갔다. 과연 조조가 살기등등하게 달려오고 있었다. 말하는 사이 맨 앞에 선 깃발이 유비의 턱 밑에까지 다가왔다. 유비는 더 생각할 겨를도 없이 황급히 도망쳤다. 성안에 있는 감 부인과 미 부인은 조조에게 붙잡혀 욕보이든지 말든지 생각지도 않았다. 그렇게 혼자 말을 타고 원소의 큰 아들 원담에게 몸을 의탁하기 위해 청주로 달려갔다.

조조의 군대는 빠른 속도로 소패를 공격해왔다. 음주를 즐기고 있던 셋째 장비는 대세가 이미 기운 것을 보고는 하는 수 없이 성을 버리고 도망쳤다. 조조는 소패를 점령하고 유비의 군사를 전부 취합하는 동시에 유비의 두 아내 감 부인과 미 부인 즉, 관우의 형수 둘을 포로로 잡았다. 그런 다음 조조의 군대는 갑옷도 벗지 않고 다시 밤새 말을 달려 하비성을 포위했다. 관우는 원래 적이 혼란한 틈을 타 공격할 생각이었다. 그런데 뜻밖에도 조조의 군대는 사기가 충천한 반면 자신의 군대는 사기가 크게 떨어져 있었다. 싸움이 시작되자마자 그의 병사들은 잇달아 도망치거나 무기를 버리고 투항했다. 관우는 이미 전세를 뒤집을 수 없다고 판단하고 그저 최선을 다해 싸움에 임할 뿐이었다. 양군은 서로 찌르고 죽이고 사방에 피와 살이 날아다니는 가운데 날이 어두워질 때까지 힘껏 싸웠다. 관우의 청룡언월도는 세상 그 무엇보다 날카로워 사람의 머리를 과일이나 채소 자르듯이 벨 수 있었다. 때문에 그는 원하는 대로 계속 적의 목을 벨 수 있었다. 그런데 빌어먹을 말이 너무 지치다 보니 한순간에 다리에 힘이 풀리면서 그를 땅바닥에 내동댕이치고 말았다. 처음으로 그는 사지를 하늘로 향한 채 흙먼지 속에 눕게 되었다. 아래서 위를 올려다보니 번쩍이는 칼날이 자신의 얼굴을 향해 날아오는 것이 보였다. 그 순간 이상하게도 그의 심장이 박동을 멈추고 머릿속이 하얗게 변했다. 그는 저승사자가 다가왔음을 직감했다.

그러나 그는 죽지 않았다. 죽음의 신이 그에게 장난을 친 것뿐이었다. 그를 향해 날아오던 번쩍이는 칼날이 거둬지는 것이 보였다. 그 순간 그의 심장이 다시 박동을 시작하고 피가 흐르기 시작하는 것이 느껴졌다. 그가 갑자기 그들을 향해 뭐라고 소리를 질렀다. 아마도 이렇게 말했을 것이다.

"이봐! 뭘 멍청하게 서 있는 거야? 어서 해치워! 어서 내 목을 베고 내 가슴을 찌르란 말이야!"

하지만 누구도 관우에게 감히 손을 대지 못했다. 그들 가운데 누군가 갑자기 병기를 내던지더니 말에서 뛰어내렸다. 다른 사람들도 잇달아 병기를 던지고 말에서 내려왔다. 그들의 우두머리가 다리를 가지런히 하고 두 손을 앞으로 모은 채 그에게 예를 갖춘 숙배례를 행하면서 말했다.

"저는 장료라고 합니다. 저의 주공이신 조 장군께서 장군과 전투를 하되 장군을 다치게 해서는 안 된다고 명하셨습니다. 장군께서는 저희와 함께 조 공을 뵈러 가시지요."

'하하, 그렇게 된 것이었구나! 조조가 나를 죽이지 않고 생포하려 하는구나. 하지만 나 관우는 당당한 사내대장부인데 전장에서 죽을지언정 어찌 속수무책으로 적의 포로가 될 수 있단 말이냐?' 그는 얼른 언월도를 집어 들고 "다 끝났어!" 하고 외치고는 자신의 목을 그으려 했다.

그러나 이미 관우의 행동을 예상하고 있던 장료가 재빨리 그의 손목을 붙잡았다. 관우가 몸부림치며 말했다.

"사내대장부가 죽으면 죽었지, 어찌 구차하게 목숨을 구걸한단 말이냐?"

그러자 장료가 말을 받았다.

"이렇게 목숨을 버리는 것은 겉으로는 장렬하게 보일지 모르나 실은 매우 경솔하고 어리석은 행동입니다. 장군께서는 조 공께 미안해해야 할 뿐만 아니라 장군의 의형제인 유현덕에게도 미안해해야 할 겁니다."

관우가 어리둥절한 표정으로 장료에게 물었다.

"형님께 미안하다니 그게 무슨 뜻이오?"

장료가 말했다.

"운장이 유현덕과 '도원결의'를 맺으면서 하늘에 대고 '태어날 때는 다른 날 다른 시에 태어났지만 죽을 때는 한날한시에 죽기를 원하노라'고 맹세했다는 사실은 세상 사람들이 다 알고 있습니다. 지금 유현덕이 전쟁에 패했다고는 하나 육신이 죽은 것은 아니지요. 만일 나중에 유현덕이 다시 일어나 장군을 찾을 때 이미 오래 전에 그의 곁을 떠났다는 사실을 알게 되면 어떻게 생각하겠습니까? 그때의 맹세를 저버렸다고 원망하지 않겠습니까? 하물며 살아남은 현덕의 부인들에겐 장군의 보살핌이 필요합니다. 그녀들을 위해서라도 이렇게 서둘러 세상을 떠나서는 안 될 것입니다!"

장료의 말에 관우는 스스로 목을 베려던 생각이 완전히 사라졌다. 그는 손에 힘을 풀고 언월도를 장료에게 넘겨주었다. 그는 몇 번 장탄식을 내뱉고는 장료를 따라 조조를 만나러 갔다. 군막에 들어서자 수백 가닥의 긴 수염이 위로 날리면서 부끄러움에 붉어진 그의 얼굴을 가렸다. 그 순간 그는 속으로 탄식하여 말했다.

'아하! 내 수염이 오늘 내 얼굴에 가득한 부끄러움을 가려줄 줄은 몰랐구나!'

이제 관우는 조조의 군영에 있었다. 어느덧 조조에게 투항한 지 6일째 되는 날 밤이었다.

관우가 조조에게 투항한 일에 관해 사서에는 단지 '조조가 관우를 붙잡아 부하로 삼았다'라고 기록되어 있을 뿐이다. '붙잡혔다'는 말이 큰 치욕을 당한 것처럼 관우를 괴롭혔다. 《삼국연의》에서 나관중은 '관 공이 적에게 붙잡힌 치욕을 씻기 위해 둔토산屯土山에서 조조에게 3가지 약속을 했다'고 묘사하고 있다. 그리고 관우가 "나는 한나라 황제에게 투항한 것이지 조조에게 투항한 것이 아니다"라고 말하자 조조가 웃으며 그의 말을 인정했다는 특별한 설명까지 덧붙였다. 정말 절묘한 이야기 구성이 아닐 수 없다.

관우가 조조에게 투항함에 따라 서주 전투도 끝을 맺었다. 서주는 다시 새로운 주인을 맞이했다. 새로운 서주목은 바로 당시 비밀리에 조조를 도와 '천자를 끼고 제후를 호령하는' 계책을 완성하는 데 기여했던 동소였다. 관우는 회군하는 조조를 따라 허도로 가야 했다. 솔직히 말하자면 어제까지만 해도 관우는 조조가 왜 자신을 이처럼 신임하는지 이해하지 못했다. 조조는 그를 죽이지 않았을 뿐만 아니라 편장군에 임명하기까지 했다. 조금은 황당해 보이는 처사였다! 조조는 휘하의 장수들이 원망하는 것도 두렵지 않단 말인가? 그러나 관우는 문득 깨닫는 바가 있었다. 조조는 새로운 방법으로 그를 괴롭히고 있는 것이었다. 이런 방식은 머리를 베는 것보다 더 지독한 것이었다!

관우가 거처하는 장막 안에는 그 말고도 두 사람이 더 있었다. 그를 호위하는 병사들이 아니라 두 형수인 감 부인과 미 부인이었다. 이런 상황에서 그가 어찌 다른 마음을 먹을 수 있단 말인가? 행군 도중에는 거처에 제한이 따르기 마련이지만 아무리 제한이 있더라도 어찌 그가 형수들과 한 군막 안에서 생활할 수 있단 말인가!

그는 조조를 찾아가 형수들과 거처를 따로 안배해달라고 요청할 생각이었다. 그런데 다시 생각해보니 조조가 이렇게 대답할 것이 분명했다.

"운장, 그대가 유현덕의 두 부인의 안전이 걱정된다고 하지 않았소? 그래서 그대를 두 부인과 함께 머물게 한 것이오. 그리하면 부인들을 보살 피기가 더 쉽지 않겠소?"

기왕 이렇게 된 바에야 그도 조조의 면전에서 모욕을 자초할 필요가 없 었다.

이미 밤이 깊었다. 사방이 고요한 가운데 겨울 밤하늘에 별빛이 아른거 렸다. 보초를 서는 병사를 제외하고 모두 잠이 들었지만 관우는 도저히 잠을 잘 수가 없었다. 장막 안에서는 두 형수가 자고 있었기 때문에 그는 밖에 서 있는 수밖에 없었다. 서 있다 지치면 간이침대에 기대 눈을 감고 피곤한 몸을 달래는 수밖에 없었다.

두 형수도 마음이 불편해 잠이 오지 않자 장막 밖으로 나와 그에게 잠 시 들어가 쉴 것을 권했다. 그는 물론 거절했다. 관우는 두 형수를 등지고 서서 말했다.

"저는 무쇠 몸이라 끄떡없으니 형수님들께선 마음 놓으십시오."

형수들이 장막 안으로 돌아가고 얼마 지나지 않아 훌쩍이는 소리가 들 려왔다. 그는 형수들이 현덕이 그리워 우는 것임을 알고 몇 마디 위로의 말을 건네려 했다. 하지만 적당한 말이 떠오르지 않았다. 마음이 몹시 불 편하고 심란했다. 이때, 그리 멀지 않은 곳에 있는 초소에서 보초병이 이 쪽을 바라보고 있는 것이 보였다. 무엇을 보고 있는 거지? 단순한 호기심 인가? 아니면 이 관우를 비웃고 있는 건가?

그가 이런 생각을 하자 놀랍게도 주위가 온통 눈동자로 반짝이는 것 같 았다. 심지어 하늘의 별들도 모두 눈으로 변하는 것 같았다. 그 가운데는 조조의 눈도 있었다. 조조는 지금 은밀한 곳에 숨어 그가 여색에 마음이 흔들리는지 지켜보고 있었다. 관우는 참지 못하고 욕설을 퍼부었다.

"이 가증스러운 호색한 같으니라고!"

그의 말은 틀리지 않다. 조조가 호색한이 아니었더라면 어떻게 관우의 여인을 차지할 수 있었겠는가?

물론 그가 가장 바라던 초선은 실종되었으니 조조가 그에게 초선을 주지 않았다고 해도 약속을 어긴 것은 아니었다. 그러나 진의록의 부인 두씨는 어떠한가? 그는 조조에게 두씨를 거론한 바 있었다. 조조에게 두씨를 달라고 말했던 것이다.

관우의 마음이 심란한 이때에도 조조 그 호색한은 장막 안에서 두씨를 품에 안고 있을 것이었다. 퉤! 퉤퉤! 조조의 호색은 실로 때와 장소를 가리지 않았다. 그해에 장수의 숙모하고도 완성에서 몰래 운우지정을 나누지 않았던가? 그렇다면 지금 조조는 장막 안에서 벌거벗은 채 두씨와 운우지정을 나누면서도 한편으로는 음흉한 눈으로 관우의 동태를 살피면서 은밀한 말을 건네고 있을 것이었다.

"운장, 지난번 서주에서 두씨를 취해 그대를 불쾌하게 했소. 이번에 서주를 공격한 것도 원래 미씨와 감씨를 얻기 위함이었소. 그런데 두 여인의 용모가 평범하여 두씨와 나란히 논할 수 없으니 그대에게 양보하겠소. 어차피 지금 그대에게도 아내가 없지 않소? 이제 그녀들이 아내 없는 그대의 허전함을 메워줄 수 있을 것이오. 자, 이리 오시오. 사람이 살면 얼마나 살겠소? 즐거움을 누릴 줄도 알아야지요. 청춘을 저버려서는 안 되는 법이오! 허허."

"퉤! 퉤퉤!"

관우가 바닥에 힘껏 침을 뱉었다.

'안 돼! 조조에게 비웃음거리가 될 수는 없지! 나 운장은 충의지사이자

정인군자다. 조조처럼 사람의 탈을 쓴 짐승이 아니란 말이다!'

생각이 이에 미치자 그는 의도적으로 조조의 눈에 들어야겠다는 생각이 들었다. 그는 얼른 가지고 있던 행낭에서 《육도》를 한 권 꺼내 읽기 시작했다. 밤새 이 병서를 읽는 것으로 조조의 도전에 대해 답하기로 마음먹은 것이다. 병서를 읽으려면 자연히 옷깃을 바로하고 앉아야 했다. 그는 엄숙한 자세로 녹색 도포와 두건을 매만졌다. 그런 다음 귀에 건 비단 띠를 풀자 그가 자랑스럽게 생각하는 긴 수염이 시원하게 배꼽까지 내려와 늠름한 의표를 드러내주었다. 등촉의 불빛이 너무 약해 글자가 잘 보이지 않자 그는 자리에서 일어나 등촉을 더 밝힌 다음 간이침대로 다가갔다. 책을 드는 자세까지 바로잡고 나서야 그는 비로소 목소리를 가다듬고 책을 낭독하기 시작했다.

"무왕이 태공에게 물었다."

'훌륭하군!' 그는 속으로 감탄했다. 손 가는대로 아무 곳이나 펼쳤는데 마침 자신에게 꼭 맞는 내용이 있었다. 관우는 용기와 지혜, 어진 마음, 신의, 충성 등 장수의 5가지 기질을 두루 갖춘 인물이었다!

사방이 고요한 가운데 관우가 병서를 읽는 소리가 온 세상에 울리면서 역사 속으로 스며들어 갔다. 그가 옷깃을 여미고 바른 자세로 앉아 왼손에는 책을 들고 오른손으로는 수염을 쓰다듬으며 책을 읽는 자태는 화면을 조금 변화시키기만 하면 제사상 뒤의 벽에 걸릴 만한 모습이었다.

하지만 관우가 책을 읽는 동안 정신을 집중할 수 없었다는 사실을 아는 사람은 아무도 없었다. 그도 사람이라 칠정육욕이 있고 밥을 먹지 않고는 살 수 없었다. 특히 여인의 흐느끼는 소리와 침대가 삐걱대는 소리에 섞여 그녀들의 향기가 전해질 때면 관우도 잠시 넋을 잃곤 했다. 그는 조조가 유비의 두 부인이 용모가 평범하다고 말했던 것이 생각났다. 하지만 공정하게 말하자면 작은 형수 미씨는 한 송이 꽃이라 할 수 있었다. 미씨는 4년 전에 유비에게 시집을 왔다. 당시 유비는 여포에게 쫓겨 서주로 도망쳐 매우 곤란한 상황에 처해 있었지만, 미씨의 오빠인 미축은 유비가 장차 귀하게 될 인물이라 여겨 과감하게 혼사를 허락하고 가노 2천 명과 함께 금은을 비롯한 온갖 재물을 수레 30대에 실어 보내주었다. 솔직히 말하자면 당시 유비는 미씨를 관우에게 양보할 생각이었으나 미씨가 원치 않는 터라 어쩔 수가 없었다.

모든 것이 지나간 일이었다. 언급할 가치도 없었다. 하지만 사람의 심리란 신변에 여인이 있게 되면 초조해지고 평상심을 잃기 마련이었다. 그가 읽는 책의 자간에 어느새 여인의 향기가 스며들고 있었다.

"아!"

그는 마음 깊은 곳에서 솟아 나오는 신음을 내뱉었다. 그는 자신을 책망하면서 흐트러진 정신을 가다듬고 다시 책을 읽어 내려가기 시작했다.

"이른바 10과十過라는 것은 용기가 지나쳐 죽음을 가볍게 여기는 것과 마음이 지나치게 조급한 것, 탐심으로 인해 이익만 추구하는 것, 남을 참아주지 못하는 것……."

그의 책 읽는 소리에 촛불마저 점점 흐릿해져 희미한 불빛이 간신히 서책을 비추고 있었다.

## 2

조조는 관우를 다른 눈으로 보지 않을 수 없었다.

1년 전, 즉 지난번 서주 정벌 때는 관우에게서 그다지 특별한 인상을 받지 못했다. 이 미모의 장수가 하비 전투에서 용맹함을 보이기는 했지만 용맹한 장수가 어디 관우 하나뿐이겠는가? 용맹한 장수는 그의 휘하에도 얼마든지 있었다. 하물며 관우는 유비의 부장이었다. 관우의 빛은 유비의 깃발에 가려지게 마련이었다. 그렇다보니 그의 시선은 언제나 유비를 향했고, 관우에게는 눈길조차 가지 않았다.

그런데 이번 서주 전투에서 유비가 부하들과 가솔들을 모두 내버리고 혼자 도망친 뒤에도 관우는 혼자 하비에 남아 완강하게 저항했다. 이때 비로소 그가 빛을 발하게 되었다. 죽음을 두려워하지 않는 그야말로 천하무적의 맹장이었다. 높은 곳에서 싸움을 지켜보고 있던 조조가 흥분을 참지 못하고 그에게 갈채를 보냈다. 이어서 휘하의 장수들에게 관우를 해치지 말고 반드시 생포하라는 명을 내렸다. 그때부터 관우는 조조의 눈에 들게 되었다. 관우가 말의 실수로 바닥에 내동댕이쳐지긴 했지만 투항하지 않고 스스로 목숨을 끊으려고 했을 때 관우에 대한 호감은 더욱 깊어졌다.

서주 전투가 끝나고 허도로 회군하는 길에도 관우는 줄곧 감 부인과 미 부인의 수레를 정성껏 지킴으로써 충신의 모습을 보여주었다. 특히 깊은 밤에 군막 밖에서 병서를 읽는 그의 빛나는 눈빛과 늠름한 태도가 사람들로 하여금 숙연한 마음을 갖게 했다. 조조 군영의 여러 장수들 가운데 관우처럼 진지하게 병서를 읽을 수 있는 사람은 거의 없었다. 하물며 향기로운 바람이 얼굴을 스치는 분위기에서 그처럼 독서를 통해 마음의 평정을 찾는 일은 결코 쉽지 않은 일이었다.

조조가 관우를 유비의 부인들과 같은 장막에 배치한 것은 군리軍吏가 세심하지 못해서가 아니라 조조가 자신의 의도를 넌지시 알리려는 생각에서였다. 어쩌면 조조가 이런 장난을 친다는 사실이 믿기지 않을지도 모른다. 하지만 이것이 바로 조조의 참모습이었다. 그는 어린 시절부터 노년에 이르기까지 끝없이 장난을 쳤다.

하지만 조조는 관우와 다시는 이런 장난을 하고 싶지 않았다. '뼈를 깎아 독을 치료했다'는 관우의 또 다른 일화를 들었기 때문이다. 한 번은 전장에서 잘못 날아온 화살이 관우의 왼쪽 어깨에 박혔다. 나중에 치료가 되기는 했지만 비가 오고 흐린 날이면 상처 부위가 쑤시고 아팠다. 관우는 명의 화타를 찾아가 상처를 보여주었다. 화타가 말했다.

"화살촉에 묻어 있던 독이 뼛속에 스며들었기 때문입니다. 이를 치료하려면 어깨를 가르고 뼈를 깎아 독을 제거해야 합니다."

화타가 '마비탕麻沸湯'을 가져왔다. 이 탕약을 마시면 어깨를 가를 때 극심한 고통을 크게 완화시킬 수 있었다. 하지만 관우는 한사코 탕약을 마시지 않았다. 그가 상의를 벗고 팔을 뻗으면서 화타에게 말했다.

"쪼개든 깎든 선생 마음대로 하시오."

이리하여 한쪽에서는 화타가 뼈를 깎는 소리가 들리고 한쪽에서는 비명소리가 들리는데도, 관우는 태연하게 술을 마시고 바둑을 두거나 담소를 나누었다.

조조는 이 일화를 생각하며 놀라움에 자신도 모르게 무릎을 쳤다.

"과연 비범한 사람이로구나!"

관우에 대한 그의 태도는 어느새 애정에서 존경으로 바뀌었다.

조조는 관우가 당대에 보기 드문 대장의 재목이라고 생각했다. 그는 '천 명의 군사를 얻는 일은 쉬워도 한 명의 장수를 얻는 일은 어렵다'는 이치를 잘 알고 있었다. 때문에 관우를 특별히 총애하고 후하게 대해 자신의 심복으로 삼고자 했다.

허도로 돌아온 이후 조조는 관우를 위해 거처를 마련해주었다. 그곳은 일찍이 유비가 머물던 곳이었다. 방이 낡기는 했지만 석회를 바르고 가구를 들여놓으니 몰라보게 달라졌다. 관우는 집을 둘로 나누어 안채에는 유비의 두 부인이 머무르게 하고 자신은 바깥채에 묵었다.

조조는 매번 연회 때마다 중신들과 장수들에게 관우를 '빈객의 예'로 대하여 상석에 앉게 했다. 연회가 끝난 뒤에는 매번 비단과 갓옷 그리고 금과 은으로 된 식기를 하사하곤 했다. 이밖에 조조는 때때로 사사로이 연회를 열고 관우를 불러 후하게 대접하곤 했다. 《삼국연의》에 나오는 것처럼 '작은 연회가 3일에 한 번, 큰 연회가 5일에 한 번' 열린 것은 아니었지만 연회가 빈번했던 것은 분명한 사실이었다.

조조는 여색이 남자에게 중요하다는 사실을 잘 알고 있었기 때문에 몸소 6명의 시종과 가희를 선발해 관우와 더불어 즐기게 했다. 그는 이로써 '서주 전투'로 생긴 불편한 감정을 해소하고 관우에게 '배상'을 하고자 했다. 그러나 뜻밖에도 관우는 그의 선물을 받기는 했지만 자신의 곁에 두지 않고 미 부인과 감 부인에게 보내 그녀들의 시중을 들게 했다.

다시 며칠이 지났다. 한 번은 조조가 자신의 집에서 연회를 베풀고 관우를 초대했다. 자리가 파하고 관우를 문밖까지 배웅하던 조조는 관우의 말이 마르고 허약한 것을 보고는 마음이 편치 않았다. 그는 곧 사람을 시커 말 5필을 끌고 오게 했다. 그 가운데는 '적토마'도 있었다. 조조가 여러 필의 말을 가리키며 관우에게 말했다.

"모두 이 늙은이가 아끼는 천리마들이오. 운장, 마음에 드시오?"

관우가 말했다.

"물론 마음에 듭니다. 말 타는 데 익숙한 사람이 어찌 말을 좋아하지 않겠습니까?"

"마음에 든다니 한 필 골라 보시오. 내가 운장께 선물하겠소."

"명공, 정말이십니까? 정말 제가 마음대로 한 필 골라도 되겠습니까?"

"물론이오. 어서 골라보시오!"

이리하여 5명의 마부가 한 필씩 차례로 말을 끌고 와 관우의 앞을 지나갔다. 관우는 한눈에 불타는 장작 같은 '적토마'가 마음에 들었다. 어쩌면 적토마가 한눈에 관우를 알아본 것인지도 몰랐다. 적토마는 맨 마지막으로 관우의 눈앞을 지나갔다. 체구도 다른 말보다 크지 않고 다른 말들처럼 은이나 보석을 상감해 넣은 안장도 없었다. 다른 말들의 의기양양한 태도에 비해 기운이 없고 풀이 죽어보였다. 그러나 관우의 곁을 지날 때는 순간적으로 눈동자가 빛났다. 그 빛이 전광석화처럼 관우의 마음을 움직였다. 순간 적토마와 관우의 눈빛에 탁 하고 불꽃이 일었다.

나머지 아름다운 말들은 몹시 오만하고 교태가 넘쳤다. 관우의 앞을 지날 때는 애써 위용을 뽐내기도 했다. 오직 적토마만이 활기가 없는 것이 제대로 먹지 못한 모습이었다. 반쯤 감은 눈으로 저녁 해를 흘겨보며 하품을 하려는 듯했지만 하품이 나오지 않았다. 적토마는 하품을 하려는데 미처 하품이 나오지 않는 그 순간 관우를 쳐다보았다.

"저 말이 마음에 듭니다!"

흥분한 관우가 달려가 다정하게 적토마의 주둥이를 토닥여주었다. 그
러자 적토마가 온몸을 부르르 떨며 다리털을 곤두세우더니 꼬리를 깃발
처럼 이리저리 흔들었다. 관우가 고삐를 잡고 그의 주둥이를 어루만졌
다. 적토마는 관우와 마음이 통하기라도 한 것처럼 주둥이를 관우의 손
에 문질렀다. 관우는 순간 온몸이 떨리면서 말이 뭔가 속삭이는 것을 느
꼈다. 마치 '장군님, 이제부터 우리는 친구에요. 제가 장군님을 더욱 빛
나게 해드릴게요'라고 말하는 것 같았다. 관우는 자신도 모르게 가슴이
두근거려 눈물을 흘릴 뻔했다. 조조가 말했다.

"운장, 이 말을 아시오?"

관우가 속으로 말했다. '물론 알지요. 제가 꿈에도 그리던 '적토마'가
아닙니까!' 하지만 이런 말을 입 밖에 내지는 않았다.

조조가 다시 물었다.

"운장, 내 솔직히 말하리다. 이 말은 내가 가장 아끼는 말이오. 그대의
안목이 뛰어나니 내가 눈물을 머금고 그대에게 주겠소! 하지만 그대도 어
떻게 천리마를 알아보았는지는 말해줘야 하오."

관우가 말했다.

"명공의 말씀은 이 말이 어디가 그렇게 뛰어나느냐는 것이겠지요? 제
가 하나하나 말씀드릴 테니 들어보십시오."

관우는 말을 고르는 자신의 기준을 설명하기 시작했다.

"먼저 말의 머리를 보십시오. 이 말은 귀가 작고 두껍습니다. 귀가 작
고 두꺼우면 성격이 온순하고 기민하여 사람의 뜻을 잘 이해하지요. 그
다음엔 코를 보십시오. 이 말은 코가 커서 주먹도 들어갈 정도입니다. 코
가 크면 허파가 크고, 허파가 크면 먼 길을 달릴 수 있지요. 그 다음에는

눈을 보십시오. 이 말은 눈에 검은 부분이 많고 흰 부분이 적으며 눈이 아주 크고 빛납니다. 눈이 크면 쓸개가 크고 쓸개가 크면 험준하고 위험한 곳에 가도 두려워하지 않습니다. 또한 무릇 좋은 말은 입술이 부드럽고 이마 앞에 송곳처럼 난 털이 조밀해야 하며 입이 붉고 커야 합니다. 이 모든 것들이 좋은 말의 요건이지요."

이렇게 말하고 있는데 갑자기 적토마가 곁에 아무도 없는 듯이 오줌을 누기 시작했다. 관우가 말을 이었다.

"주공께서 보시기엔 이 말의 오줌이 어떤 것 같습니까?"

"오줌 누는 것도 무슨 상관이 있소?"

"이 말은 오줌을 누기 전에 먼저 한쪽 다리를 들었는데, 오줌 줄기가 앞발보다 훨씬 멀리 나갔습니다. 이것만 보아도 좋은 말이라는 것을 알 수 있지요!"

"오호! 운장이 이처럼 말을 보는 안목이 뛰어난 줄은 미처 몰랐구려!"

조조가 박수를 치며 관우를 칭찬했다. 이어서 그는 직접 말의 안장을 갖다 얹어주며 말했다.

"이 안장은 내 마음의 선물이오. 이건 대진국大秦國에서 생산되는 야명주夜明珠요. 낮에 보면 아무것도 아니지만 일단 밤이 되면 반짝반짝 빛을 발한다오. '좋은 말에는 좋은 안장을 얹어야 한다'고 하지 않소. 오늘 내가 안장까지 함께 선사하겠소!"

관우는 황망히 고개를 숙여 감사를 표했다. 그런 다음 안장을 받아 적토마의 등에 얹었다. 적토마는 한순간에 늠름한 모습으로 변신했다.

관우가 두건과 도포를 정돈하고 조조에게 절을 올리면서 말했다.

"공의 은혜는 평생 잊지 못할 것입니다!"

조조는 관우가 눈물을 글썽이는 것을 보고는 자신도 마음이 뭉클했다. 그가 관우를 부축해 일으키며 말했다.

"어서 일어나시오. 이러지 않아도 된다니까!"

관우의 모습이 사라지고 조조는 천천히 걸으면서 방금 전의 상황을 되새겨보았다. 오늘의 관우는 지난날의 관우와 확실히 다른 것 같았다. 지난날 그가 금과 은으로 된 식기와 비단, 갓옷은 물론, 아름다운 시종과 가희들을 하사했을 때 관우는 감사하다는 말 한마디 하지 않았다. 그런데 오늘은 이처럼 감동하다니 이상한 일이 아닐 수 없었다.

사실 조조가 관우에게 이처럼 은총을 베푸는 것은 관우의 머릿속에서 유비의 그림자를 지워버리고 자신의 그림자를 심어주기로 마음먹었기 때문이다. 그는 인재를 모으는 데 있어서 '은총'이 가장 효과적인 방법임을 알고 있었다. '사람의 마음은 몸에서 생겨나는 것'이기 때문에 돌 같은 마음을 가진 사람이 아니고서는 '은총'에 마음이 흔들릴 수밖에 없었다.

하지만 지난날 관우는 그가 어떤 '은총'을 베풀어도 무관심했다. 한마디로 그는 경직되고 엄숙하며 공손하면서도 강직한 인물이었다. 오늘 조조가 선물한 천리마는 귀중하다면 귀중하고 귀중하지 않다면 그저 한 마리 말에 불과할 뿐이었다. 말이 어찌 아름다운 여인보다 더 귀중할 수 있단 말인가? 그런데 관우는 말을 선물하자 기꺼이 받으면서 거듭 절을 올리고 감격의 눈물까지 흘리는 것이었다. 정말 알 수 없는 일이었!

조조가 정원을 천천히 3바퀴쯤 돌았을 때, 문득 눈앞이 밝아지면서 해답이 나왔다.

"오호라, 운장은 과연 천하의 영웅이야. 그 말을 보고 '사람 가운데 여포가 있고, 말 가운데 적토마가 있다'는 말을 떠올린 것이 분명해. 그의 의형인 유비도 운장이 심지가 곧아 여포에게 굴복해본 적이 없다고 하지 않았던가? 이제 여포가 죽었으니 적토마는 그가 갖는 것이 마땅하겠지. 그래, 은과 구슬로 장식한 안장만이 적토마와 짝이 될 수 있고, 적토마만이 운장 같은 영웅과 짝이 될 수 있을 거야!"

하지만 정원을 4바퀴째 돌았을 때는 좀 전의 답안에 대해 의문이 생겼다. 말을 건네받고 눈물을 흘리는 관우의 눈동자는 왠지 몹시 슬프고 괴로워보였다. 그의 감격과 눈물에는 다른 이유가 존재하는 것인지도 모를 일이었다. 계속 정원을 거닐면서 이리저리 생각해보았지만 조조는 관우의 마음을 완전하게 이해할 수 없다는 사실을 인정해야 했다. 그저 관우가 진심으로 자신의 은덕에 감사하거나 진정으로 마음을 여는 것이 아니라는 짐작만 할 수 있을 뿐이었다. 관우는 어쩌면 그의 신변에 오래 머물고 싶지 않은 것인지도 몰랐다. 그렇다면 조조가 바라는 대로 관우가 그의 '심복'이 된다는 것은 아직도 요원한 일이었다.

관우는 대체 어떤 생각을 하고 있는 것일까?

조조는 더 이상 걷고 싶지 않았다. 그는 돌 의자에 앉아 옆에 있던 호위무사에게 지시했다.

"가자. 나를 따라 장문원에게로 가자."

조조의 분부에 따라 장료는 관우를 찾아갔다.

장료와 관우는 함께 일한 적은 없지만 서로 이름은 익히 들어 알고 있었다. 건안 3년, 하비 전투가 끝나고 조조가 백문루에서 여포와 그의 휘하 장수들을 심판할 때, 장료는 투항을 거부하다 죽임을 당할 뻔했다.

다행히 관우가 유비를 설득해 조조에게 잘 이야기하게 해준 덕분에 목숨을 보전할 수 있었다. 그리고 얼마 전 하비 전투에서 장료가 살려주지 않았다면 아마 관우도 이미 목이 달아났을지도 모를 일이었다. 이렇다 보니 두 사람은 서로 '생사를 함께 한 우정'이라고 여겼다.

관우는 장료가 찾아온 것을 보고 황급히 술을 내왔다. 술이 반 순배쯤 돌았을 때 이야기는 이미 본론에 접근해 있었다. 장료가 말했다.

"운장 형, 한 가지 물어볼 일이 있소이다. 조 공께서 운장 형께 여러 차례 상을 내리셨는데 운장 형은 감사의 뜻을 표하긴 했지만 마음을 열진 않으시는 것 같더군요. 그런데 어제 조 공이 적토마를 하사하셨을 때는 여러 번 절을 올리고 얼굴에 눈물까지 보이시더군요. 그 이유가 뭡니까?"

관우는 한참 동안 말이 없다가 간신히 입을 열었다.

"솔직히 말하면 갑자기 현덕 형이 생각나더군요. '형님의 거처라도 알면 적토마를 타고 밤낮으로 달려가 만날 텐데!' 하는 생각을 했지요."

여기까지 이야기하면서 그는 눈물까지 흘렀다.

"어허, 그런 사연이 있었군요."

장료는 방금 전에 관우의 새로운 거처를 둘러보았다. 물론 거처의 절반만 둘러보았을 뿐이다. 나머지 절반은 유현덕의 두 부인이 거처하는 곳이라 대문에 자물쇠가 걸려 있는 데다 훈련된 병사들이 입구를 지키고 있어 감히 들어갈 수 없었다. 이 점만 보아도 유비에 대한 관우의 충절을 알 수 있었다. 조조가 운장에게 미녀를 하사하고 후원에 머물도록 해도 관우는 그녀들에게 손가락 하나 까닥하지 않았다. 이것은 무슨 의미일까? 바로 운장이 '자신의 의지를 키우고 있다'는 것이었다. 이렇게 '의지를 고무시키는' 방식은 '뼈를 깎아 독을 치료하는 일'과 같은 맥락인 것이다!

장료는 연신 관우의 '충의'를 칭찬했다. 하지만 한 가지 이해할 수 없는 것이 있었다.

"운장 형, 유현덕에 대한 형의 충의는 과연 높이 평가할 만합니다. 그러나 제가 보기엔 운장 형에 대한 조 공의 신의와 애정도 그에 못지않은데 운장 형께서는 어떻게 보답하실 생각이시오?"

관우가 다시 한참을 침묵하다가 탄식하듯 말했다.

"에휴, 저도 조 공의 두터운 은혜를 모르는 바는 아닙니다. 그렇다고 현덕 형과 형제의 의를 맺고 한날한시에 죽기로 한 맹세를 저버릴 수는 없지 않겠습니까?"

"그렇군요, 하지만……."

장료는 관우의 충정을 이해할 수 있었다. 그러나 현재 유비는 조조의 적인만큼 유비에게 충성을 다하는 것은 곧 조조에 대한 불의不義인 셈이었다. 운장은 이런 갈등을 어떻게 해결할 것인가?

사실 관우는 진즉에 이 문제에 대해 깊이 생각해본 바가 있었다. 그가 말했다.

"저는 이곳에 오래 머물지 않을 생각입니다. 현덕 형의 거처를 알아내는 즉시 이곳을 떠나 저의 일생을 그와 함께 할 것입니다! 물론 조 공의 은혜에도 보답해야겠지요. 은혜를 입고도 보답하지 않는다면 사람이 아니지요! 최선을 다해 큰 공을 세운 다음에 떠날 것입니다."

"그렇군요. 운장 형의 뜻을 잘 알겠습니다."

장료는 관우와 헤어져 총총히 조조의 관저로 향했다. 대문 가까이에 이르자 다시 발걸음을 늦췄다.

'이 일을 조 공에게 어떻게 보고해야 좋단 말인가?' 만일 관우의 말을 사실대로 전한다면 조조는 대노하여 관우를 죽일 것이 분명했다. 이는 관우에 대한 친구로서의 신의를 저버리는 일이다. 하지만 만일 그가 관우의 말을 숨기고 보고하지 않거나 거짓으로 전한다면 관우의 생명을 보존할 수는 있겠지만 조조에 대한 충의를 저버리는 것이 되고 말 것이다.

그야말로 진퇴양난이었다. 조조에게 사실대로 말하면 충의는 지키되 벗에 대한 신의를 저버리는 것이고, 사실대로 말하지 않으면 신의는 지키되 충의를 저버리는 것이 되니 어떻게 해야 좋단 말인가?

"이허, 조 공은 '군부君父'요, 운장은 '형제'이니 어찌해야 좋단 말인가?"

장료는 결국 충성을 택하기로 마음을 정했다. 그런데 그가 조조에게 사실대로 보고한 뒤에도 조조는 크게 화를 내지 않았다. 조조는 한참을 침묵하더니 고개를 끄덕이면서 감격한 듯 이렇게 탄식했다.

"관우는 군주를 섬김에 그 근본을 잊지 않으니 천하의 의인이로다!"

이는 역사에 기록된 사실이다. 앞에서 장료가 '군부'와 '형제'의 관계에서 고민했던 것 역시 실제로 역사에 기록되어 있다. 이처럼 진실한 역사의 기록은 얼마나 자연스러운 것인가! 그의 행동은 후인들에게 깊은 깨달음을 주기에 충분했다!

관우는 묵묵히 조조의 은혜에 보답할 기회를 기다렸다.

어쩌면 하늘이 그의 충의를 어여삐 여겨 이런 기회를 빨리 내려준 것인지도 모를 일이었다.

제4권으로 이어집니다.

## 영웅 조조 3

**초판 1쇄 인쇄** 2008년 2월 21일
**초판 1쇄 발행** 2008년 2월 25일

**지은이** 한종량
**옮긴이** 김태성
**펴낸이** 신원영
**펴낸곳** (주)신원문화사

**편 집** 최광희 김은정 장민정
**디자인** 배광열 차현준
**영 업** 윤석원 이정민
**총 무** 양은선 최금희 전선애 임미아 김주선
**관 리** 임 헌 조병래

**주소** 서울시 강서구 등촌1동 636-25
**전화** 3664-2131~4
**팩스** 3664-2130
**출판등록** 1976년 9월 16일 제5-68호

\* 파본은 본사나 서점에서 교환해 드립니다.

ISBN  978-89-359-1432-6 (03820)
        978-89-359-1429-6 (세트)